PETER PARADEISER

Himmelreich und Höllental

ÜBER DEN WOLKEN Der Himmel ist auch nicht mehr das, was er einmal war. Einzelzimmer, Roomservice, ewige Seligkeit – aber auch ein heftiger postmortaler Brummschädel. Zumindest bei Erwin Knautschke, dem Privatdetektiv aus Freiburg. Frisch verstorben, geht ihm das Gesäusel der Paradiesbewohner schon bald auf die Nerven. Nektar und Ambrosia sind auch nicht sein Fall. Wenn er wenigstens wüsste, wie er zu Tode gekommen ist! Und was soll dieser rätselhafte Zettel um seinen Zeh? Knautschkes Spürsinn ist geweckt.

Also schnüffelt er ein wenig herum. Im Himmelreich. Und ganz allmählich dämmert ihm, dass auf Erden noch ein letzter Auftrag unbearbeitet herumliegt. Ein gefährlicher, geheimnisumwitterter Auftrag. Das lässt sich ein Erwin Knautschke natürlich nicht bieten. Auch wenn es nur für 24 Stunden ist: Er muss zurück nach Freiburg! Und bringt damit irdisches wie himmlisches Leben heftig durcheinander …

Monty Python trifft Reinhard Mey – eine Krimifarce mit Kultcharakter!

Peter Paradeiser erblickte 1976 im thüringischen Frankenhausen das Licht der Welt. Eine hoffnungsvolle Priesterlaufbahn brach er nach wenigen Jahren ab, ebenso eine Karriere als Ehemann und Vater. Paradeiser war lange Pressesprecher einer großen Volkspartei, bevor er 2005 ins Schulfach wechselte (Philosophie und Geschichte). Die Idee zu »Himmelreich und Höllental« kam ihm während einer einjährigen Weltreise auf Sumatra. Unter dem Pseudonym Marcus Imbsweiler hat Paradeiser mehrere Heidelberg-Krimis vorgelegt.

PETER PARADEISER

Himmelreich und Höllental

Kriminalroman

GMEINER *Original*

Besuchen Sie uns im Internet:
www.gmeiner-verlag.de

Im Ehnried 5, 88605 Meßkirch
Telefon 07575/2095-0
info@gmeiner-verlag.de

2. Auflage 2012

Lektorat: Claudia Senghaas, Kirchardt
Herstellung: Julia Franze
Umschlaggestaltung: U.O.R.G. Lutz Eberle, Stuttgart
unter Verwendung eines Fotos von: .marqs / photocase.com
Druck: GGP Media GmbH, Pößneck
Printed in Germany
ISBN 978-3-8392-1121-2

*Personen und Handlung sind frei erfunden.
Ähnlichkeiten mit lebenden oder toten Personen
sind rein zufällig und nicht beabsichtigt.*

Erster Teil

GLAUBE

DIE ANKUNFT

Gott, dieser Kopfschmerz!

Knautschke öffnet die Augen. Ganz vorsichtig. Wie das zieht und zerrt in seinem Schädel, immer hin und her, dazwischen pocht es, mal laut, mal leise: Signale aus einer anderen Welt.

Mühsam richtet er sich auf. Still ist es in seinem Zimmer, durch die nachlässig zugezogenen Vorhänge fällt ein Streifen Morgenlicht, schön eigentlich, und der Wecker zeigt – nein, er zeigt keine Uhrzeit an, denn er steht nicht am gewohnten Platz. Na, lass es mal neun Uhr sein.

Knautschke sinkt zurück in die Kissen. Ist er wegen der Müllabfuhr aufgewacht? Oder kommt die erst morgen? Komisch, diese totale Stille, so still ist es doch nie in seinem Viertel. Hat ihn genau das geweckt: die Abwesenheit von Lärm? Ja, bestimmt, so muss es gewesen sein: autofreier Sonntag oder Totalsperrung der Schwarzwaldstraße wegen eines umgefallenen Milchtransporters – prompt spielt sein Organismus verrückt.

Wie spät ist es nun eigentlich? Und haben wir überhaupt Sonntag? Knautschke kann keinen klaren Gedanken fassen. Er stöhnt ein bisschen. Bemitleidet sich. Dieses Schädelbrummen! Wo hat er sich das nur eingefangen? Auch daran kann er sich beim besten Willen nicht erinnern. Zwischen den Schläfen: knarrende Einöde. Sein Lebtag hat ihm kein Kaiserstühler Riesling derart zugesetzt. Und er trinkt ja kaum etwas anderes. Die Traube muss erst noch erfunden werden, die einen Erwin Knautschke außer Gefecht setzt!

Aber woran liegt es dann? Er versucht, sich zu konzentrieren. Samstag ist Weizenbiertag in den Breisgaustuben. Er geht regelmäßig in die Breisgaustuben, samstags allerdings nie. Im Bleiernen Anker, da nehmen sie es nicht so genau mit der Qualität und pantschen einem heute diesen Hauswein zusammen, morgen jenen. Bislang ohne Folgen. Sein Lieblingsspanier ist in Urlaub und im Eisenstein hat er Hausverbot, seit er an der drallen Tatjana herumgefuhrwerkt hat. Bleibt noch der Gelbe Wolf. Und die Schillerschenke, die Jägerwirtin, der Thai-Imbiss oder das ehemalige Schauinsland, das jetzt einen dieser amerikanischen Szenenamen trägt. Und natürlich all die anderen Freiburger Kneipen. In keiner hat er es jemals zu einem solchen Kater gebracht. Großes, großes Rätsel.

Rätsel hin oder her, Knautschke hat keine Lust, länger im Bett liegen zu bleiben. Wieder kämpft er sich hoch, lehnt sich gegen die Wand, sucht umherblickend nach dem Wecker. Wenn er die Luft anhält, müsste er dessen Ticken hören. Doch er hört nichts.

Überhaupt stört ihn etwas. Auf seltsam vertrackte Weise kommt ihm sein Zimmer anders vor. Vertraut und doch anders. Als ob einer … was eigentlich? Genau, das ist es: Es sieht aufgeräumt aus! Irgendjemand, vermutlich er selbst, hat für Ordnung gesorgt, Staub gewischt, gefegt, Krümel beseitigt. Vielleicht rührt daher seine Migräne. Erinnern kann er sich jedenfalls nicht. Und wenn wirklich er es gewesen sein sollte, der aufgeräumt hat, warum steht dann der Wecker nicht an seinem Platz?

Und was, verdammt, zwickt ihn da am großen Zeh?

Knautschke will gerade nachsehen, als die Tür geöffnet wird. Ein junger Mann, Seitenscheitel und rechteckige Brille, steckt den Kopf durch den Spalt. »Erwin?« Ohne eine Antwort abzuwarten, tritt er ein und kommt mit ausgestreckter Hand auf Knautschke zu. »Herzlich willkommen und überhaupt. Schön, dass du da bist.« An einer Teppichfalte bleibt er kurz hängen, schafft es aber unfallfrei bis zum Bett. »Ich bin Johannes.«

Automatisch schüttelt Knautschke die dargebotene Hand. »Kennen wir uns?«

»Jetzt ja«, nickt der andere und rückt seine Designerbrille zurecht. Unterm Arm trägt er ein Klemmbrett mit einem großen J in Goldeinprägung. »Falls du Fragen hast, Probleme, Beschwerden: einfach an mich wenden. Stehe immer zu Diensten, Tag und Nacht.«

»Nein, ich meine, weil Sie … weil du mich duzt.«

»Oh, hier duzen wir uns alle, das ist so üblich. Von wegen Gleichheit und dem Kram.« Ein kleines Lächeln huscht über sein gepflegtes Gesicht. »Wir leben ja nicht mehr im 19. Jahrhundert.« Das Lächeln wird breiter, als sein Blick auf die Poster an der Wand fällt. »Im 21. aber auch noch nicht, wie? Glamourrock der Siebziger. Da warst du doch ein kleiner Junge, Erwin! Apropos …«

Konsterniert sieht Knautschke, wie sein Besucher das Zimmer durchquert und auf einen in der Wand eingelassenen roten Knopf zeigt, der ihm noch nie aufgefallen ist. Der sich dort noch nie befunden hat, das würde er beschwören! Und woher kennt dieser Johannes seinen Namen und sein Alter?

»Schau, Erwin, hiermit kannst du mich anläuten, jederzeit.« Ein Blick zum Klemmbrett, wieder das verbindliche Lächeln: »Sonst alles klar mit dir? Irgendwelche Wünsche, Vorschläge, Anregungen? Immer raus damit, in sich reinfressen bringt nichts.«

Knautschke kratzt sich im Nacken. »Abgesehen von der Frage, wie du hier hereinkommst, habe ich derzeit nur ein Problem: Kopfweh.«

Schlagartig verschwindet das Lächeln. Restlos. Irritiertes Zwinkern hinter der Brille: »Kopfweh? Du meinst, du leidest unter Kopfschmerzen?«

»Hässlichen, das kann ich dir sagen.«

»Bist du sicher? Richtige, anhaltende Kopfschmerzen? Nicht bloß so etwas Vorübergehendes?«

»Was heißt hier vorübergehend?«, entgegnet Knautschke

ungehalten. »Mir platzt schier der Schädel und du … Was machst du überhaupt in meiner Wohnung? Wer hat dich hereingelassen?«

Johannes hat eine besorgte Miene aufgesetzt. Er ähnelt nun einem Schatzmeister der Jungen Liberalen nach nächtlichem Kassensturz, findet Knautschke. »Das hören wir aber nicht gerne«, brummt er. »Gar nicht gerne. Vor 30 Jahren gab es mal einen, dem ging es … aber das war ein anderer Fall. Ein ganz anderer.«

»Wie bitte? 30 Jahre?«

»Ich frage mich, wie es sein kann, dass du …« Johannes bricht ab und konsultiert das oberste Blatt seines Klemmbretts. Mit gerunzelter Stirn überfliegt er es, seine Lippen bewegen sich stumm. Dann kehrt das Strahlen schlagartig auf sein Gesicht zurück. »Verstehe! Du erlaubst dir einen Scherz mit mir. Hier steht, dass du schon immer gerne Späßchen gemacht hast.« Er droht dem überraschten Knautschke mit einem Finger. »Okay, ich weiß jetzt Bescheid. Nächstes Mal falle ich nicht mehr drauf rein, das kannst du mir glauben, mein lieber Erwin!«

»Wie bitte?« Knautschke schlägt mit der flachen Hand auf die Bettdecke. »Was verzapfst du da für einen Schwachsinn, verdammt noch mal!? Wenn ich sage, dass ich scheußliche Kopfschmerzen habe, dann stimmt das auch! Außerdem will ich endlich wissen, wer dich hereingelassen hat. Was soll dieser dämliche Auftritt?«

Die Reaktion seines Gegenübers auf diesen Ausbruch ist – wie soll man sagen? Bemerkenswert ist sie. Ungewöhnlich. Da steht dieser Johannes in einer Fassungslosigkeit vor Knautschke, die ihresgleichen sucht. Die Kinnlade: klappt herunter. Die Arme: sinken langsam zu Boden. Aus dem Gesicht des Jünglings ist jede Farbe gewichen.

»Was ist los?«, herrscht ihn Knautschke an. »Hat es dir die Sprache verschlagen?«

Johannes schluckt. Mit einer Hand fährt er sich abwesend durchs gescheitelte Haar. »Wir fluchen nicht«, flüstert er schließlich.

»Hä?«

»Du hast geflucht, Erwin.«

»Quatsch!«

»Doch. Du hast ›verdammt noch mal‹ gesagt. ›Schwachsinn‹ auch.«

»Kommt vor. Und?«

»Hier oben fluchen wir nicht. Keiner, verstehst du? Das ist unser Prinzip … unser ehernes Gesetz sozusagen. Solange ich denken kann, haben sich alle daran gehalten.«

»Bitte? Wo lebst du eigentlich?«

»Nun … vielleicht sollte ich das dich fragen, Erwin: Kann es sein, dass dir nicht klar ist, wo du dich gerade befindest?«

»In meinem Zimmer. Zu dem außer mir und meiner Freundin keiner Zutritt hat.«

»Ja, aber sonst? Ich meine: Wo befindest du dich mitsamt deinem Zimmer?«

Knautschke tippt sich an die Stirn. »Freiburg, Schwarzwaldstraße. Schau aus dem Fenster, falls du es nicht glaubst.«

Johannes schweigt. Wirft einen ratlosen Blick auf sein Brett, zuckt die Achseln, um schließlich zu murmeln: »Er weiß es wirklich nicht.«

»Nein? Gut, dann sag du es mir.«

Der Besucher schreitet zum Schlafzimmerfenster, reißt die Vorhänge zur Seite, dass sich gleißendes Sonnenlicht in den Raum ergießt, und verkündet mit saftigem Tremolo in der Stimme: »Erwin Knautschke, willkommen im Himmelreich!«

Knautschke braucht eine Weile, um sich von seinem Schrecken zu erholen. Normalerweise hätte er gelacht. Oder einen

Gegenstand nach dem Schwätzer geworfen, beispielsweise seinen Wecker. Aber nicht nur den vermisst er, sondern auch sämtliche Dinge vor seinem Fenster: die Dächer der gegenüberliegenden Häuser, den entlaubten Ast einer abgestorbenen Ulme, die Verkehrsschilder und die Stromleitung der Straßenbahn. Nichts davon zu sehen. Stattdessen ein ultramarinblauer Himmel, wolkenlos. Johannes hat beide Fensterflügel geöffnet. Die Sekunden verrinnen, doch kein einziges Auto fährt vorbei, nicht ein Passant lässt sich hören.

Es ist totenstill.

»Was geht denn hier ab?«, stottert Knautschke, die Zimmerwand in seinem Rücken. Er wagt nicht aufzustehen. Am Ende verschwindet auch noch sein Bett, wenn er es verlässt!

»Gute Frage«, murmelt Johannes, der Blatt für Blatt seines Klemmbretts umwendet, Kreuzchen und Häkchen setzt. »Ich hoffe, der Chef weiß eine Antwort darauf.«

»Wo sind die Häuser hin? Die Straße und all das?«

»Es gibt hier keine Straßen. Häuser auch nicht.«

»Und mein Zimmer?«

»Ist für den Übergang. Weißt du, manche fremdeln in den ersten Wochen, da hat es sich bewährt, sie in der vertrauten Umgebung aufwachen zu lassen. Später brauchst du das nicht mehr.«

»Übergang? Ich verstehe kein Wort.«

Seufzend steckt Johannes seinen Stift ein und setzt sich neben Knautschke aufs Bett. »Du siehst mich ratlos, Erwin. Keine Ahnung, warum du so anders bist als die anderen. Glaub mir, ich habe schon einiges erlebt hier oben, aber die Sache mit dir kann ich mir nicht erklären. Du weißt nicht, wo du bist, du hast Kopfschmerzen … Geflucht hast du auch! Ich muss mich erkundigen. Vielleicht ist etwas beim Transport schiefgegangen.« Mit dem Handrücken schlägt er auf das Klemmbrett. »Aber hier steht nichts von Problemen, nichts!

Es handelt sich schließlich um eingespielte Abläufe, seit Jahrtausenden perfektioniert. Wenn das der Chef erfährt!« Er senkt den Kopf, kummervoll.

Sprachlos starrt Knautschke den neben ihm Sitzenden an. Aber nur kurz. Dann beugt er sich vor, packt ihn an der Schulter und schüttelt ihn durch. »Und was ist mit mir, du Jammerlappen? Erklär mir ums Verrecken noch mal, was hier gespielt wird!«

»Nicht fluchen, Erwin!«, fleht der Malträtierte. »Bitte, bitte nicht.«

»Ist ja gut! Dann aber raus mit der Sprache: Wo bin ich?«

Räuspernd rückt Johannes seinen Hemdkragen zurecht. »Im Himmelreich«, antwortet er, um würdevollen Gesichtsausdruck bemüht. »Oder einfach: Himmel. Paradies, Seligkeit, Wolke sieben – nenn es, wie du magst. Der Chef bevorzugt den Begriff ›Himmelreich‹.«

»Der Chef?«

»Gott der Herr.«

»Der ist hier?«

»Kannst du dir den Himmel ohne Gott vorstellen?«

»Oh, ich kann mir einiges … Moment! Wenn ich angeblich im Himmel bin, müsste ich doch«, Knautschke zögert, »dann müsste ich doch gestorben sein, oder?«

Johannes nickt.

»Aber wie? Wann? Wo?«

»Einzelheiten sind hier nicht verzeichnet. Die kennt nur der Chef. Interessiert dich das etwa?«

»Natürlich!«, ruft Knautschke wütend. Seine Migräne meldet sich stärker als zuvor. Er lehnt den Kopf gegen die Wand und schließt die Augen. Da sind Blitze unter seinen Lidern, ein wildes Wetterleuchten und plötzlich Geräusche wie von quietschenden Reifen. Ein Schrei gellt, die Farbe Grün strömt von allen Seiten auf ihn ein, Kälte packt ihn.

Und dann dieser Schmerz! Knautschke schreit ebenfalls und reißt die Augen auf.

Johannes ist aufgesprungen. Entsetzt starrt er auf den Schreienden herab. »Erwin! Was ist los? Was hast du?«

So schnell der Schmerz gekommen ist, so schnell verschwindet er auch wieder. Zurück bleibt ein dumpfes Pochen an der Schädelinnenwand. Knautschke reibt sich die Augen. »Keine Ahnung«, brummt er. »Plötzlich tat mir alles weh. Ekelhaft weh. Und Halluzinationen hatte ich auch. Muss gestern zu viel getrunken haben.«

»Ganz sicher nicht«, entgegnet Johannes leise.

Knautschke lacht. »Na komm, raus mit der Sprache: Habe ich mich totgesoffen? Nein? Mann, dann verrate mir endlich, wie ich ums Leben gekommen bin, deiner Meinung nach! Bin ich unter ein Auto geraten?«

»Um Gottes willen, nein! Auf keinen Fall. Du hattest einen sehr schönen, angenehmen Tod, Erwin, glaub mir.«

»Ach? Und warum habe ich dann eben das Quietschen von Reifen gehört?« Er tippt sich an die Schläfe. »Hier steckt die Erinnerung an einen verdammt heftigen Schmerz drin, ich spüre das. Kalt war es auch. Genau das Gegenteil von angenehm. Erklär mir das, junger Mann!«

Langsam schüttelt Johannes den Kopf. »Auch das noch«, haucht er kaum hörbar. Er ist kreidebleich geworden. »Auch das noch, nicht zu fassen. Wie kann er nur …?« Er legt Knautschke eine Hand auf den Arm. »Pass auf, Erwin, wir klären das. Alles wird gut, mach dir keine Sorgen. Ich werde mich erkundigen. Beim Chef und bei den anderen. Irgendetwas muss schiefgelaufen sein bei deiner Ankunft. Wobei wir doch alles … egal. Bleib du bitte liegen und warte auf mich. Es wird nicht lange dauern. Dein Zimmer solltest du nicht verlassen. Wenn die Schmerzen zu groß sind, läute nach mir. Ich werde mich beeilen.« Er ist bereits auf dem Weg zur Tür, als er sich besinnt und umkehrt. Seiner Hemdtasche entnimmt er einen in Silberfolie eingepackten Riegel, den er Knautschke reicht. »Hier, iss das. Es hilft gegen alles, auch gegen Schmerzen. Wir geben es sonst erst nach der Eingewöhnungsphase aus, aber unter diesen Umständen ... Bis gleich, Erwin.«

Argwöhnisch dreht Knautschke den Riegel hin und her. »Was ist das?«

»Ambrosia. Himmelsnahrung. Da ist alles drin, was du brauchst.« Vorsichtig zieht Johannes die Tür hinter sich zu.

Knautschke betrachtet den Silberriegel noch eine Weile, dann pfeffert er ihn in eine Ecke seines Schlafzimmers.

Er muss eingedöst sein. Trotz der Kopfschmerzen und der unbeantworteten Fragen. Als er die Augen aufschlägt, sieht er neben sich auf dem Nachttisch eine Karaffe mit einer unbekannten Flüssigkeit und ein leeres Glas. Das trifft sich gut, er hat nämlich Durst, Nachbrand wahrscheinlich. Gähnend greift er nach der Karaffe und schenkt sich ein. Das Zeug ist sämig und süß, etwa so wie dicker Maracujasaft mit einem Schuss Limone, aber es erfrischt. Sofort fühlt er sich besser. Schade nur, dass die Sonne immer noch so ungehindert und friedvoll in sein Zimmer scheint; er hat schon gehofft, die Johannes-Episode von vorhin könne sich als alberner Traum erweisen. Genauer gesagt: als Albtraum.

Auch sein Wecker bleibt verschwunden.

Knautschke trinkt noch ein zweites Glas, dann rappelt er sich auf und lehnt sich wie vorhin mit dem Rücken gegen die Wand. Jetzt ein wenig Gymnastik: mit dem Kopf rotieren, bis die Halswirbel knacken. Die Arme abwechselnd in die Höhe strecken, den Unterkiefer kreisen lassen. Ja, er hat das Gefühl, allmählich in Schwung zu kommen. Sein Kopf ist fast schmerzfrei. Nun sollte er sich dem Problem Himmelreich widmen können.

Aber da ist wieder dieses Zwicken am Zeh. Woher kommt

das bloß? Knautschke schlägt die Bettdecke zur Seite und zieht den rechten Fuß heran. Was er sieht, lässt ihn erstarren. An seinem großen Zeh hängt ein Zettel.

Wie in der Pathologie, denkt er schaudernd.

Es ist ein kleiner, rechteckiger Zettel, mit einem Stück Mullbinde an seinem Zeh befestigt. Hastig friemelt er ihn ab. *Knautschke, Erwin*, steht da und ein Datum: *23. September, 8.25 Uhr*. Eine Ecke des Zettels ist blutverschmiert.

Fassungslos glotzt Knautschke das Fundstück an. Sofort meldet sich seine Migräne wieder. Und nicht nur das, auch das Geräusch der quietschenden Autoreifen kehrt zurück, das Wetterleuchten, die Kälte. Er hört den Schrei, sehr fern diesmal, außerdem ein Gluckern und Rauschen. Wasser, durchfährt es ihn, ich ertrinke! Ich ertrinke … Gegen die Panik, und um nicht wie vorhin loszubrüllen, presst er die Lippen zusammen, dann ist es vorbei. Er atmet heftig.

Schnell ein Schluck von dem Maracujazeug. Gott sei Dank, es hilft! Der Schleier vor seinen Augen verschwindet. Vielleicht leidet er unter Zuckermangel. Oder Flüssigkeitsmangel. Dass er sich am gestrigen Abend maßlos betrunken hat, bezweifelt er inzwischen. Sein Kreislauf ist stabil, er verspürt keine Übelkeit, nur in seinem Schädel pocht es. Unschlüssig dreht er den kleinen Zettel hin und her. Genau solche Dinger hängen sie doch den Leichen in den Kühlfächern … Er wagt nicht, den Gedanken zu Ende zu denken.

Eine Stimme reißt ihn aus seiner Grübelei. »Hallihallo«, klingt es durch das offene Fenster. »Jemand zu Hause bei Nachbars?«

Nach kurzem Zögern steht er auf, legt den Zettel neben die Karaffe und tritt blinzelnd zum geöffneten Fenster.

Was für ein Ausblick! Unendlich blau wölbt sich der Himmel über ihm, ein Glanz bis zum Horizont, darunter aber liegt ein Meer von Wolken, kleinen und großen, zwischen denen immer wieder ein Flecken Erde hindurchlugt: schneebestäubte Gebirge, Wälder und Flussadern, Seen wie tiefblaue Muttermale. Und natürlich Land in allen denkbaren Farbtönen, von Anthrazit über Ocker bis hin zu Rostrot. Er überfliegt den Planeten! Er überfliegt ihn ohne Schutzanzug und Sauerstoffflasche.

»Das ist nicht wahr«, murmelt er. »Das kann einfach nicht wahr sein!« Mit beiden Händen klammert er sich am Fensterbrett fest.

»Grüß Gott, Herr Nachbar! Na, auch einen schönen Tod gehabt?«

Er beugt sich vor und schaut nach links. Aus einem Fenster nebenan winkt ihm eine Frau zu. Mitte 40, brünett und, wie sagt man so schön, von der Natur recht üppig ausgestattet. Das schwarze Negligé, das sie trägt, ist von einer beachtlichen Transparenz. Knautschke registriert es, mehr nicht. In diesem Augenblick hat er ganz andere Sorgen.

»Was sagen Sie?«, stottert er. »Einen schönen was?«

»Seit wann siezen wir uns?«, lächelt sie zurück. »Ich bin Marlene aus Essen. Magst du nicht rüberkommen und mir Gesellschaft leisten?«

Knautschke schweigt. Seine Blicke schweifen ab, zur Erde, die weit unter ihnen dahinzieht, zu den Abertausenden von Wolken ringsumher und – ja, das auch – zu Marlenes Brüsten, die weich und einladend auf ihrem Fensterbrett ruhen.

»Rüber?«, entgegnet er schließlich. »Sind Sie allein?«

Das ist eine in jeder Hinsicht unpassende Frage, wie er sofort merkt, doch seine Nachbarin lässt sich nichts anmerken: »Hier oben sind alle erst einmal allein, würde ich sagen. Und bitte, mein Lieber, duz mich. Wie heißt du?«

»Erwin. Erwin Knautschke.«

»Schön, Erwin. Dann lass mich mal nicht ewig warten.« Kichernd hält sie sich die Hand vor den Mund. »*Ewig* ist gut! Also, wenn du rausgehst, gleich die erste Tür rechts.« Sie verschwindet.

Knautschke atmet tief durch. Zweimal, dreimal. Marlene aus Essen also. Die neue Nachbarin. Mit einer Oberweite für zwei. Zum Glück hat sie nicht den Wunsch geäußert, zu ihm zu kommen. Sein Schlafzimmer ist auch im aufgeräumten Zustand wenig vorzeigbar. An den Wänden verblasste Poster, in einer Ecke eine armlose Schaufensterpuppe, um den Hals einen SC Freiburg-Schal. Wie man sich als privater Ermittler mit wechselnden Partnerinnen und dem Lebensstil eines Singles halt so einrichtet.

Ob sich das über den Wolken ändern wird?

Achselzuckend geht er zu seinem Kleiderschrank und öffnet ihn. Auch hier hat jemand für Ordnung gesorgt. Die Hemden sauber aufgehängt, jede Unterhose sorgfältig zusammengelegt. Scheint einen Zimmerservice zu geben im Himmelreich. Er wählt ein paar seiner besseren Sachen und kleidet sich an. Sein Deo liegt drüben im Bad, aber dass es sein Bad ebenfalls hierher geschafft hat, wagt er zu bezweifeln. Erste Tür rechts, hat Marlene gesagt. In seiner Freiburger Wohnung geht es dort zur Besenkammer.

Sein Blick fällt in den kleinen Spiegel, der innen an der Kleiderschranktür angebracht ist. Hat sich an seinem Aussehen etwas verändert? Ihm fällt nichts auf. Noch immer starrt ihm dieses faltige, gequetschte, asymmetrische Gesicht entgegen, das so perfekt zu seinem Namen passt. Ein echtes Knautschgesicht. Sogar die Nase ist krumm und hat einen Knick, obwohl er nie geboxt hat. Vielleicht hätte er boxen sollen, um sie sich von einem zielsicheren Gegner richten zu lassen. Nun ist es zu spät. Oder?

»Verdammt, verdammt, verdammt«, presst er hervor. Soll es das wirklich gewesen sein? Kein Stündchen Lebenszeit mehr? Nie wieder Gewürztraminer? Er fährt sich über den Schädel. Der Schmerz ist noch da, nicht heftig, aber vorhanden. Und wo ein Schmerz ist, ist vielleicht auch das Gegenteil.

Immerhin, schicke Damen scheint es hier oben ja zu geben.

Also Schluss mit dem Anziehen. Soll er das Fenster schließen? Nein, etwas Höhenfrischluft kann nicht schaden. Stattdessen geht er zum Nachttisch und steckt den blutverschmierten Zettel ein. Den braucht keiner zu sehen.

Vor seinem Zimmer liegt ein langer, heller Flur. Türen auf beiden Seiten, alle im selben schlichten Altrosa gehalten und alle mit Namensschildern. Schräg gegenüber wohnt eine Annabelle aus München, daneben ein Igor aus Baunatal. Hedwig, René, Mehdi und so weiter. Der Boden besteht aus einer Art festen Watte, auf der es sich wunderbar läuft. Wenn man sich erst mal getraut hat. Knautschke hält die Klinke seines Schlafzimmers noch eine Weile in der Hand. Wirft sogar einen Blick zurück, nur so, als Kontrolle. Bett, Schrank, Poster, Schaufensterpuppe – alles an seinem Platz. Trotzdem schade. Das Schlafzimmer scheint als einziger Raum seiner Freiburger Wohnung die Reise ins Himmelreich mitgemacht zu haben. Hoffentlich ist es nachher noch da.

Gleich rechts, da steht ihr Name: Marlene. Knautschke klopft und tritt ein. Auf der Schwelle bleibt er wie angewurzelt stehen. Vor ihm liegt eine Panoramasuite, eine Halle, ein kitschiger Wohnweltentraum. Wie ist es nur möglich, dass dieser riesenhafte Raum neben all die anderen passt? Neben sein Schlafzimmer zum Beispiel? Rechterhand sieht er in einiger Entfernung ein monumentales Doppelbett, so recht eine Spielwiese für Verliebte, links gibt es eine breite Schrankwand, einen Schminktisch mit ausklappbaren Spiegeln und ein Laufband. Das Beste aber wartet in der Mitte des Raumes. Da führen ein paar Treppenstufen hinab zu einem Whirlpool, hinter dem ein Fenster im XXL-Format den Blick auf die Bläue des Himmelszelts freigibt.

»Erwin! Schön, dass du da bist.« Bevor Knautschke reagieren kann, drückt ihm Marlene Küsschen auf beide Wangen. Im Gegensatz zu ihm hat sie sich nicht umgezogen. Ihr schwarzes Negligé umflattert gut gepolsterte Hüften und reicht bis hinunter zu den nackten Füßen. Sonst trägt sie nichts. Einen Slip, ja. Aber der ist auch nur ein Nichts. Umstandslos nimmt sie ihren Gast bei der Hand und führt ihn zu einem kleinen Tisch mit zwei Stühlen, die vor einem weiteren, deutlich schmaleren Fenster stehen. Offenbar hat sie von hier den Kontakt zu Knautschke geknüpft.

»Was ist das?«, fragt er, als er sitzt.

»Was denn?«

»Na, das hier. Das alles.«

»Mein Schlafzimmer, was dachtest du? Hast du keines?«

»Meins ist viel kleiner.«

»Oh, natürlich.« Sie lacht. »Wie im Himmel so auf Erden. Das ist das Prinzip, Johannes hat es mir erklärt. Weißt du, ich hatte das Glück, kurz vor meinem Tod reich zu heiraten, und für meinen Gatten war es ein Klacks, mir einen Whirlpool einbauen zu lassen. Er selbst macht sich aus solchen Spielereien nichts.« Sie schenkt Knautschke ein Glas der gleichen Flüssigkeit ein, wie sie nebenan auf seinem Nachttisch steht. »Vermutlich haust er immer noch in seiner Höhle unterm Dach.«

»Dein Gatte?«

»Mein Gatte. Aber erzähl von dir, Erwin. Hattest du einen angenehmen Tod?«

»Angenehm? Warum fragst du? Ich weiß es nicht.«

»Du weißt es nicht?« Marlene schaut ihn verblüfft an. »Also, ich kann mich sehr gut daran erinnern. Es war wie ein Einschlafen nach großer Müdigkeit, eine Art Hinübergleiten, ganz sanft, weich, wohltuend …« In ihren Augen liegt ein schwärmerischer Glanz. »Ich könnte es jederzeit wieder tun.«

»Bist du sicher?«

»Und ob ich sicher bin. Zum Wohl, Erwin!« Sie hebt ihr Glas. »Auf unser Himmelreich!«

Nachdenklich nimmt er einen Schluck. Warum weiß diese Frau so gut über ihren Tod Bescheid, während es bei ihm bloß ein paar Erinnerungsfetzen gibt? Die auch noch schmerzhaft sind? Von wegen wohltuend! Vom Sterben ist ihm nichts als ein gewaltiger Kater geblieben.

»Darf ich fragen, woran du gestorben bist, Marlene?«

»Selbstverständlich. Ich wurde krank, im Urlaub. Die genaue Bezeichnung kenne ich nicht, aber es war eine Erlösung. Man geht in ein besseres Reich über, findest du nicht auch?«

Schweigend zuckt er mit den Schultern.

»Sag mal, Erwin … Kann es sein, dass ich dich von irgendwoher kenne?«

»Nein, wieso?«

»Entschuldige, war nur so ein Gedanke. Manchmal meint man ja … Aber nun berichte! Woher kommst du, was hast du gearbeitet? Was macht deine Familie?«

»Freiburg«, murmelt er. Familie? An die hat er noch nicht eine Sekunde gedacht. Überhaupt hat er keinen Gedanken an diejenigen verschwendet, die auf der Erde zurückgeblieben sind. Ariane wird ihn vermissen, sicher. Aber nicht lange. Das ganze Leben liegt noch vor ihr, sie wird neue Pläne machen, neue Männer finden, und wenn man ehrlich ist, hat sie etwas Besseres verdient als einen Erwin Knautschke. Vor allem: etwas Jüngeres.

»Freiburg«, flötet Marlene. »Wie entzückend! Stell dir vor, dorthin haben wir unseren Schulausflug gemacht. Wenn ich an diese Jugendherberge denke!«

Während sie weiterträllert, kommen Erwin seine Eltern in den Sinn. Unten, in ihrem Dorf in der Rheinebene. Sollte er tatsächlich gestorben sein, würde sein Vater fluchen, dass er wegen der Beerdigung seines missratenen Sohnes die geliebte Modelleisenbahn für einen halben Tag im Stich lassen muss.

Und seine Mutter würde sich eher die Augen ausstechen, als in der Öffentlichkeit eine Träne zu vergießen. Okay, lassen wir das mit den Eltern. Griesbacher, Knautschkes Partner, könnte endlich mit vollem Recht jammern, dass Erwin sich immer dann drückt, wenn ihnen die Arbeit bis zum Hals steht, und wer, bitteschön, bringt nun den angefangenen Auftrag zum Abschluss? Sorry, Erwin, aber so grußlos verabschiedet man sich nicht!

Plötzliche Stille lässt Knautschke aufsehen. Marlene lächelt ihn an.

»Doch«, brummt er. »Schön ist es hier.«

»Ich fragte dich gerade, ob du Kinder hast.«

»Entschuldigung. Nein, keine Kinder. War irgendwie nicht drin.«

»Noch ein Schlückchen Nektar? Johannes sagt, man kann nicht genug davon trinken.«

»Nektar?« Knautschke sieht Marlene zu, wie sie sein Glas mit der orangefarbenen Flüssigkeit füllt.

»Es gibt nichts Besseres, finde ich.«

»Meinem Kopf tut es gut.«

Lächelnd prostet sie ihm zu. Seine Blicke gleiten über ihren Körper, über Schultern, Busen und Beine, die sich deutlich unter ihrem Negligé abzeichnen, und verwundert stellt er fest, dass ihn der Anblick kalt lässt. Du meine Güte, er ist schließlich ein Mann, und diese Frau trägt weniger auf dem Leib als andere in der Sauna. Nicht zu vergessen ihr Bett mit seinen verlockenden Ausmaßen. Es muss an seiner Migräne liegen, dass sich nichts in ihm regt.

In ihr anscheinend auch nicht. »Machen wir einen kleinen Ausflug?«, schlägt sie vor. »Ich bin dermaßen gespannt auf alles hier!«

Erwin nickt. Seine Begeisterung hält sich zwar in Grenzen, aber wenn er auch nur eine seiner Fragen beantwortet haben will, muss er den Schlafzimmertrakt verlassen.

»Gut«, freut sie sich und steht auf. »Dann ziehe ich mich an.«

»Ich warte in meinem Zimmer.«

»Aber nein, bleib ruhig hier.« Und so wird Erwin Knautschke Zeuge, wie sich Marlene aus Essen ihres Negligés entledigt und es über einen Bügel hängt. Er guckt nur ein bisschen, und es scheint ihr nichts auszumachen. Ganz außen an ihrer rechten Hüfte, knapp über dem Slip, prangt ein kleines eintätowiertes Kreuz. Der Bügel verschwindet in einem Schrank und wird gegen ein paar Kleidungsstücke eingetauscht. Schweigend nippt Erwin am Nektar, während seine Nachbarin ihren Büstenhalter anlegt und eine geblümte Bluse überstreift. Er horcht in sich hinein. Nichts.

Als sie in eine verwaschene Designerjeans steigt, fällt ihm etwas ein. »Sag mal, Marlene«, beginnt er.

»Ja?«

»Hattest du beim Aufwachen ... ich meine, als du hier zu dir kamst: War da was an deinem Zeh?«

»An meinem Zeh? Was soll da gewesen sein?«

»Ich weiß nicht. Etwas Ungewöhnliches. Ein Zettel vielleicht?«

Sie schüttelt den Kopf. »Was soll ich mit einem Zettel am Zeh?«

»Einer mit deinem Namen drauf. Du weißt schon, wie in der Pathologie.«

»Igitt!« Angewidert verzieht sie das Gesicht. »Wir sind doch nicht im Kühlhaus, Erwin. Das hier ist das Himmelreich, da geht man pfleglich mit den Leuten um. Wie kommst du auf solche Gedanken?« Sie stemmt die Hände in die Hüften und runzelt die Stirn. »Hattest du so einen Zettel an dir?«

Erwin nickt.

»Das musst du Johannes erzählen. Er kennt sicher den Grund. Was stand denn auf dem Zettel?«

»Mein Name und ein Datum, sonst nichts. Ehrlich gesagt, bezweifle ich, dass dieser Johannes mir weiterhelfen kann. Er fand ja schon meine Kopfschmerzen völlig abwegig.«

Energisch schüttelt sie den Kopf. »Johannes hat für alles eine Erklärung. Er ist schließlich Evangelist. Außerdem der Lieblingsjünger ...« Ein Klopfen an der Tür unterbricht sie.

Auf Erden würde man sagen: Wenn man vom Teufel spricht ... Hier im Himmelreich ist das natürlich eine unpassende Formulierung, und so lassen wir Johannes, den Klemmbrettträger, kommentarlos ins Zimmer stolzieren. Zwischen den Mundwinkeln hat sich wieder sein verbindliches Lächeln eingenistet, er strahlt Geschäftigkeit und jugendlichen Ernst aus.

»Meine Lieben!«, grüßt er durch die Weite der Zimmerflucht. »Wusste ich doch, dass ich euch hier finde. Habt ihr euch schon eingelebt? Kommt ihr zurecht?«

Auch Marlene strahlt. »Alles bestens, Johannes. Wir wollten gerade einen kleinen Ausflug unternehmen.«

»Absolut richtig, bei diesem Wetter.« Er zwinkert ihnen zu. »Nicht dass es hier oben jemals schlechtes Wetter gäbe ... Aber ihr solltet die Sonne nutzen. Erwin, ich habe dir noch etwas Ambrosia auf den Nachttisch gelegt. Falls dich der Hunger übermannt.«

»Wenn du diese Sportlerriegel meinst – da stehe ich nicht drauf. Habt ihr nichts Anständiges im Haus?«

»Es ist beste Himmelsnahrung«, lächelt Johannes von der Höhe der Stufen herab. »Gehen wir?«

Fröhlich hängt sich Marlene bei Knautschke ein. »Es ist so aufregend!«, zwitschert sie ihm ins Ohr. »Wie beim Abschlussball der Tanzstunde.«

Sie erreichen die Tür, die ihnen Johannes mit einer angedeuteten Verbeugung aufhält. »Voilà! Das Himmelreich steht euch offen.«

»Moment.« Erwin tritt dicht an ihn heran. »Was ist nun mit meinem Kopfweh? Mit dem Schrei, den ich gehört habe? Du wolltest dich doch erkundigen.«

»Richtig.« Johannes spitzt die Lippen und deutet mit dem Finger auf ihn. »Hör zu, Erwin – alles in Ordnung. In bester Ordnung sogar. Du leidest unter einer Art … – wobei leiden zu viel gesagt wäre. Es sind gewissermaßen Nachwehen. Postmortale Verkrampfungen. Ein vorübergehendes Unwohlsein, das schon bald vergessen sein wird. Wir sehen da absolut keine Probleme.«

»So? Dein Wort in Gottes Ohr.«

Johannes schaut einen Moment lang verdutzt. Dann lacht er. »Du sagst es, Erwin, du sagst es. Solche Verwerfungen und Verkrampfungen kommen äußerst selten vor, vielleicht einmal pro Jahrtausend, aber genau das sind ja die Zeiteinheiten, in denen unsereins rechnet. Du kannst dir den Tod im Prinzip als Spiegel der Geburt vorstellen, als ein Übergang. Und wie jeder Übergang ist er mit Umstellungen verbunden. Wehen eben.«

»So sehe ich das auch«, nickt Marlene. »Ich fühle mich wie neugeboren.«

»Danke, Marlene. Es ist ein Ereignis, etwas ganz Besonderes. Sprich mit den anderen, Erwin, dann wird dir die Bedeutung dieses Übergangs bewusst.«

»Du meinst also, das geht vorüber?« Knautschke verschränkt die Arme vor der Brust. »Die Bilder von meinem Tod, der Schrei, das Reifenquietschen – alles nur posttraumatischer Dingens?«

»Trauma«, erwidert der junge Mann mit dezenter Säuerlichkeit, »ist in diesem Fall der falsche Begriff. Niemand im gesamten Himmelreich hat Erinnerungen an seinen Tod, die auch nur annähernd mit einem Trauma in Verbindung zu bringen wären.«

»Ich schon.«

»Nachwehen, wie gesagt. Innere Verschlingungen, die sich noch nicht gelöst haben.« Ein kecker Glanz tritt in seine bebrillten Augen. »Oder soll ich Verknautschungen sagen?«

Marlene kichert.

»Aber nun lasst uns gehen. Nach dir, Marlene.«

»Danke, Johannes.«

Knautschke folgt schweigend. Seine Hand spielt mit dem Zettel in seiner Hosentasche.

Während sie den langen Flur entlanggehen, lenkt Johannes ihre Aufmerksamkeit immer wieder auf die Namen an den Türen. Annabelle, die Münchnerin, sei von langem Leiden erlöst worden und überaus dankbar, im Himmelreich zu sein. Kurt, ein Rentner aus der Nähe von Dresden, freue sich auf das Wiedersehen mit seiner Frau. Und René und Mandy, das Berliner Pärchen, sei dank glücklicher Fügung, sprich: Auffahrunfall, gemeinsam hier eingetroffen.

»Hier«, Johannes zeigt auf eine Tür linkerhand, »wohnt ein richtiger Promi. Der beliebteste Priester im ganzen Münsterland. War sogar als zukünftiger Bischof im Gespräch. Aber was ist schon ein irdischer Thron gegen einen Platz im Himmelreich?«

»Ein katholischer Priester?«, hakt Knautschke nach.

Johannes nickt.

»Aber ich bin evangelisch.«

»Und?«

»Zählen die Konfessionen hier oben nichts mehr?«

»Kokolores«, winkt der junge Mann ab. »Mit solchen Kleinigkeiten geben wir uns nicht ab. Glauben wir nicht alle an denselben Gott?«

»Ist das nicht toll?«, strahlt Marlene. »Wenn ich an die Probleme denke, die man sich auf Erden damit macht!«

Der Flur knickt nach rechts ab. Zwei Frauen kommen ihnen entgegen und grüßen höflich. Ein Knirps mit einem Fußball unterm Arm und einem Ballack-T-Shirt flitzt vorbei.

Es gibt weniger Türen als zuvor, und sie tragen auch keine Namen, sondern Aufschriften wie »Spielzimmer«, »Archiv« oder »Ruheraum 1«. Wegweiser führen zur Kantine und zum Sonnendeck.

»Kantine klingt gut«, lässt sich Erwin vernehmen. »Wie wär's mit einem Grillhähnchen für Neuankömmlinge?«

»Hast du etwa Hunger?«, fragt Marlene verwirrt.

»Das meint er bloß«, lächelt Johannes. »Eine weitere Nebenwirkung seiner Nachwehen. Im Himmelreich gibt es Nektar und Ambrosia, und das ist alles, was ihr braucht.«

»Wenn ich nun aber auf Grillhähnchen bestehe?«

»Du wirst doch nicht aus purem Eigensinn das jahrtausendealte Angebot unserer Kantine verändern wollen?« Das Lächeln wird noch breiter. »Aber bitte, Erwin: Wenn du drei Bewohner findest, die sich ein neues Gericht wünschen, Grillhähnchen zum Beispiel, werden wir das einrichten. Ich bin ehrlich gespannt, ob du überhaupt einen findest.«

»Werden wir sehen.« Knautschke hat gar keinen Appetit auf Grillhähnchen. Er ist bloß neugierig, ob sich der himmlische Speiseplan in Sportlerriegeln und Maracujasaft erschöpft. Nichts gegen dieses Nektarzeug, okay. Aber wie lange er es ohne einen ordentlichen Kaiserstühler aushält, ist noch nicht ausgemacht.

»Wir sind da, ihr Lieben.« Johannes bleibt vor einer zweiflügeligen Tür mit der Aufschrift »Sonnendeck« stehen. »Das hier wird in nächster Zeit euer bevorzugter Aufenthaltsraum sein. Natürlich habt ihr Zugang zu sämtlichen Räumen des Himmelreichs. Ihr seid überall willkommen. Verbote kennen wir nicht.«

»Wunderbar!«, strahlt Marlene. »Vielen Dank, Johannes.«

»Gerne. Wenn ihr …«

»Es gibt keine Verbote?«, unterbricht Knautschke. »Ich darf hier oben tun und lassen, was ich will?«

»Selbstverständlich.«

»Warum gibt es dann keine Grillhähnchen, junger Mann? Und wie war das noch mit dem Fluchen?«

»Das Schöne am Himmelreich«, entgegnet Johannes sanft, »ist die Tatsache, dass sich jeder freiwillig an die Regeln hält. Alles wird in gegenseitigem Einvernehmen geklärt. Es bedarf also gar keiner Verbote, verstehst du?«

»Also darf ich auch fluchen, so viel ich will!«

»Niemand hindert dich, Erwin. Aber du wirst es selbst nicht mehr wollen, sobald du dich hier richtig eingelebt hast. Glaub mir, in ein paar Tagen lachst du über deine anfänglichen Anwandlungen.«

»Wetten, dass nicht?«

»Viel Vergnügen euch beiden«, schmunzelt Johannes und stößt die Tür auf. »Bitteschön, hier lang!«

Marlene schenkt ihm ein bezauberndes Lächeln und geht voraus. Knautschke folgt ihr grimmig, wobei er dem Jungen mit dem Klemmbrett kräftig auf die Zehen tritt. Die im Übrigen nackt sind.

»Sorry«, knurrt Knautschke. »War'n Versehen.«

»Keine Ursache«, zischt der Lieblingsjünger.

Das himmlische Sonnendeck allerdings hält, was sein Name verspricht. Eine langgezogene Freifläche, umspielt von Licht und begrenzt von einem goldverkleideten Geländer. Und dann der Ausblick: überwältigend schön. Sämtliche Wolken haben sich zurückgezogen, in der Tiefe rotiert eine gewaltige Erdkugel. Hunderte von Liegestühlen mit verstellbarem Sonnenschutz laden zu einem Nickerchen ein, alle paar Meter gibt es eine kleine Bar mit Karaffen voll Nektar und Pyramiden aus Ambrosiariegeln. In Grüppchen stehen die Himmelsbewohner zusammen, lehnen am Geländer, schenken sich gegenseitig Nektar ein und strahlen Zufriedenheit aus. Andere liegen still in ihren Stühlen, lassen die Blicke schweifen oder blättern in einem Buch.

»Ist das nicht traumhaft?«, seufzt Marlene. »Erwin, nun sag doch was.«

»Schick«, murmelt Knautschke. Auch wenn irgendwo tief in seinem Inneren etwas rebelliert, muss er doch zugeben, dass ihm der Anblick behagt. Welche Kreuzfahrt auf Erden könnte Vergleichbares bieten? Mit Ariane zusammen hat er manchmal vom Urlaub auf einem Luxusliner geträumt. Drei verschiedene Pools an Deck und im Frack zum Kapitänsdinner, so was halt. Aber das Geld hat dann doch nur für eine Pauschalreise in die Domrep gelangt. Die Ariane nun ohne ihn antreten muss. Wenn sie sich im Dezember am Strand aalt, kann er die Karibik wenigstens von oben genießen.

»Ah, zwei Neue!« Ein kräftiger Kerl mit grauem Rauschebart kommt auf sie zu. Im ersten Moment ist Knautschke geneigt, ihn für eine biblische Figur zu halten, einen Prediger oder Propheten, aber dann sieht er den dicken Silberring im Ohrläppchen des Mannes. »Ein herzliches Willkommen von der ganzen Gemeinschaft. Hattet ihr einen angenehmen Tod?«

»Herrlich«, lautet Marlenes Antwort. »Einfach hinreißend. Und das hier übertrifft all meine Erwartungen.«

Der Bärtige lässt sich von Marlene die obligatorischen Bussis geben und schüttelt Erwin die Hand. »Theophil mein Name. Gut seht ihr aus, ihr beiden.«

»Erwin«, sagt Knautschke. »Woher wissen Sie, dass wir neu sind?«

Der andere zeigt auf ihre Füße. »Eure Schuhe. Am Anfang findet man es komisch, barfuß auf Wolkenboden zu laufen, aber man gewöhnt sich schnell daran, keine Sorge. Wenn hier oben etwas überflüssig ist, dann Schuhe.« Scherzhaft droht er Erwin mit dem Finger. »Und solltest du mich noch einmal siezen, muss ich es Johannes melden.«

»Schon gut«, brummt Knautschke. Wehrlos lässt er weitere Begrüßungen über sich ergehen, nennt Männern und

Frauen verschiedenen Alters seinen Namen, bekommt Küsschen, warmen Händedruck, aufmunterndes Schulterklopfen. Schön, dass ihr hier seid. Wurde ja auch Zeit, ihr Lieben! Ist es im Himmel nicht noch viel, viel schöner, als man es sich im Leben ausmalt?

»Wenn das mein Exmann wüsste«, platzt Marlene los, »er würde sich sofort vor ein Auto werfen, nur um hierher zu kommen!«

Über diese Vorstellung lacht man herzlich. Ja, das Leben, ein Hort der Ahnungslosigkeit! Endlich gelingt es Knautschke, sich der Gesellschaft zu entziehen. Das Geländer lockt, der Blick in die Tiefe: auf eine Erde, die so majestätisch still zu seinen Füßen liegt, so friedlich und unschuldig, wie sie zu Lebzeiten Knautschkes nie gewesen ist. Die Langsamkeit, mit der sich der dunkle Koloss um die eigene Achse dreht, hat etwas Mystisches. Ganz allmählich, widerstrebend fast, weicht das Meer zugunsten einer gebirgigen Küstenlandschaft zurück, an die sich das Grün von Waldflächen anschließt. Der Verlauf von Flüssen ist zu erkennen, dann einzelne Städte wie Sommersprossen auf dem Gesicht eines Riesen, wieder Berge, ein lang gestreckter See. Knautschke versucht die Entfernung zwischen sich und der Erdoberfläche zu schätzen. Fünf Kilometer, zehn? Besteht in dieser Höhe nicht die Gefahr, mit Flugzeugen zu kollidieren? Na, Johannes und sein Chef werden schon vorgesorgt haben.

Lange steht er so und schaut. Er kann nicht sagen, welcher Teil der Erde da vorüberzieht. Ein Land der Nordhalbkugel wahrscheinlich, es ist viel dunkles Grün dabei. Amerika? Russland? Geografie ist noch nie seine Stärke gewesen. Schwindelfreiheit übrigens auch nicht. Das Betreten eines Balkons im dritten Stock hat bis heute zu Erwin Knautschkes privaten Horrorvorstellungen gehört. Nun aber beugt er sich in nie geahnter Höhe über ein Geländer, ohne auch nur den leisesten Anflug von Unwohlsein zu empfinden. Wenn das mal kein Fortschritt ist!

Andererseits: In seinem jetzigen Zustand könnte er getrost aus 5000 Metern auf der Erde aufdotzen. Toter als tot geht ja nicht.

»Spielst du mit mir Fußball?«

Erwin sieht auf. Der Knirps von vorhin steht neben ihm, eine WM-Kappe auf dem Blondhaar, den Ball unterm Arm. Seine Augen leuchten erwartungsvoll.

»Fußball?«, fragt Knautschke zurück. »Wo willst du hier spielen? Ich meine, was passiert, wenn der Ball über das Geländer fliegt?«

»Doch nicht hier, Mann! Drinnen gibt es eine super Halle und weiter hinten einen Platz mit Kunstrasen. Da geht's ab, sag ich dir!«

»Ach, weißt du, ich und Fußball ... Ich gehöre eher zu den Nichtsportlern.« Er bemüht sich um ein kumpelhaftes Grinsen. »Hoffentlich bist du jetzt nicht sauer.«

»Sauer? Nie im Leben! Ich zwinge doch keinen. Die Leute müssen schon wollen, sonst macht es keinen Spaß.«

Nie im Leben, echot Knautschke im Stillen. Er fragt sich, wie der Junge im wirklichen Leben auf die Absage reagiert hätte. »Dann mal viel Spaß beim Kicken. Ach, noch was: Hattest du eigentlich einen angenehmen Tod, Kleiner?«

»Aber klar«, ruft der Knabe und hüpft davon. »Voll cool war der. Noch besser als Fußball!«

»Schön für dich«, denkt Knautschke.

Irgendwann steht der Bärtige, der sich als Theophil vorgestellt hat, an seiner Seite und leistet ihm beim Hinunterstarren Gesellschaft. Welches Land sie gerade überfliegen, weiß auch er nicht. Die exakte Route sei im sogenannten Kuppelraum hinterlegt, der sich am Ende des Sonnendecks befinde. Falls Erwin Fragen habe, könne er sich getrost dorthin wenden. Alle hier seien stets hilfreich und bemüht.

»Das habe ich gemerkt«, meint Knautschke. »Dass mal jemand unhöflich ist oder ausflippt, kommt wohl nicht vor?«

»Nein, warum auch?«, entgegnet Theophil, und in seinen wasserblauen Augen leuchtet es warm. »Das bringt doch nichts.«

»Manchmal kann man nicht anders.«

»Auf Erden vielleicht. Hier oben gibt es keinen Anlass, um ... wie sagtest du? Auszuflippen.« Er legt den Kopf ein wenig schief, als versuche er sich an etwas zu erinnern. »Sicher, auch bei mir gibt es Tage, an denen das innere Gleichgewicht nachjustiert werden muss. Aber dann trinke ich ein Gläschen Nektar, und alles ist wieder im Lot. Das solltest du auch tun, Erwin.«

»Wird gemacht, keine Sorge. Trotzdem will mir nicht in den Kopf, wie das auf Dauer funktionieren soll. Es kann doch nicht jeder hier für immer und ewig glänzender Laune sein!«

»Aber weshalb denn nicht?«, ruft der Bärtige, ihn belustigt von der Seite anblickend. »Ist doch das Beste, was uns passieren kann! Sollte es einmal Meinungsverschiedenheiten geben, klären wir das ganz freundschaftlich untereinander. Oder wir rufen Johannes, der weiß dann schon Rat. Hör mal, Erwin, falls dir irgendwie Zweifel kommen, dass du hier die beste aller denkbaren Welten bewohnst, geh in den Kuppelraum und schau dir an, wie es auf Erden zugeht.«

»Ich weiß, wie es dort zugeht«, entgegnet Knautschke ungehalten. Das Dauerzufriedenheitslächeln dieser Leute macht ihn völlig kirre. Wieso will es sich bei ihm nicht einstellen? »Johannes rufen, klar. Der Typ ist wohl für alles zuständig?«

»Er garantiert, dass der Laden läuft. Glaub mir, Johannes ist die Idealbesetzung für diesen Job. Einen Besseren hätten sie nicht finden können. Aber nun erzähl mir, was du da unten so getrieben hast.«

»Mal dieses, mal jenes.« Knautschke hat keine Ahnung, welchen Leumund der Beruf eines Privatschnüfflers über den Wolken genießt. Einer Marlene aus Essen kann man damit vielleicht imponieren. Aber einem Rauschebart mit Namen Theophil? »Zuletzt war ich Ermittler«, sagt er zögernd. »Nachforschungen aller Art, Sicherheitsdienste, solche Sachen.«

»Toll!«, strahlt sein Gesprächspartner. »Wirklich hochinteressant. Hattest du spannende Fälle zu lösen? Worum drehte sich dein letzter?«

Knautschke starrt ihn an. Sein letzter Fall? Gute Frage. Warum hat er sie sich nicht gestellt? Oder hat er es die ganze Zeit getan, heimlich, im Unterbewusstsein, und ist diese Frage der Grund, dass er sich so unzufrieden fühlt? »Ehrlich gesagt«, antwortet er langsam, »ich habe keine Ahnung. Es ist mir ein Rätsel, was ich in den Tagen und Wochen vor meinem Tod getrieben habe. Ich weiß ja nicht einmal, woran ich gestorben bin.«

»So geht es vielen. Das da unten«, Theophil zeigt zur Erde, »ist nun mal ein Jammertal. Ödnis und Schrecken. An solche Dinge möchte man nicht erinnert werden. Ist doch schön, wenn sich Unangenehmes so einfach ausblenden lässt. Wir sind schließlich im Himmelreich.«

»Interessieren würde mich schon, was da los war.«

»Das vergeht, glaub mir.«

Knautschke kratzt sich am Kopf. Zum ersten Mal seit einiger Zeit melden sich die Schmerzen wieder, wenn auch nur schwach, wie eine ferne Mahnung. »Komisch«, murmelt er. »Ich werde das Gefühl nicht los, als hinge mein letzter Fall mit meinem Tod zusammen. Irgendetwas war da. Irgendeine unsaubere Geschichte, die mich das Leben gekostet hat.«

»Unsaubere Geschichten gehören auf die Erde«, lächelt der Bartträger. »Altes Himmelsgesetz.«

»Und die unsauberen Typen dazu?«, ruft Knautschke.

»Wo gehören die hin? Verbrecher, Betrüger, Mörder – laufen die auch hier rum? Muss ich jeden Moment damit rechnen, Saddam Hussein zu begegnen, oder wie ist das geregelt?«

Nachdenklich streicht sich Theophil über seine ergraute Gesichtszier. »Interessante Fragen, die du da aufwirfst. Wirklich interessant. Den meisten hier ist dieses Problem völlig egal. Es gibt im Himmelreich nichts Böses, warum sich also Gedanken darüber machen? Der Letzte, mit dem ich länger darüber sprach, war ein pensionierter Lehrer aus Aschaffenburg, der sich nicht um seine Ernährung kümmerte. Wenn er Hunger hatte, bekam er Zweifelattacken à la Descartes, aber seit sie ihn dem Nektarausschank in der Kantine zugeteilt haben, ist das vorbei. Und jetzt kommst du mir mit Saddam Hussein …«

»Ein schlechtes Beispiel, ich weiß. Die Moslems werden auf ihrer eigenen Wolke sitzen oder wo auch immer.«

»In ihrer Version von Paradies, würde ich meinen. Wie die Indianer in den Ewigen Jagdgründen und die Germanen in Odins Palast, war es nicht so? Aber darum geht es nicht. Die Frage ist, ob so etwas wie ein Gegenbild zum Himmelreich existiert, ein Negativ, das dem Bösen, und zwar dem ausschließlich Bösen, gewidmet ist.«

»Die Hölle.«

»So kannst du es nennen.« Das Gesicht des Mannes wirft tiefe Falten. »Wobei der Name zweitrangig ist. Wichtiger scheint mir die Frage, ob ein solches Reich existiert. Wir sollten uns bei Johannes erkundigen. Er weiß bestimmt eine Antwort.«

»Mit Sicherheit«, nickt Knautschke. »Das sagte mir schon Marlene: Johannes hat auf alles eine Antwort. Nur den Grund für meine Kopfschmerzen konnte er mir nicht nennen.«

»Kopfschmerzen?«

»Ja, da schaust du, Theophil! Genau wie er. Und als ich ihm von den Bildern erzählte, die durch mein Hirn rasen und mich quälen, kippte der Junge schier aus den Latschen. Obwohl er barfuß war.«

»Quälende Bilder?«, stottert der Bärtige. »Also weißt du, Erwin, das wird mir zu viel. Erst diese Fragen nach der Hölle, jetzt deine Kopfschmerzen … ich brauche dringend einen Nektar. Bitte leiste mir Gesellschaft.«

Achselzuckend folgt ihm Knautschke. An der Bar reicht ihnen ein junges Mädchen mit tiefem Ausschnitt zwei randvolle Gläser. Knautschke trinkt seines auf ex und fühlt sich gleich besser. Ja, vielleicht existiert das Böse, vielleicht ist es in irgendeiner Geheimklappe unter dem Wüstenboden verborgen; hier oben jedenfalls haust es nicht, die Sonne scheint, die Leute sind nett, und niemand verzieht die Mundwinkel, wenn er erzählt, was sein Beruf auf Erden gewesen ist.

Irgendwie kann man sich sogar an das Leben nach dem Tod gewöhnen.

ERKUNDUNGEN

»Schau mal«, sagt Marlene zwischen zwei Zügen Nektar aus ihrem Strohhalm und zeigt ans Ende des Sonnendecks.

Von den beiden Liegestühlen, die sie in die Nähe des Geländers gerückt haben, können sie fast das gesamte Deck überblicken. Dafür werden sie aber auch von allen gesehen. Es vergeht keine Minute, ohne dass sich ihnen jemand nähert, um nach ihren Wünschen zu fragen oder sie mit Getränken zu versorgen. Knautschke macht das nervös. Aber wie reagieren, wenn alle, auch das alte krumme Mütterchen, Stein und Bein schwören, dass sie das freiwillig täten und ihre Freude daran hätten? Geheuer ist Knautschke die Sache trotzdem nicht.

Er folgt Marlenes Blick und sieht in einiger Entfernung eine Frau mit Flügeln über das Deck schreiten. Eine ganz normale Frau in Jeans und Langarmshirt, nur eben mit diesen beiden Dingern im Rücken. Sehr groß sind sie nicht, aber blendend weiß. Beim Gehen wippen sie leicht, es sieht völlig natürlich und ungezwungen aus.

»Wer ist das?«, raunt er Marlene zu. »Muss man die kennen? Ich meine, ist sie ein Erzengel oder so was?«

»Meines Wissens sind Erzengel männlich. Daran hat keine Emanzipation etwas ändern können. Fragen wir doch einfach.«

»Oh, das ist eine ganz normale Selige wie du und ich«, gibt ein kleiner Mann mit spiegelnder Halbglatze Auskunft. Er unterbricht seine Boulepartie, die er mit drei anderen Herren im Schatten eines Ambrosiastandes spielt. »Allerdings ist sie schon etwas länger hier oben und deshalb auf einer anderen Wolke wohnhaft.«

»Und ihre Flügel?«

»Haben die Älteren alle. Wir bekommen auch welche, die Frage ist bloß, wann. Mal heißt es, nächsten Monat, dann wieder übermorgen.« Er lacht gutmütig. »Aber was spielt Zeit schon für eine Rolle, wenn man tot ist?«

»Wir kriegen auch solche Dinger verpasst?«, mischt sich Knautschke ein. »Das ist doch albern! Sind wir hier beim Krippenspiel?«

»Mensch, Erwin!«, ruft Marlene strahlend. »Überleg doch mal: Flügel! Das ist es! Der endgültige Abschied von der Erdenschwere.«

»Ich komme auch ohne zurecht. Weiß ja nicht einmal, wie man die Dinger trägt.«

»Oh, das ist gar kein Problem«, erklärt der freundliche Kleine. »Zwischen den Schulterblättern hat jeder Selige eine Vorrichtung zum Einpassen der Flügel. So eine Art Schiene aus Hautfalten. Mit etwas Geschick kann man die Flügel sogar selbst anlegen. Oder man lässt sich helfen.«

Knautschke starrt ihn verdattert an. Dann biegt er einen Arm auf den Rücken und tastet sich die Schulterblätter entlang. Tatsächlich, er fühlt etwas, einen senkrecht verlaufenden länglichen Knubbel. Marlene sieht ihm interessiert zu. Als er fertig ist mit Tasten, zieht sie ihre Bluse bis unter die Achseln hoch und dreht ihm den Rücken zu.

»Habe ich das auch?«

Ja, hat sie. Unter ihrem Büstenhalterverschluss wölbt sich eine vielleicht zehn Zentimeter lange Hautfalte empor, die an einigen Stellen Perforationen aufweist. Wie bei der Ringbindung von Kopien, denkt Knautschke, drunten auf Erden. Ob die Sache schmerzhaft ist, braucht er nicht zu fragen, schließlich spürt er selbst den Wulst ja auch nicht. Es scheint sich um einen hundsnormalen Auswuchs wie Ohr, Nase oder Brustwarze zu handeln. Halt mit Löchern.

»Da werden also Engelsflügel festgemacht?«, vergewissert er sich.

»Man kann sie sogar im Schlaf tragen, heißt es«, nickt der mit der Halbglatze.

»Wunderbar«, stöhnt Marlene und rückt ihren Büstenhalter zurecht. »Das ist übrigens sehr schön, deine Hände auf dem Rücken zu spüren, Erwin. Magst du mich ein bisschen kraulen?«

»Vor allen Leuten?«, bringt er heraus.

Sie nickt. Also krault er. Sie sagt, selbstverständlich müsse er sie nicht kraulen, nur wenn es ihm absolut nichts ausmache, woraufhin er kraulend den Kopf schüttelt, dann fragt sie, ob es nicht einfacher für ihn sei, wenn sie Bluse und BH komplett ausziehe, woraufhin er nickt und weiter krault, während ihre Kleidungsstücke gen Boden sinken. Ihre Haut ist weich und warm, sonnengebräunt und von hübschen kleinen Leberflecken durchsetzt. Der kleine Mann kehrt lächelnd zu seinem Boulespiel zurück. Andere schauen herüber, nicken freundlich, aber irgendwie interesselos, auf keinen Fall peinlich berührt oder neidisch, nicht einmal amüsiert. Gurrend dreht Marlene ihre Brüste Richtung Sonne.

»Ich weiß nicht«, murmelt Knautschke vor sich hin. »Wenn ich das zu Lebzeiten irgendjemandem erzählt hätte, sie hätten mich in die Klapse geschickt.«

»Wenn du was erzählt hättest?«, lächelt Marlene. »Dass du Flügel tragen wirst?«

Dass ich einer gut gebauten Blondine aus Essen einmal in aller Öffentlichkeit den nackten Rücken kraule, denkt Knautschke. Obwohl ich sie erst seit ein paar Stunden kenne. Und obwohl wir beide tot sind.

»Apropos«, meint er. »Wie viel Uhr haben wir eigentlich? Ich verliere hier oben völlig den Sinn für Zeit, und mein Wecker ist unauffindbar.«

»Erwin!«, lacht Marlene auf. »Was stellst du denn für seltsame Fragen? Hier oben gibt es keine Uhren! Das weiß doch jedes Kind. Was wäre das für ein Himmel, in dem nach Stunden und Minuten gerechnet wird?«

»Einer, in dem Pünktlichkeit herrscht«, knurrt er und hört

auf, ihren Rücken zu bearbeiten. »Wieso weißt du eigentlich über all diese Dinge so gut Bescheid? Hat dir das auch dein toller Johannes verraten?«

Sie dreht sich um. »Ach, woher! Solche Sachen lernt man im Religionsunterricht der Grundschule. Ewigkeit – nie gehört, Erwin, mein Lieber? Die Zeitlosigkeit schlechthin! Wenn hier etwas überflüssig ist, dann Wecker und Uhren.«

»Es war ein guter Wecker«, beharrt er. »Noch mit richtigem Ziffernblatt. Kein Digitalschrott.«

»Du bist wirklich ein netter Kerl, Erwin. Ich bin froh, dass ich dich kennenlernen durfte.«

»Ja«, brummt er und erhebt sich. »Ich geh mal auf mein Zimmer. Waren ganz schön viele Eindrücke für den ersten Tag.«

»Natürlich.« Lächelnd legt sie ihren Büstenhalter an. »Bis später, Erwin. Und vielen Dank für deine Minnedienste!«

Knautschke schläft tief und traumlos, was ihn überrascht. Beim Aufwachen fühlt er sich gut, wie nach einer achtstündigen Nachtruhe zu Lebzeiten, auch wenn im Himmelreich nicht in Stunden gerechnet wird. Selbst die Kopfschmerzen sind so gut wie verschwunden; zur Sicherheit gönnt er sich ein halbes Glas Nektar.

Schön, was jetzt? Er könnte Marlene besuchen und nachsehen, ob sie wieder ihr schwarzes Negligé trägt. Ihr Kleiderschrank ist riesig. Oder dieser Theophil. Vielleicht weiß er, wo sich hier ein Schoppen Riesling organisieren lässt. Nicht dass Knautschke Lust auf Alkohol hätte. Aber man muss doch herausfinden, wie viele von all den Verrücktheiten, die einem der windschnittige Johannes erzählt, der Wahrheit entsprechen.

Wie viele? – Die Erkenntnis trifft Knautschke so heftig, dass er aufs Bett zurücksinkt: Johannes sagt *immer* die Wahrheit! Immer und grundsätzlich. Einer wie er kann überhaupt nicht lügen, undenkbar! Altes Himmelsgesetz.

»Verdammte Scheiße«, formen seine Lippen im Liegen. Aber er spricht die Worte nicht aus. Privatdetektiv Erwin Knautschke ist wohl auch schon vom Guten infiziert.

Energisch springt er aus dem Bett und kleidet sich an. Während er seine Schlafsachen im Schrank verstaut, fällt ihm etwas ein. Falsch: Ihm fällt ein, dass ihm etwas einfallen müsste. Da liegt etwas in der Luft, etwas Wichtiges, an das er sich nicht erinnert. Eine Sache, eine Person, eine Frage? Er kommt einfach nicht drauf. Missmutig zieht er Hemd und Hose über, hält die Socken schon in der Hand, als er zögert. Barfuß laufen, sicher, das ist eine Möglichkeit. Man will im Himmelreich ja nicht ewig als Grünschnabel gelten. Aber warum bohrt und klopft es so in seinem Schädel? Sein Blick fällt auf seine nackten Zehen, und endlich, endlich dämmert es ihm: der Zettel! Natürlich, wie hat er den vergessen können? Er wühlt in seinen Taschen und findet ihn unverändert: blutverschmiert, mit seinem Namen, dem Septemberdatum und der Uhrzeit darauf.

Jetzt mal scharf nachdenken, Knautschke, altes Haus. Im Himmelreich gibt es keine Uhrzeiten, auch kein Datum und erst recht keine Blutspritzer. Das alles ist Teil der dreckigen, unvollkommenen, endlichen Erde. Der Zettel stammt also eindeutig von dort. Ist quasi ein Relikt seines Menschendaseins. Dem verschiedenen Erwin Knautschke hat irgendjemand aus irgendwelchen Gründen diesen Zettel an den großen Zeh gebunden. Wie man es so zu tun pflegt: in der Pathologie. Wenn ein Leichnam untersucht werden soll. Und warum untersuchen die Herren Pathologen eine Leiche? Weil sie ein Gewaltverbrechen vermuten.

Knautschke hätte sich fragen können, warum und auf welchen Wegen ihm der ominöse Zettel ins Himmelreich gefolgt ist, stattdessen saugen sich seine Gedanken an dem Wort *Gewaltverbrechen* fest. Eine Sache, mit der er zu Lebzeiten eher selten zu tun gehabt hat. Wenn es für ihn und seinen

Partner einen Auftrag gab, dann war zwar hin und wieder von einem Gewaltverbrechen die Rede. Das verschwundene Töchterlein aus gutem Hause hätte ja in die Fänge eines Serienkillers geraten sein können. In aller Regel stellten sich diese Annahmen aber als falsch heraus. Das liebe Töchterlein ist doch nur mit dem nichtsnutzigen Nachbarsjungen durchgebrannt, um nach drei Tagen heulend aus einer Telefonzelle im französischen Jura anzurufen. Ansonsten ging es bei ihren Ermittlungen um die üblichen Alltagsstreitigkeiten: zwischen dem Chef und seinen Angestellten, zwischen Gatte und Gattin, zwischen verfeindeten Nachbarn. Letzten Winter mussten sie ein ganzes Wochenende nonstop vor der Suite eines hysterischen Popstars herumlungern und Reporter abwimmeln. Also nichts mit Gewaltverbrechen. Die Tätigkeit des privaten Ermittlers ist tausend Mal langweiliger, als ihn sich das groschenromanlesende Volk vorstellt.

Aber jetzt, jetzt handelt es sich um ein Verbrechen. Daran lassen der Zettel und das Blut keinen Zweifel.

Die Kopfschmerzen ebenso wenig. Sie überfallen Knautschke ohne Vorwarnung. Das schrille Quietschen der Autoreifen schneidet so plötzlich durch seine Wahrnehmung, dass er zusammenzuckt und beide Hände gegen die Schläfen presst. Er fühlt sich herumgewirbelt, bekommt einen Schlag in die Magengrube, verliert den Boden unter den Füßen. Dann der lange, verzweifelte Schrei, der Schmerz, das gleißende Licht. Kälte.

Er schlägt die Augen auf. Er steht vor dem Schrank, gekrümmt, die Hände an den Schläfen. Niemand hat ihn geschlagen, er ist auch nicht umgefallen. Bloß übel ist ihm. Er stürzt zu dem kleinen, nachlässig geputzten Waschbecken in der Zimmerecke, um sich zu übergeben. Es geht nicht. Er spuckt einige Batzen Speichel aus, dabei bleibt es. Allmählich weicht die Übelkeit. Mit zitternden Gliedern nimmt er auf dem Bett Platz und stützt den Kopf in die Handflächen.

Vor ihm auf dem Boden liegt der blutige Zettel, der alles verursacht hat. Er muss ihn bei der Attacke verloren haben. In der Ferne hört er Marlene ein fröhliches Lied trällern.

Von plötzlicher Wut gepackt, springt er auf und hämmert mit beiden Fäusten auf den Knopf, den ihm Johannes am Tag zuvor gezeigt hat. Schaff dich her, du Besserwisser! Erklär mir, was es mit diesem gottverdammten Zettel auf sich hat!

Schwer atmend steht Knautschke im Zimmer. Es dauert ein Weilchen, bis sich Schritte nähern und die Tür geöffnet wird. Zeit genug, um zur Besinnung zu kommen. Ohne selbst zu wissen, warum, beugt er sich zu dem Zettel hinunter, hebt ihn auf und verstaut ihn wieder in seiner Hosentasche. Vielleicht ist es sinnvoll, einen Trumpf in der Hinterhand zu haben.

Johannes kommt, lächelt verbindlich, zieht in aufkeimender Besorgnis eine Braue nach oben. »Erwin? Alles klar mit dir? Du hast geläutet?«

»Überhaupt nichts ist klar!«, wütet Knautschke. »Ich will endlich wissen, wie ich zu Tode gekommen bin! Was ist da unten passiert, Johannes? Raus mit der Sprache: Hat man mich abgemurkst? Im Zusammenhang mit meinem letzten Fall vielleicht?«

»Abgemurkst?«, flüstert der junge Mann entsetzt. »Was sind denn das für Vokabeln, Erwin? Abgemurkst … Wie kommst du auf so einen Gedanken?«

»Na, wie wohl? Ich spüre es! Die Erinnerung ist hier in mir drin.« Er tippt sich an den Kopf. »Es sind immer die gleichen Bilder oder zumindest sehr ähnliche. Ich friere, ich habe Schmerzen, Reifen quietschen … Da bin ich doch nicht friedlich in meinem Bett eingeschlummert! Ich habe ein Recht darauf zu erfahren, wie ich gestorben bin.«

»Nun beruhige dich«, stottert Johannes. »Trink erst mal einen Schluck Nektar, das wird helfen. Ich kann dir etwas Ambrosia …«

»Bleib mir vom Hals mit deinen Müsliriegeln! Ich will wissen, was mit mir los ist. Sag es mir!«

»Das kann ich dir nicht sagen, Erwin. Wirklich, eure exakten Todesumstände sind mir unbekannt. Schon aus Datenschutzgründen. Du müsstest dich …« Er zögert.

»Was? Nun sag schon, was müsste ich?«

»Dich an Gott den Herrn wenden«, vollendet Johannes nicht ohne Unwillen.

»Gut.« Knautschke lässt sich in einen Stuhl fallen. »Mache ich. Ich wende mich hiermit. Offizielle Anfrage an den Schöpfer der Welt durch seine Kreatur Erwin Knautschke, letzter Wohnsitz Freiburg im Breisgau. Wie und unter welchen Umständen bin ich zu Tode gekommen? Brauchst du die Eingabe schriftlich?«

Der andere schweigt. Steht mit unsicherem Blick mitten im Zimmer und schabt nervös auf seinem Klemmbrett herum.

»Hallo!«, ruft Knautschke. »Jemand zuhause?«

»Du solltest das nicht tun«, ringt Johannes sich ab. »Ich meine, es bringt doch nichts. Welchen Nutzen hättest du davon, mehr über deinen Tod zu wissen? Sollte dabei wirklich etwas … nun ja, etwas Unangenehmes vorgefallen sein, würde dich das doch nur belasten.«

»Etwas Unangenehmes?«, äfft Knautschke ihn nach. »Du meinst, wenn ein Mensch den Abgang macht, könnte es manchmal ein wenig unangenehm zugehen? Wo lebst du eigentlich, du Knilch? Nein, nicht antworten! Einfach nur zuhören. Ich will dir mal was sagen. Als meine Großmutter starb, da hat sie sich acht Monate lang gewunden vor Schmerzen, verstehst du? Acht Monate lang, Tag und Nacht! Das Essen haben sie ihr durch die Nase gedrückt, ihre Scheiße kam irgendwo aus der Hüfte raus. Und so was nennst du unangenehm!«

Schon nach Knautschkes ersten Sätzen hat Johannes am Bettpfosten Halt gesucht. Seine Beine zittern, seine Stimme nicht minder. »Daran erinnerst du dich?«, haucht er und setzt sich. »An solche Details? Ich verstehe das nicht. Bei dir muss etwas völlig schiefgelaufen sein. Du bist der Erste, glaub mir, der Allererste, der im Himmelreich Negatives über das Sterben verbreitet.«

»Bitte? Du willst mir doch nicht erzählen, dass hier oben kein Mensch …« Knautschke lacht auf. »Wie ist das möglich? Unterzieht ihr jeden, der ankommt, einer Gehirnwäsche? Damit er glaubt, er sei sanft entschlafen, zu Geigenklang und rosa Wölkchen?«

»Mit Gehirnwäsche hat das nichts zu tun«, entgegnet Johannes, nun wieder gefasster. »Was für ein martialischer Begriff! Der Tod ist der Übergang in ein besseres Leben, das steht nun einmal fest. Und wie könnte der Mensch eine paradiesische Existenz führen, würde er immer von den Erinnerungen an seine Todesumstände gequält? Wir sorgen dafür, dass er sie vergisst.«

»Aber ich habe sie nicht vergessen, Johannes! Ich werde von ihnen gequält! Warum?«

»Wenn ich das wüsste.« Gedankenverloren wischt der junge Mann über seine Mappe, um Knautschke anschließend aus zusammengekniffenen Augen zu fixieren. »Irgendetwas hat nicht funktioniert, als du zu uns kamst. Was auch immer. Ich überwache ja nicht in jedem einzelnen Fall den gesamten Ablauf. Unmöglich, das zu schaffen. Eine Erklärung gäbe es allerdings: Kann es sein, dass du noch etwas Irdisches bei dir trägst, Erwin?«

»Was soll das sein, etwas Irdisches?«

»Ein Gegenstand von der Erde, der diese Erinnerungen hervorruft. Eine Halskette vielleicht oder ein Taschenbuch. Zur Not auch ein Geldschein.«

»Meine Kleider«, antwortet Knautschke.

»Nein, das sind Duplikate, die ich anfertigen ließ. Dein ganzes Zimmer, sogar dein Körper: alles Kopien, deren einziger Zweck darin besteht, dir die Anpassung zu erleichtern. Der Schock wäre zu groß, wenn du bei deiner Ankunft feststellen müsstest, dass du keinen Körper mehr hast.«

»Und wie sollte ich das feststellen, ohne Augen im nicht vorhandenen Kopf?«

»Bitte hör auf, mit mir zu rechten, Erwin. Unsere Verfahren sind seit Generationen eingespielt und perfektioniert. Deshalb ist mir ein Seliger wie du auch noch nie untergekommen. Ich habe keine Ahnung, wo uns ein Fehler unterlaufen sein könnte. Die einzige Möglichkeit, die ich sehe, besteht im Vorhandensein eines irdischen Relikts.« Sein Blick wird lauernd. »Hast du wirklich nichts an oder bei dir?«

Knautschke schüttelt den Kopf. Seine Hand klammert sich fest um den Zettel in der Hosentasche.

»Na, gut«, nickt Johannes und erhebt sich. Seine Miene trieft von Argwohn. »Falls dir noch etwas einfällt, gib mir sofort Bescheid. Glaub mir, es ist zu deinem Besten. Ansonsten empfehle ich dir eine gründliche Nektar-Kur.«

»Ich will den lieben Gott sprechen.«

Um die Mundwinkel des jungen Mannes zuckt es. Er schweigt, will sich zurückziehen.

»Oder geht das nicht? Ist es vielleicht verboten? Wo es doch keine Verbote gibt im Himmelreich?«

»Nein, natürlich nicht. Ich werde dich anmelden. Es ist nur … überleg mal, Erwin, du bist bestimmt nicht der Einzige, der eine Unterredung möchte. Es gibt eine Warteliste. Außerdem bist du neu hier.«

»Wie kann ich neu sein in einer Welt ohne Zeitnahme? Das Schuhetragen habe ich mir auch schon abgewöhnt, wie du siehst.«

»Sehr löblich. Du wirst deine Audienz bekommen, keine Frage. Bloß wann, kann ich dir nicht versprechen. Das liegt allein in Gottes Hand. Und dessen Wille …«

»… ist sein Himmelreich«, ergänzt Knautschke grimmig.

Den Vormittag verbringt er auf dem Sonnendeck, abseits von den anderen. Er liegt barfuß in einem der Stühle und stellt sich schlafend, um ungestört nachdenken zu können. Ab und zu wechselt er die Liegeposition, blinzelt in die Sonne. Wie ist das eigentlich mit der UV-Strahlung? Muss man sich in dieser Höhe nicht eincremen? Nirgendwo sieht er Sonnenschutz im Einsatz. Wahrscheinlich gibt es längst eine Lösung hierfür, ebenso wie für die Geschichte mit den Flugzeugen.

Gegen Mittag wird Ambrosia herumgereicht. Knautschke hat keine Ahnung, ob es tatsächlich Mittag ist, aber jeder verhält sich so. Man nimmt Platz, futtert, nippt am Nektar. Anschließend zieht sich der eine oder andere gähnend in sein Zimmer zurück. Irgendwie ist das albern. Die ganze Zeit steht die Sonne unverrückbar über einem, nur die Erde dreht sich, und doch tun alle, als liefen die 24 Stunden so ab wie früher.

»Albern würde ich das nicht nennen«, widerspricht Theophil, der sich zu Knautschke gesellt hat. Ein paar Krümel Ambrosia hängen in den Strähnen seines Wallebarts. »Natürlich gibt es im Himmelreich keine Mittagsstunde im wörtlichen Sinn. Es vergeht ja keinerlei Zeit. Trotzdem hat es sich als sinnvoll erwiesen, gewisse Rituale aus dem Erdendasein zu übernehmen. Tag und Nacht zum Beispiel. Wir gehen gemeinsam schlafen und stehen gemeinsam auf. Ganz freiwillig übrigens, niemand wird dazu gezwungen. Oder unsere drei Mahlzeiten am Tag. Morgen, Mittag, Abend – all das sind bloß Hilfsbegriffe.«

»Sie helfen, die Ewigkeit zu ertragen.«

»Ertragen? Seit wann muss man die Ewigkeit ertragen?« Theophil schüttelt den Kopf. »Ich weiß nicht, wie es dir geht, Erwin, aber ich bin heilfroh, dass ich aus dem Hamsterkäfig Erde raus bin. Immer diese Terminhetze, der ganze Stress, der Pünktlichkeitswahn! Nein, eines kannst du mir glauben, die Ewigkeit ist das einzig Wahre.«

»Hattest du so viel Stress da unten?«

»Ich war Börsenmakler«, lächelt der Bärtige und weidet sich an Knautschkes Verblüffung. »Und zwar ein verdammt guter – entschuldige mein Vokabular. Allerdings habe ich zwei Jahre vor meinem Tod alles hingeschmissen und bin Pferdezüchter geworden. Da stand so ein netter, kleiner Reiterhof in der Uckermark zum Verkauf, den ich mit meinen Moneten auf Vordermann brachte. Vielleicht hätte er sogar irgendwann etwas abgeschmissen.«

»Und? Vermisst du ihn?«

»Überhaupt nicht. Schließlich hat er mich das Leben gekostet. Ich wollte nur eben ein Pfund Butter im nächsten Ort besorgen, zu Pferd natürlich, da wirft mich der Gaul ab. Ohne Vorwarnung.«

»Das war's? Exitus?«

Theophil nickt. »Wegen einem Pfund Butter. So geht es zu auf Erden.«

»Moment!« Knautschke richtet sich auf. »Du weißt, wie du gestorben bist? Das müssen doch schreckliche Erinnerungen für dich sein!«

»Aber nein, ganz im Gegenteil! Den Sturz selbst habe ich überhaupt nicht gespürt. Ich sehe mich noch aus dem Sattel und durch die Luft segeln – und fliege plötzlich weiter, durch die stillen Lande, nicht wahr, bis ich mich hier oben wiederfinde. Wie aus den Federn geschüttelt, um unversehens in einem anderen Bett zu liegen, so kam es mir vor.« Ein wehmütiger Glanz umspielt seine Augen. »Schade, dass man das nur einmal erlebt.«

Knautschke starrt ihn an. »Bist du sicher?«, erwidert er schließlich. »Ich meine, du wirst abgeworfen, brichst dir den Hals … und dann soll es bloß ein bisschen Bettdeckenaufschütteln gewesen sein?«

»So empfinde ich es, in der Tat. Dass du andere Assoziationen hast, Erwin, weniger schöne – ich muss sagen, das irritiert mich. Du kannst hier fragen, wen du willst. Jeder wird dir bestätigen, dass der Tod eine unvergleichliche Erfahrung ist. Der Höhepunkt des Lebens.«

»Das könnte von Johannes stammen.«

»Tut es auch.«

»Derselbe Johannes hat mir aber vorhin gestanden, dass er und sein Übervater da ein bisschen nachhelfen: unschöne Erinnerungen beseitigen, Negatives ausblenden.«

»Privileg unseres Schöpfers«, schmunzelt Theophil. »Solche Eingriffe gestehe ich ihm gerne zu.«

»Für einen Zocker klingst du ganz schön fromm«, knurrt Knautschke.

Der Bärtige lacht. »Es gibt mehr betende Börsianer, als man denkt.«

Ja, vielleicht stimmt das, aber es hilft Erwin nicht weiter. Von Theophil alleine gelassen, versenkt er sich wieder in seine Grübeleien und kommt zu denselben Erkenntnissen wie vor dem Mittagessen. Zu keinen nämlich. Ihm will ums – pardon – Verrecken nicht einfallen, welche Aufträge er in den Wochen vor seinem Tod bearbeitet hat. Er erinnert sich an eine Eifersuchtsgeschichte im Mai, die mit gestochen scharfen Fotos und einem Wutausbruch des betrogenen Gatten endete. Dann hat es kleinere Nachforschungen bei dubiosen Import-Export-Firmen gegeben, die sich gegenseitig bezichtigten, Illegale zu beschäftigen. An einem brüllend heißen Sommertag schließlich sind Griesbacher und er ins Elsass gefahren und haben den Sieg über einen zahlungsunwilligen Mandanten gefeiert. Aber was ist danach geschehen? Im Spätsommer, im Herbst, am 23. September? Knautschke hat keinen blassen Schimmer. Totaler Blackout.

Okay, versuchen wir es anders herum. Angenommen, er weilte jetzt, in diesem Moment, noch unter den Lebenden. Was täte er? Klare Sache: Drunten auf der Erde würde er zum

Telefon greifen und Griesbacher löchern. Oder Ariane. Gibt es im Himmel Telefon? DSL-Anschluss, W-Lan, Handys? Eine Direktleitung nach Freiburg? Er setzt sich auf, beschattet die Augen mit einer Hand und sieht sich um. Ganz in der Nähe stehen zwei Greisinnen ins Gespräch vertieft. Er könnte sie ansprechen, kein Problem. Bloß hat er es nicht so mit Damen dieses Alters. Dass sie sich hier oben in der Mehrheit befinden, hat er allerdings schon festgestellt. Mit leisem Bedauern. Endlich nähert sich ein junges Mädchen, ein ausgesprochen hübsches übrigens, seinem Liegestuhl. Sie trägt ein leichtes Sommerkleid mit bunter Brosche, ihr langes Haar ist sauber in der Mitte gescheitelt.

»Na«, ruft er und zwingt sich zu einem Lächeln, »auch einen schönen Tod gehabt?«

»Sogar zwei«, lächelt sie zurück und entblößt große weiße Zähne.

»Zwei?«

»Der Notarzt hat mich noch einmal zurückgeholt, als es bereits zu spät war. Aber nur für fünf Minuten, dann sah er es ein.«

»Und wie war das für dich?«

»Wunderbar natürlich.« Sie setzt sich auf das Fußende seines Stuhls und schlägt die Beine übereinander. »Stell dir vor, meine ganze Familie war dabei.«

»Nein!«

»Alle haben meine Hand gehalten. Sogar mein Vater, der schon seit Jahren nicht mehr nach uns gesehen hatte. Es war wie eine Versöhnung, ein rührender Moment. Und bei dir?«

»Prima, danke. Absolut super. Leider kann ich mich nicht mehr an Details erinnern. Daher meine Frage, ich bin nämlich neu hier: Gibt es im Himmelreich ein Telefon?«

»Ein Telefon? Nein. Wenn du mit jemandem in Kontakt treten willst, läute Johannes an, der wird dich …«

»Das meine ich nicht. Weißt du, ich würde gerne mit meinen Angehörigen auf der Erde sprechen. In Freiburg. Um sie zu informieren, wie es mir geht.«

Verblüfft schaut sie ihn an. »Aber wir sind tot, mein Lieber! Tote können nicht mit Lebenden sprechen. Es würde sie völlig aus der Bahn werfen, verstehst du?«

»Meine Eltern sind einiges gewöhnt. Es gibt also kein Handy oder Ähnliches?«

»Nein.«

»Und wenn ich Johannes ganz lieb bitte? Der Junge ist doch clever, der findet bestimmt eine Möglichkeit.«

»Keine Ahnung. Frag ihn. Mir ist davon jedenfalls nichts bekannt.« Sie wirft Knautschke einen nachdenklichen Blick zu, bevor sie wieder lächelnd ihre Pferdezähne zeigt. »Du bist neu hier, sagst du?«

»Ich kam gestern rein.«

»Oh, ich kenne das. Gerade am Anfang beschäftigt man sich noch intensiv mit dem, was man zurückgelassen hat. Wie es den Freunden auf der Erde wohl geht, ob die Mädels aus dem Tennisclub den Aufstieg auch ohne einen schaffen. Das legt sich, glaub mir. Und wenn die Neugier zu stark wird, gibt es immer noch den Kuppelraum.«

»Was für einen Kuppelraum?«

»Den beim Sonnendeck. Dort kannst du sehen, was auf der Erde gerade los ist.«

»Richtig, Theophil sprach davon. Aber die Erde sehe ich vom Sonnendeck aus doch genauso gut.«

»So gut nicht.«

»Nein?«

»Im Kuppelraum gibt es eine große Lupe. Sie zeigt dir jedes Detail auf der Erde. Und wenn du die Einstellungen entsprechend veränderst, kannst du dich durch die ganze Stadt zoomen. Ich habe mir das zwei, drei Mal gegönnt, aber auf die Dauer wird es langweilig.«

Knautschke springt auf. »Ich werde es ausprobieren. Und zwar sofort. Vielen Dank für die Information!«

»Gern geschehen«, ruft sie ihm nach. »Du musst dich aber anmelden, hörst du? Und warten, bis die Erde in der richtigen Position ist.«

Knautschke stürmt durch die Flure. Endlich gibt es etwas zu tun! Ein Blick durchs Fernrohr ersetzt zwar keine Kontaktaufnahme, aber irgendwie muss man ja anfangen. An einer Kreuzung hält er inne. Hat das Mädchen nicht behauptet, der Kuppelraum liege in der Nähe des Sonnendecks? Dann müssten sich hier entsprechende Hinweisschilder befinden. Nun, es gibt Schilder, jede Menge: »Lager«, »Ruheraum«, »Kantine«, »Schleuse«, »Archiv«, sogar »Fußballplatz/Public Viewing«, was immer das heißen soll. »Kuppelraum« fehlt.

Einen Rundkopf in Anzug und Krawatte fragt er nach dem Weg. Aber der ist gerade erst angekommen und trägt noch seine Lackschuhe. Zwei Alte zeigen mit ihren Krückstöcken in verschiedene Richtungen. Schließlich ist es eine Putzfrau in gestreiftem Kittel, die Knautschke weiterhilft. Aufgrund geringer Nachfrage habe man den Raum in eine abgelegene Sackgasse verlegt.

Knautschke bedankt sich und eilt weiter. Wo ist eigentlich der Wegweiser zu den Toiletten? Gibt es hier keine? Ihm fällt ein, dass er seit seiner Ankunft nicht ein einziges Mal auf dem Klo gewesen ist. Trotz Nektarzufuhr.

Endlich, der Kuppelraum. Die Aufschrift auf der Tür ist verblasst und rissig; ein auffälliger Gegensatz zum sonstigen Picobellozustand des Himmelreichs. Knautschke klopft. Nichts. Er hat die Hand schon zum zweiten Mal erhoben, als sich die Tür eine Winzigkeit öffnet. Ein Gesicht lugt durch den Spalt.

»Ja?«

»Erwin Knautschke. Ich würde gerne die Lupe benutzen.«

Keine Antwort. Nur die braunen Äuglein des Mannes bewegen sich hinauf und hinunter, als scannten sie den Besucher ab. Der Mund ist zu einem breiten Dauergrinsen verzogen.

»Oder geht das jetzt nicht?«

»Knautschke?«, kommt es durch den Türspalt. »Interessanter Name. Kann es sein, dass ein Verwandter von dir schon mal hier war? So vor 200 Jahren?«

»Wie soll ich das wissen?«

»Müsste einer aus dem Osten gewesen sein. Sachsen, Brandenburg, diese Richtung etwa. Kommt ihr aus dem Osten?«

»Möglich. Für unseren Stammbaum habe ich mich nie interessiert. Hören Sie, ich … Entschuldigung: du. Also, ich würde gerne …«

»Aber komm doch rein!«, ruft der Wärter und reißt die Tür auf. Endlich ist er in voller Gestalt zu sehen: ein Mann von schwer zu schätzendem Alter, jenseits der 50 auf jeden Fall, mit dünnem, wirrem Haar, ungesunder Hautfarbe und einem extrem langen Kinn, auf dem graue Bartstoppeln wuchern. Sein Hemd, das halb aus der abgewetzten Cordhose hängt, steht oben drei Knöpfe offen, so dass man die ebenfalls graue Brustbehaarung sieht. Kein Gramm Fett trägt der Mann am Körper, selbst seine Flügel wirken wie ausgemergelt. Dass er unablässig grinst, liegt an der ungewöhnlichen Form seines Kinns.

Knautschke tritt ein. Er hat einen Saal von riesenhaften oder wenigstens respekteinflößenden Ausmaßen erwartet. Der Kuppelraum ist aber lediglich mittelgroß, zudem abgedunkelt und von einer bescheidenen Kuppel aus gebürstetem Metall überwölbt. Um eine runde Öffnung im Boden, durch die gedämpftes, unstetes Licht fällt, ist ein halbes Dutzend gepolsterter Liegen angeordnet. Außer dem Wärter und Knautschke befindet sich niemand im Raum.

»Zum ersten Mal hier?«, fragt der Mann brauenhebend.

Knautschke nickt. Er stellt sich an die Öffnung und schaut in die Tiefe. Doch sein Blick dringt nicht durch die nach außen gewölbte Scheibe aus getöntem Glas, über die filigrane Schattenbilder huschen.

»Wenn du etwas sehen möchtest«, klingt es verschmitzt hinter ihm, »musst du dich hinlegen und nach oben gucken. Augen zur Kuppel, verstehst du?«

»Nach oben? Wie im Planetarium?«

»Die Erde ist doch ein Planet, oder irre ich mich? Komm mir nicht mit Kopernikus, der war nach meiner Zeit. Außerdem mache ich hier nur die Vertretung. Also, Kleiner, worum geht es?«

Knautschke mustert den Mann, so gut es im Dämmerlicht des Kuppelraums geht. Nach dem Schließen der Außentür stellt die Öffnung im Boden die einzige schwache Lichtquelle dar. »Kopernikus war nach deiner Zeit?«, fragt er. »Soll das heißen, dass du im Mittelalter gelebt hast? Oder noch davor?«

»Gestorben 1525«, nickt der andere. »Behaupten die Experten. Melanchthon war ein entfernter Neffe von mir. Du wirst verstehen, dass ich mich in diesen neumodischen Kleidern nicht gerade wohlfühle.«

»Cordhosen sind nicht neumodisch.«

»Vielleicht werden sie es wieder. Aber kommen wir zur Sache. Du möchtest einen Blick auf die Erde werfen?«

»Man hat mir gesagt, dass das möglich ist. Auf Freiburg bitte.«

»Das Breisgaukaff? Entschuldige, ich meine das nicht böse, aber zu meiner Zeit zog es uns eher nach Bruchsal. Freiburg? Nein.«

Knautschke schweigt. Der Wärter kratzt sich nachdenklich am Hinterkopf und schlurft zu einem kleinen Schreibtisch. Dort leuchtet auf seinen Tastendruck ein Bildschirm grünlich auf. Murmelnd fährt er ihn mit dem Zeigefinger ab. Über den Rücken seiner linken Hand zieht sich ein schwarzes Mal. Er wiegt den Kopf, kneift die Augen zusammen und verkündet zuletzt: »Ja, wäre machbar. Du weißt, dass du dich eigentlich anmelden müsstest?«

»Aber alle Liegen sind frei. Hier ist doch niemand!«

»Ich meine ja nur. Es gibt schließlich Regeln. Länger, als du denken kannst. Außerdem dauert es noch ein paar Stunden.«

»Stunden? Das verstehe ich nicht. Ich dachte, hier oben gäbe es keine Zeitrechnung.«

»Aber unten auf der Erde. Und nach der müssen wir uns richten. Wir überfliegen sie immer auf demselben Breitengrad, ungefähr zumindest. Plusminus 50 Grad nördlicher Breite, leicht zu merken. Im Moment liegt Asien unter uns, in Freiburg stehen die Leute gerade auf. Wenn es dort Mittag wird, sind wir da.«

Stirnrunzelnd nimmt Knautschke auf einer der Liegen Platz. »Und morgen Mittag? Fliegen wir dann wieder vorbei?«

»Natürlich. Jeden Mittag. Jeden Tag. Wir ziehen mit der Sonne.«

»Und wenn ich sehen möchte, was meine Leute in der Nacht so treiben?«

Der Mann kichert. »Was bist denn du für einer? So etwas interessiert dich? Dann stell beim Chef den Antrag, dass wir ab jetzt nachts um die Erde kreisen. In völliger Dunkelheit. Viel Erfolg dabei, Kleiner.«

»Du kannst ruhig Erwin zu mir sagen«, meint Knautschke ungehalten.

»Oh, pardon. Dumme Angewohnheit von mir. Frühe Neuzeit, du verstehst.«

»Ehrlich gesagt, finde ich es nicht in Ordnung, dass man hier keine Wahlmöglichkeiten hat. Ich würde nun mal gerne erfahren, wie meine Freundin jetzt ihre Tage verbringt. Nicht nur, was sie zu Mittag isst. Das widerspricht doch allen Himmelsgesetzen. Ich dachte, hier sei nichts verboten.«

»Ach je«, seufzt der Wärter und setzt sich ebenfalls. »Du erinnerst mich an Philipp, meinen Neffen. Verboten ist hier tatsächlich nichts. Was nicht heißt, dass alles erlaubt ist. Oder möglich. Wir Toten sind tot und haben nichts mehr mit der Erde zu schaffen. Sonst wären wir ja nicht tot. Logisch, oder? Dass du bei Bedarf einen Blick nach unten werfen darfst, ist bloß ein Zugeständnis, das dir niemand einzuräumen bräuchte. Nenne es göttliche Milde oder einen Himmelreich-Spezialservice, egal. Du wirst ohnehin enttäuscht sein von dem, was du siehst.« Er hustet in seine knochige Hand, an der ein schwerer Siegelring schimmert. »Leg dich jetzt hin und schau dir an, was sie in Asien gerade so anstellen. Oder schlaf eine Runde, ich wecke dich, sobald der Schwarzwald in Sicht kommt. Aber verschone mich mit diesen Grundsatzdiskussionen. Ich habe die Reformation erlebt, das reicht mir.«

»Und wenn ich rein theoretisch einmal auf einen anderen Breitengrad Lust hätte? Sagen wir, um mir die Dominikanische Republik anzuschauen? Dahin habe ich nämlich eine Reise gebucht. Vor meinem Tod.«

»Kein Problem, Knautschke: einfach die Wolke wechseln. Johannes wird dir sagen, wie es funktioniert. Und nun quatsch nicht so viel rum, sondern leg dich hin und warte, bis ich dich wecke.«

Rüde wird Knautschke an der Schulter gerüttelt. Der Wärter aus dem 16. Jahrhundert steht neben ihm und grinst, was sein Kinn hergibt. »Hier spricht Ihr Kapitän. Wir überfliegen soeben die Schwäbische Alb.«

»Schon gut, danke. Ich bin wach.«

»Hier, du musst eine Brille aufsetzen. Und mit diesem Knüppel«, er reicht Knautschke einen Joystick, »veränderst du den Ausschnitt, den du sehen möchtest. Einem Kind des 21. Jahrhunderts brauche ich ja nicht zu erklären, wie man das Ding bedient. Du kannst schon mal ausprobieren, ob deine Stadt auf dem Schirm ist. Falls nicht, sind wir gleich so weit.«

Knautschke nimmt den Joystick zur Hand, legt sich bequem hin und richtet den Blick zur Decke. Durch die Pilotenbrille sieht er Alb und Schwarzwald aus großer Höhe. Er zoomt sich heran, bis er einzelne Bäume unterscheiden kann, fährt wieder zurück und schwenkt nach Westen. Ein paar Kilometer vor Freiburg ist der Bildbereich zu Ende, verändert sich aber mit jeder Sekunde. Langsam gleitet er die B 31 entlang, erreicht Kirchzarten, Ebnet, das Möslestadion und schließlich die Schwarzwaldstraße. Seine Straße.

Jetzt wird es spannend. Sein Haus kommt in Sicht. Das, in dessen erstem Stock er jahrelang gehaust hat.

Obwohl: spannend? Vom Haus ist bloß das Dach zu sehen. Was so zu sehen ist, wenn man aus ein paar Kilometern Höhe senkrecht nach unten schaut. Er kann jeden Ziegel einzeln heranzoomen, aber keinen Blick in die Fenster seiner Wohnung werfen. Das ist ebenso logisch wie enttäuschend. Es gibt ein klitzekleines Dachfenster, durch dessen Schräge man helle Fliesen erahnt. Dort hat seine spezielle Freundin, diese Vertreterziege, ihr Bad. Ansonsten: der Schornstein, die Fernsehantenne, ein Entlüftungsrohr, Vogelkacke. Wahnsinnig aufregend.

»Hallo!«, ruft er und winkt nach dem Wärter, der vor seinem altersschwachen Computer sitzt. »Ist es denn überhaupt nicht möglich, einen Blick in die Häuser zu werfen? Von der Straße aus zum Beispiel?«

Der Melanchthononkel dreht sich kaum um. »Doch. Runterspringen.«

»Sehr witzig!«

»Sieh es mal so: Du hast eine Perspektive, wie sie dir im Leben nie vergönnt war. Dafür musst du auf manches verzichten.«

»Aber das bringt doch nichts! Nur Dächer und Menschen von oben …«

»Wenn du Glück hast, läuft einer mit einem schräggestellten Spiegel an deinem Haus vorbei. Und nun halt dich ran mit Gucken, bevor wir in Frankreich sind.«

»Blödmann«, denkt Knautschke, während er sich wieder hinlegt. Nichts ist es mit dem erhellenden Blick auf die Erde. Was interessiert ihn das Dach seines Hauses? Dass ein paar Ziegel ausgebessert werden müssten, hat er vorher gewusst.

Missmutig dirigiert er das Sichtfeld über die Stadt. Rund um das Münster scharen sich die Touristen und blinzeln in die Sonne. Gleich werden sie ihre Moneten in den historischen Weinschenken lassen, die kuwaitischen Millionären oder amerikanischen Erdnusskonzernen gehören. Geschieht euch recht, warum bleibt ihr nicht zuhause? Die Universität liegt fast verlassen da. Das neue Semester scheint noch nicht begonnen zu haben. Ach so, an der Dreisam hocken sie, die Studenten, futtern die Stullen von Mama und schrauben an der Kommilitonin herum! Na, dann hat sich ja nichts geändert, seit Knautschke das Zeitliche gesegnet hat.

Oder doch?

Im Stühlinger, dem Stadtteil hinter dem Hauptbahnhof, stapeln sich Möbel und Gerätschaften vor einem Haus. Aber nicht vor irgendeinem Haus, sondern demjenigen, das die Detektei beherbergt. Knautschke zoomt so nahe heran wie möglich. Tatsächlich: sein Schreibtisch! Die dazugehörige Lampe, zwei Stühle, ein Schränkchen und jede Menge Kleinkram. Was soll denn das? Er ist gerade mal einen Tag tot, und schon wird das Inventar verscherbelt? Auch Zeug von Griesbacher entdeckt er. Alles keine neuen Möbel mehr, sicher, aber noch brauchbar. Die stehen bestimmt nicht mehr lange auf der Straße!

Wie auch immer, Knautschke kommt die Sache spanisch vor. Hat Griesbacher die Detektei aufgegeben? Ist er in ein kleineres Büro gezogen oder wollte er die Möbel austauschen? Und das nur einen Tag nach dem Tod seines Partners – sehr seltsam.

Erfolglos sucht Knautschke die Umgebung des Hauses ab. Was soll er dort auch finden? Auf einer Bank entdeckt er einen Zeitungsleser. Er zoomt das Blatt so stark heran, dass das Datum zu erkennen ist. 24. September, wie erwartet. Vorgestern um diese Zeit ist er, Knautschke, noch fröhlich durch die Stadt spaziert, nicht ahnend, dass er seinen Gang tags darauf über den Wolken fortsetzen würde.

Aber vielleicht ist er ja gar nicht spaziert. Vielleicht hat er im Krankenhaus gelegen, seit Wochen schon, und jedem war klar, mit dem Knautschke, das wird nichts mehr. So ließe sich Griesbachers Verhalten erklären. Er hat gewusst, dass es seinem Partner dreckig geht, sagen wir: Bauchspeicheldrüsenkrebs, dass er die Detektei alleine weiterführen muss. Und dazu hat er keine Lust gehabt. Also Geschäftsaufgabe. Vielleicht.

Knautschke verzieht das Gesicht. Dieses Herumstochern im Nebel geht ihm auf die Nerven. Lustlos saust er über die Dächer der Stadt, wie er es früher getan hat, als Google Earth noch eine Sensation war. Was hilft es da, dass die Bildqualität im Himmelreich wesentlich besser ist und die Darstellung in Echtzeit ausgeführt wird? Schau an, in der Sundgauallee hat es einen Unfall gegeben. Das sieht aber gar nicht gut aus! Rettungswagen en masse, Polizei, Feuerwehr … Und einer der Krankentransporter liegt auf der Seite. Diesmal scheint es die Helfer selbst erwischt zu haben. Wenn das mal keinen Zuwachs im Himmelreich gibt!

Immer weiter nach Westen geht die Fahrt. Die Schwarzwaldstraße verschwindet am äußersten rechten Bildrand. Gut, schwenken wir halt in die Rheinebene, rüber nach Gündlingen. Mal sehen, was die Eltern so treiben. Steht das Mittagessen schon auf dem Tisch? Oder sind sie wie üblich am Schaffen, Werkeln, Kruschteln? Knautschke nimmt das kleine Haus am Rande des Dorfes ins Visier, und tatsächlich, im Garten steht seine Mutter, er blickt auf ihren gebeugten Rücken und den grässlichen silbergrauen Dutt an ihrem Hinterkopf. Mein Gott, sie ist erst Mitte 60, kleidet sich aber wie eine 80-Jährige! Mit schwarzem Kleid und Kittelschürze kauert sie im Kräuterbeet, wie sie es schon vor vier Jahrzehnten getan hat. Der Alte wird trotzdem über die Suppe herziehen.

Knautschke wartet. Vielleicht schaut sie mal nach oben, in den Himmel, dann könnte er wenigstens ihr Gesicht sehen.

Aber diesen Gefallen tut sie ihm nicht. Sie bewegt ihre Arme, kratzt sich kurz im Nacken – das war's. Nicht ein einziges Mal richtet sie sich auf, sondern verharrt Minute für Minute in ihrer gebückten Haltung. Verdammt, das muss doch im Kreuz weh tun! Rheuma hat sie auch schon im Winter. Und ihr Mann sitzt wahrscheinlich im Keller und bastelt neue Eisenbahnlandschaften.

Ernüchtert legt Knautschke den Joystick beiseite. Die junge Frau hat recht gehabt: Viel zu sehen gibt es hier wirklich nicht. Ein paar Minuten Freiburg von oben, ohne Ton, immer zur selben Tageszeit. Das lohnt nicht! Schon sind sie jenseits des Rheins, im Elsass. Nichts gegen eine Vogelschau auf die Vogesen, aber dafür hat er später noch Gelegenheit. In 200 Jahren zum Beispiel.

Er zieht die Brille aus und geht zum Schreibtisch hinüber. Dort sitzt der Wärter mit zusammengekniffenen Augen vor einem grünlich flimmernden Computerkartenspiel. Knautschke stellt sich direkt hinter ihn.

»Danke, mir reicht's«, sagt er.

Ertappt fährt der Mann herum, sein Grinsen ist das eines Schulbuben. Mit einer Handbewegung löscht er die Bildschirmanzeige. »Und? Zufrieden, Kleiner? Alles Wichtige gesehen?«

»Ich bin noch nie im Kino eingeschlafen, aber heute war es fast so weit.«

»Nicht viel los, da unten, was?«

»Hier oben auch nicht. Oder wie sieht es auf den anderen Wolken aus? Du sagtest doch, dass man wechseln kann.«

»Schon.«

»Und wie geht das?«

Raspelnd schaben die Fingernägel des Wärters über sein Kinn. »Warum?«

»Warum was?«

»Warum willst du überhaupt eine andere Wolke besuchen?«

»Aus Interesse. Neugier ist mein Beruf. Ich bin privater Ermittler.«

»Du warst, Knautschke, du warst.« Er zeigt auf einen roten Knopf in der Wand. »Damit kannst du Johannes herbeizitieren, und wenn er nicht gerade überlastet ist, wird er dich bringen, wohin du willst. Ort und Zeit sind frei wählbar.« Wieder dieses breite Grinsen. »Solltest du der frühen Neuzeit einen Besuch abstatten, grüß meine Jungs von mir.«

»Also, wirklich«, sagt Johannes und streicht sich seinen Scheitel aus der Stirn. »Manchmal kannst du ein richtiger Nervtöter sein, Erwin.« Er eilt durch den langen Flur, Knautschke hinterher.

»Nervtöter, ich? Wo bleibt deine gute Kinderstube?«

»Versetz dich mal in meine Lage: Obwohl du, nach menschlichen Maßstäben gerechnet, erst seit einem Tag im Himmelreich weilst, darf ich alle paar Stunden bei dir antanzen.« Im Vorübergehen schüttelt er ein paar Seligen die Hand. »Ich habe noch andere Klienten außer dir, verstehst du?«

Knautschke schweigt. Er versucht sich den Weg zu merken, kann sich aber schon nicht mehr erinnern, welche Abzweigung sie nach der Kreuzung mit den vielen Wegweisern genommen haben.

»Nicht, dass ich mich über meinen Job beschweren wollte«, fährt Johannes fort, »aber manchmal artet er in Plackerei aus. Ohne meine Fähigkeit, gleichzeitig an unterschiedlichen Orten des Himmelreichs zu sein …«

»Du hast Nervtöter gesagt«, unterbricht Knautschke und bleibt stehen.

Irritiert dreht sich Johannes nach ihm um. »Bitte?«

»Nervtöter hast du mich genannt. Das ist eine Beleidigung.«

»Ist es nicht.«

»Ist es doch.«

Der Evangelist gerät ins Drucksen. »Hör mal, Erwin, es war nicht wörtlich … du musst da was in den falschen Hals bekommen haben. Ich wollte bloß …«

»Du bist die rechte Hand Gottes und beleidigst ein Menschenkind. Das nenne ich einen Skandal.« Zufrieden registriert Knautschke, wie Johannes rot wird.

»Bitte, Erwin, ich wollte dich nicht beleidigen. Absolut nicht. Wie gesagt, der Job …«

»Hast du aber. Mich beleidigt nämlich.«

»Findest du? Dann …« Wieder huschen ein paar Selige vorbei, die Johannes mit einem zaghaften Lächeln grüßt.

»Dann?«

»Dann tut es mir leid, und ich möchte mich in aller Form bei dir entschuldigen, Erwin.«

»Das wollte ich hören«, nickt Knautschke und geht weiter. »Das und nur das. Wohin jetzt?«

Finster schließt Johannes auf. Schweigend folgen sie dem

Wegweiser »Schleuse«, der sie um weitere Ecken und durch lange, hell erleuchtete Flure führt. Schließlich endet einer dieser Flure vor einer Aufzugtür aus mattiertem Chrom. Johannes drückt die Ruftaste.

»Ganz schön kompliziert bis hierher«, meint Knautschke. »Soll wohl nicht jeder finden, was?«

Johannes zuckt unbestimmt mit den Schultern.

»Und wohin fahren wir jetzt? Nach oben?«

»Sozusagen.«

»He, Jungchen! Warum so wortkarg?« Zack, hat Knautschke dem anderen einen kumpelhaften Rempler versetzt. »Anstatt froh zu sein, dass zwischen uns wieder alles in Butter ist …«

»Das Prinzip ist ganz einfach«, schneidet ihm Johannes das Wort ab. »Gewissermaßen idiotensicher, auch wenn das Himmelreich keine Idioten kennt. Du gibst den gewünschten Breitengrad ein, und schon bringt dich der Lift an die betreffende Stelle.«

»Klingt simpel.«

»Sage ich ja.« Ein Rumpeln kündigt die Ankunft des Fahrstuhls an. Die Tür gleitet zur Seite und gibt den Blick auf ein hundsgewöhnliches Abteil frei, das sich lediglich durch einen großen Monitor und zwei rostige Kurbeln von irdischen Modellen unterscheidet. An der Rückwand prangt ein Graffito: ›Brutus porcus est‹. Stirnrunzelnd betritt Johannes den Lift und wischt mit dem Hemdsärmel über die Schrift, die sofort verschwindet.

»Warum hast du eigentlich keine Flügel?«, fragt Knautschke. »Du gehörst doch auch zu den älteren Semestern.«

»Selbstverständlich. Ich trage sie nur bei euch nicht, aus Solidarität. Schau dir mal diesen Monitor an.«

»Und wann kriegen wir unsere Flügel? Wo liegt das Problem?«

»Ein Lieferengpass. Darf ich dich nun bitten, deine Aufmerksamkeit …«

»Wie bitte?«, amüsiert sich Knautschke. »Ein Lieferengpass? Hier im Himmel? Soll ich mich totlachen? Du kannst mir doch nicht erzählen …«

»Erwin! Meine Zeit ist begrenzt. Willst du nun wissen, wie man den Standort wechselt, ja oder nein?«

»Immer doch, Schnucki«, grinst Knautschke.

»Also: Hier auf dem Monitor siehst du unsere aktuelle Position über der Erdoberfläche. Einen neuen Breitengrad wählst du durch Drehen der linken Kurbel. Schau, so.« Er beginnt zu kurbeln, und sofort gleitet ein Lichtpunkt auf dem Monitor nach Süden. »Die exakte Standortbezeichnung wird oben eingeblendet. Jetzt hätten wir zum Beispiel den Äquator erreicht. Auf Start drücken, und los geht's. Alles klar?«

»Und die Kurbel rechts?«

Johannes seufzt. »Damit kannst du die Zeit einstellen. Wenn es unbedingt sein muss.«

»Das heißt, ich könnte auf Wolken gelangen, die von früheren Generationen bewohnt werden?«

»Korrekt.«

»Zu der meiner Großeltern beispielsweise? Und die laufen dann alle mit Flügeln rum, stimmt's?«

»Möchtest du deine Großeltern sehen?«, fragt Johannes unwirsch.

»Nicht wirklich.«

»Na, also. Da unten ist die Notruftaste. Wenn du die drückst, wirst du erneut die Ehre meiner Anwesenheit genießen dürfen. Geh sparsam damit um. Ansonsten gute Reise und sei bis zum Abendessen wieder hier.« Er trollt sich.

»Ironie steht dir nicht, Johannes!«, ruft ihm Knautschke hinterher, bevor sich die Aufzugtüren schließen. Einen Moment lang spielt er mit dem Gedanken, die Notruftaste sofort zu drücken, um zu testen, wie weit die Geduld des

Klemmbrettspezis reicht. Aber sogar ein Erwin Knautschke ist im Himmelreich zu einem milden Zeitgenossen geworden. Auch wenn es dort keine Zeitgenossen mehr gibt.

Lieber den Fahrstuhl ausprobieren. Vor allem die Sache mit der Zeitkurbel klingt spannend. Er gibt ihr einen ordentlichen Schwung, den sie mit einem hässlichen Quietschen beantwortet. Schon nach wenigen Umdrehungen bleibt sie stehen. »1809 n. Chr.«, vermeldet der Monitor per Leuchtanzeige. Nein, was soll er da? Außerdem ist das gerade mal zwei Jahrhunderte her. Er kurbelt sich durch die Epochen, bis auf dem Monitor eine »0« aufleuchtet. Er könnte sich zu den alten Römern versetzen lassen, um demjenigen, der den Fahrstuhlgraffito verbrochen hat, mit einem Löwenduell im Circus Maximus zu drohen. Was bei Toten bestenfalls ein mildes Lächeln hervorrufen würde.

Quietschend geht es weiter zurück. 2. Jahrhundert vor Christus, 3. Jahrhundert – ein Ende ist nicht absehbar. So allmählich müsste er in der Steinzeit angelangt sein. Angenommen, er macht auf einer dieser Wolken Station: Wen wird er wohl treffen? Einen Neandertaler mit Flügeln? Oder ist das Himmelreich dort menschenleer, weil noch vorchristlich und so?

Er zögert. Vielleicht ist es doch keine gute Idee, sich allzu weit in die Vergangenheit zu versetzen. Er könnte auch in der Gegenwart bleiben und sich die Südhalbkugel der Erde ansehen. Oder die Domrep. Nein, auch darauf hat er keine Lust. Die hat er zu Lebzeiten genießen wollen, jetzt ist es zu spät.

Während er noch überlegt, öffnet sich die Tür. Theophil tritt ein.

»Erwin! Was machst du denn hier?«

»Mir war langweilig. Wollte mal was anderes sehen.«

»Ach so.« Fast wirkt es, als sei Theophil die Begegnung peinlich.

»Und du?«

»Nichts Besonderes.« Eine leichte Röte überzieht das Gesicht des Bärtigen. »Weißt du, ich kann ja ein andermal ...«

»Nein, komm doch rein. Wohin möchtest du?«

Zögernd setzt Theophil einen Fuß über die Schwelle. »Bloß ein paar Wolken weiter. Ich wollte meinen alten Deutschlehrer sprechen, der ist in den 1980er Jahren gestorben.«

»Dann begleite ich dich einfach, wenn es dir recht ist.«

»Gern«, murmelt Theophil und macht sich an der Zeitkurbel zu schaffen. Quietschend durcheilen sie die Jahrhunderte. Kurz vor Erreichen der Gegenwart bremst Theophil ab.

»Nutzt du den Fahrstuhl öfter?«, erkundigt sich Knautschke.

»Nein, nein. Ist nicht so mein Fall. Diese Wolken sehen doch überall gleich aus. So, da wären wir.« Er hat das exakte Jahr eingestellt und löst das »Start«-Signal aus. Im nächsten Moment öffnet sich die Tür des Aufzugs. Dahinter: ein Flur, wie Knautschke ihn von der eigenen Wolke kennt, Wegweiser, beschriftete Türen.

»Sind wir schon da?«, fragt er verblüfft.

Theophil nickt. »Ich sehe mal nach, ob mein Lehrer in seinem Zimmer ist. Treffen wir uns auf dem Sonnendeck?«

»So etwas gibt es hier auch?«

»Die Einrichtung ist dieselbe wie bei uns. Gott sei Dank, sonst würde man sich ja ständig verlaufen. Bis nachher!«

Er verschwindet hinter einer Ecke. Knautschke schlendert den Wegweisern nach. Ein Mann mit Topffrisur und überdimensionierter Brille kommt ihm grüßend entgegen. Im Vorübergehen streifen seine Flügel den Besucher.

»Achtziger Jahre«, murmelt Knautschke vor sich hin. »Was habe ich mir da angetan?«

Als er das Sonnendeck endlich erreicht, muss er Theophil recht geben. Alles sieht genau so aus wie drüben: das Geländer, die Liegestühle, der Nektarausschank. Auch die Stimmung ist ähnlich. Herzliche Begrüßungen, Bussis, Erkundungen nach seinem Tod, Zuprosten. Auf unser Himmelreich! Trotzdem fühlt sich Knautschke unwohl. Fehl am Platze. Unsagbar fremd. Wie diese Seligen aussehen! Ihre Beine stecken in Röhrenjeans, ihre Flügel ragen aus Polyesterpullis mit grauenhaften Mustern. Bis über die Ohren reichen ihre Haare, ganze Gesichtshälften sind von Brillen bedeckt. Und dann diese Puschelmähnen, die einen völlig kirre machen!

»Ja«, sagt Knautschke. »Doch, ein angenehmer Tod war das, absolut.«

Die Rede kommt auf die Gegenwart: auf den Fall der Mauer, den man knapp verpasst hat, auf die Wiedervereinigung und den Euro. Wird das Land nun tatsächlich von Leuten aus der DDR regiert? Von Frauen sogar?

»Einen Moment bitte.« Knautschke stellt sein Glas ab. Am Geländer des Sonnendecks hat er einen Jungen entdeckt, der ihm bekannt vorkommt. Einen Jungen von 14 oder 15 Jahren in gestreifter Hose und T-Shirt mit Aufdruck. Langsam, seiner Sache nicht sicher, geht er auf ihn zu. Noch hat ihn der Junge nicht bemerkt. Ans Geländer gelehnt, die beiden kleinen Flügel zusammengeklappt, starrt er in die Tiefe.

»Michael?«, sagt Knautschke vorsichtig. »Hey, Mike, bist du das?«

Der Junge fährt herum und schaut ihn fragend an. »Hallo. Kennen wir uns?«

»Ich denke schon. Du bist doch Mike Becker, oder?«

»Ja. Von welcher Wolke kommst du?«

»Wir waren zusammen in einer Klasse. In Freiburg, erinnerst du dich? Bis zur Zehnten. Der Erwin bin ich, Knautschke. Mensch, Mike, wir haben doch die halbe Stadt unsicher gemacht mit unseren frisierten Töffs!«

»Du bist das? Wahnsinn, der Erwin!« Lachend klatscht Mike seinen alten Kumpel ab. »Sorry, ich hab dich nicht wiedererkannt. Bist halt älter geworden, wenn ich das so sagen darf.«

»Soll vorkommen.«

»Und jetzt bist du auch im Himmelreich! Hast du einen angenehmen Tod gehabt?«

Knautschke schweigt. Er mustert seinen Schulfreund, der mehr als 20 Jahre vor ihm aus dem Leben gerissen worden ist, fragt sich, ob er selbst damals auch so seltsame T-Shirts getragen und Pickel im Gesicht gehabt hat. Ein paar alte Fotos kommen ihm in den Sinn: Ja, natürlich ist das der Fall gewesen. Er und Mike, verdammt noch mal. Bis zu diesem Tag im März.

»Und du?«, fragt er schließlich. »Erinnerst du dich daran, wie du gestorben bist?«

»Klar erinnere ich mich! Mann, ich hätte euch so sehr gegönnt, dass ihr diese Erfahrung auch bald macht, aber es liegt ja nicht in unserer Hand. Erwin, ich sage dir, so ein Abgang – das war einfach irre!«

Knautschke läuft es eiskalt über den Rücken. »Wie … wie bist du denn ums Leben gekommen?«

»Das weißt du nicht? Es muss doch in allen Zeitungen gestanden haben.« Lässig lehnt sich Mike ans Geländer. »Um es kurz zu machen, ich hatte irgendwann genug von diesem Leben. Bei mir lief alles in die falsche Richtung. Die Zigaretten, diese dauernden Besäufnisse … Ich war sogar schon im Puff, mein Bruder hatte mich mitgenommen! Deshalb dachte ich mir, Mike, du musst zur Besinnung kommen, bevor es zu spät ist. Also bin ich eingeschlafen, aus freiem Willen. Fantastisch war das, nicht zu toppen.«

»Eingeschlafen? Einfach so?«

»Ja, das geht, Erwin, glaub mir. Ich kenne einige, die es so gemacht haben. Es ist der sanfteste Tod, den du dir vorstellen kannst: Du bist ganz ruhig, dein Atem geht immer langsamer, dann kommt dieses Licht …«

»Mike!«, schreit Knautschke auf. »Du redest Scheiße!«

Der junge Becker starrt ihn fassungslos an. Überall auf dem Sonnendeck drehen sie sich nach den beiden um. Einige greifen zum Nektarglas. Nervös zittern ihre Flügel.

»Kein Wort von deinem Geschwätz ist wahr!«, wütet Knautschke. »Komm zur Besinnung, Mike! Du bist ertrunken, elend ersoffen bist du! In der Dreisam, die keine acht Grad hatte.«

»Du irrst dich«, stottert der Junge.

»Ich war doch dabei, verdammt noch mal! Boris und Marko auch, alle haben es gesehen! Wir wussten, dass es gefährlich ist, wir wussten, dass die Dreisam Hochwasser führte, aber du Idiot hattest nichts Besseres zu tun, als uns deinen Mut zu beweisen! Boris wäre beinahe selbst draufgegangen, als er versuchte, dich rauszuziehen.« Er packt Mike bei den schmalen Schultern und schüttelt ihn. »Hör auf, dich selbst zu belügen. Du musst dich erinnern, Mike!«

Ein geflügelter Herr nähert sich hüstelnd dem Paar. Knautschke beachtet ihn überhaupt nicht.

»Wirklich, Erwin«, stößt Mike hervor, »ich bin völlig friedlich …«

»Bist du nicht!«, brüllt Knautschke und packt ihn fester. »Du bist ersoffen, kapierst du? Jämmerlich verreckt! Deine Mutter musste ruhiggestellt werden, als sie es erfuhr, und bis heute kann ich ihr nicht ohne Schuldgefühle unter die Augen treten! Ein elender Scheißtod war das, Mike!«

»Vielleicht sollten wir …«, beginnt der hinzutretende Herr in aller Verbindlichkeit, doch niemand wird je erfahren, was er vorzuschlagen hat. Knautschke, dem der Schmerz und das Licht und die Kälte wieder ohne Vorwarnung durch den Kopf schießen, bricht zusammen. Wie betäubt liegt er auf dem Boden, zu Füßen des jungen Michael Becker, der seinem Schulkameraden sorgenvolle Blicke zuwirft.

»Du machst aber auch Sachen, Erwin!«

Mit verschränkten Armen sitzt Johannes am Fußende von Knautschkes Bett. Sein Gesichtsausdruck ist zu gleichen Teilen besorgt und missbilligend, schön hälftig austariert. Der perfekte Schwiegersohn, denkt Knautschke und wendet sich ab. Lieber zur Wand schauen, die bleibt neutral. Sein Kopf schmerzt.

»Nimm einen Schluck Nektar, das hilft.«

»Nein.«

»Bitte!«

»Nein!«

»Wie du meinst. Niemand zwingt dich. Du musst selbst einsehen, dass es dir gut tut.« Seufzend erhebt sich der Lieblingsjünger. Legt die Stirn in Falten, die Fingerspitzen zusammen und beginnt, durch das Zimmer zu schreiten. »Erwin, wir müssen reden. Über verschiedene Dinge. Es ist einiges passiert in letzter Zeit. Sollte deine Migräne zu stark sein, komme ich nachher wieder. Besser aber wäre es, wir könnten sofort miteinander sprechen. Was meinst du?«

»Mir geht's prima«, spricht Knautschke zur Wand.

»Schön. Zunächst möchte ich dich bitten, keinen Himmelreichbewohner mehr anzuschreien. Im Namen aller Seligen übrigens; Mike Becker und die anderen haben mich ausdrücklich darum ersucht, dir dies mitzuteilen. Hier oben pflegen wir einen anderen Umgang miteinander als auf der Erde.«

»Was weißt du schon vom Leben auf der Erde?«

Johannes schenkt ihm ein nachsichtiges Lächeln. »Mehr, als du denkst, mein Lieber. Zweiter Punkt: Natürlich steht es dir frei, andere Wolken aufzusuchen und aus den dortigen Kuppelräumen Blicke auf die Erde zu werfen. Jederzeit. Allerdings wäre es uns lieb – uns allen, verstehst du? –, wenn du diese Besuche auf ein vernünftiges Maß einschränken würdest. Stell dir vor, jeder würde tagtäglich den Aufzug benutzen. Das Chaos wäre vorprogrammiert.«

Knautschke dreht sich von der Wand weg und setzt sich aufrecht. »So kann man ein Verbot natürlich auch formulieren!«

»Kein Verbot, Erwin. Einen Wunsch.«

»Ja, aber wehe, ich entspreche dem nicht! Dann droht Liebesentzug, was? Frostige Atmosphäre über den Wolken! Red nicht weiter, Johannes, ich werde mein Ding durchziehen, wie ich es für richtig halte. Als ich noch lebte, war ich Privatdetektiv, schon vergessen?«

»Oh, ich weiß. Du hattest beste Referenzen. Aber Erde und Himmelreich sind nun mal verschiedene Dinge. Du kannst nicht einfach …«

»Schon gut. Ich habe verstanden. War's das?«

»Nein.« Johannes nimmt eine wassergefüllte Glaskugel mit dem Freiburger Münster aus dem Regal und schüttelt sie, dass die Schneeflocken stieben. »Dieser Mike Becker, dein Schulkamerad … ich kann nur hoffen, dass er sich deine wilden Erzählungen nicht allzu sehr zu Herzen nimmt.«

»Keine Sorge, der Junge kann einiges vertragen.«

»Du machst es dir zu einfach, Erwin!« Mit heftiger Gebärde wird die Kugel zurückgestellt. »Willst du, dass er Alpträume bekommt? Soll er sich jetzt Nacht für Nacht mit Erinnerungen an seinen Tod in der Dreisam herumschlagen? Ich möchte noch einmal und mit Nachdruck darauf hinweisen, dass hier oben andere Verhältnisse als auf der Erde herrschen. Im Leben kann man solche Negativerlebnisse vielleicht überwinden, aber nicht als Toter. Nicht im Zustand der Ewigkeit. Wenn der Junge erst mal sein Trauma hat, wird er es nie wieder los. Nie wieder, hörst du?«

»Dafür kann ich nichts. Wer hat denn die Welt so eingerichtet, wie sie ist? Man muss der Realität ins Auge sehen.«

»Und wer bestimmt, was die Realität ist? Du, Erwin? Ich will dir mal was sagen. Es gibt schönere Erfahrungen, als in einem Fluss zu ertrinken, zugegeben. Aber alles, was danach kommt, ist so unvergleichlich, so wundervoll, dass es eine Schande wäre, wenn die Leute es wegen eines einzigen traumatischen Erlebnisses nicht genießen können.«

»Ich kann es nicht genießen!«, ruft Knautschke wütend. »Ich nicht! Wann begreifst du das endlich?«

»Bitte nicht in dieser Lautstärke«, entgegnet Johannes fast unterwürfig. »Ich weiß doch, wie es dir geht, Erwin. Und ich versichere dir, es handelt sich da um eine absolute Ausnahme. Dein Zustand wird sich bessern, wir arbeiten dran. Aber bitte lass uns machen und torpediere unsere Bemühungen nicht durch unbedachte Aktionen.«

»Dummes Geschwätz! Wir arbeiten dran, lass uns nur machen – ich kann es nicht mehr hören! Mich interessiert einzig und allein, wie und warum ich umgekommen bin. Sag mir das, Johannes!«

»Noch einmal: Das kann nur der Chef.« Ein maliziöses Lächeln erscheint auf dem Gesicht des jungen Mannes. »Im Übrigen glaube ich, dass dein Wunsch bald der Vergangenheit angehören wird. Eine ungewöhnliche Formulierung für das ewige Leben, aber es ist so. Wir wissen nun, warum dich die Gedanken an deine irdische Existenz nicht loslassen.«

Knautschke starrt ihn an. Seine Hand fährt zur Hosentasche; er trägt noch dieselben Sachen wie bei seinem Besuch auf der Nachbarswolke. Die Tasche ist leer.

»Wo ist der Zettel?«, brüllt er. »Was hast du damit gemacht?«

Johannes hält sich beide Ohren zu. »Er ist sicher verwahrt«, flüstert er, »keine Sorge.«

»Wie kommst du dazu, mich zu durchsuchen? Ist das so Sitte bei euch?«

»Du hast mich doch um ein Gespräch mit dem Chef gebeten, richtig?«

»Was? Das ist keine Antwort.«

»Du sagtest mir, dass du mit Gott sprechen wolltest. Besteht dieser Wunsch noch?«

»Aber hallo!«

»Gut. Gehen wir.«

Knautschke sieht ihn verblüfft an. »Gehen wir? Du meinst, jetzt? Direkt?«

»Ja, er ist bereit, dich zu empfangen. Ungewöhnlich, dass er sofort einen Termin frei hatte, aber du bist ja auch ein ungewöhnlicher Fall, weiß Gott.«

Unwillkürlich fährt sich Knautschke durch die Haare. »Bin ich denn … Ich meine, kann ich so gehen? Schließlich tritt man nicht alle Tage vor seinen Schöpfer.«

»Mach dir keine Sorgen um dein Aussehen, Erwin. Im Himmelreich sind alle gleich. Im Prinzip zumindest.«

»Und wie rede ich ihn an? Der liebe Gott lässt sich doch wohl kaum duzen?«

»Selbstverständlich lässt er das. Er besteht sogar darauf. Allerdings mit Großbuchstaben; so viel Respekt muss sein. Kommst du?«

»Jaja.«

Gemeinsam verlassen sie das Zimmer, passieren den Flur. Knautschke ist nervös. Er fühlt sich an jenen Tag zurückversetzt, als er zum ersten Mal beim Direktor seiner Schule antanzen musste. Zigaretten auf dem Klo und solche Geschichten. Mike Becker ist möglicherweise auch dabei gewesen. Johannes schreitet zügig voraus. Vergeblich versucht Knautschke den Flügelansatz zwischen seinen Schulterblättern auszumachen.

Vor einer Tür mit der Aufschrift »Labor« bleibt der junge Mann stehen. »Wir sind da.«

»Labor? Wie soll ich das verstehen?«

»Das ist nur Tarnung. Entgegen der landläufigen Meinung hat Gott Humor.«

»Aber die meisten werden doch abgeschreckt, wenn sie hinter dieser Tür ein Labor vermuten!«

»Eben. Auch der Chef will mal seine Ruhe haben. Kommst du?«

Knautschke nickt ergeben.

»Und immer an die Großbuchstaben denken, ja?«

Johannes öffnet und geht voran. Knautschke folgt mit klopfendem Herzen.

DER CHEF

Das Labor, wenn es denn eines ist, wirkt eher wie eine Kaffeeküche, und tatsächlich steht da ein älterer Herr mit Halbglatze und Kinnbart, der gerade eine Espressomaschine mit Wasser füllt. Dabei murmelt er ungehalten vor sich hin. Zum abgewetzten braunen Anzug trägt er eine nachlässig gebundene Fliege. Knautschke sieht sich um. Von Schöpfer der Welt keine Spur, allerdings gibt es zwei weitere Türen, die wahrscheinlich in seine – Seine? – Gemächer führen. Ins Audienzzimmer. Den göttlichen Wartesaal.

Gewartet wird aber jetzt schon. Johannes, beide Hände auf dem Rücken, bleibt ausdruckslos mitten im Raum stehen und schweigt. Knautschke tut es ihm gleich. Vielleicht hat er ja die Ehre, dem lieben Gott einen Kaffee zu bringen. Dann wüsste er wenigstens wohin mit seinen Händen. Der Mann an der Espressomaschine scheint sich nicht weiter für sie zu interessieren. Ein kurzer Seitenblick unter erhobener Braue, schon ist er wieder ganz von seiner Tätigkeit eingenommen. Er klappt den Deckel über den Wasserbehälter, greift nach einer silberglänzenden Packung und öffnet sie. Noch während er verzückt an ihrem Inhalt schnuppert, schwebt ein Hauch von Kaffeeduft durch den Raum. Kennt das Himmelreich sie also doch, die irdischen Genüsse! So kann man ein Labor natürlich auch nutzen.

Die Kaffeebohnen werden in eine kleine elektrische Mühle geschüttet. Das einsetzende Mahlgeräusch des Maschinchens ist Knautschke wohlvertraut. Sein Partner Griesbacher hat auch so ein Ding in seinem Büro stehen. Allerdings benutzt der zum Kaffeekochen eine altmodische Mokkakanne, während es sich bei dem Gerät hier oben um ein topmodernes Modell aus Italien handelt. Der Alte füllt den fertig gemahlenen Kaffee in ein Schälchen, schraubt es unter die Düsen, stellt eine Tasse bereit und drückt auf Start.

Erst jetzt, da das kernige Summen der Espressomaschine durch den Raum tönt, wendet sich der Mann seinen Besuchern zu. »Verzeihung«, sagt er, seine Fliege zurechtrückend, »aber ich musste mich konzentrieren. Diese Technik! Wollt ihr auch ein Käffchen, ihr beiden?«

»Gerne«, sagt Knautschke. Und dann, ungeduldig: »Wo geht es denn nun zum lieben Gott?«

»Wie meinen?« Der Mann starrt ihn verblüfft an. »Ich bin Gott!«

Nun ist die Überraschung an Knautschke. Das da soll …? Hilfesuchend wendet er sich an Johannes, der aber nur mit den Schultern zuckt: »Ich sage ja, Chef, er ist anders als die anderen.«

»Schöne Bescherung«, murmelt der Alte, Knautschke von Kopf bis Fuß musternd. »Was dachtest du denn, wie ich aussehe, Erwin? Weißer Rauschebart, wallende Gewänder, Heiligenschein um den Kopf? Die Moslems haben schon recht, dass sie sich von unsereins kein Bild machen. So sind sie hinterher auch nicht enttäuscht.«

»Ich weiß nicht«, stottert Knautschke. »Keine Ahnung, wen oder was ich mir vorgestellt habe. Jedenfalls keinen, der Kaffee kocht.«

»Ach, der Kaffee«, winkt Gott ab. »Eine meiner Erfindungen, bei denen ich mittlerweile bereue, dass ich sie euch exklusiv überlassen habe.« Er nimmt die gefüllte Tasse und reicht sie Knautschke. Der, gierig schnuppernd, sieht verdutzt auf.

»Das ist ja gar kein Kaffee! Blöder Nektar ist das!«

»Das Wort ›blöd‹ will ich nicht gehört haben. Es gibt hier oben nun mal nichts anderes zu trinken. Altes Himmelsgesetz. Und dass ich mir durch Kaffeebohnen und Kaffeeduft die Illusion einer italienischen Espressobar verschaffe – du lieber Himmel, Männer meines Alters haben manchmal sentimentale Anwandlungen. Stimmt's, Johannes?«

»Durchaus.«

»Es ist übrigens nicht meine einzige. Du solltest mal meine Carrerabahn im Keller sehen.« Er geht zu seiner Espressomaschine zurück, füllt das Schälchen neu und betätigt den Startknopf für eine zweite Tasse.

»Carrerabahn?«, echot Knautschke, der sicher ist, sich verhört zu haben.

»Kleiner Scherz am Rande. Hier gibt es ja gar keinen Keller. Aber warum sollte nicht auch der Schöpfer des Universums Lust an schnellen Autos haben? Gut, kommen wir zur Sache. Ich habe gehört, es gibt Probleme? In meinem Himmel?«

»Probleme wäre zu viel gesagt«, lächelt Johannes. »Danke, für mich keinen Kaffee. Unser guter Erwin leidet unter einer Art Bilderflut: Erinnerungsfetzen an seine letzten Stunden auf Erden, wie er meint. Er glaubt sogar, einem gewaltsamen Tod zum Opfer gefallen zu sein. Und nun will er unbedingt wissen, was mit ihm passiert ist. Ganz egal, was die anderen sagen.«

»Ein gewaltsamer Tod?«, runzelt der liebe Gott die Stirn. »Was soll das sein? Entweder ist jeder Tod gewaltsam oder keiner.«

»Darum geht es nicht«, wehrt sich Knautschke. »Wenn mich einer umgelegt hat, dann ist das natürlich nicht mehr zu ändern. Ich wüsste bloß gerne, ob es so ist. Und vor allem will ich wissen, warum mich als Einzigen im Himmelreich solche Erinnerungen quälen. Alle anderen schwärmen ja geradezu von ihrem Tod.«

»Das ist korrekt. Und ich bin mächtig stolz darauf.«

»Ja, aber was soll ich tun? Diese Bilder … ich habe regelrechte Schmerzattacken, wenn ich an meinen Tod denke!«

»Nun«, mischt sich Johannes spitzmündig ein, »ich glaube

nicht, dass es zu weiteren Anfällen kommen wird. Im Verlauf meiner Gespräche mit dem lieben Erwin wurde mir sehr bald klar, dass er, natürlich ohne es zu wissen, einen irdischen Gegenstand mit nach oben genommen haben muss. Und es ist mir gelungen, diesen Gegenstand ausfindig zu machen.« Er zückt Knautschkes Zettel und reicht ihn dem Herrn.

»Du hast ihn mir geklaut, als ich ohnmächtig war!«, ruft Knautschke. »Das ist meiner. Ich will ihn sofort zurück!«

»Ein Identifikationszettel?«, brummt Gott. Während er den Fetzen eingehend mustert, führt er mit der anderen Hand die Tasse zum Mund. Im nächsten Moment setzt er sie wieder ab. »Autsch! Wer hat dieses bescheuerte …?«

Johannes räuspert sich.

»Entschuldigung«, grummelt der liebe Gott. »Ich vergesse immer, wie heiß der Nektar aus der Maschine kommt. Also, was ist das für ein Zettel?«

»Das fragst du?«, stöhnt Knautschke. »Ich meine, da behauptest du, der Schöpfer dieser …«

Johannes räuspert sich erneut. Seine Lippen formen das Wort ›Großbuchstaben‹.

Knautschke verdreht die Augen. »Ist ja gut! Also, wenn Du tatsächlich der Schöpfer von allem bist, musst Du doch wissen, was es mit diesem Zettel auf sich hat.«

»Selbstverständlich weiß ich das«, entgegnet Gott ungehalten. »Aber nur Menschen meinen, etwas zu wissen, hieße automatisch, die Information zackzack im Oberstübchen zur Verfügung zu haben und ausspucken zu können. Es gibt tausend andere Wissensformen, von denen du und deine Genossen keine Ahnung haben. Trink deinen Kaffee aus und komm.« Damit wendet er sich einer der beiden Türen zu.

»Den Nektar?«

»Was auch immer. Hier entlang, bitte.«

Die Tür, durch die Knautschke schreitet, führt zu einem holzgetäfelten Raum mit einer Galerie von Sprossenfenstern, hinter denen das Meer wogt. Möwen ziehen kreischend vorbei, ab und zu leckt die Gischt an den Scheiben. Sogar der Boden schwankt ein wenig.

»Setzt euch.« Gottes Hand weist auf zwei dick gepolsterte Lehnstühle. Sie stehen vor einem klobigen Holztisch, der mit Landkarten, Schreibmaterial, einem Zirkel und einem Fernrohr bedeckt ist. In einer aufgebockten Rumflasche schaukelt das Modell eines Dreimasters. Daneben liegt eine eingeschweißte Augenklappe aus Filz. Kopfschüttelnd nimmt Knautschke Platz.

»Wie war der Name noch mal?«, kommt es von der entgegengesetzten Seite des Raumes. Der liebe Gott steht vor einem großen Aktenschrank und streicht sich über seinen grau melierten Bart.

»Knautschke, Erwin«, hilft Johannes. »Seit zwei Erdentagen bei uns.«

»Dann müsste der Vorgang noch hier sein. Einen Moment, da haben wir ihn.« Er entnimmt dem Schrank eine Hängemappe und setzt sich zu seinen Besuchern an den Tisch. Murmelnd legt er ein Blatt nach dem anderen vor sich hin. »Hier, die Geburtsurkunde ... Lebenslauf ... Impfungen, Versicherungen ... Kinder scheint er keine gehabt zu haben. Oder?«

Knautschke verneint.

»Ledig, aber verpartnert«, brummt Gott. »Hübsches Mädchen, diese Ariane. Ist ihr Vater nicht irgendein hohes Tier in der Politik?«

»Politikberater. Also eher das Gegenteil.«

»Na, siehst du. Deine Akte ist in Ordnung, Erwin. Auch wenn es sich hier nur um die Kurzversion handelt. Anzeichen für eine Gewalttat kann ich nicht entdecken.«

»Und was steht in meinem Lebenslauf? Woran bin ich gestorben? Nun sag schon!«

Gottes Zeigefinger fährt die Zeilen entlang. »Ein Unfall.«

»Was für einer? Mit dem Auto oder was?«

»Ja. Unfall auf regennasser Fahrbahn, in einer Kurve der B 31 östlich von Freiburg. Patient verstarb auf dem Weg ins Krankenhaus.« Er schiebt die Blätter zusammen.

»Moment! Da ist doch ein Foto. Hier, hinter dem Lebenslauf.«

»Richtig, das hätte ich fast …« Er entfernt die Klammer, die das Foto an dem Blatt hält, und reicht es Knautschke. Das Bild zeigt einen auf der Straße liegenden Mann, umgeben von Rettungssanitätern, die Glieder seltsam verrenkt. Seine Augen sind geschlossen, Blut läuft über sein Gesicht.

»Das … das bin ja ich«, sagt Knautschke heiser.

Gott tätschelt ihm mitfühlend den Handrücken.

»Okay«, sagt Knautschke und bearbeitet seine Nasenflügel mit den Fingerspitzen. Eines der Fenster steht offen; Möwengeschrei und würzige Seeluft dringen herein. »Damit weiß ich mehr als vorher. Aber noch nicht genug. Wie konnte es zu dem Unfall kommen? Wer hat ihn verursacht? Hätte er vermieden werden können?«

Johannes tippt sich an die Stirn. Zumindest hat er es vor, zieht den Finger aber kurz vor Erreichen der Schläfe zurück. Gottes warnender Blick ist ihm nicht entgangen.

»Lieber Erwin«, sagt der alte Mann im Ton eines Oberstufenlehrers, »was du da formulierst, sind die typischen Erdenfragen, eine wie die andere. Dieses vergebliche Bohren nach Schuld, nach Ursachen und vor allem dieses hypothetische In-Erwägung-ziehen eventuell vorhandener Vermeidungsmöglichkeiten …« Abwehrend hebt er die Hände. »Sollen sich eure Gerichte um derartige Spitzfindigkeiten kümmern. Mit dir und deinem jetzigen Zustand hat das nichts mehr zu tun.«

»Ich will es aber wissen!«

»Musst du immer ›aber‹ sagen?« Die göttliche Stirn wirft eine Zornesfalte. »Niemand hier nimmt sich das Recht heraus, dauernd zu widersprechen, nur unser Erwin Knautschke. Ich fürchte, auf Erden haben sie es nicht leicht gehabt mit dir!«

»Da hast Du wie immer recht.«

»Spar dir deinen Sarkasmus. Über deinen Tod bist du nun besser informiert als jeder andere Sterbliche. Ich möchte dich bitten, verantwortungsvoll mit diesem Wissen umzugehen. Sollten dich die Alpträume weiterhin bedrängen, wende dich an Johannes. Er wird immer ein offenes Ohr und gute Ratschläge für dich haben.«

»Ja, Nektar saufen!«

»Was ist daran verkehrt?« Gott lehnt sich zurück, sein Blick schweift zum Fenster. »Erwin, es hat mich gefreut, dich kennenzulernen, aber nun sei mir nicht böse, wenn ich unsere kleine Unterredung für beendet erkläre. Es gibt eine Menge Leute, die mit mir sprechen wollen. Aus den verschiedensten Jahrhunderten übrigens.«

Knautschke schlägt die Beine übereinander. »Eine Sache hätte ich noch.«

»Und das wäre?«

»Du weißt, was ich von Beruf bin? Beziehungsweise war?«

»Privatdetektiv.«

»Genau. Und ich werde den Verdacht nicht los, dass mein Tod mit meinem letzten Auftrag zusammenhängt. Dass ich in Ausübung meiner Tätigkeit umkam.«

»Durchaus möglich. Was heißt das?«

»Überleg doch mal! Es heißt, dass da noch ein Auftrag unbearbeitet herumliegt. Mein letzter Fall ist nicht geklärt! Das fuchst mich.«

»Interessante Arbeitsauffassung«, grinst Johannes. »Ermitteln wir jetzt über den Tod hinaus?«

»Hast du nicht gehört?«, blafft Knautschke zurück. »Keinen Sarkasmus auf den billigen Plätzen!«

»Immer mit der Ruhe«, beschwichtigt der liebe Gott. »Was mich betrifft, so finde ich es sehr sympathisch, Erwin, dass du dir darüber Gedanken machst. Eine Haltung, die für ein geradezu löbliches Berufsethos spricht. Aber es hilft nichts, du musst dich von den Geschehnissen auf der Erde ein für alle Mal lösen. Immerhin hattest du in Freiburg einen Partner, wie ich der Akte entnehme.«

»Griesbacher«, winkt Knautschke ab. »Diese Gurke!«

»Gurke oder nicht, es liegt nun alles in seinen Händen. Er ist der Überlebende.«

»Der Fluch des späten Todes!«, seufzt Johannes mit deutlich zu viel Pathos in der Stimme.

Knautschke, beide Hände auf die Stuhllehnen gestützt, beugt sich vor. »Lieber Gott! Herr im Himmel! Du wirst einem Wurm wie mir doch mit ein paar Informationen über seine letzten Stunden auf Erden dienen können! Bist Du nun der Allmächtige oder nicht? Wer sonst sollte wissen, was dort unten gespielt wird? Von dem, was mein Religionslehrer erzählte, habe ich nicht viel behalten, aber ich weiß genau, dass er sagte: Gott weiß alles, Gott sieht alles, Gott hört alles. Also musst Du mir auch Auskunft geben können! Oder bist Du gar nicht der Typ, an den wir immer geglaubt haben?«

»Untersteh dich, junger Mann!«, poltert der Alte, dass die Möwen das Weite suchen, hat sich aber gleich wieder im Griff. »Erwin, eines wird dir nicht gelingen: mich in theologische Rabulistik zu verwickeln. Natürlich bin ich der Allmächtige, schau dich nur um! Ist das hier das Werk eines Amateurs? Eines Saisonarbeiters? Na, also. Auskünfte könnte ich dir durchaus geben, über alles Mögliche, Denkbares und Undenkbares. Die Frage ist, ob ich das will. Ob es sinnvoll ist, dich mit Informationen zu versorgen, die dich vielleicht belasten, die dein inneres Gleichgewicht stören oder gar dein Seelenheil gefährden könnten. Du verlangst Dinge von mir, die noch keiner verlangt hat. Fast keiner. Ich sehe nicht ein, warum ich dir solche Zugeständnisse machen sollte.«

»Mein Seelenheil gefährden?«, fragt Knautschke. »Das klingt ja, als gäbe es eine furchtbare Wahrheit hinter meinem Ableben. Ein Geheimnis!«

»Schmarrn! Ich kenne die näheren Umstände deines Todes überhaupt nicht. Müsste selbst nachsehen. Bestimmt haben sie dich im Krankenhaus mit medizinischen Tricks künstlich am Leben gehalten, und das macht dir jetzt zu schaffen.«

»Hieß es in der Akte nicht, dass ich schon auf dem Weg zum Krankenhaus …?«

»Ja, du Schlaumeier! Auf dem Weg! Und dann schließen sie die Leiche auf der Intensivstation an irgendwelche futuristischen Gerätschaften an, hauchen ihr ein Leben ein, das nicht mehr ihres ist – und warum? Um Gott zu spielen!« Angewidert schüttelt er den Kopf. »Ich kenne diese Pappenheimer.«

»Kann ich wenigstens das Foto haben?«, seufzt Knautschke.

Nachdenklich streicht sich Gott übers bärtige Kinn. Dann räuspert er sich: »Ich mache dir einen Vorschlag, Erwin. Im Grunde gefällt es mir nämlich, dass du dein Erdendasein ordentlich beschließen möchtest. Geh runter ins Archiv und schau dir deine letzten Stunden an.«

»Herr!«, fährt Johannes auf.

»Lass nur, mein Junge, ich nehme es auf meine Kappe.«

»Meine letzten Stunden?« Knautschke schaut verwirrt von einem zum anderen. »Von welchem Archiv sprichst Du?«

»Johannes wird es dir zeigen. Wir möchten vermeiden, dass dort das halbe Himmelreich herumlungert, verbieten es aber auch keinem. Versprich dir nicht zu viel davon. Jede Dokusoap im Fernsehen ist spannender. Und solltest du auf deine Fragen keine Antworten bekommen, mach mich nicht dafür verantwortlich.«

»Ich verstehe kein Wort.«

Der Herr gähnt herzhaft. Irgendwo weit hinten in seiner Mundhöhle blitzt ein Goldzahn. »Halte dich an Johannes, meine rechte Hand. Alles Gute, Erwin!«

»Einen Moment. Ich will meinen Zettel zurück!«

»Komm!« Johannes erhebt sich und weist zur Tür.

»Erst den Zettel, Herr! Der Typ hat mich beklaut, als ich mich nicht wehren konnte.«

»Wenn du deine Kopfschmerzen los werden willst«, spricht der liebe Gott väterlich, »lass das Ding hier.«

»Damit komme ich schon klar. Aber Du? Handelst Du jetzt gegen Dein eigenes Gebot: Du sollst nicht stehlen?«

Finster schweigt der Herr des Himmelreichs. Johannes verschränkt seine Arme vor der Brust.

»Eine verdammt miese Presse gibt das«, legt Knautschke nach, »wenn ich überall erzähle, dass hier oben die Langfinger Konjunktur haben!«

Die beiden wechseln Blicke. »Privatbesitz ist über den Wolken eigentlich abgeschafft«, meint Gott.

»Eigentlich? Also doch nicht ganz? Es gibt Dir jedenfalls nicht das Recht, mir meinen Wunsch zu verweigern.« Er streckt eine Hand vor.

Langsam lässt Gott den Zettel in Knautschkes Handfläche gleiten.

»Nervtöter«, brummt Johannes.

»Taschendieb«, sagt Knautschke.

Einträchtig warten sie am Tresen des Archivs, eines mit Schränken und Regalen vollgestopften Büros. Einsam dreht ein Ventilator seine Runden. Vor ihnen steht eine gerahmte Kinderzeichnung neben einer Postkarte mit Dürers betenden Händen.

»Es ist mir ein Rätsel«, spricht Johannes, mehr zu sich als zu seinem Nebenmann, »warum dir der Chef so viel durchgehen lässt.«

»Die Wege des Herrn sind unergründlich. Sogar für dich, mein Lieber.«

»Vergiss nicht, deinen Nektar zu trinken.«

Endlich öffnet sich eine schmale Tür zwischen zwei Regalen, und herein tritt derselbe Mensch, dem Knautschke schon im Kuppelraum begegnet ist. Cordhosen, Schlabberhemd, wie gehabt. Sein langes Kinn vorschiebend, kommt er schmunzelnd auf sie zu. »Womit kann ich dienen?«

»Dieser Herr hier möchte Einblick in die letzten Stunden seines Lebens nehmen«, erklärt Johannes und zeigt mit dem Daumen auf Knautschke.

»Ganz schön wissbegierig, unser Neuer.«

»Es geht um den 23. September, halb neun Uhr morgens. Schau mal zu, was du findest.«

»Freiburg war das, richtig?« Der Onkel Melanchthons zwinkert Knautschke zu. »Gibt es genauere Angaben?«

»Es soll ein Unfall gewesen sein«, sagt Knautschke. »Irgendwo östlich von Freiburg auf der B 31. Mehr weiß ich nicht.«

»Zeugen? Beteiligte? Unfallverursacher?«

»Keine Ahnung.«

»Er wurde ins Krankenhaus eingeliefert«, ergänzt Johannes. »Bestimmt war ein Notarztwagen vor Ort.«

»Viel ist das nicht«, grinst der Archivar. »Gebt mir zwei Wochen.«

»Wie, zwei Wochen?«, fährt Knautschke auf. »Ich will sofort etwas sehen. Hier und jetzt!«

»Das geht nicht«, antworten die beiden anderen wie aus einem Mund.

»Warum nicht?«

»Weil es mit Arbeit verbunden ist«, erklärt der ältere Mann.

»Ich muss Menschen finden, die Zeugen deines Unfalls waren. Noch lebende Menschen. Aus deren Erinnerungen stelle ich einen Film zusammen. So etwas dauert, mein Lieber.«

»Das ist ja schlimmer als auf der Erde!«, erregt sich Knautschke. »Die reinste Beamtenmentalität! Nicht einmal bei der Freiburger Stadtverwaltung habe ich …«

»Knautschke, nicht wahr?« Ein Formular wird beschriftet. »Vorname?«

»Erwin. Hör mal, kannst du nicht ein bisschen auf die Tube drücken? Wenn ich dich darum bitte?«

Der Mann kichert. »Das ewige Leben und dann auf die Tube drücken! Du hast lustige Ideen, Kleiner. Mal sehen, vielleicht schaffe ich es in einer Woche. Ich melde mich.«

Eine Woche! Knautschke schäumt. Von wegen Paradies! Die reinste Bürokratenhölle ist das hier! Aber so endet es ja immer, wenn die entsprechende Konkurrenz fehlt. Das Monopol macht träge, auch im Himmel. Erst ein großer Schluck Nektar besänftigt ihn, dabei will er sich gar nicht besänftigen lassen. Unzufrieden liegt er auf seinem Bett und rekapituliert die vergangenen Stunden. Vergangen ist natürlich das falsche Wort, aber irgendwie muss man mit dieser vermaledeiten Ewigkeit ja begrifflich zurande kommen.

Abends quatscht er ein Stündchen mit Marlene. Sie erzählt von ihrem Mann, dem reichen Schwachkopf, den sie hoffentlich für alle Zeiten los ist. Wobei: nichts Böses über die Lebenden, Gott bewahre! Aber Schwachkopf bleibt Schwachkopf, selbst aus der Perspektive der Seligen. Auf Knautschkes Frage, ob sie einmal daran gedacht habe, das Archiv aufzusuchen, schüttelt sie verständnislos den Kopf. Was für ein Archiv? Und wozu? Er krault ihr ein Weilchen den Rücken, dann verabschiedet er sich.

So verstreichen die Tage. Die Sonne steht wie festgenagelt am Himmel, man ist permanent gutgelaunt, aus Prinzip höflich, legt sich zu Bett, wenn sich alle legen, isst, wenn alle essen. Kleinere Stimmungsschwankungen werden mit Nektar nivelliert. Bei Knautschke sind diese Schwankungen größer, aber auch bei ihm tut die Flüssignahrung ihre Wirkung. Als er einmal einen halben Tag lang vergisst, etwas zu trinken, meldet sich gleich seine Migräne. Und noch jemand: das Ding, das seit seiner Ankunft im Himmelreich nutzlos zwischen seinen Beinen hing. Ja, es ist noch vorhanden, und es ist sogar zu gewissen menschlichen Regungen fähig. Dann kippt Knautschke ein Glas Nektar, und es herrscht wieder Ruhe.

Aufs Klo muss er immer noch nicht. Muss keiner hier oben.

Theophil, der frühere Börsenprofi, nickt, als er auf das geheimnisvolle Archiv angesprochen wird. Ja, er habe davon gehört, es wegen der langen Wartezeiten aber noch nie ausprobiert. Auch kenne er niemanden, der von seinen Erfahrungen damit berichten könne. Geheimnisvoll sei an der Sache übrigens nichts; man bekomme ja bloß einen Film zu sehen.

»Wie Kino«, lacht er und hält sich seinen mächtigen Bauch. »Nur ohne Werbung und Popcorn.«

»Der Mann, der den Film zusammenstellt, ist derselbe, der auch im Kuppelraum den Wärter spielt.«

»Tatsächlich? Der Onkel von Melanchthon?«

»Genau.«

»Ein seltsamer Typ.« Schlagartig wird Theophil ernst. »Der tut immer so trottelig, dabei weiß er eine Menge über unser Himmelreich. Allerdings würde ich nicht jede seiner Auskünfte für bare Münze nehmen.«

»Du meinst, er lügt?«

»Nein, natürlich nicht. Im Himmel gibt es keine Lügen.« Bevor Knautschke widersprechen kann, fährt er fort: »Glaub mir, Erwin, es gibt keine Lügen. Was es gibt, sind verschiedene Sorten Wahrheit. Man kann Tatsachen so und so darstellen, verstehst du?«

»Und dieser Archivwärter stellt sie *wie* dar?«

»Schwer zu sagen. Anders. Gröber. Immer mit diesem zynischen Unterton. Und Zynismus hat hier oben nichts zu suchen, weiß Gott.«

»Man begegnet ihm eher selten«, nickt Knautschke.

Theophil senkt seine Stimme. »Manche behaupten, der Mann hätte gewisse Verbindungen zum Dings, dem von ganz unten. Was natürlich Unsinn ist.«

»Zu wem, bitteschön?«

»Dem Dings«, zischt Theophil. »Du weißt schon. Dem Gehörnten.«

»Dem Teufel?«, ruft Knautschke überrascht.

»Pst! Nicht aussprechen! Bist du wahnsinnig? Offiziell gibt es ihn gar nicht. Zumindest nicht unter diesem Namen.«

»Langsam, langsam, ich kapiere gar nichts mehr. Der Teufel existiert?«

»Nein!« Der Bärtige rollt vor Schreck mit den Augen. Er ist ganz bleich geworden. »Das tut er nicht! So etwas Albernes! Andererseits heißt es in den informierten Kreisen, keine Sache sei ohne ihren Gegensatz denkbar, also auch das Himmelreich nicht.«

»Du meinst, es muss eine Hölle geben?«

»Falls es sich beim Himmelreich um eine Sache handelt. Das Ganze ist höchst umstritten, von Johannes wirst du darüber keine Auskunft bekommen. Wie auch immer, wir dürfen nicht ausschließen, dass da jemand sein Unwesen treibt, der in gewissen Eigenschaften dem entspricht, was traditionell mit Klumpfuß und Pferdeschweif in Verbindung gebracht wird.« Mit einem großen Taschentuch tupft er sich den Schweiß von der Stirn.

»Geht es noch komplizierter?«, lacht Knautschke. »Sag doch einfach Teufel!«

Theophil schüttelt den Kopf. »Seinen Namen wirst du von mir nicht hören. Niemals! Am Ende führt die häufige Nennung noch dazu, dass es ihn wirklich gibt.«

»Meinetwegen. Aber was hat der Melanchthononkel mit dem … mit dem Gehörnten zu tun?«

»Nichts, gar nichts. Üble Nachrede. Man spürt, dass dieser Mensch mehr weiß als Normalgestorbene, dass er andere Fähigkeiten hat. Darauf sind manche neidisch.«

»Neid ist eine böse Sache. Die sollen sofort Nektar trinken.«

»Da hast du recht«, pflichtet Theophil bei. Er sieht besorgt aus.

Noch am selben Tag sucht Knautschke den Kuppelraum auf. Das Geschehen auf der Erde verfolgt er nur halbherzig, um stattdessen den Mann mit dem langen Kinn zu beobachten. Er kann nichts Auffälliges an ihm entdecken, von den skurrilen Gesichtszügen und dem heimlichen Kartenspiel am Computer einmal abgesehen. Vielleicht ist es einfach die Tatsache, dass dieser Mensch aus dem 16. Jahrhundert stammt, die irritierend wirkt. Direkt fragen will Knautschke ihn nicht, denn es befindet sich noch ein zweiter Erdengucker im Raum.

»Wann kann ich ins Archiv?«, erkundigt er sich beim Hinausgehen.

»Bald«, grinst der Mann. »Passt schon.«

Es vergehen drei weitere Tage, bis Knautschke die ersehnte Nachricht bekommt. Unterdessen trifft er auf einer Nachbarwolke zwei wacklige alte Herren, die das Archiv bereits in Anspruch genommen haben. Ob das eine nützliche Sache sei, wolle er wissen? Aber ja, sehr nützlich! Unverzichtbar sei das Archiv, das könne er schriftlich haben.

»Seit unserer Ankunft«, lächelt der eine, »haben wir uns gestritten, welche Centwerte der aktuelle Dauermarkensatz der Deutschen Post enthält.«

»Und wie hätten wir das ohne Archiv herausfinden sollen?«, ergänzt der andere.

»Ich zum Beispiel war der Meinung, dass es die 23-Cent-Marke nicht gibt.«

»Und ich war genauso felsenfest davon überzeugt, dass der 35-Cent-Wert auf dem Markt ist.«

»Recht hatten wir übrigens beide.«

»Was wir nur mit Hilfe des Archivs feststellen konnten.«

»Das ist doch schön.«

»Wunderbar ist das.«

Beide lächeln selig. Knautschke tritt den Weg zum Archiv mit gemischten Gefühlen an.

»Sauberer wird's nicht«, brummt der Onkel Melanchthons und wischt ein letztes Mal über einen Plastikstuhl. Sie befinden sich in einem Nebenraum des Archivs, einer kleinen Kammer mit Yucca-Palme, einem Flachbildmonitor und drei Stühlen, alle in derselben undefinierbaren Farbe zwischen Braun und Oliv. Seitlich steht ein wackliges Regal voller schmaler Boxen, wie sie auf Erden zur Aufbewahrung von DVDs benutzt werden. Sonst gibt es nur noch ein vergilbtes Stück Papier, das mit vier Reißzwecken an der Wand befestigt ist. Ein altes Flugblatt vermutlich. Knautschke hat Schwierigkeiten, seinen Inhalt zu entziffern.

»Was ist das?«, fragt er, um seine Nervosität zu überspielen.

»Die Hausordnung«, murmelt der Mann, eine Fernbedienung in der Hand. Auf dem Bildschirm erscheint eine lächelnde blonde Dame und weist den Nutzer per Computerstimme an, die DVD einzuschieben. Sobald dies erfolgt ist, bedankt sich die Dame und wünscht gute Unterhaltung.

»Das gab es bei uns früher nicht«, knurrt der Alte.

»Was?«

»Dieses Gesülze der Weiber. Hatte man keine Zeit für. Was dagegen, dass ich mitschaue?«

»Bitte, tu dir keinen Zwang an. Sofern du mir sagst, was auf dem Plakat steht. Von wegen Hausordnung!«

»Habe ich Hausordnung gesagt?«, grinst der Mann. »Kann

vorkommen. Wenn ich mich recht erinnere, handelt es sich um einen Aufruf aus den Bauernkriegen. Schlagt die Pfaffen tot!«

»Solche Plakate hängen im Himmelreich?«

»Das steht natürlich nicht wörtlich in dem Aufruf. Da geht es um Gerechtigkeit, um die wahre christliche Weltordnung, und wie die Dinge alle heißen. Aber gemeint ist das hier.« Ratsch, fährt er mit dem Daumen über seine Kehle. »Können wir?«

Knautschke nickt. Ein Film über seine Todesstunden! Nie im Leben hätte er sich träumen lassen ... Aber darüber ist er ja nun hinaus. Über das Leben nämlich. Wie und weshalb, wird er jetzt erfahren.

»Erst einen Schluck Nektar«, sagt der Alte und reicht ihm einen Flachmann. »Ist Vorschrift. Sonst darf ich dir den Film nicht zeigen.«

Knautschke gehorcht. Für dieses Dokument würde er noch ganz andere Dinge tun.

»Also«, erklärt sein Nebenmann und startet die DVD, »es war nicht ganz einfach, an brauchbare Erinnerungen heranzukommen, aber ich bin fündig geworden. Zuerst zeige ich dir, was ein gewisser Bernhard H. gesehen hat. Er gehörte zu einem Seniorenwandergrüppchen, das kurz nach deinem Unfall vorbeikam und den Notarzt alarmierte. Teil zwei besteht aus den Erinnerungen eines der Sanitäter. Peter S. heißt der Mann. Er hatte übrigens mittlerweile selbst einen Unfall und liegt im Krankenhaus.« Grinsend wendet er sich Knautschke zu. »Wie das Leben manchmal spielt, nicht wahr?«

Knautschke beachtet ihn nicht. Sein Blick saugt sich am Bildschirm fest, der schroffe Felswände und Nadelwald zeigt. Schwer hängen die Schatten über dem Tal. Eine breite Straße, nass vom Regen, verschwindet hinter einer Biegung. Am äußeren Rand der Kurve ist ein Mensch zu erkennen, wie er auf dem Boden sitzt und etwas im Arm hält. Aber was? Noch ist die Person zu weit entfernt.

»Das Höllental!«, entfährt es Knautschke. »Ich weiß, wo das ist. In der unteren Hälfte, wo die Serpentinen beginnen.«

»Hübscher Name.«

Jetzt kommen weitere Personen in Sicht. Von der Seite drängt sich eine Schulter ins Bild, dann ein Rücken und ein Kopf. Offenbar die Wanderkumpel dieses Bernhard, die ein paar Schritte voraus sind. Einer zeigt auf die Gestalt in der Ferne, sagt etwas, lacht. Gleich danach lacht keiner mehr. Jemand ruft: »Da stimmt doch was nicht!« – so laut, dass Knautschke vermutet, es müsse der Beobachter selbst gewesen sein. Jetzt der Vorderste: »Schaut mal, der hält einen im Arm!« – »Leute, da ist etwas passiert.« Man wechselt zum Laufschritt.

Knautschke hält es kaum noch auf seinem Stuhl. Das Bild gerät ins Wackeln. Er kneift die Augen zusammen, versucht den Mann am Straßenrand zu erkennen. Was will dieser Kerl? Warum sitzt er auf dem Asphalt? Da, er steht auf! Legt das, was er in seinen Händen gehalten hat, auf den Boden … und macht einen Satz über die Leitplanken.

»Verdammt!«, schreit Knautschke. Auch im Film sind Rufe der Bestürzung zu hören. Das Bild wackelt immer stärker; die Wanderer, jetzt rennend, rudern mit den Armen. Am Straßenrand aber, man sieht es deutlich trotz aller Wackelei, da liegt ein Mensch, bewegungslos, die Glieder wie in Unordnung. Und der andere? Der über die Leitplanken gesprungen ist?

»Wo ist der jetzt hin?«, ruft einer der Wanderer. Das Bild kommt zum Stillstand. Vielstimmiges Keuchen.

»Nix zu sehen von dem Kerl.«

»Das gibt's doch nicht! Leute, der muss irgendwo …«

»Da hinten! Zwischen den Bäumen!«

Kameraschwenk. Knautschke hält den Atem an. Ein Bach

ist zu sehen, Tannen, ein schmales Stück Wiese, dann wieder ein Wäldchen. Von einem Menschen keine Spur. Zweige bewegen sich, aber das mag vom Wind herrühren, der durchs Höllental pfeift.

»Fort ist der! Über alle Berge!« Die Senioren sehen sich ratlos an. Dann kümmern sie sich um den Mann am Boden. Einer beugt sich über ihn. Knautschke schluckt. Er weiß ja, was auf ihn zukommen wird, weiß, dass es sich bei dem Menschen dort um ihn selbst handelt … trotzdem treibt es ihm den Puls erbarmungslos in die Höhe.

»Ach du Scheiße«, murmelt einer.

Ein anderer zückt sein Handy und spricht hektisch hinein: »Höllental … B 31, kurz vor dem Parkplatz mit dem Kiosk … ein Schwerverletzter, vielleicht ist er auch schon tot.«

»Nein«, kommt es von unten. »Er lebt noch.«

»Lebt noch«, gibt der andere weiter. »Beeilen Sie sich.«

Nun herrscht Stille. Der Blick richtet sich auf den Verletzten. Auf Knautschke, den Sterbenden. Über sein Gesicht fließt Blut, und doch spricht Friede, ja Zufriedenheit aus seinen Zügen. Knautschke, der Betrachter, presst beide Hände gegen die Schläfen. Ist er in diesem Moment schon auf dem Weg ins Himmelreich?

»Puls schwach«, meint der Mann, der den Ersthelfer spielt. Die Gruppe berät sich leise: »Was können wir tun?« – »Der muss ins Krankenhaus, und zwar sofort.« – »Scheint zusammengeschlagen worden zu sein, der arme Teufel. Oder ein Unfall.« – »Sollen wir den anderen verfolgen?« – »Vergiss es. Der war viel jünger als wir.«

Ein Auto kommt näher, hält an, gleich darauf ein zweites. Vorsichtig wird der sterbende Knautschke in stabile Seitenlage gebracht. An seinem entspannten Gesichtsausdruck ändert das nichts. Minute für Minute vergeht. Einmal ist weiter oben an der Straße ein Häuschen zu sehen, vermutlich der Kiosk, von dem gesprochen wurde.

Endlich ertönt das Martinshorn eines Notarztwagens. Der Bildschirm wird schwarz.

»Und nun Teil zwei«, kündigt der Melanchthononkel mit scheppernder Stimme an. »Die Sanitäterstory.«

Zeitlich schließt dieser Abschnitt des Films an den vorherigen an. Männer in Rotkreuzjacke eilen auf die Wandergruppe zu, verschaffen sich Platz, beugen sich über den Verletzten. Eingespielte Handgriffe, oft geübt. Mit Tubus und Halskrause versehen, wird Knautschke vorsichtig auf eine Trage gelegt und in den Rachen eines Rettungshubschraubers geschoben. Dröhnend steigt das Gefährt in die Luft.

Knautschke, im Archiv sitzend, greift sich unwillkürlich an den Hals. Was haben die ihm da in die Luftröhre gejagt! Und es ist ja doch umsonst, das weiß keiner besser als die beiden Mediziner, die Knautschke begleiten.

»Der schafft das nicht«, meint der eine.

»Die Kopfverletzungen scheinen nicht so schlimm.«

»Aber die Blutungen. Möchte nicht wissen, wie der innen aussieht.« Gegen die Fluggeräusche ist er kaum zu verstehen. »Wenn er noch einmal aufwacht, ist das ein Wunder.«

Doch genau dieses Wunder geschieht. Als der Hubschrauber die Flugrichtung wechselt, fällt gleißendes Sonnenlicht über die Szene. Der Verletzte schlägt die Augen auf. Überrascht beugen sich die beiden Ärzte zu ihm hin. Knautschkes Gesicht ist in Großaufnahme zu sehen, es wirkt frisch, von Seligkeit überstrahlt, ohne einen einzigen Spritzer Blut. Die Lippen: frei. Selbst der Lärm der Rotoren klingt gedämpft.

»Ich sehe einen hellen Strahl«, flüstert der Sterbende. Ein mildes Lächeln spielt um seinen Mund. »Ich sehe ein Licht … es kommt näher.«

»Nicht sprechen«, mahnt der eine Notarzt. »Bleiben Sie ganz still liegen. Haben Sie Schmerzen?«

»Schmerzen? Nein. Ich fühle mich so leicht wie noch nie. Als könnte ich schweben …«

Der Mediziner nickt beruhigend.

Knautschke ergreift seine Hand. »Bemühen Sie sich nicht«, haucht er. »Ich weiß, wie es um mich steht. Mein Lauf ist hier zu Ende. Und glauben Sie mir, ich bin froh darum. Es ist ... es ist eine wunderbare Erfahrung, wirklich.« Er schließt die Augen. »Danke für dieses Leben.« Sanft fällt sein Kopf zur Seite.

»Exitus«, murmelt der Arzt. Für ein paar Sekunden sieht man die gelösten Züge des Toten in Großaufnahme. Dann wird ausgeblendet.

»Beim Hinausgehen nichts liegen lassen«, sagt Melanchthons Onkel und erhebt sich. »Sonst muss ich dir das Zeug durch alle Wolken nachtragen.«

Wie betäubt sitzt Knautschke da und rührt sich nicht.

»Alles klar mit dir, Kleiner?« Der Alte nimmt die DVD aus dem Player und legt sie in die Hülle zurück. »Wenn du mich fragst, schau dir in Zukunft andere Filme an. Komödien oder so. Es gibt genug Dinge auf dieser Welt, über die man sich amüsieren kann.«

»Schweinerei!«, brüllt Knautschke, dass die Wände wackeln.

Dem Mann fällt fast die DVD aus der Hand. »Wie bitte? Geht's dir noch gut?«

»Eine absolute Schweinerei ist das!« Jetzt gibt es kein Halten mehr für Knautschke. Er springt auf, fuchtelt mit den Armen. »Ihr wollt mich wohl für dumm verkaufen? Dieser Film ist ein Witz! Eine Farce, kompletter Betrug. Kein Wort glaube ich euch!«

»Wovon redest du?«

»Dieses ganze Blabla von Licht und Seligkeit – lächerlich!« Er baut sich vor dem Alten auf und bohrt ihm den Zeigefinger in die knochige Brust. »Keine Ahnung, wie ich gestorben bin, aber ganz bestimmt nicht mit so einem Mist auf den Lippen! In den Mund gelegt habt ihr mir das! Du und Johannes, dieser Intrigant.«

Mit schwankenden Flügeln weicht der Alte zurück. Selbst sein Dauergrinsen hat sich verflüchtigt. Unsicher wandern seine Blicke von der DVD-Box zu Knautschkes Zeigefinger. »Mir ist ein Rätsel«, stottert er, »ein absolutes Rätsel, wie du darauf kommst, Kleiner. In den Mund gelegt? Warum sollten wir das getan haben? Und vor allem wie?«

»Frag Johannes, den Trickser! Das ist seine Masche.« Wütend tritt Knautschke gegen einen Stuhl. »Von wegen wunderbare Erfahrung – ich muss gleich kotzen! Mit diesem Märchenfilm wolltet ihr mich ruhigstellen, richtig? Dann hättet ihr aber nicht so übertreiben dürfen, hörst du, nicht so dick auftragen!«

»Ich verstehe nicht, was …«

»Nein? Dann verrate mir mal, warum ich am Ende nicht mehr intubiert bin! Glaubst du, ich hätte mir die Röhre vor lauter Seligkeit aus dem Hals gerissen?«

»Keine Ahnung. Damit kenne ich mich nicht aus. Zu meiner Zeit gab es …«

»Aber Blut gab es damals schon, richtig? Du hast doch das Blut auf meinem Gesicht gesehen, oder? Komischerweise nur im ersten Teil des Films. Später wurde es wahrscheinlich wegretuschiert, um mein verzücktes Lächeln so richtig zum Ausdruck zu bringen.«

»Das ist mir auch aufgefallen«, nickt der andere. »Auf der Straße blutest du, im Hubschrauber nicht mehr. Vielleicht hat dich jemand abgewischt.«

»Wann denn? Wo? Das hätte man sehen müssen. Und wer ist der Typ, der sich aus dem Staub macht? Hat er mich umgelegt?«

»Woher soll ich das wissen? Glaub mir, ich habe nach ihm geforscht, aber niemand konnte mir Angaben zu dem Mann machen. Er ist wie vom Erdboden verschluckt.«

»Ich will den Film noch einmal sehen«, sagt Knautschke kämpferisch.

»Das geht nicht. Gleich kommt der nächste, der sich …«

»Ist mir egal. Her damit!«

»Jetzt pass mal auf, Kleiner.« Der Alte kneift die Augen zusammen. »Du bist der unverschämteste Kerl, der mir seit 1525 untergekommen ist. Und das will was heißen. Du schreist hier rum, du hältst dich nicht an Regeln, du kratzt haarscharf an Beleidigungen vorbei … Was ist eigentlich los mit dir? Auf Erden würde ich sagen: Du bist gedopt.«

»Ich hatte einen Zettel aus der Pathologie am Fuß«, ruft Knautschke, »das ist mein Doping. Außerdem habe ich Halluzinationen und Kopfschmerzen und drunten auf Erden einen unerledigten Fall rumliegen. Reicht das?«

Der andere starrt ihn mit offenem Mund an. Dann nickt er langsam. »Verstehe …« Und noch einmal: »Verstehe. Kein Wunder, dass sie den Film haben wollten, bevor ich ihn dir vorführen durfte.«

»Wer, sie? Gott und Johannes?«

»Ja. Das ist nichts Ungewöhnliches, vor allem wenn es um heikle Themen wie Tod und Krankenhaus geht.«

»Na, da haben wir's doch!« Knautschke klatscht in die Hände. »Die DVD ist manipuliert. Alles, was nicht in ihr Konzept passte, haben sie rausgefiltert und mich dafür kompletten Unsinn stammeln lassen. ›Mein Lauf ist nun zu Ende …‹ – was für ein Bullshit! Karl May für Arme, Radio Vatikan lässt grüßen!«

»Nanana«, macht der Alte, doch sein Grinsen kehrt zurück. »Wenn du dir so sicher bist, Knautschke, brauchst du den Film ja nicht mehr zu sehen.«

»Nur den Anfang. Ich muss herausfinden, wer dieser Unbekannte ist.«

»Das wird dir nicht gelingen. Ich habe es auch schon versucht.«

»Na, komm. Ein paar Minuten bloß!«

Seufzend überlässt ihm der Mann die DVD. Knautschke

spielt den Beginn noch zweimal ab. Er versucht sich auf die Person zu konzentrieren, die bei ihm am Straßenrand kniet, bevor die rüstigen Senioren herbeieilen. Sie hat in etwa seine Statur und Haarfarbe, mehr ist nicht zu erkennen. Ein helles Oberteil, die Hose blau, wahrscheinlich eine Jeans. So läuft in Freiburg jeder Zweite herum.

Immer noch wütend verlässt er das Archiv.

Unter ihnen liegen die Alpen, schneebedeckt, in der Ferne ist das Meer zu erkennen. Schäfchenwolken ziehen über das Land und werfen diffuse Schatten. Knautschke steht am Geländer des Sonnendecks und muss an Ariane denken. Ja, sie ist etwas Besonderes gewesen, viel zu jung für ihn, sicher, trotzdem hat es gut funktioniert mit ihnen beiden. Sie kann ja nichts für ihren Vater, den Großkotz. Hat sich regelrecht gegen ihn aufgelehnt, immer wieder. Nur um ihn zu ärgern, ist sie Journalistin geworden. Weil er so gerne über die Presse herzieht. Wahrscheinlich ahnt er, dass sie seine schärfste Kritikerin werden wird, wenn sie erst einmal eine Anstellung hat. Was genau beinhaltet Ihre Rolle als Politikberater, Graf Burgwald? Können Sie Privatinteressen und Gemeinwohl voneinander trennen? Wo liegen die Wurzeln Ihres Reichtums?

Noch ist es nicht so weit. Sie hat sich ja gerade erst eingeschrieben auf der Journalistenschule. Und ihr Vater zahlt die Gebühren.

Nachdenklich nickt Knautschke vor sich hin. Man ist verdammt abhängig von den Alten. Vor allem, wenn sie so mächtig sind wie Arianes Vater. Er selbst hat sich ja auch … An dieser Stelle stockt sein Gedankenfluss.

Was hat er? Er überlegt. Hat er sich … kaufen lassen, damals, auf der Erde? Bestechen? Nein, Unsinn. Aber da ist etwas. Irgendeine Verbindung zwischen ihm und dem Vater seiner Freundin. Hat er Geld von ihm genommen? Ist er protegiert worden, gab es eine Empfehlung des Grafen für Knautschkes und Griesbachers Detektei? Er kommt nicht drauf. Wenn es diese Sache gibt, muss sie dem großen Gedächtnisverlust der letzten Wochen zum Opfer gefallen sein.

Er und Arianes Vater, komisch. Wie heißt der Kerl noch? Viktor Ernst, genau. Viktor Ernst Graf von Burgwald. Dass er, Knautschke, mal mit einer Blaublütigen zusammen sein würde, hätte er sich auch nicht träumen lassen. Wobei die rothaarige Ariane überhaupt nichts Adliges an sich hat, keine Allüren, keinen Dünkel, nichts. Schon gar nicht im Bett. Knautschke grinst.

»Erwin!« Das ist Marlene. »Schön, dich zu sehen. Wie geht es dir?«

»Danke, bestens. Falls du Johannes siehst, grüß ihn von mir.«

»Mache ich gerne.«

»Und richte ihm aus, dass ich ihn bei unserer nächsten Begegnung probeweise erwürgen werde. Nur zum Spaß, es hat ja keine realen Auswirkungen. Leider.«

Marlene kichert. »Du hast heute deinen lustigen Tag, was?«

»Total lustig. Gerade habe ich mir überlegt, wo ich wohl aufkäme, wenn ich hier über das Geländer spränge. Vielleicht schaffe ich es ja gar nicht bis nach unten. Unsereins wird doch von jeder Windbö abgetrieben, oder?«

»Ich bestimmt nicht«, lacht Marlene und streicht genüsslich über ihre Hüftpolster. »Aber mal im Ernst: Ich habe mich auch schon gefragt, was passiert, wenn man vom Sonnendeck fällt.«

»Und das kann jederzeit passieren. Ein kleines Nektarbesäufnis am Abend, du beginnst zu torkeln, und schwupp, haut es dich über die Absperrung!«

»In die Tiefe stürzen würdest du jedenfalls nicht.«

»Nein?«

»Johannes hat es mir erklärt. Jeder Körper besitzt eine Anziehungskraft, sogar unsere Wolke hier. Die ist zwar sehr gering, aber Seelen wie wir wiegen ja nichts mehr. Wir sind so gut wie immateriell. Logisch, nicht wahr?«

»Sehr logisch.« Wehmütig sieht Knautschke in den Abgrund. »Nicht mal das kriegen wir also hin.«

»Kommst du mit ins Schwimmbad?«

»Wohin?«

»Na los, lass dich nicht so hängen! Man muss doch fit bleiben, auch im Himmelreich. Hinterher gehen wir in die Sauna. René aus Berlin macht wunderbare Aufgüsse.«

»Gemischte Sauna?«

»Was denn sonst?« Marlene schüttelt erstaunt den Kopf. »Erwin, wir sind Seelen, schon vergessen? Keine hormongesteuerten Triebtiere mehr.«

»Ja, vielleicht. Trotzdem …«

»Trotzdem was?«

»Schwimmen ist nicht so mein Ding. Vielleicht ein andermal. Bin heute komisch drauf.«

»Macht nichts.« Sie zieht sein Gesicht zu sich heran und drückt ihm einen Kuss auf die Wange. »Komm mich mal wieder besuchen, Erwin. Mein Whirlpool wartet auf Gäste.«

Hüftenschwenkend geht sie davon. Knautschke kratzt sich einen Krümel aus der Nase und schnippt ihn über das Geländer. Er beschreibt einen Bogen … trudelt … dann ist er außer Sicht.

Gute Reise, denkt Knautschke.

Den Rest des Tages verbringt er im Bett. Ebenso einen Großteil des folgenden. Obwohl er viel schläft, fühlt er sich erschöpft. Immer wieder fällt sein Blick auf den Knopf in der Wand. Er könnte Johannes zu sich zitieren, ihn beschimpfen, in die Ecke drängen. Der Film ist gezinkt, keine Frage. Dass er in seiner Sterbestunde tatsächlich so zufrieden gelächelt hat, wäre zumindest denkbar. Aber seine angeblichen

Abschiedsworte, dieser triefende Erlösungskitsch – nie und nimmer! Da hat jemand tief, viel zu tief in die Manipulationskiste gelangt, und er weiß genau, wer. Sie wollen ihn mundtot machen. Honig um den Bart schmieren, einlullen.

Und dann der Unbekannte! Was hat er mit dem Unfall zu schaffen? Falls es überhaupt ein Unfall war. Knautschke bezweifelt das mittlerweile, wie er an allem zu zweifeln beginnt, was man ihm im Himmelreich über seinen Tod erzählt. Der Ort mag stimmen, auch die Zeit – aber die Umstände! Kein Auto in Sicht, kein Unfallverursacher … Der Allmächtige selbst hat ihm seine Akte gezeigt, doch was heißt das schon? Es gibt verschiedene Sorten von Wahrheiten im Himmelreich, Theophil hat es ihm erklärt. Welches ist die Wahrheit Gottes? Der Mann, der die Welt erschaffen hat, wird sich seinen eigenen Begriff von Wahrheit gebastelt haben. Ist ja sein gutes Recht. Aber er wiederum, er selbst, dieses Menschlein namens Erwin Knautschke, kann nicht raus aus seiner Privatermittlerhaut. Er ist nun mal auf Fakten angewiesen. Zu den Fakten zählt das Vorhandensein des ominösen Zettels. Mit seinem Namen und seinem Blut. Zu den Fakten zählt aber auch die Anwesenheit eines Fremden bei seinem Tod. Dieser Mann ist der Schlüssel zu allem, dessen ist sich Knautschke sicher.

»Aufwachen, Kleiner! Was ist denn das für eine Arbeitsauffassung?«

Knautschke schreckt hoch. Neben seinem Bett steht der Melanchthononkel, seine übliche Grimasse ziehend.

»Lass mich in Ruhe!« Knautschke legt einen Arm über die Augen. Gleich darauf fühlt er einen unangenehmen Druck im Kiefergelenk, öffnet reflexartig den Mund und bekommt Nektar in die Kehle geschüttet. Er verschluckt sich, würgt, schlägt prustend um sich. »Was soll das? Bist du verrückt geworden?«

»Der gute alte Schwedentrunk«, sagt der Mann und stellt

das Glas auf den Nachttisch zurück. »Den haben sie nicht erst im Dreißigjährigen Krieg erfunden. Unsereins kannte den auch schon. Und jetzt zur Sache, Kleiner. Wir müssen reden.«

»Scher dich raus! Ich will dich hier nicht sehen!«

»Dann schließ die Augen. Aber hör mir zu.« Er zieht sich einen Stuhl heran und betrachtet Knautschke kopfschüttelnd. »Warum liegst du eigentlich angezogen in der Falle? Depressionen, was? Mensch, Junge, lass dich nicht so hängen. Du musst nach vorne schauen!«

Keine Antwort.

»Also, Knautschke, dein Fall interessiert mich. Du sagst, du hättest dort unten noch ein paar unerledigte Dinge rumliegen, richtig? Und das stört dich. Wie einen Nasenhaare stören, wenn sie zu lang sind. Ist mir bekannt. Im Himmelreich sagen sie zwar, das spielt alles keine Rolle mehr, vorbei ist vorbei, aber du und ich und noch ein paar andere sind nicht dieser Meinung. Zeigst du mir deinen Zettel?«

Aus halb geschlossenen Lidern blinzelt Knautschke ihn an. »Welchen Zettel?«

»Du hast mir selbst davon erzählt, schon vergessen? Diesen Wisch, den dir der Abdecker verpasst hat. Darf ich ihn sehen?«

»Nein.«

»Nein? Gut, dann eben nicht. Interessiert hätte mich schon, was du von unten mit hoch gebracht hast. Und warum sie es dir nicht abgenommen haben.« Er schlägt die Beine übereinander. »Nun bin ich doch glatt am Überlegen, ob ich dir erzählen soll, was ich dir erzählen wollte.«

Knautschke schweigt. Das Gegrinse des Alten, sein lauernder Blick, das unangenehme Gefühl von Vergangenheit, das er verbreitet – alles nervt. Kein Wunder, dass sich die Leute über ihn das Maul zerreißen. Selbst seine Flügel sehen schäbig aus. Rasieren könnte er sich auch einmal.

Auf dem Nachttisch steht noch die wassergefüllte Kugel mit dem Freiburger Münster. Der Besucher greift nach ihr und schüttelt sie. »Dass diese Hütte so lange halten würde, hätte ich auch nicht geglaubt«, murmelt er. »In einem Erdbebengebiet, das muss man sich einmal vorstellen!«

»Wie heißt du eigentlich?«, fragt Knautschke.

»Jossi. Jossi der Besenbinder, Leuteschinder, Kinderfinder. Oder so ähnlich.« Er stellt die Kugel an ihren Platz zurück. »Du willst mir also diesen Zettel nicht zeigen. Meinetwegen. Ich erzähle dir trotzdem, was ich weiß, Kleiner. Wenn ich dich richtig verstanden habe, möchtest du deiner alten Heimat einen Besuch abstatten, korrekt?«

Knautschke antwortet mit einem Achselzucken.

»Aber du weiß nicht, wie. Auch korrekt?«

Diesmal verzichtet Knautschke ganz auf eine Reaktion. Der Alte reibt sich die Hände.

»Dafür weiß ich es, stell dir vor!«

»Ach?«

»Ja.«

»Und wie soll das gehen?«

»Tja ... Wissen ist Macht, da sind wir uns doch einig, oder? Wobei man sich darüber streiten könnte, ob ein Begriff wie Macht im Himmelreich noch seine Berechtigung hat. Aber das ist eine Diskussion, die wir schon zu meiner Zeit bis zum Exzess geführt haben. Nein, Knautschke, ich will dir verraten, wie du es anstellen musst. Bin ja selbst gespannt, was du dort unten erlebst, gespannt wie eine Armbrust. Ich will alles wissen, hörst du? Das ist meine einzige Bedingung.«

Seufzend verschränkt Knautschke die Hände hinter dem Kopf und starrt an die Decke. Warum quatschen die Leute hier oben so viel? Sicher, sie haben Zeit ohne Ende, Zeit im Überfluss, aber muss man sie unbedingt mit Geschwätz füllen? 500 Jahre verbringt dieser Jossi schon im Himmelreich.

Knautschke fragt sich, ob er es auch auf 500 Jahre bringen wird. Eine rhetorische Frage. Natürlich wird er das.

»Die Sache ist ganz einfach«, fährt der Alte fort. »Es gibt da ein altes Himmelsgesetz, das Seligen, also Leuten wie dir und mir, in Ausnahmefällen erlaubt, zur Erde zurückzukehren. Für eine begrenzte Zeit natürlich und auch nur drei Mal. Frag mich bitte nicht, warum und wieso. Diese Himmelsgesetze sind älter als wir alle zusammen.«

Knautschke beäugt ihn misstrauisch, ohne seine Lage zu verändern.

»Was ist, Kleiner? Glaubst du mir nicht? Frag den Chef, er wird es dir bestätigen. Ungern wahrscheinlich, aber er wird es tun. Muss ja.«

»Du meinst, ich könnte einen Antrag für einen Kurzbesuch auf der Erde stellen?«

»Unter bestimmten Bedingungen, ja.«

»Und die wären?«

»Du brauchst etwas, was eindeutig von der Erde stammt. Keine Kleider oder Ohrringe, das sind alles bloß Duplikate.«

»Ich weiß. Aber der Zettel von meinem Zeh?«

»Es würde mich wundern, wenn Johannes den nachgemacht hätte. Eher scheint er ihm bei deinem Übergang durchgerutscht zu sein, warum auch immer. Dein Glück, Kleiner.«

Jetzt setzt sich Knautschke aufrecht hin. »Du verarschst mich.«

»Mit der Wortwahl hast du es ja nicht so.«

»Warum sollte ich dir glauben, Jossi?«

»Warum solltest du mir nicht glauben? Für Lügengeschichten ist das Himmelreich der denkbar falscheste Ort. Außerdem, was hätte ich davon? Ich habe dir gesagt, dass ich deinen Fall interessant finde. Also probier's aus! Red mit dem Chef, lass dich für 24 Stunden auf die Erde versetzen,

Zeit und Ort bestimmst du. Aber vergiss nicht, mir hinterher davon zu erzählen!«

»Zeit und Ort bestimme ich?«, überlegt Knautschke. »Das heißt, ich könnte mich auch in die Vergangenheit versetzen lassen?«

»Natürlich. Nur mit der Zukunft dürfte es Probleme geben.«

»Gut, dann will ich es mal versuchen. Auch wenn ich es mir immer noch nicht vorstellen kann.«

»Viel Spaß«, grinst Jossi. »Und vergiss deinen Zettel nicht.«

Auf dem Flur begegnet Knautschke einem athletischen jungen Kerl, der außer einem Badetuch um die Hüften nichts trägt. Sein raspelkurzes Haar glänzt feucht, über die Schulter hat er ein weiteres Handtuch geworfen.

»René«, stellt sich der Kerl mit gezückter Pranke vor. »Det bin icke. Na, ooch'n anjenehmen …?«

»Sowieso«, entgegnet Knautschke und hastet weiter. Merken diese toten Deppen nicht, dass er in Eile ist? Er schlägt den Weg zum Sonnendeck ein, bis er zu der Kreuzung mit den vielen Wegweisern kommt. Da steht es: »Lager«. Moment: Lager? Das ist es nicht. Labor, richtig, zum Labor muss er! Aber genau dieses Schild fehlt.

Er fragt eine vorbeikommende Selige. Die weiß von nichts. Was er dort wolle, im Labor nämlich? Knautschke winkt nur ab. Erkundigt sich weiter, erntet Kopfschütteln. Niemand scheint den Raum zu kennen. Ihm bleibt nichts übrig, als den Weg, den er mit Johannes gegangen ist, aus dem Gedächtnis zu rekonstruieren. Aus seinem Zimmer heraus, den Flur entlang, bis zur Kreuzung. Welchem Wegweiser nach …? Keinem! Johannes ist einfach geradeaus gelaufen. Also geradeaus. Als dieser Weg sich teilt, entscheidet sich Knautschke für die linke Abzweigung. Hier gibt es eine einzige offen stehende Tür, die auf einen leeren Raum führt, und dann eine lange, kahle Wand. Weit kann es nicht mehr sein! Jetzt noch ein Knick, und tatsächlich, da ist sie, die Tür mit der ersehnten Aufschrift: »Labor«. Und darunter: »Zutritt nur für Befugte.« Diesen Zusatz muss Knautschke bei seinem ersten Besuch übersehen haben. Oder er ist erst danach angebracht worden.

Er klopft. Keine Reaktion. Noch einmal klopfen ... sich räuspern ... die Klinke hinunterdrücken. Der Raum ist nicht verschlossen. Worauf warten, Knautschke? Er tritt ein. Auf der linken Seite findet seine tastende Hand einen Lichtschalter.

Als die Deckenleuchten aufflammen, bleibt er wie angewurzelt stehen. Der Raum vor ihm ist eindeutig ein Labor. So steht es ja auch an der Tür. Trotzdem ist er überrascht. An den Wänden ziehen sich Regale mit Gläsern, Plastikboxen und Aktenordnern entlang, auf breiten Tischen stehen Computer, Messgeräte und anderer technischer Krimskrams. Von einer Espressomaschine nichts zu sehen.

Auf den ersten Blick glaubt Knautschke sich im Zimmer geirrt zu haben. Dann aber bemerkt er die beiden Türen im Hintergrund. Sie befinden sich an derselben Stelle wie die der Kaffeeküche vor einigen Tagen. Also ist es der richtige Raum, nur anders eingerichtet als damals. Richtig eingerichtet, wenn man so will. Bloß, wo steckt der Hausherr, der Chef?

Knautschke schließt die Tür und drückt sich langsam an den Tischen vorbei. Sein Körper, obwohl immateriell, spiegelt sich auf einem der verstaubten Monitore. An der Wand hängt ein zerknittertes Merkblatt des Elementensystems. Knautschke ist nicht vom Fach, aber dass es keine 300 chemischen Elemente gibt, weiß sogar er. Als er die beiden rückwärtigen Türen erreicht, merkt er, dass eine von ihnen, die zur Kapitänskajüte, einen Spalt offen steht. Drinnen brennt Licht. Er horcht. Nichts regt sich. Also tritt er ein.

Etwas trifft ihn an der Schulter, dann poltert ein Eimer neben ihm auf den Boden. Bevor er einen Satz nach vorne machen kann, ergießt sich bereits ein Schwall Wasser über seine nackten Füße. Erschrocken hält er sich an einem Regal fest. Wenn Knautschke erwartet hat, die Kapitänskajüte zu betreten, so wird er auch hier enttäuscht. Er steht in einem Lagerraum, dessen Regale mit technischem Gerät vollgestopft sind. Neonlampen an der Decke verstärken den Eindruck von Nüchternheit. Wo ist Gott?

Hier jedenfalls nicht. Im rückwärtigen Teil des Lagerraums krabbelt eben ein Mann mit blasser Haut und behaartem Hintern von einem Resopaltisch. Um der Wahrheit Genüge zu tun, krabbelt er vom barocken Körper einer entkleideten Dame herunter, die ihrerseits rücklings auf dem Tisch liegt und mit einer Zeitschrift wedelt.

»Erwin!«, ruft die Frau und richtet sich auf. »Was machst du denn hier?«

Knautschke lässt die Kinnlade fallen. Marlene!

»Ich hoffe, du bist nicht nass geworden«, erkundigt sich seine Nachbarin besorgt.

Automatisch schüttelt er den Kopf. Seine Füße triefen, ja, aber Nässe ist jetzt nicht das Problem. Eher schon der Typ dort, der mit dem haarigen Arsch. Beziehungsweise Marlene. Wohlgenährt und spiegelblank. Eine Galionsfigur, denkt er. Das würde zur Kajüte passen. Oder ein Gebirge, richtig: Marlene Mountains, Hautlappen über Hautlappen wölbend, ihre Hüftlinie eine alpine Herausforderung. Nicht zu vergessen die kleine Tätowierung, die den Weg zum Gipfelkreuz markiert. Hastig zieht der ertappte Bergsteiger seine Hose nach oben, stopft sein schwarzes Hemd hinein und drückt sich, eine Entschuldigung murmelnd, an Knautschke vorbei. Fast wäre er in der Pfütze ausgerutscht.

»Was war denn das?« Knautschke steht perplex da. »Und vor allem: *Wer* war das, Marlene?«

»Du kennst ihn nicht? Pater Friedbert, der aus Münster. Ich habe ihm gesagt, dass ich die Sache mit dem Eimer auf der Tür albern finde, aber er wollte ungestört bleiben.«

»Ungestört?« Mehr als ein Kopfschütteln bringt Knautschke nicht zustande. »Das sieht ihm ähnlich, dem Pfaffen!«

»Mir ist es recht, so konnte ich meine Illustrierte in Ruhe zu Ende lesen. Brauchst du eine neue Hose?«

»Bitte, Marlene, zieh dich an.«

»Ich bin gleich durch mit dem Blatt. Vielleicht magst du so lange ...«

»Nein!« Mit der Faust schlägt er gegen die Wand. »Du ziehst dich jetzt an! Sofort, verstehst du?«

»Was ist denn los mit dir?«, erwidert sie ungehalten, leistet aber Folge. »Ich meine, du kommst hier rein und hast einen Ton an dir ... Hoffentlich ist Pater Friedbert nicht sauer wegen der Störung.«

»Sauer?«, ruft Knautschke. »Dieser Schuft wagt es, dich zu bespringen, hier, mitten im Himmelreich, noch dazu als Priester, und du glaubst, er könnte auf mich sauer sein? Der Kerl soll im Boden versinken vor Scham, oder noch besser, er löst gleich ein Ticket zur Hölle! Einfache Fahrt, no return!«

Marlene schaut ihn verblüfft an. »Wovon redest du?«

»Wovon ich rede?« Knautschke gerät in Rage. »Davon, dass der Kerl eben auf dir lag! Mit heruntergelassener Hose! Sag jetzt nicht, das wäre dir entgangen!«

»Natürlich nicht. Wofür hältst du mich?«

»Na, also. Dabei hast du selbst mir kürzlich erklärt, dass es mit unserem Triebleben vorbei ist. Keine Hormonochsen mehr, kein Begattungswahn, nur noch keusche, frigide Seelen.«

Nickend zieht sie ihren Slip an.

»Und was hat dein Priester dann auf dir gesucht? Das Tor zur Seligkeit?«

»Keine Ahnung. Er hatte solche Lust, da wollte ich mich nicht verweigern. Ein wirklich netter Kerl, der Pater Friedbert. Warum hätte ich nein sagen sollen? Ich fragte ihn, ob es ihn stört, wenn ich dabei meine Zeitschrift lese, und das war ihm egal.«

»Na, herrlich.«

»Wobei ich das Gefühl hatte, dass es ihn doch störte. Irgendwie kam er mir unzufrieden vor.«

»Unbefriedigt, meinst du wohl.«

»Möglich. Wir waren noch nicht fertig, als du kamst.«

»Fertig womit?«

»Mit der Lektüre. Da gibt es einen Artikel über die schwedische Kronprinzessin, und die war mal in Essen. Als ich noch lebte.« Suchend blickt sie sich um. »Siehst du hier irgendwo mein Kleid? So ein schwarzes mit vielen weißen Punkten.«

Ohne rechte Energie beginnt Knautschke zu suchen. Schließlich findet er – unter einem Ding, das aussieht wie ein umgestürzter Mixer – Marlenes Kleid. Er will sich gar nicht ausmalen, wie der virile Pater es ihr vom Leib gerissen hat. Angeekelt wirft er es ihr zu.

»Verdammt, wie kommt dieser geile Bock überhaupt auf die Idee, es mit dir zu treiben? Schau mich nicht so an, wie soll ich es denn sonst ausdrücken? Ich meine, wenn keiner von uns mehr Fleischeslust verspürt, warum gerade er? Ein Priester, überleg doch mal!«

»Gute Frage. Vielleicht verzichtet er neuerdings auf Nektar. Was ziemlich unverantwortlich wäre, meiner Meinung nach.«

»Oder er holt nach, was ihm auf Erden verwehrt blieb. Posthumer Triebausgleich! Bestimmt gibt es dazu ein altes Himmelsgesetz. Hat er dich genötigt, Marlene?«

»Ach, iwo!« Ihre Stimme klingt dumpf unter dem Kleid hervor, das sie sich über den Kopf zieht. »Gebettelt hat er, wie ein kleines Kind. Und ich bin nun mal so erzogen, dass ich älteren Herrschaften nichts ausschlagen kann. Das kommt von meiner Mutter.«

»Von wegen älterer Herr! Der ist doch noch keine 50!«

»Älter als ich. Was er übrigens nicht verbergen konnte, als es ernst wurde.«

»Wisst ihr eigentlich, wo ihr es getrieben habt, ihr zwei?«

Marlene zuckt die Achseln. »Im Labor. Was dagegen?«

»In den Privatgemächern unseres Herrn!«, brüllt Knautschke in heiligem Zorn. »Auch wenn sie gerade nicht danach aussehen. Entweiht habt ihr diese Räume, verstehst du: entweiht! Ich weiß nicht, welche Strafe es dafür gibt, aber in eurer Haut möchte ich nicht stecken.«

»Was ist denn mit dir los?«, meint Marlene pikiert. »So habe ich dich ja noch nie erlebt. Bitte, Erwin, trink einen Schluck Nektar. Du bist ja ganz aufgelöst.« Sie sucht und findet den roten Knopf, der auch hier an einer der Wände angebracht ist. »Und die Geschichte mit den Privatgemächern des Herrn musst du mir erklären. Für mich ist und bleibt das hier ein Labor.«

»Sag du es ihr«, seufzt Knautschke zu Johannes, der eben den Raum betritt. »Ich habe keine Kraft mehr.«

Der junge Mann reicht ihnen zwei mit Nektar gefüllte Trinkflaschen. »Sehr gerne«, seufzt er und setzt sich mit einer Pobacke auf den Tisch. »Dazu bin ich ja da, meine Lieben. In diesem Fall habe ich eine gute Nachricht für euch: Ihr habt beide recht. Ist das nicht wunderbar? Wir befinden uns hier tatsächlich in einem Labor. Punkt für Marlene. Gleichzeitig dienen diese Räume von Zeit zu Zeit auch dem lieben Gott als Wohnung. Also unentschieden und kein Grund sich aufzuregen.«

»Ich rege mich aber auf!«, bellt Knautschke. »Über hinterfotzige Priester, die meine Nachbarin besteigen, während der Rest der Wolke einen auf Enthaltsamkeit macht.«

»Ein bedauerlicher Fehltritt, Erwin. Der Betreffende wird bereits zur Rechenschaft gezogen. Wahrscheinlich muss er

Rosenkränze beten bis zum Sankt Nimmerleinstag.« Lächelnd entblößt er eine perlenweiße Zahnreihe. »Nein, im Ernst, ich vermute, dass auch dieses Sünderlein der göttlichen Gnade teilhaftig wird. Hauptsache, er bereut seine Taten.«

»Oh, also wegen mir wäre das nicht nötig«, wirft Marlene ein.

»Göttliche Gnade?«, ruft Knautschke. »Soll das heißen, der Kerl kommt ungeschoren davon? Oh, das passt zu eurer abgefeimten Sippschaft! Eine Krähe hackt der anderen kein Auge aus, wie auf Erden so im Himmelreich? Ihr seid mir vielleicht eine Bande!«

»Nanana«, droht Johannes. »Wer im Glashaus sitzt ... Vergiss nicht, Erwin, auch bei dir üben wir Nachsicht. Du weißt, es gab Beschwerden. Herumschreien, nörgeln, die Leute verunsichern – das ist nicht gerade das, was wir von unseren Seligen erwarten. Also reiß dich zusammen und sei froh, dass so etwas wie Gnade existiert.«

»Ich bin jedenfalls noch nicht über meine Nachbarin hergefallen!«

»Pater Friedbert hat ganz höflich gefragt«, erklärt Marlene. »Das hättest du auch tun können, Erwin. Fragen kostet nichts.«

»Ein Einzelfall, wie gesagt«, fasst Johannes zusammen und steht auf. »Sehr bedauerlich, aber nicht zu ändern. Etwas innere Einkehr wird dem Pater guttun.«

Knautschke hat sich noch nicht beruhigt. »Ein tolles Paradies habt ihr da«, knurrt er. »Kein bisschen besser als die Erde! Hauptsache, der schöne Schein bleibt gewahrt.«

»Ihr seid Menschen, Erwin, schon vergessen? Zwar tot, aber Menschen. Und die sind nun mal durch ihren freien Willen definiert. Was gäbe es wohl für einen Aufstand, wenn wir euch den nehmen würden?« Mit spitzen Fingern richtet das Jüngelchen den umgefallenen Mixer wieder auf und geht zur Tür. »Kommt ihr?«

»Meinst du, demnächst wäre im Himmelreich ein Mitglied des schwedischen Königshauses zu erwarten?«, fragt Marlene, die Illustrierte in einer Hand. »Nichts gegen den Artikel, aber so ein Augenzeugenbericht von der Hochzeit ist natürlich etwas völlig anderes.«

»Freier Wille, was?«, ruft Knautschke, der sich nicht von der Stelle bewegt hat. »Dann pass mal auf, Freundchen: Mein freier Wille ist es, der Erde einen Besuch abzustatten. Und zwar sofort! Gemäß altem Himmelsgesetz. Ich habe ein Recht darauf!«

Johannes und Marlene sehen sich verblüfft an.

»Du willst was?«, fährt Gott der Herr auf. »Zur Erde, jetzt? Ausgeschlossen!«

»Du kennst wohl Deine eigenen Gesetze nicht mehr?«

»Aber du bist tot, Erwin! Gestorben, perdu, ein Windhauch! Damit musst du dich abfinden, ein für allemal. Und wenn es dir schwerfällt, hau dir einen Schoppen Nektar hinter die Binde.«

Wider Erwarten findet auch die zweite Begegnung mit dem Allmächtigen in der Kapitänskajüte statt. Knautschke muss sich in der Tür geirrt haben, denn kaum hat Johannes ihn und Marlene ins Labor zurückgeführt und dort den zweiten Durchgang geöffnet, schmecken sie Salzluft. Vor den Fenstern rollen die Brecher, unablässig spritzt Gischt nach oben. Auch der Boden schwankt stärker als zuvor. In einem goldenen Käfig sitzt ein smaragdgrüner Papagei und schlägt meckernd mit den Flügeln.

»Vergiss es«, winkt Knautschke ab und lässt sich in einen der Stühle fallen. »Deinen Nektar kannst Du Dir sonst wohin … Ich will zur Erde zurück, hörst Du? Noch in dieser Minute. Es gibt doch dieses Gesetz, das Kurzbesuche erlaubt, oder willst Du das bestreiten? Na?«

Der liebe Gott wechselt einen raschen Blick mit dem achselzuckenden Johannes. »Nun«, sagt er und geht langsam um den Tisch herum, »die Situation ist außergewöhnlich, Erwin. Für uns alle. Du darfst nicht vergessen, dass du möglicherweise ein wenig erregt bist, weil du Marlene ...«

»Stopp!«, unterbricht Knautschke. »Es war eine klare, eindeutige Frage, auf die ich eine ebenso klare Antwort erwarte. Gibt es dieses Gesetz, ja oder nein?«

Der Herr räuspert sich verlegen. »Also, wenn du so fragst ...«

»Genau so frage ich!«

»Es gibt dieses Gesetz, in der Tat.«

»Sehr gut. Dann schick mich runter. Was muss ich tun?«

»Moment, Moment.« Der alte Mann nimmt Platz. »Bitte, setzt euch doch, Johannes und Marlene. Unser Erwin hat ja bereits ... Wollt ihr einen Kaffee?«

»Danke, ich würde gerne den Papagei streicheln«, lächelt Marlene. »Darf ich?«

Der Herr nickt. Während sie den Vogel aus seinem Käfig nimmt, entfaltet er ein Stofftaschentuch und schnäuzt sich sorgfältig. Knautschke meint ein gesticktes ›Boss‹ auf dem Tüchlein zu erkennen. Neben ihm füllt Johannes sein Klemmbrett mit kryptischen Notizen.

»Also kein Kaffee«, meint Gott und steckt das Taschentuch wieder ein. »Gut. Ich sehe schon, du lässt nicht locker, Erwin. Warum auch immer. Woher weißt du eigentlich von diesem alten Gesetz, wenn ich fragen darf?«

»Von einem Bekannten.«

»Interessant. Du hast also schon Freundschaften geschlossen. Das freut mich.« Er beugt sich herab, um in einer der Schubladen zu kramen. Als die Hand des Allmächtigen wieder auf der Tischplatte erscheint, hält sie ein Schnupftabakdöschen. »Mit Marlene kommst du auch gut aus, ja?«

»Herr im Himmel, lenk nicht ab!«

»Das tue ich nicht, keineswegs. Will dich nur vor unbedachten Handlungen bewahren.« Er bietet seinen Gästen den Schnupftabak an. »Niemand? Schön. Ist ja auch nicht gesund, das Zeug.« Seufzend verstaut er die Dose wieder. »Zu deinem Anliegen, Erwin. Wenn du darauf bestehst, erlauben wir dir einen Kurzbesuch im irdischen Jammertal. Aber bedenke die Folgen!«

»Welche Folgen? Ich bin doch schon tot!«

»Eben. Was ist, wenn dich jemand sieht? Ein Freund, ein Verwandter? Von diesem Schock wird sich der arme Kerl nicht mehr erholen!«

»Wieso sollte man mich sehen? Ich bin doch ein Nichts, ein Windhauch, Du hast es selbst gesagt.«

»Unsinn!« Da ist es wieder, das göttliche Stirnrunzeln. »Auf der Erde bist du ein Mensch wie alle anderen auch. Dachtest du, wir würden dich als Geist expedieren, als Gespenst im Bettlaken? Nein, die Grenzen zwischen Erde und Himmel sind klar definiert. Dort unten brauchst du einen Körper, du wirst sichtbar sein, fühlbar und all das andere. Nur sterben kannst du nicht mehr, logisch. Wenn dir also jemand auf der Straße begegnet, der dich kannte, wird er einen Herzkasper kriegen, und dann haben wir den Salat. Das muss unbedingt vermieden werden!«

»Kein Problem«, entgegnet Knautschke wegwerfend. »Ich wollte sowieso zu einem Zeitpunkt runter, an dem ich noch lebte.«

»Aber das ist ja noch schlimmer!«, wütet der Herr und lässt seine Hand auf den Tisch niederfahren, dass alle zusammenzucken. Der Dreimaster in der Flasche beginnt zu schlingern. »Dann kannst du dir selbst über den Weg laufen! Ist dir das klar? Knautschke trifft Knautschke – was meinst du, wie dann die Leute glotzen? Vom Problem der Unveränderbarkeit der Geschichte ganz zu schweigen! Weißt du, wie viele Überstunden das für uns bedeutet?«

»Ehrlich gesagt, nein.«

»Stell dir nur mal vor, du verursachst einen Verkehrsunfall, den es in der Vergangenheit gar nicht gegeben hat. Wie sollen wir das wieder einrenken? Oder du wirfst im Möslestadion einem Spieler des SC Freiburg eine Münze an den Kopf. Dann muss eine Begegnung, die längst ausgetragen wurde, womöglich wiederholt werden! Ich kenne dich, Erwin, du bist zu solchen Sachen fähig!«

»Ich werde vorsichtig sein, versprochen.«

»So vorsichtig kann man gar nicht sein.« Erschöpft lehnt sich der alte Mann zurück. »Es wird Ärger geben, ich sehe es kommen. Großen Ärger!«

»Du wirst schon eine Lösung finden«, grinst Knautschke. »Schließlich bist Du der liebe Gott. Wäre ja noch schöner, wenn so ein Würstchen wie ich Dir und Deiner Schöpfung am Zeug flicken könnte.«

»Wart's ab«, murmelt Johannes sarkastisch.

»Nein, ist der süß!«, kommt es von Marlene, die den Papagei streichelt.

»Also, wie sieht es aus?«, will Knautschke wissen. »Wann darf ich runter? Jetzt oder jetzt?«

Gott vergräbt das Gesicht in einer Hand.

»Folgendes sind die Regeln«, antwortet Johannes an seiner statt und erhebt sich. »Erstens: Dein Aufenthalt ist auf 24 Stunden beschränkt. Nach Ablauf dieser Frist wirst du automatisch ins Himmelreich zurückbefördert.« Einem Hängeschrank entnimmt er einen Laptop, den er vor sich auf den Tisch stellt und aufklappt. Mit einem flüchtigen Knopfdruck setzt er das Gerät in Gang. »Natürlich kannst du deinen Besuch jederzeit vorher abbrechen. Eine einfache Willensbekundung genügt. Zweitens: Du versprichst, alles zu vermeiden, was den Verlauf vergangener Ereignisse beeinträchtigen könnte. Mit anderen Worten: Mach den Parzen keinen Knoten ins Garn, klar?«

»Wie stellt ihr euch das vor? Sobald ich irgendwo erscheine, hat sich die Vergangenheit schon geändert.«

»Wir sprechen hier von Verhältnismäßigkeit, mein Lieber. Natürlich darfst du Gänseblümchen pflücken, die bislang glaubten, unversehrt geblieben zu sein. Was wir vermeiden wollen, sind die Folgen, die aus deinen Handlungen in der Vergangenheit entstehen. Also bitte kein Attentat auf den Bundespräsidenten oder solche Scherze.«

»Oh, da bin ich ganz humorlos.«

»Regel drei: Du brauchst einen Gegenstand, der sozusagen als Fahrschein zwischen den Welten dient. Aber den hast du ja, wie wir mittlerweile wissen.«

Knautschke zückt den Identifikationszettel. »Er ist sogar gestempelt. Mit meinem eigenen Blut.«

»Nicht verlieren. Akzeptierst du die Regeln?«

»Na, sicher. Geht's jetzt los?«

Schweigend widmet sich Johannes dem Laptop. Während seine Finger über die Tastatur tanzen, stemmt sich Gott ächzend aus seinem Stuhl hoch und schlurft zu Marlene hinüber. Düsteren Blicks streichelt er den Papagei.

»Wie oft darf ich eigentlich auf die Erde?«, fragt Knautschke. »Unbegrenzt?«

»Dreimal«, antwortet Johannes, ohne aufzusehen. »Ist doch logisch, oder?«

»Du meinst wegen heiliger Zahl? Dreieinigkeit und so? Meinetwegen.«

»Das Gesetz hat ja auch drei Regeln.«

»Wie alle guten Dinge.« Knautschke wendet sich Marlene zu. »Soll ich deinen Mann grüßen, wenn ich ihn sehe?«

»Lieber nicht«, kichert sie. »Er hat mich bestimmt schon vergessen.«

»Gut, ich wäre so weit«, kündigt Johannes an. »Können wir starten?«

Knautschke nickt und setzt sich aufrecht.

»Ich brauche von dir Ort und Zeit. Wohin möchtest du?«

»An die Stelle, wo der Unfall passierte. Diese Kurve, die im Film zu sehen war.«

»Erwin!«, lässt sich Gott aus dem Hintergrund hören. Seine Stimme klingt, als sei er um Jahre gealtert – auch wenn das in jeder Hinsicht unmöglich ist. »Bitte, überleg es dir noch einmal. Du kannst den Lauf der Geschichte nicht verändern!«

»Ich kann nicht? Ich dachte, ich soll nicht!«

»Das ist kein Unterschied, auch wenn du das nicht verstehst.«

»An die Unfallstelle«, weist Knautschke an.

»Also die B 31.« Johannes gibt die Koordinaten ein. »Welcher Zeitpunkt?«

»Ein paar Stunden vor meinem Unfall. Sagen wir, am Abend vorher. Wann bin ich gestorben?« Er sieht auf den Zettel. »23. September, kurz vor halb neun. Dann nehmen wir den 22., so gegen acht. Dieses Jahr natürlich!«

Johannes starrt auf den Bildschirm. »22. September, acht Uhr. Korrekt?«

»Korrekt.«

»Gute Reise, Erwin!«

Das Letzte, was Knautschke vom Himmelreich sieht, ist das Gesicht des Evangelisten, über das ein zufriedenes Lächeln huscht.

Zweiter Teil

HOFFNUNG

DER BESUCH

Ja, das Letzte war dieses Lächeln. Das Erste, was Knautschke von der Erde wahrnahm, war der Geruch. Ein Wirbel von tausend Düften, die um seine Nase zogen, seine Sinne überschwemmten, das Gehirn elektrisierten. Mit einem Schlag wurde ihm klar, was ihm im Himmelreich gefehlt hatte: das schmutzige Odeur des Lebens. Niemand schwitzte dort oben, alles war sauber, man brauchte kein Deo, kein Parfüm, kein After Shave. Seelen halt, geruchsneutral. Einen Ersatzkörper gab man ihnen mit, Duftmoleküle nicht.

Dabei machte sein aktueller Standort, olfaktorisch geurteilt, kaum etwas her. Er sah sich um. Eine kurvige Straße, eine Böschung, krautiger Bewuchs als Saum eines Bächleins. Es war Herbst, die Natur bereits auf dem Rückzug. Auf den entwöhnten Himmelreichbewohner aber prasselte ein Gewitter von würzigen Aromen ein: der Duft der Gebirgsgräser, der Wildblumen und Tannennadeln, Felsen und Feuchtwiesen, Baumrinden und Harze.

Und natürlich der von Öl, Rost, Abgasen. Ein Wagen kam das Höllental herabgeschossen, einen zweiten im Schlepptau. Per Lichthupe wurde der einsame Fußgänger von der Straße gescheucht. Zweimal vier Reifen schlitterten durch die Kurve. Auf dem Asphalt blieben schwarze Spuren zurück, das Monogramm der Raser. Knautschke, über die Leitplanken kletternd, warf ihnen wütende Blicke nach. Verdammt laut war es hier unten. Da lobte er sich die himmlische Ruhe.

Jetzt ein Linienbus. »Titisee – Neustadt« stand als Bestimmungsort über der Windschutzscheibe. Röhrend erklomm er die Serpentinen. Hinter den Scheiben glotzten die Fahrgäste. Knautschke erstarrte. Was sahen die Leute eigentlich, wenn sie ihn sahen? Prüfend schaute er an sich herab. Nun, er trug Schuhe und eine Jacke: Dinge, die er im wohltemperierten

Himmelreich nicht benötigte. Ansonsten Jeans und Pulli wie damals, als er noch unter den Lebenden weilte. Ein Blick auf sein Handgelenk: Aha, die Uhr fehlte. Hatte man schon einmal einen Privatdetektiv ohne Uhr gesehen? Darüber musste er mit Johannes unbedingt sprechen, sobald er wieder oben war.

Und jetzt? Unschlüssig lehnte er an der Leitplanke. Ein Lastwagen ächzte um die Kurve, zog eine ganze Schlange Pkws hinter sich her. Bis zu seinem Unfall hat er noch einen halben Tag Zeit, wenn alles so gelaufen war wie geplant. Aber war es das? Irgendetwas störte ihn, irgendetwas gefiel ihm nicht. Ein atmosphärisches Detail. Wieder der Blick zur Uhr, der nicht vorhandenen. Hatte er wenigstens sein Handy wieder? Er durchsuchte seine Taschen, doch die waren leer. Kein Geldbeutel, nichts. Schöne Bescherung. Wie sollte er da 24 Stunden überleben?

Jetzt erst mal pinkeln. Das hatte er seit seinem Tod nicht mehr getan. Hoffentlich konnte er es noch! Ein wenig nervös öffnete er den Hosenlatz – und siehe da, er hatte nichts verlernt. Es tat sogar gut. Wie früher. Nur dass die Pflanzen, auf die er zielte, ihre Köpfe hängen ließen, das hatte es früher nicht gegeben. Was eben noch grün war, sank zu Boden, schrumpelte zusammen. Kein Zweifel: Wo er hinschiffte, wuchs kein Gras mehr.

Kopfschüttelnd schaute er an sich hinunter. Das musste an diesem verdammten Nektar liegen! So ein Teufelszeug!

Rasch etwas Ordentliches trinken. Ein Bierchen zum Beispiel. Gab es weiter oben nicht diesen Kiosk, der auch auf Jossis Film zu sehen war? Richtig, dort hinten stand so ein Gebäude, ein kleiner, vergammelter Schuppen. Und Durst hatte er auch. Aber ohne Geld?

Egal, die Zeit lief. Ihm blieben nur 24 Stunden, um herauszufinden, wie er gestorben war, keine Minute länger. Er musste mit den Menschen sprechen, und er musste sich überlegen, wo er die Nacht zubrachte.

Apropos … Sein Blick ging nach oben, zum bedeckten Himmel. Müsste nicht auf irgendeiner dieser Wolken …? Nein, die zog ja immer mittags vorbei.

Weit war es nicht bis zum Kiosk. Allerdings sah sich Knautschke gezwungen, jenseits der Leitplanken zu bleiben. Missmutig stolperte er die überwachsene, unwegsame Böschung entlang. Ganz abgesehen davon, dass es plötzlich schwer fiel, in Schuhen zu laufen. Plötzlich, auf halber Strecke, blieb er stehen. Der Boden war trocken, furztrocken sogar. Dabei hatte die Bundesstraße in Jossis Film vor Nässe geglänzt. War es das, was ihn vorhin so irritiert hat? Die Trockenheit? Nun, der Regen würde noch kommen. Er hatte die ganze Nacht Zeit, und Wolken waren ausreichend vorhanden. Also weiter.

Der Kiosk: ein dunkles Holzhäuschen am Rand eines Parkplatzes. Mit einem offen stehenden Schiebefenster. Kein Mensch zu sehen, dafür drang Kaffeegeruch in Knautschkes Nase. Keine italienische Edelmarke, aber: echter Kaffee. Was gäbe er jetzt für ein Tässchen! Im Spiegel der Fensterscheibe kontrollierte er sein Aussehen. Bei dem Mann, der ihm entgegenblickte, handelte es sich eindeutig um den Privatdetektiv Erwin Knautschke. Keine Änderungen erkennbar. Die Lippen aufgeworfen, die Nase krumm, das ganze Gesicht so recht zerknautscht. Rasiert war er auch! Gut. Sehr gut sogar. Insgeheim hatte er nämlich befürchtet, als Seliger und Teilzeitmensch müsse er auf ein Spiegelbild verzichten. Oder auf seinen Schatten. Was man sich so vorstellt, wenn man im wahren Leben zu viele schlechte Filme gesehen hat.

In dem Häuschen rumorte es. Ein unglaublich dicker Mann schlappte zum Fenster und nickte Knautschke zu. »Guten Morgen.«

»Guten Morgen«, erwiderte Knautschke automatisch, bevor ihm die Gesichtszüge entglitten. »Wieso … wieso Morgen?«

Der andere zuckte nur mit den Achseln.

»Wie viel Uhr haben wir denn?«

»Kurz nach acht.«

»Acht Uhr morgens?«

»Schaut das vielleicht nach Abend aus? Zu viel gesoffen, oder was?«

Knautschkes Herz begann zu rasen. Etwas musste schiefgelaufen sein. Es war bereits der Unfallmorgen, acht Uhr durch, und er hatte seinen eigenen Tod verpasst! Nein, halt, hatte er nicht, sonst hätte er sich selbst in der Kurve liegen gesehen, hätte die Sanitäter sehen müssen, die Wanderer, die übrigen Zeugen, den Regen ... Aber wenn es nicht der Morgen des 23. September war, welcher dann?

»Was für ein Datum haben wir heute?«, sagte er hastig. »Den 22. September?«

Der Dicke nickte.

»Welcher Wochentag?«

»Samstag. Alles klar mit Ihnen?«

Ich bin zu früh, dachte Knautschke panisch, 24 Stunden zu früh! Wie konnte das passieren? Er hatte sich doch unmissverständlich ausgedrückt, oben, bei seiner Abreise. Die Anweisung war eindeutig gewesen: einen halben Tag vor dem Unfall. Er hörte Johannes noch sagen: »Acht Uhr. Korrekt, Erwin?«, und nun fiel ihm auch sein Lächeln wieder ein, dieses fiese Grinsen ... warum eigentlich? Acht Uhr, Erwin ... Acht Uhr morgens oder abends?

»Du verdammter ...!«, schrie er los und biss sich in die zur Faust geballte Hand. Und dann, mühsam beherrscht: »Du scheinheiliger Bastard mit deinem Buchhaltergesicht! Warte nur, wenn wir zwei uns wiedersehen ...«

Der dicke Kioskbesitzer rieb sich die Augen. Wohin war der fluchende Typ plötzlich verschwunden?

»Na, schon genug vom blauen Planeten?«, wird Knautschke begrüßt. Johannes hat den Platz des Herrn am Kapitänstisch eingenommen und lässt die Daumen kreisen.

»Hurensohn!«, brüllt Knautschke, doch so laut er auch schreit, nur die letzte Silbe ist zu hören. Der Rest des Wortes verpufft im Nebel der göttlichen Ewigkeitsharmonie. Er geht auf Johannes los und packt ihn am Kragen. »Weißt du, was ich jetzt am liebsten täte?«

»Mich umbringen?«, fragt Johannes mit Unschuldsmiene. »Da hätten sie aber was zu lachen auf dem Sonnendeck.« Dann schweigt er, denn Knautschke schüttelt ihn kräftig durch.

»Was ist denn hier los?«, schallt die Stimme Gottes vom Eingang her. Der alte Mann, in jeder Hand ein Tässchen Kaffee, gibt der Tür einen leichten Fußtritt, dass sie sanft ins Schloss fällt. »Herrschaftszeiten, Erwin! Musst du dich wie ein Pennäler benehmen? Reiß dich zusammen und erzähle uns, warum du schon wieder hier bist.«

»Weiß ich doch nicht!«, schimpft Knautschke, indem er von Johannes ablässt. »Frag lieber diese Kanaille da!«

Auch die Kanaille dringt nicht komplett an die Ohren der Himmelreichbewohner. Gott verzieht trotzdem das Gesicht. »Nun mal langsam«, sagt er und stellt die Tassen auf den Tisch. »Was ist passiert?«

Johannes rückt seinen Hemdkragen zurecht. »Erwin sagte, er wolle mich wiedersehen. Laut und deutlich. Das habe ich als Aufforderung verstanden, ihn zurückzuholen. War wohl etwas viel auf einmal, was er dort unten erlebt hat.«

»Das ist wieder so eine infame Hinterfotzigkeit von diesem Kerl«, tobt Knautschke. Interessant: Hinterfotzigkeit geht durch. »Ich kann dir nur raten, Herr, nimm dich vor dem Heuchler in Acht! Der macht, was er will. Der betrügt dich!«

»Mich?« Der alte Mann zieht die Brauen zusammen. »Mit Kleinbuchstaben?«

»Schon gut, schon gut: Dich, Herr, Dich! Mein Gott, ist das so wichtig? Hast Du nicht sein Grinsen gesehen, mit dem er mich auf die Reise geschickt hat?«

Fragender Blick des Allmächtigen. Darauf Johannes, ganz Unschuldslamm: »Oh, ich habe ihn lächelnd verabschiedet. Wie es sich gehört.«

»Gegrinst hat er, Herr!«

»Gut, dann hat er eben gegrinst.«

»Aber wie! Hämisch war das! Hast Du es nicht bemerkt?«

»Das war nicht hämisch«, wehrt Johannes ab. »Hämisch kann ich gar nicht. Höchstens bedauernd. Mitleidig.«

»Und jetzt lügt er auch noch!«

»Es reicht, Erwin!« Gottes Ungeduld ist mit Händen zu greifen.

»Verzeihe ihm, Herr«, sagt Johannes. Um seine Lippen zuckt es. »Ich habe größtes Verständnis für seine Erregung. So ein Erdengang ist kein Zuckerschlecken.«

»Da ist es wieder!«, ruft Knautschke. »Hämisch durch und durch. Jetzt musst Du es aber gesehen haben!«

»Ich muss überhaupt nichts. Bitte mäßige dich im Ton, Erwin. Und du, Johannes, gibst gefälligst meinen Platz frei.«

»Gerne.« Buckelnd zieht sich der junge Mann zurück.

»Der Kaffee wird kalt.« Seufzend lässt sich Gott nieder. »Bedient euch, ihr beiden.«

»Danke, Herr, ich habe bereits …«

»Keine Widerrede, Johannes!«

Ergebenes Nicken. »Natürlich nicht. Vielen Dank.«

Mit geschlossenen Augen wartet Gott, bis die Tassen geleert sind. »So, und jetzt noch einmal von vorn. Hast du nun um Rückkehr ins Himmelreich gebeten, Erwin, ja oder nein?«

»Nein!«

»Dann«, flötet Johannes, »war das ein bedauerliches Missverständnis.«

»Wer's glaubt!«

»Ich glaube es«, sagt Gott. »Und das muss genügen. Ab jetzt bitte eindeutige Signale, hörst du, Erwin? Oder nimm gleich den Bauchnabel. Wenn du zurück willst, draufdrücken, fertig. Funktioniert immer.«

»Auf meinen Bauchnabel?«, fragt Knautschke verblüfft.

»Wozu wären die Dinger sonst da? Oder kannst du damit pfeifen? Na, also.«

»Bitte achte darauf, dass dir niemand anderes draufdrückt«, lächelt Johannes. »Sonst geht das Gejammer von vorne los.«

»Pass du bloß auf!«, ruft Knautschke erregt. »Herr, dieser Typ hier hat mich mit Absicht einen halben Tag zu früh auf die Erde gelotst. Ich wollte abends vor Ort sein, nicht schon am Morgen. Johannes ist schuld! Er soll das rückgängig machen.«

»Du hast acht Uhr gesagt«, widerspricht der junge Mann mit Engelsgesicht. »Acht, nicht 20 Uhr. Ich habe extra noch einmal nachgefragt.«

»Stimmt, das hörte ich auch.« Wie zum Beweis zeigt Gott auf sein rechtes Ohr.

Knautschke starrt ihn entgeistert an. »Ich habe vom Vorabend gesprochen, das weiß ich ganz genau. Von einem Zeitpunkt 12 Stunden vor dem Unfall.«

»Anfangs, ja. Aber dann hieß es nur noch acht Uhr, und soweit ich die irdischen Zeitangaben kenne, ist damit der Morgen gemeint.«

»Korrekt«, schmunzelt Johannes.

»Ihr zwei seid so was von …«, zischt Knautschke in ohnmächtiger Wut, ohne den Satz zu vollenden. Welche Beleidigung ließe sich dem höchsten Wesen, dem Schöpfer der Welt ungestraft entgegenschleudern?

»Wie auch immer«, meint dieser, »wir können die Rahmenbedingungen deines Besuchs nicht ändern. Selbst wenn wir es wollten. Dir bleibt immer noch die Möglichkeit, bei einem eventuellen zweiten Ausflug exaktere Zeitangaben zu machen. Aktuell müssen wir die Frage beantworten, wie es weitergehen soll mit deinem Ausflug. Abbrechen oder fortsetzen? Denk daran, dass in diesem Moment an der B 31 ein Kioskbesitzer glaubt, er habe gesehen, wie sich vor seinen Augen ein Mensch in Luft aufgelöst hat.«

Knautschke schweigt mit finsterer Miene.

»Oh, das ließe sich einrenken«, wirft Johannes ein. »Falls Erwin hier bleiben möchte, meine ich.«

»Es ist nicht meine Entscheidung«, gähnt der Herr.

Knautschke ballt die Fäuste. »Ich will zurück«, sagt er heiser.

»Du lieber Himmel!« Ein unsicheres Lachen im Gesicht, stützte der Dicke beide Hände auf die Fensterbank. »Einen Moment lang dachte ich, Sie wären fort. Verschwunden, einfach so. Einen richtigen Schreck habe ich gekriegt. Und das am frühen Morgen!«

Knautschke warf dem Mann einen fatalistischen Blick zu. »Früher Morgen, ja. Ich würde mal auf kurz nach acht tippen, richtig?«

»Kommt hin.«

»Dachte ich mir. Tut mir leid, wenn ich eben ein bisschen laut war. Mir ist da was Ärgerliches eingefallen. Hätten Sie vielleicht einen Kaffee für mich? Ich kann ihn leider nicht zahlen.«

»Wie, nicht zahlen?«

»Hab meinen Geldbeutel vergessen.«

»Bin ich die Wohlfahrt?«

»Hören Sie, ich habe blöderweise nicht einen Cent bei mir. Morgen früh um dieselbe Zeit bin ich wieder hier, dann kann ich Ihnen das Geld geben.«

»Morgen früh ist zu. Sonntag.«

»Okay, dann keinen Kaffee. Vergessen Sie's.«

Der Kioskbesitzer kratzte sich am Kopf und überlegte. »Hinterm Haus stehen ein paar Kisten Wasser und Bier.

Wenn Sie mir die reintragen, kriegen Sie Ihren Kaffee und ein Hörnchen noch dazu.«

»Na, also«, seufzte Knautschke.

Nach vollbrachtem Werk stand er Kaffee trinkend vor dem Kiosk und schaute zum Himmel. Jetzt wusste er, was ihn die ganze Zeit so irritiert hatte: das Fehlen jeglicher Abendstimmung. Dieses typische weiche Licht eines zu Ende gehenden Tages, die tief stehende Sonne, die Vorboten der Dämmerung – nichts davon zu spüren. Auch wenn die Wolkendecke dicht war und kaum Sonnenstrahlen durchließ, hätte es ihm auffallen müssen.

Ein ramponierter Kleinlaster hielt auf dem Parkplatz. Zwei Männer in Handwerkermontur stiegen aus, bestellten beide einen Kaffee und ein Wurstbrötchen. Der jüngere von ihnen steckte sich eine Zigarette an.

»Vielleicht wird das heute was mit dem Regen«, sagte er und blies Rauch gegen den Himmel.

»Nee«, meinte sein Kollege. »Wird nicht.«

»Im Radio haben sie Niederschläge gemeldet.«

»Im Radio.« Müdes Abwinken.

»Wäre wichtig für die Pflanzen.«

»Gibt keinen Regen.«

»Heute Nacht«, mischte sich Knautschke ein. »Heute Nacht wird es regnen.«

»Ach.«

»Garantiert.«

»Und woher wissen Sie das?«

»Ich weiß es eben. Gehe jede Wette ein.«

»Meine Mutter sagt immer, sie spürt es in den Knochen.« Das war der Dicke vom Kiosk.

»Ja, aber ich *weiß* es.« Knautschke winkte ab. »Egal, nicht so wichtig. Was mich interessieren würde: Passieren hier eigentlich viele Unfälle? In diesem Streckenabschnitt, meine ich. Hier wird ja ziemlich schnell gefahren.«

»Das weiß er also nicht«, brummte der ältere Arbeiter.

Der Kioskbesitzer zuckte mit den Achseln. »Gott, ja, passieren tut schon ab und zu etwas. Aber meistens nachts. Einmal habe ich erlebt, wie zwei junge Burschen mit ihrem Golf aus der Kurve getragen wurden. Die lagen kopfüber im Bach und waren platt wie die Flundern. Aber das ist Jahre her.«

Knautschke schwieg. Er konnte den Mann schlecht fragen, ob er morgen so gegen acht mit einem Unfall rechnen würde. Außerdem war der Kiosk sonntags geschlossen. Also trank er kommentarlos seinen Kaffee und ließ seine Blicke über die Straße schweifen. Aus dem Höllental brausten die Autos mit hohem Tempo heran. Aber Geschwindigkeit allein machte noch keinen Unfall. Wie konnte es also dazu kommen? Und was hatte er, Knautschke, hier gewollt? Nun, die Antwort würde er nicht vor morgen früh erhalten.

Als die zwei wieder in ihren Kleinlaster stiegen, bat er sie, ihn mitzunehmen. Gegen Regengarantie, grinste er. Der Jüngere fand es lustig und hielt ihm die Tür auf. Er war auch der Redseligere unterwegs, erzählte von ihrem Ziel, der großen Baustelle in der Freiburger Innenstadt, und von dem noch größeren Projekt, das sie das vergangene Jahr über in Lohn und Brot gehalten hatte.

»Dort ist es«, sagte er und zeigte aus dem Fenster. Sie hatten eben das Ortsschild von Himmelreich passiert, was Knautschke ein Schmunzeln entlockte. Jenseits des Dorfes erhob sich ein Riesenbau in Form einer abgeflachten Pyramide.

»Ein Hotel?«, fragte Knautschke.

»Auch. In erster Linie ein Konferenzzentrum. Mit Übernachtungsmöglichkeit natürlich. Sauna, Schwimmbad, kleines Museum, alles drin. Völlig überdimensioniert für das Kaff, aber wir beschweren uns nicht.«

Knautschke kratzte sich am Kopf. Er meinte sich zu erinnern, dass sein Schwiegervater, Graf Burgwald, bei der Planung des Zentrums seine Finger mit im Spiel gehabt hatte. Aber wo wäre das nicht der Fall gewesen?

»Bald dürfen wir das übrigens nicht mehr«, knurrte der ältere Arbeiter, der am Steuer saß.

»Was?«

»Tramper mitnehmen. Ist ab nächstem Jahr verboten.«

»Warum das denn?«

»Weil es zu gefährlich ist, für beide Seiten. Zuletzt gab es wieder einen Vorfall. Sie sagen, es dient der allgemeinen Sicherheit, und die steht über allem.«

»Wer sagt das? Die Politiker?«

Der Mann nickte. »Am Hauptbahnhof lasse ich Sie raus.«

»Perfekt, da muss ich hin.«

Knautschkes erstes Ziel in Freiburg war die Detektei. Griesbacher und er hatten sich vor drei Jahren in einer ehemaligen Metzgerei eingemietet: zwei Zimmer, im Sommer heiß, im Winter zugig, nichts Besonderes also. Die Glasfront in dem zur Straße gelegenen Raum vermittelte Offenheit, Zugänglichkeit, und tatsächlich, so schlecht war ihr Geschäft gar nicht gelaufen. Knautschke hätte gerne noch ein paar Jährchen weitergemacht. Aber jetzt würde Gregor den Firmennamen ändern müssen. Oder beließ er es bei »Griesbacher & Knautschke. Sicherheitsdienste & Ermittlungen«? Aus Sentimentalität vielleicht, aus alter Verbundenheit?

Nein, sentimental war Gregor nie gewesen. Und was ihre Verbundenheit anging, so beschränkte sich die auf gemeinsame Lehrjahre in einer Offenburger Detektei. Bei Griesbachers Hochzeit hatte Knautschke den Trauzeugen gespielt, aber auch nur, weil der vorgesehene Zeuge ausgefallen war. Später hatte Griesbacher seinem Kompagnon vorgeworfen, zu sehr an seiner Frau herumgefummelt zu haben. Absurd, gefummelt hatte *sie*! Und er, Griesbacher, hatte bloß einen Grund gebraucht, um sich scheiden zu lassen.

Von der Bahnhofsunterführung waren es noch 500 Meter bis zu ihrem Büro. Der Stühlinger, das westlich der Gleise gelegene Stadtviertel, hatte sich in den letzten Jahren richtig herausgeputzt, man merkte es auch an den Mietpreisen. Jetzt noch zweimal um die Ecke, dann stand Knautschke vor der Detektei. Es war Samstag, und er erwartete niemanden anzutreffen.

Die Beschriftung fehlte. Das fiel ihm als Erstes auf. Kein Knautschke mehr, aber auch kein Griesbacher, nichts. Jemand hatte die dunkelblauen Buchstaben komplett von der Scheibe gekratzt. Auch die Telefonnummer, die Internetadresse und die Öffnungszeiten. Nicht das kleinste Fitzelchen wies noch auf die Bestimmung dieser Räume hin. Griesbacher schien hingeschmissen zu haben. Aber warum? Und wann? Bis zum Sommer war doch alles in Ordnung gewesen, Knautschke konnte sich an kein berufliches Fiasko, keinen finanziellen Engpass erinnern. Zumindest keinen größeren. In den letzten Wochen musste irgendetwas vorgefallen sein, das zur Geschäftsaufgabe geführt hatte. Irgendeine Geschichte zwischen Juli und September.

Wenigstens war die Detektei noch nicht leer geräumt. Knautschkes Blick fiel auf Umzugskartons, auf Stapel von Akten, bereit zum Verpacken, und auf eine große gerahmte Fotografie, die an der Wand lehnte. Eine Art Schattenriss von Griesbachers Ex; ja, fotografieren konnte der Kerl. Dass er das Bild auch nach seiner Scheidung noch in seinem Büro duldete, hatte Knautschke schon immer gewundert. Jetzt, da alles auf Abschied gestimmt war, passte es allerdings.

Er erinnerte sich an den Sperrmüll, den er vom Kuppelraum aus gesehen hatte. Der natürlich erst in einigen Erdentagen vor der Tür stehen würde. Dann war die Detektei Griesbacher & Knautschke endgültig Geschichte, und selbst wenn Gregor irgendwo neu anfinge, würde es etwas völlig anderes sein.

Die Ladentür war verschlossen. Wochenende halt, außerdem noch keine zehn Uhr. Er hatte keinen einzigen Schlüssel bei sich. Aber er wusste, wie er hineinkommen konnte. Zwei Häuser weiter gab es einen Durchgang zum Hof. Wenn man dort über die Mauer kletterte, befand man sich hinter dem türkischen Schnellimbiss, der einen der Lagerräume der früheren Metzgerei angemietet hatte. Der Schlüssel hierzu lag ganz banal unter einem umgestülpten Blumentopf, Knautschke hatte ihn schon oft benutzt.

Um ungestört in die Büroräume eindringen zu können, war so ein Samstagmorgen natürlich ideal. Niemand sah ihn über das Mäuerchen hüpfen, der Imbiss hatte noch nicht geöffnet, der Schlüssel wartete brav an seinem Platz. Knautschke passierte das Lager der Türken, einen komplett gefliesten Raum, und schlüpfte durch eine nie abgeschlossene Zwischentür in die Detektei. Einen Moment lang blieb er in dem schmalen Flur stehen. Kein Laut zu hören. Die friedliche Ruhe des beginnenden Wochenendes.

Mit seinen Nachforschungen in eigener Sache begann er im hinteren der beiden Zimmer. Hier war noch nichts ausgeräumt, lediglich ein paar zusammengeklappte Kartons standen an der Wand. Der Drucker, ein ausgeweideter Ersatz-PC, die Regale mit den bearbeiteten Akten und unwichtigen Büchern – alles wie immer. Wenn er Glück hatte, lag in einer der Schreibtischschubladen noch sein altes Handy. Er riss sie auf, eine nach der anderen. Kein Handy. Hatte er es in seinem Ordnungswahn wohl doch nach Hause gebracht. Trotzdem wurde er fündig. Die oberste Schublade enthielt eine Menge Krimskrams, darunter eine EC-Karte für das gemeinsame Konto der Detektei, etwas Kleingeld und eine Telefonkarte, die möglicherweise noch nicht ganz leer war. Also besser als nichts. Knautschke steckte alles ein. Vor allem die EC-Karte konnte sich als nützlich erweisen. Auch wenn er als Toter wohl kaum shoppen gehen würde.

Jetzt der vordere Raum. Das Schaufenster des Unternehmens, wie Griesbacher in seiner großspurigen Art immer gesagt hatte. Ein Schreibtisch für ihn, einer für Knautschke, dazu ein paar bequeme Stühle, etwas Grünzeug, Fotos an der Wand. Palmen und Stühle waren noch vorhanden, doch in den Wandregalen klafften riesige Lücken. Die Akten auf Griesbachers Seite fanden sich zum großen Teil verpackt in den Umzugskartons, ebenso ein Teil seiner Bücher und Zeitschriften. Griesbachers neue Freundin, eine aufgebrezelte Tussi aus dem Glottertal, lächelte im Postkartenformat vom Schreibtisch. Knautschkes Sachen hingegen waren fort, und zwar sowohl seine wenigen persönlichen Dinge als auch sämtliche beruflichen Unterlagen. Sein PC – weg. Die Aktenordner mit den Aufträgen der vergangenen Jahre – weg. Seine Korrespondenz, Erledigtes, Unerledigtes, die Fotokisten, Daten-CDs, die externe Festplatte seines Computers – weg, weg, weg. Was noch herumlag, war belanglos: ein paar alte Sportzeitschriften, juristische Handbücher, ein dickes Rätselheft. Hier musste jemand gründlich aufgeräumt haben.

Enttäuscht warf Knautschke die unterste Schublade zu. Auch sie war leer. Von draußen linste ein Passant mit Einkaufskorb herein. Reiß dich zusammen, Erwin! Bloß nicht auffallen. Erstens hast du es dem lieben Gott versprochen, zweitens liegt es in deinem eigenen Interesse.

Auf Griesbachers Schreibtisch stand noch der PC, er schaltete ihn ein. Solange das Gerät hochfuhr, durchsuchte er die Schubladen. Zigaretten, ein Florida-Prospekt, Kondome. Bravo, Gregor! Bei dir weiß man immer gleich, woran man ist. Auch hier ein paar Münzen, die Knautschke aber nicht anrührte. Der PC fragte nach dem Passwort. Gottseidank, es war immer noch »Molli«, Griesbachers Katze. Das hätten wir. Dafür klappte es nicht mit dem Internet. Immer wieder rief Knautschke Firefox auf, ohne eine Verbindung herstellen zu können. Hatte Griesbacher den DSL-Vertrag etwa schon gekündigt? Er griff nach dem seitlich liegenden Telefon – die Leitung war tot.

»So ein Mist!«, entfuhr es ihm. Er musste doch telefonieren! Wenn nicht jetzt, dann in den nächsten Stunden. Wie sollte er sonst erfahren, was mit ihm passiert war?

Kein Telefon, kein Handy, kein Internet. Ihm blieb nichts übrig, als sich Gregors Unterlagen vorzunehmen. Und zwar sowohl die Dokumente in den Aktenordnern als auch die elektronisch hinterlegten. Hoffentlich durchschaute er Griesbachers Ablagesystem!

Er war noch nicht weit gekommen, als ihn ein Geräusch zusammenfahren ließ. Ein Schlüssel drehte sich im Schloss. Er machte einen Schritt zur Tür hin. Draußen stand sein Partner: Gregor Griesbacher.

Griesbacher war noch viel konsternierter als Knautschke. Er starrte seinen Kompagnon durch das Glas der Eingangstür an und schnappte nach Luft. Einen Moment lang sah es so aus, als würde er auf dem Absatz kehrt machen. In der Hand trug er eine prall gefüllte Plastiktüte, sein Hemd hing schlabbrig über der Hose. Hatte er abgenommen? Da waren Hautfalten unter seinem Kinn, die es früher nicht gegeben hatte. Irgendwann trat er doch ein.

»Also, wenn das mal keine Überraschung ist!« Er schloss die Tür hinter sich. »Was machst du denn hier?«

»Nichts Besonderes«, meinte Knautschke achselzuckend. »Sehen, wie der Laden läuft.«

»Aha.«

»Ja.«

Beide warteten ab. Misstrauisch. Wer würde als Erster aus der Deckung kommen, wer die entscheidenden Fragen stellen?

Griesbacher fuhr sich verlegen durchs dunkelblonde Haar, dann legte er seine Tüte auf einen der lederbezogenen Stühle.

»Ich war einkaufen. Auf dem Markt. Wollte nur kurz vorbeischauen und ein bisschen aufräumen.«

»Wie geht es dir?«

»Danke, gut. Keine Klagen.« Er zögerte. »Und du? Seit wann bist du wieder frei?«

Knautschke räusperte sich, um Zeit zu gewinnen. Frei? Sollte das heißen, dass er im Gefängnis gewesen war? »Ach«, sagte er leichthin, »schon eine Zeit lang. Ein paar Tage.«

»Schön. Das freut mich, wirklich. Ich wusste immer, dass an den Vorwürfen nichts dran ist. Hey, Alter«, er setzte ein schiefes Grinsen auf und packte Knautschke am Oberarm, »willkommen zu Hause! Jetzt fängt das Leben von vorne an, was?«

»Ich weiß nicht. Vielleicht.«

»Ja, klar. Komm erst mal an. War eine ziemlich ätzende Zeit, nehme ich an.« Er zog seine Jacke aus, warf sie über die Lehne eines zweiten Stuhls und setzte sich. »Musst du jetzt noch vor Gericht? Oder ist alles geklärt? Wie geht es weiter bei dir, Erwin?«

Knautschke setzte sich ebenfalls. »Wenn ich das wüsste! Ich habe absolut keine Ahnung.«

»Ach so, ja.«

»Hörst du hier auf, Gregor? Machst du den Laden dicht?«

Griesbacher sah sich um, als habe er die Umzugskartons und die leeren Regale eben erst bemerkt. »Den Laden?«, entgegnete er schrill. »Naja … ich muss. Es ging nicht mehr, Erwin, tut mir leid. Du glaubst nicht, was seit deiner Verhaftung los war. Wer hier alles ein und aus ging! Wenn es nur die Kripo gewesen wäre, aber nein, der Verfassungsschutz rückte an und machte mir die Hölle heiß. Deine Sachen waren schneller weg, als ich gucken konnte. Meinen PC haben sie auch drei Wochen behalten. Was an Aufträgen lief, konnte ich mit Mühe zu Ende bringen – aber neue? Keine Chance. Die mussten mir überhaupt nicht nahelegen, das Geschäft aufzugeben, das hätte ich ohnehin getan. Es kam ja kein Kunde mehr. Nicht ein einziger!«

»Wer, die?«, fragte Knautschke. »Ich meine, wer hat dir geraten aufzuhören?«

»Geraten ist gut«, lachte Griesbacher bitter. »Gedroht haben sie mir, mich unter Druck gesetzt. Die vom Verfassungsschutz natürlich. Ich solle froh sein, wenn ich heil aus dieser Sache herauskäme, meinten sie. Sie würden dafür sorgen, dass ich in Freiburg kein Bein mehr auf den Boden bekäme, als Detektiv schon gar nicht. So sieht es aus, Erwin!«

»Und was machst du jetzt?«

»Ich haue ab. Ziehe Leine, fange irgendwo in der Pampa neu an. Vielleicht übernehme ich den Laden meines Vaters.«

»Im Hotzenwald?« Knautschke schüttelte den Kopf. Wenn es so um Griesbacher stand, mussten sie ihn massiv bedrängt haben. Hotzenwald statt Florida! Er wusste nicht, was er sagen sollte.

»Konnte ja niemand damit rechnen, dass du zurückkommst«, fuhr sein Partner – Ex-Partner! – fort. »Überall hieß es, die Beweise wären erdrückend. Also habe ich die Geschäftsauflösung beantragt, und die vom Verfassungsschutz meinten, das würden sie schon deichseln. Versteh das nicht falsch, Erwin, alle dachten, du bekommst lebenslänglich, was sollte ich denn tun? Natürlich freue ich mich jetzt umso mehr …«

»Schon gut.« Knautschke vergrub den Kopf in einer Hand und überlegte fieberhaft. Lebenslänglich, er? Was um alles in der Welt hatte er nur getan? Oder vielmehr: Was wurde ihm nachgesagt? Da kehrte er auf die Erde zurück, weil er fürchtete, einem Mord zum Opfer gefallen zu sein, und nun sollte er womöglich selbst einen begangen haben? Er? Einen Mord?

Als er aufsah, fiel sein Blick auf die Funkuhr in Griesbachers Regal. Seine Zeit verrann! Es half nichts, er musste offen mit seinem Kompagnon sprechen. »Okay«, sagte er, »pass auf, Gregor, du wirst nicht verstehen, was ich dir jetzt erzähle, wahrscheinlich wirst du mir auch nicht glauben, aber es ist nun einmal so. Bitte verrate mir, was ich verbrochen haben soll. Wie lange ich im Gefängnis war und all das. Was die letzten Monate angeht, habe ich eine totale Gedächtnislücke. Ich weiß ums Verrecken nicht, was vorgefallen ist.«

Griesbacher glotzte ihn an, als habe er einen Außerirdischen vor sich. Was so ganz falsch nun auch wieder nicht war.

»Ich kann mich erinnern, dass wir im Elsass einen gebechert haben. Das müsste im Juni oder Juli gewesen sein. Aber danach? Tabula rasa. Ich weiß nichts mehr, Gregor, nichts!«

»Wie bitte? Du hast keine Ahnung, was in den letzten Wochen mit dir los war?«

»Nein, glaub mir.«

Griesbacher lachte hysterisch. »Das soll wohl ein Witz sein! Mir stürmt die Polizei die Bude, die Nachbarn zeigen mit dem Finger auf mich, meine Freundin macht Schluss mit mir, und du sagst, du kannst dich an nichts erinnern?«

»Gregor!«, rief Knautschke beschwörend. »Was habe ich getan?«

»Was du getan hast? Ganz einfach, du hast eine …« Er verbesserte sich: »Du sollst jemanden umgebracht haben. Du sollst.«

Also doch. Knautschke wurde schwindlig. War es diese Erkenntnis, vor der ihn Johannes und Gott mit allen Mitteln bewahren wollten? Dieses Wissen? Er hörte sie noch sagen: Es würde dich belasten … dein Seelenheil wäre gefährdet … es ist nur zu deinem Schutz, Erwin. Musste er ihnen nun Abbitte leisten?

»Wen?«, flüsterte er und suchte an einer Stuhllehne Halt. »Wen habe ich getötet?«

»Eine junge Frau. Mehr rücken sie nicht raus. Nicht mal die Presse weiß Genaueres.«

»Wann und wo?«

»Im Juli, kurz nach dem großen Regierungsball. Du warst als Begleitschutz für Arianes Vater eingeteilt, erinnerst du dich nicht?« Griesbacher kratzte sich am Kopf. »Erinnerst du dich wenigstens an Ariane?«

»Ja, natürlich. Die Lücke betrifft nur die letzten zwei, drei Monate. Von einem Regierungsball weiß ich nichts. Habe ich dort diese Frau …?«

»Frag mich nicht. Dazu gibt es keine Informationen. Dass sie so ein Geheimnis drum machen, könnte allerdings darauf hindeuten, dass es sich um eine wichtige Persönlichkeit handelt.« Er zögerte. »Aber hör mal, Erwin, wenn du dich an nichts mehr erinnern kannst … dann auch nicht daran, ob du den Mord womöglich doch …«

»Du meinst, ob ich ihn vielleicht doch begangen habe? Mann, Gregor, ich weiß es nicht. So viel ich auch nachdenke, es fällt mir nicht ein! Da oben ist ein schwarzes Loch, verstehst du?« Wie zum Beweis hämmerte er mit beiden Fäusten gegen seinen Schädel.

Griesbacher nickte. Überzeugt sah er nicht aus.

»Auch an meinen Gefängnisaufenthalt kann ich mich nicht erinnern, an keine Verhaftung, Vernehmung, nichts!«

»Aber du musst doch vor Kurzem entlassen worden sein. Oder bist du getürmt?« Griesbacher wurde immer misstrauischer.

Knautschke hob nur verzweifelt die Schultern.

»Komisch ist das«, murmelte sein Partner und wich seinem Blick aus. »Sehr komisch.«

»Vielleicht kannst du mir helfen, Gregor. War dieser Job für Arianes Daddy wirklich mein letzter Auftrag?«

»Soviel ich weiß, ja.«

»Was haben wir darüber? Unterlagen, Anfragen, Gesprächsprotokolle?«

»Bitte?«, lachte Griesbacher verständnislos. »Der alte

Burgwald hat dich privat beauftragt, um dem Freund seiner einzigen Tochter einen Gefallen zu tun. Was es da an Schriftlichem gab, ist alles bei dir gelandet, in deinen Akten. Und die sind konfisziert, da kommst du nicht ran.«

»Du hast also nichts? Auch in deinem PC nicht? Wie steht es mit Kontoauszügen? Hat der Alte wenigstens gezahlt?«

»Wenn du magst, kannst du gerne nachschauen. Fühl dich frei.« Griesbacher erhob sich mit pikierter Miene. »Ist ja eh alles auf Abruf hier. Ich verzieh mich mal aufs Klo.«

Er verschwand nach hinten. Knautschke ging nachdenklich zum PC zurück. Gregor hatte recht; sollte es irgendwelche Notizen zu Graf Burgwalds Auftrag geben, dann nur in seinen, Knautschkes, Unterlagen. Verlorene Zeit, Griesbachers Dateien zu kontrollieren. Außerdem hatte ihm der Gesichtsausdruck seines Partners nicht gefallen. Dieser wachsende Unglaube, das Misstrauen, sogar eine Spur Angst.

Auf Zehenspitzen folgte er ihm. Das Hinterzimmer war leer, ebenso die kleine Küche mit Griesbachers Mokkakanne. Schien wohl doch die Toilette aufgesucht zu haben, der Kerl. Aber musste er dort Selbstgespräche führen? Knautschke legte sein Ohr an die Tür.

»Natürlich ist er es«, hörte er Griesbacher drinnen zischen. »Ich werde doch meinen Geschäftspartner wiedererkennen. Bitte beeilen Sie sich! Nein, bedroht hat er mich nicht, aber er faselt sich vielleicht was zusammen. Völlig unberechenbar, der Typ. Seien Sie vorsichtig!«

In der Kaffeeküche fand Knautschke einen Stuhl, der sich so unter die Klinke der Klotür klemmen ließ, dass diese nicht mehr bewegt werden konnte. »Ich habe dich nicht belogen«, brüllte er aus vollem Hals. »Du elender Verräter!«

Dann türmte er. Raus aus der Detektei, weg von der Straße, in einer schmalen Gasse Schutz suchend. Schon war in der Ferne ein Martinshorn zu hören.

Ariane war nicht zuhause. Knautschke hatte sie von unterwegs angerufen, aus einer Telefonzelle, doch es hatte sich niemand gemeldet, nicht einmal der Anrufbeantworter. Trotzdem war er losgezogen Richtung Wiehre, in die Dreikönigstraße, nur um vor ihrer Haustür plötzlich zu zögern. Ariane war seine Freundin, aber: Wie würde sie reagieren, wenn er plötzlich vor ihr stand? Er, ein Mordverdächtiger, von dem man nur eines wusste: dass er momentan in Haft saß? Sollte er unbedingte Treue erwarten, ein Zueinanderstehen um jeden Preis? Unsinn, das konnte er nicht verlangen. Er könnte es auch dann nicht, wenn ihre Beziehung fester gewesen wäre. Und das war nicht der Fall. Über das Stadium des Ausprobierens, des Aneinandergewöhnens waren sie in den ein, zwei Jahren nicht hinausgekommen. Leider.

Andererseits war sie eh nicht da. Also konnte er auch läuten.

Nach dem zweiten Versuch gab er es auf. Zu ihren Nachbarn hatte Ariane immer Distanz gehalten, die wussten bestimmt nicht, wo sie steckte. Außerdem hatte Knautschke in seiner Situation wenig Interesse, mit Fremden zu sprechen. Wenn schon sein Partner nichts Besseres zu tun gehabt hatte, als die Polizei zu alarmieren!

Und was jetzt? Sollte er sich vielleicht bei Arianes Vater melden und ihn nach ihrem Verbleib fragen? Alles lieber als das. Selbst wenn er vom alten Burgwald erfahren könnte, wie sein letzter Auftrag verlaufen war. Nein, mit dem Grafen wollte er nichts zu tun haben. Wo sich seine Tochter gerade herumtrieb, erfuhr der doch als Letzter!

Knautschke beschloss, es später noch einmal in der Dreikönigstraße zu versuchen. Möglicherweise verbrachte Ariane das Wochenende wie so oft außerhalb von Freiburg. Auf einer Hütte im Schwarzwald oder in den Vogesen. Dann hatte er Pech gehabt. Vielleicht auch Glück, denn ein wenig fürchtete er sich vor dem Treffen mit ihr. Sie konnte ja nicht wissen, dass da ein Toter, Todgeweihter vor ihr stand …

Immer in Gedanken, ging er denselben Weg zurück, den er gekommen war. Bis zur Telefonzelle. Im Prinzip war es ein Vorteil, dass er, also der andere, der lebende Erwin Knautschke, irgendwo in Haft saß. Dann konnte er sich nicht überraschend selbst begegnen, zum Beispiel hier, auf dem Bürgersteig, mitten in der Stadt. Jetzt musste er doch kichern. Er und Knautschke – das vielleicht wäre eine Schlagzeile!

Das Lachen verging ihm, als er die Telefonzelle erreicht hatte. »Kummer? Wir hören dir zu!«, stand dort über einer kostenlosen Notrufnummer. Zu wählen bei Liebesschmerz, Schulproblemen oder Stress mit den Eltern. Tag und Nacht besetzt. Wenn es so einfach wäre!

Er überlegte. Ging Namen durch, rief sich Gesichter in Erinnerung. Wen konnte er anrufen, um Informationen zu bekommen? Seine Familie natürlich. Die Eltern. Lieber nicht.

Aber wen sonst? Wer würde weniger misstrauisch reagieren als Griesbacher, sein Partner? Wer würde ihm Glauben schenken, würde ihm die Informationen geben, die er benötigte?

Erwin, du? Bist du getürmt?

Herr Knautschke! Ich dachte, Sie stehen unter Mordverdacht.

Was heißt das, du kannst dich an nichts erinnern? An so etwas muss man sich doch erinnern!

Pass auf, Junge, ich habe nie geglaubt, dass du dem Mädel was angetan hast. Aber weswegen haben sie dich dann eingebuchtet?

So oder ähnlich würden sie alle reagieren. Freunde, Bekannte, Kollegen. Sie würden zum Telefonhörer greifen und die Polizei alarmieren, genau wie Griesbacher. Achtung, der Knautschke ist ausgebrochen und quatscht wirres Zeug! Auf diese Weise würde er nie erfahren, was geschehen war.

»Kummer? Wir hören dir zu!«

In der Regel waren es die Eltern, die einem zuhörten. Auch wenn man den Kontakt längst abgebrochen hatte. Irgendwann hatten sie einen schließlich auf diese Welt gebracht.

Sollte er? Sollte er nicht? Der gebeugte Rücken seiner Mutter fiel ihm ein, wie er sie im Garten arbeiten sah.

Widerstrebend wählte er die Nummer.

»Knautschke?«

»Hallo, Papa. Ich bin's, Erwin.«

Laute Atemgeräusche. Dann, mit mühsam unterdrückter Wut: »Du wagst es …? Du erdreistest dich, hier anzurufen? Bei deinen Eltern, über die du so viel Schande gebracht hast?«

»Jetzt mal halblang! Lass uns in Ruhe über alles reden.«

»Mit dir rede ich nicht!«, brüllte sein Vater. »Niemals! Deine Mutter hat keinen Schritt mehr vor die Tür gesetzt, seit du im Knast gelandet bist. Die Leute im Dorf zeigen mit den Fingern auf uns. Schaut her, die da haben das Scheusal zur Welt gebracht! Hier wohnt die Mördersippe!«

»Ich bin kein Mörder, Papa! Das Ganze ist ein Irrtum!«

»Und warum hast du dann gestanden? Du hast doch selbst die Todesstrafe für dich gefordert. Schade, dass sie nicht auf dich gehört haben.«

»Was habe ich?«

»Scher dich zum Teufel!«

»Moment, leg nicht auf! Erklär mir, was passiert ist! Ich muss alles wissen. Und wenn es stimmt, dass ich …« Knautschke hielt inne, wusste nicht, wie er den Satz beenden sollte. Aus dem Hörer drang kein Laut. Sein Vater hatte aufgelegt.

»Du sturer Bock!«, rief ihm Knautschke hinterher und begann zu fluchen, wie er seit langer, langer Zeit nicht mehr geflucht hatte. Pfefferte den Hörer auf die Gabel, gab der Zellentür einen Tritt … tat mithin alles, was die Leute auf der Straße aufhorchen und zu ihm hinübersehen ließ. »Glotzt nicht so«, schäumte er, zog die Telefonkarte aus dem Schlitz und suchte das Weite.

Ziellos strich er umher. Eine Coladose, die ein zerbeultes Dasein am Trottoirrand fristete, wurde zum Fußball. Er sollte gestanden haben? Um für sich selbst die Todesstrafe zu fordern? Diese Geschichte wurde immer verrückter! Was hatte sich sein Vater da nur ausgedacht? Er schlug den Kragen seiner Jacke hoch. Das schöne, gemütliche Breisgaustädtchen wirkte kalt und abweisend.

An einem Geldautomaten testete er die EC-Karte der Detektei. Ungültig. Das hatte er schon befürchtet. Dabei war die Karte kein Jahr alt. Jetzt hieß es Haushalten mit dem bisschen Kleingeld, das er aus dem Büro mitgenommen hatte.

In einer Bäckerei kaufte er sich zwei belegte Brötchen. Badische Zeitung und Bildzeitung lagen nebeneinander auf der Theke. Er blätterte beide rasch durch, fand aber keinen Hinweis auf sich, seine Verhaftung oder den Mord. Das Ganze war ja auch schon zwei Monate her. Als er die Zeitungen zurücklegte, ohne sie zu kaufen, erntete er einen bösen Blick der Bäckersfrau.

Zwölf Euro hatte er jetzt noch auf der Hand, zwölf lächerliche Euro für gut 20 Stunden. Vor dem Laden hielt ein Streifenwagen. Rasch verdrückte er sich.

Zeitungen waren keine schlechte Idee. Schließlich brauchte er jetzt vor allem Informationen. Die Stadtbücherei am Münsterplatz führte regionale und überregionale Blätter. Oder er versuchte es in einem Internetcafé per Suchmaschine. Dort würde er bestimmt schneller fündig, dafür kostete das Surfen Geld. Der Besuch der Stadtbücherei dagegen war kostenlos. Und soweit er wusste, hatte sie samstags bis um 16 Uhr geöffnet. Außerdem gab es dort eine Toilette und fließend Wasser. Er spürte, dass er wieder jede Menge menschlicher Bedürfnisse hatte.

»Die Badische Zeitung vom Juli?« Die Bibliothekarin hinter dem Tresen der Stadtbücherei hob bedauernd die Schultern. »Tut mir leid, die ist längst archiviert. Frei zugänglich sind nur die aktuellen Nummern.«

»Was heißt das, aktuell?«

»Die Ausgaben der vergangenen drei Wochen. Sie liegen dort hinten.«

»Und wie komme ich an ältere Exemplare?«

»Da müssen Sie in die Unibibliothek oder gleich zum Verlag«, lächelte sie freundlich. Verdächtig freundlich, fand Knautschke. War ihr vielleicht eingefallen, dass sie sein Gesicht eben von dort, aus der Badischen Zeitung nämlich, kannte?

»Danke«, nickte er und ging hinüber in die Leseecke mit den Zeitungen. Drei Wochen also, von Anfang September bis zum heutigen Datum, das war nicht viel, aber besser als nichts. Er schnappte sich den ganzen Stapel auf einmal, legte ihn neben sich auf einen Stuhl und begann mit der Lektüre. Als er eine Stunde später durch war, hatte er lediglich zwei Artikel gefunden, in denen sein Name vorkam. Der erste stammte aus der BZ vom 8. September. Hier hieß es: »Nichts Neues im Fall Knautschke – Die Kriminalpolizei Freiburg hält sich mit Angaben zur Tat des Privatermittlers Erwin Knautschke weiterhin zurück. Der Freiburger Detektiv hatte Mitte Juli dieses Jahres eine junge Frau, deren Name den Behörden bekannt ist, erdrosselt und den Mord kurz danach gestanden. Das Verbrechen schlug hohe Wellen, weil der Täter, und mit ihm Teile der Öffentlichkeit, für sich selbst die Todesstrafe forderte. Ein Gerichtsverfahren ist für den Winter vorgesehen. Knautschkes Verteidigung wird der umstrittene Anwalt Dr. Helmling übernehmen. Im Rahmen einer Pressekonferenz der Kriminalpolizei wurde nun noch einmal betont, dass an der Einzeltäterschaft Knautschkes keinerlei Zweifel bestehe. Zur Identität des Opfers werde man sich auf Wunsch der Hinterbliebenen zum gegenwärtigen Zeitpunkt nicht äußern. Auch zum Motiv des Täters wurden keine Angaben gemacht.«

Erdrosselt? Ungläubig hielt Knautschke beide Hände vor die Augen, drehte sie hin und her. Mit ihnen sollte er die Frau umgebracht haben? Er sah sich um, verstohlen. Ließ die Blicke über Schultern und Hälse der Bibliotheksbesucher schweifen und versuchte sich vorzustellen, wie das so ging mit dem Erwürgen. Bestimmt brauchte man jede Menge Kraft in den Fingern, Ausdauer, Kaltblütigkeit. Hände wie Schraubstöcke. Wäre er Schreiner oder Pianist, läge das Erdrosseln nahe, aber so … Warum hatte er sich nicht für eine Pistole entschieden wie ein hundsnormaler Mörder oder für ein Schlachtermesser? Und wie kam er anschließend dazu, für sich selbst die Todesstrafe zu fordern? Von den vielen dummen Sprüchen, die er sich in seinem Leben geleistet hatte, war das hier der dümmste. Wenn es denn stimmte.

Die zweite Meldung war nur kurz. »Der geständige Mörder Erwin Knautschke wird in den nächsten Tagen aus der JVA Singen zu weiteren Verhören nach Freiburg einbestellt. Wann genau der Transport Knautschkes stattfinden soll, wollte der Sprecher der Staatsanwaltschaft nicht sagen. Es kann aber davon ausgegangen werden, dass hierfür das kommende Wochenende vorgesehen ist.«

Der Bericht stammte aus der Freitagsausgabe, von gestern also. Mit dem kommenden Wochenende musste das jetzige gemeint sein, Samstag oder Sonntag. Knautschkes Tod schien demnach mit diesem Transport zusammenzuhängen. Hatte es doch einen Unfall gegeben? Oder war während der Fahrt etwas passiert? Beziehungsweise: Würde morgen früh während der Fahrt etwas passieren?

Knautschke legte die Zeitungen an ihren Platz zurück. Viel hatte er nicht erfahren. Aber nun wusste er wenigstens, wo sein todgeweihtes Ich gerade steckte und was es am Sonntagmorgen auf der regennassen B 31 zu suchen hatte.

Eine weitere Stunde verbrachte er in einem von Pakistani geführten Internetcafé. Dort wurde er zwei seiner verbliebenen Euro los, erfuhr aber wenig Neues. Die Agenturberichte von Mitte, Ende Juli glichen einander, zum Teil bis in die Wortwahl hinein. Zunächst hieß es, eine junge Frau sei tot in ihrer Wohnung nahe Freiburg aufgefunden worden, die Polizei gehe von einem Gewaltverbrechen aus und habe bereits einen Tatverdächtigen verhaftet. Später bekam dieser Verdächtige einen Namen, einen Beruf und ein Gesicht: Erwin K. (38), Privatdetektiv aus Freiburg im Breisgau. Griesbacher wurde mit ein paar nichtssagenden Sätzen zitiert, man nahm Knautschkes Leben unter die Lupe, und es gab einen Lokaltermin im Dorf seiner Eltern. Die allerdings jede Aussage verweigerten. Was die Identität des Mordopfers anging, tappten die Journalisten im Dunkeln. Mehr, als dass es sich um eine junge Frau mit schwarzen Haaren handelte, wusste man nicht, und auch das nur, weil sich ein Polizist in der Hitze des Pressegefechts verplappert hatte. Natürlich wurde eifrig spekuliert. Wies die strikte Geheimhaltung nicht auf eine prominente Persönlichkeit hin? Auf die Tochter eines Politikers zum Beispiel? Schließlich hatte sich die komplette Bundesregierung am 14. Juli im nahe gelegenen Himmelreich zum Ball getroffen, und Erwin K. war als Personenschützer ebenfalls vor Ort gewesen. Spiegel online munkelte sogar, der Täter habe auf dem Ball ein Kabinettsmitglied beleidigt und sei daraufhin des Hauses verwiesen worden, weshalb man Rache als Mordmotiv nicht ausschließen könne.

Je mehr Knautschke erfuhr, desto wirrer erschien ihm die Angelegenheit. Beleidigungen, Rache? Was hatte er schon groß mit Politikern zu schaffen? Der Einzige aus dieser Sparte, dem er zu Lebzeiten gerne ein paar Frechheiten an den Kopf geworfen hätte, war Graf Burgwald, aber erstens war der nur Politikberater, und zweitens hatte er es sich gerade bei ihm aus Rücksicht auf Ariane verkniffen. Selbst wenn sie seiner Meinung war. Ansonsten waren ihm Politiker schnuppe. Die machten ja doch, was sie wollten, und wenn sie abgewählt wurden, gingen sie in die Wirtschaft oder wurden Chef einer staatlichen Lottogesellschaft. Da brauchte es keinen Erwin Knautschke, der sie beleidigte.

Lustlos klickte er sich durch die unendlichen Weiten des Netzes. Immer wieder dieselben dürren Fakten: eine junge Frau, erwürgt, schwarze Haare, keine Angaben zu ihrer Identität. Eine Ausländerin? Möglich. Ihre Adresse? Geheim. Familienstand? Unbekannt. Verhältnis zum Täter? Man konnte nur raten. Eine Woche nach der Tat erfolgte das umfassende Geständnis des Mörders. Umfassend vielleicht für die Behörden; die Presse wurde weiterhin mit Belanglosigkeiten abgespeist. Zum Motiv Knautschkes wolle man sich nicht äußern. Einen Zusammenhang mit seiner Rolle als Personenschützer in Himmelreich könne man allerdings ausschließen.

Immer wieder Himmelreich! Knautschke lachte leise vor sich hin. Wenn die wüssten, woher er gerade kam!

Auf das Geständnis folgte die Selbstbezichtigung. Der inhaftierte Täter wurde mit den Worten zitiert, er habe es nicht verdient weiterzuleben, keine Reue könne stark genug sein, um das begangene Unrecht aufzuwiegen. Er bitte daher die Behörden, das Todesurteil über ihn zu verhängen. Genau dies wurde auch in diversen Leserbriefen und Internetblogs gefordert, deren Verfasser Knautschke übel beschimpften. In den Feuilletons entbrannte eine Expertendebatte: »Urteilen unsere Richter zu lax?«

Plötzlich fiel ihm etwas ein: seine Mails! Mittlerweile mussten sich Hunderte angesammelt haben. Er versuchte sich in das Postfach der Detektei einzuwählen. Nichts; dieses Passwort schien Griesbacher geändert zu haben. Dann sein privates Konto: Es existierte nicht mehr! Zehnmal gab er den Kontonamen ein, zehnmal bekam er den Bescheid, dass ein solcher unbekannt sei. Irgendjemand musste das Ding gelöscht haben!

»Nehmen Sie noch eine Stunde?«, erkundigte sich der dunkelhäutige Besitzer des Internetcafés lispelnd. »Ihre Zeit läuft gleich ab.«

»Das tut sie, allerdings«, entgegnete Knautschke. »Nein, danke, mir reicht's für heute.«

Mittlerweile war es fünfzehn Uhr geworden. Die Wolkendecke über der Stadt hatte einen grauen Schimmer angenommen. Jetzt sah jedes Kind, dass es demnächst regnen würde. Knautschke gähnte herzhaft. Was konnte er bis zum Abend noch tun?

Er kehrte zur Dreikönigstraße zurück. Noch immer öffnete niemand auf sein Läuten. Das ganze Haus wirkte wie ausgestorben. Aber dann hörte er doch ein Schlurfen hinter der Tür, und eine Oma mit Handtäschchen und Regenschirm kam heraus.

»Guten Tag«, sagte er.

»Guten Tag.«

»Ich möchte zu Ariane Burgwald, aber sie öffnet nicht. Wissen Sie, ob sie länger fort ist?«

»Wer?«

»Frau Burgwald. Anfang zwanzig, rote Haare, Sommersprossen.«

»Ach, die. Ist sie nicht da?«

»Anscheinend nicht.«

»Tut mir leid, da kann ich Ihnen nicht weiterhelfen. Hab sie schon länger nicht gesprochen.«

»Danke.«

»Sagen Sie … Kenne ich Sie irgendwoher? Mein Gedächtnis lässt nach, aber irgendwie kommt mir Ihr Gesicht …«

»Das meinen viele. Ich habe ein Allerweltsgesicht. Wiedersehen.«

Die alte Frau blickte ihm nachdenklich hinterher.

Knautschke atmete auf, als er außer Sichtweite war. Die Greisin musste ihn irgendwann einmal in Begleitung Arianes gesehen haben. Oder sie kannte sein Gesicht aus der Zeitung. Egal wie, es galt, vorsichtig zu sein.

Die nächste halbe Stunde verbrachte er auf einem verwaisten Wiehre-Spielplatz. Schaukelte ein bisschen, wippte ein bisschen. Morgen früh musste er rechtzeitig am Unfallort sein. Dass sonntags vor acht Busse nach Titisee-Neustadt fuhren, bezweifelte er. Besser, er nahm einen am Abend und übernachtete irgendwo draußen. In einem Schuppen, unter dem Dach einer Bushaltestelle. Es würde schon nicht so kalt werden heute Nacht. Oder er brach in den Kiosk ein und legte sich dort schlafen. Sonntagmorgen war der Laden ja geschlossen.

Und bis dahin? Er entschloss sich zu einem Kneipenbesuch. Das nächstgelegene seiner Stammlokale war der Bleierne Anker, aber dessen Wirt, dem Panscher, traute er nicht über den Weg. Auch zum Eisenstein war es nicht weit. Dort hatte er Hausverbot, wegen Tatjana. Wobei es nicht Tatjana gewesen war, die ihn vor die Tür befördert hatte. Sie hatte sogar gequiekt, als er ihr unter den Rock gefasst hatte. Vor Schreck natürlich, aber irgendwie auch aus Lust. Gequiekt, ja. So ein kleiner, spitzer Schrei, wie ihn nur die drallen Mädchen hinbekommen. Ariane nicht, die schrie anders, wenn er sie … und drall war sie auch nicht, sondern schlank und biegsam.

Knautschke hielt im Schaukeln inne. Was machte er sich da für dämliche Gedanken! Er war tot, basta, Ende. Nichts mehr mit Quieken und biegsam und all diesen Sachen. Hauptsache, Tatjana war ihm nicht mehr böse. Bloß so ein kleiner Klaps, verdammt! Das Eisenstein öffnete erst um fünf, aber Tatjana kam wahrscheinlich früher. Also hin. Er musste nur darauf achten, Klaus, ihrem Chef, nicht in die Arme zu laufen. Der war nämlich eifersüchtig auf Knautschke, und quieken vor Lust würde er auch nicht.

Das Eisenstein war tatsächlich noch geschlossen, aber das Tor zum Innenhof der Kneipe stand offen. Knautschke schlich hinein, um durch ein Fenster in die Küche zu spähen. Nichts. Zehn Minuten später hielt ein Wagen vor dem Biergarten, und es war tatsächlich Tatjana, das Vollweib aus Russland, das ausstieg. Ein viel zu dünnes Kleid, die Lippen knallrot geschminkt, um die Schultern ein leichtes Jäckchen. Pfeifend ging sie auf die Tür zum Lokal zu und zog einen Schlüsselbund aus ihrer Handtasche.

»He, Tatjana!« Knautschke schälte sich aus dem Schatten einer Kastanie.

Wie vom Donner gerührt blieb sie stehen. Aber schon im nächsten Moment kniff sie die Augen zusammen und grinste über das ganze Gesicht. »Erwin, du Schwerenöter!«, rief sie mit großartig rollendem R.

»Kann ich mit dir sprechen?«

»Natürlich, immer!« Sie drückte ihm einen Kuss auf die Backe, dass es durch den stillen Hof knallte, griff nach seinem Kinn, betrachtete ihn prüfend und verpasste ihm zum Abschluss eine herzhafte Ohrfeige. Die knallte erst recht. »Für deine Fummelei, alter Grapscher!«, rief sie. »So etwas tut man nicht bei einer Dame, verstanden? Wenigstens nicht vor allen Leuten. Am Ende denken diese alten Säcke noch, ich bin freies Wild!«

»Freiwild«, stotterte Knautschke. Seine Backe brannte höllisch.

»Freiwild, ja. Bin ich nämlich nicht. Warum fragst du mich nicht vorher, ob du mal anfassen darfst? Erwin, Junge, wir sind doch erwachsene Leute, wir können über alles reden! Ich hoffe, du bist gekommen, um dich zu entschuldigen.«

»Ja, auch. Tut mir leid, Tatjana, es wird nicht wieder vorkommen.«

»Das ist nicht die Formulierung, die ich hören wollte«, lächelte sie. »Du sollst dich bloß im Eisenstein zurückhalten, wo alles glotzt. Und lass dich nicht von Klaus erwischen, er ist immer noch sauer.«

»Irgendwie«, murmelte Knautschke, eine Hand an der Backe, »erinnerst du mich an eine Bekannte aus dem Himmelreich.«

»Aus Himmelreich? Wo du überall Freundinnen hast …! Aber sag mal, müsstest du nicht im Gefängnis sein? Hast du Urlaub?«

»So etwas in der Art. Tatjana, ich brauche deine Hilfe. Können wir irgendwo ungestört reden?«

»Nur reden?«, zwinkerte sie. »Klaus kommt heute erst spät, wenn du das meinst. Und die anderen … Gehen wir nach hinten, in eine der Kammern.«

Sie stolzierte voraus. Glück gehabt, dachte Knautschke, während er den Blick nicht von Tatjanas schaukelndem Hintern wenden konnte. Sie war in Russland aufgewachsen, daher wusste sie wahrscheinlich, dass bisweilen auch Unschuldige ins Gefängnis wanderten. Oder sie wollte noch mal quieken.

Tatjana hatte aber auch mütterliche Seiten, und die kehrte sie nun hervor. Drückte Knautschke einen Kaiserstühler in die Hand, sagte, er sehe gar nicht gut aus, fragte ihn, ob er Hunger habe. Er verneinte, nahm einen Schluck und begann zu erzählen. Was er schon Griesbacher erzählt hatte: dass er sich an nichts erinnerte; dass er herausfinden musste, was geschehen war. Und vor allem, dass er sich nicht vorstellen konnte, einen Mord begangen zu haben.

»Aber das weiß ich doch«, tröstete Tatjana und strich ihm das Haar aus der Stirn. »Du bist zwar ein Grapscher, aber kein Mörder. Ich bin sicher, alles wird sich aufklären. Bald sitzt du wieder bei uns im Eisenstein und streitest dich mit Klaus.«

»Das glaube ich nicht«, erwiderte er leise.

»He, lass den Kopf nicht hängen. Wie kann ich dir helfen, Erwin?«

Er ließ sich berichten, was sie über seinen Fall wusste. Unter den Gästen des Eisenstein kursierten wilde Gerüchte und Spekulationen. Die Wenigsten konnten sich Knautschke als Mörder vorstellen. Okay, vielleicht war es ein Unfall, bei verbotenen Sexspielchen. Dass er sich während des Regierungsballs daneben benommen hatte, auch das war denkbar. Sehr sogar. Erst langt er am Buffet zu, dann bei den adretten Damen. Der Knautschke steht auf junges Politikergemüse, der ist so einer.

»Das hat natürlich Klaus gesagt«, lächelte Tatjana.

Ein paar Gäste, die früher in der Hausbesetzerszene aktiv gewesen waren, vertraten die Meinung, die Regierung wolle Knautschke den Mord anhängen. Weil er bei dem Ball unangenehm aufgefallen sei, habe er als Sündenbock herhalten müssen. Die junge Frau, vielleicht eine Doppelagentin, sei Opfer der Geheimdienste geworden. Knautschkes Geständnis, der Ruf nach Todesstrafe – alles inszeniert. Wie damals. Alles wie damals.

»Ich kapiere gar nichts mehr«, stöhnte Knautschke. »Was heißt hier, wie damals?«

»Schwätzer«, winkte Tatjana ab. »Vergiss es einfach.«

»Und was denkst du?«

»Ich? Gar nichts. Ich weiß, dass du kein Mörder bist, Erwin, und das, was dir irgendein Polizist oder Politiker erzählt, kannst du in dem … Worin kannst du das rauchen?«

»In der Pfeife.«

»In der Pfeife, genau. Sind ja auch alles Pfeifen.« Sie lachte. »Was wirst du nun tun?«

»Keine Ahnung. Morgen früh habe ich einen Termin im Höllental, den darf ich nicht verpassen. Ich muss vor acht dort sein. Dabei weiß ich noch nicht einmal, wo ich übernachten soll.«

»Dafür weiß ich es: bei mir.«

»Bei dir? Bist du sicher?«

»Du kannst meinen Schlüssel haben, wenn du ihn unter die Fußmatte legst. Ich werde allerdings erst nach Mitternacht nach Hause kommen. Und morgen kannst du mein Auto nehmen.«

»Das wäre fantastisch, Tatjana!«

»Ich weiß doch, wie man euch Männer behandeln muss«, seufzte sie. »Zuckerbrot und Peitsche. Hoffentlich tut deine Backe noch weh.«

Knautschke nickte grinsend.

Tatjanas Fiesta stellte er wie vereinbart am Bahnhof Himmelreich ab. Von dort war es zwar noch ein gutes Stück Weg bis zu den Höllentalserpentinen, aber er hatte Zeit. Still lag die kleine Siedlung in der Morgendämmerung, kein menschliches Wesen weit und breit. Dass ausgerechnet hier, in diesem Nest, ein Regierungsball stattgefunden hatte! Überhaupt, was war das für ein neumodischer Quatsch: eine Tanzveranstaltung für Politiker?

Zügig schritt Knautschke vorwärts. Die Straße glänzte nass vom nächtlichen Regen. An einigen Stellen standen tiefe Pfützen. In seiner Magengrube meldete sich etwas: Nervosität. Er wusste ja, was auf ihn zukommen würde, und wusste es doch nicht. Bald würde er Zeuge seines eigenen Todes sein. Aber wie würde der ablaufen? Und wer würde noch am Unfallort zu sehen sein? Was war mit dem Mann, der bei ihm in der Kurve kniete?

Von vorne näherte sich ein Wagen. Der erste überhaupt seit Beginn seines Marsches. Er blieb stehen und wartete. Gischtsprühend zog das Auto vorbei, dann herrschte wieder Stille. An diesem Sonntagmorgen lag die B 31 einsam und verwaist da, ein dunkel schimmerndes Asphaltband, das langsam zum Schwarzwald hin anstieg.

Als Tatjana nach Hause kam, hatte er geschlafen. Mitten

in der Nacht war er aufgewacht und hatte sie neben sich liegen gesehen. Eine schöne Frau mit einem großen Herzen. In Russland war sie Dolmetscherin gewesen, eine Studierte, aber das hatte die deutschen Behörden einen Dreck geschert. Seit sie hier war, arbeitete sie in Kneipen und ließ sich von Deppen wie Knautschke an den Po fassen. Er hatte ihr einen Kuss auf die Stirn gedrückt und war wieder eingeschlafen.

Allmählich hellte sich der Himmel auf. Statt des dichten Wolkenteppichs von gestern glitten nun einzelne dicke Wolkenpakete vorüber. Ein schöner frühherbstlicher Tag lag vor ihm.

Eigentlich ein viel zu schöner Tag zum Sterben.

Da vorne war sie, seine Schicksalskurve. Wie auf Wunsch begann in seinem Rücken Himmelreichs Kirchturmuhr zu schlagen. Zwei Mal.

»Halb acht«, murmelte Knautschke vor sich hin. »Sehr gut. Ich bin bereit.«

Aber das war er noch nicht ganz, schließlich brauchte er einen guten Beobachterposten. Er fand ihn auf dem Felsen, um den die Straße ihren Bogen schlug. Dort gab es in etwa zwei Metern Höhe eine abgeflachte Stelle mit einem Busch, hinter dem er sich verbergen konnte. Von oben hatte er einen guten Blick in beide Richtungen des Tals. Bloß Hände und Hose machte er sich beim Erklimmen des glitschigen Gesteins schmutzig.

Jetzt konnte es losgehen.

Und es ging los, sogar früher als erwartet. Was ein Glück war, denn schon nach wenigen Minuten begann Knautschke in seinem Versteck zu frieren. Die Sonne war längst aufgegangen, aber was hieß das schon hier im Höllental, das sich mit mächtigen Felswänden gegen den Einfall ihrer Strahlen und ihrer Wärme stemmte?

»Höllental und Himmelreich«, dachte Knautschke und rieb sich die Hände. »Wenn das mal kein Zufall ist!«

Nur selten wurde die Stille des Sonntagmorgens von Fahrzeugen durchbrochen. Zu hören waren sie schon von Weitem. Das Licht ihrer Schweinwerfer glitt über den nassen Asphalt, schwenkte durch die Kurve, verschwand in der Ferne.

Dann ein neues Geräusch. Ein Motor, tiefer und stärker als die vorherigen. Gespannt richtete Knautschke den Blick talaufwärts. Er konnte einen Kastenwagen erkennen, der sich mit hoher Geschwindigkeit näherte. Einen Kastenwagen der Polizei. Das Tempo: hoch. Und da, etwa hundert Meter vor der Kurve, wurde die Seitentür aufgerissen – in voller Fahrt! Knautschke sah einen Mann in der Tür stehen. Schlaff hingen seine Arme herab, der Kopf pendelte hin und her. War der Kerl besoffen? Da musste jemand sein, der ihn festhielt, zwei Personen, vielleicht drei. Jetzt noch fünfzig Meter. Keine Drosselung der Geschwindigkeit. Bei der Anfahrt auf die Kurve entschwand die offene Tür aus Knautschkes Blickfeld, dafür hörte er ganz deutlich ein lautes Kommando: »Jetzt!«

Ein Körper schlitterte über den Asphalt, blieb kurz vor der Leitplanke auf der gegenüberliegenden Seite liegen.

Mit quietschenden Reifen kam der Kastenwagen hinter der Kurve zum Stillstand. Zwei Männer in schwarzer Uniform sprangen heraus, querten die Straße, beugten sich über den Körper. Einer sah den anderen an, nickte.

Und dann fuhren sie zusammen.

Über ihnen stand Knautschke. Er stand am äußersten Rand des Felsens, eine von heiliger Empörung geschüttelte, augenrollende Gestalt. »Ihr Mörder!«, schrie er, dass es von den Wänden des Höllentals widerhallte. »Ihr elenden Schweine! Was habt ihr getan?«

Fassungslos starrten die beiden Uniformierten in die Höhe. Der leblose Körper zu ihren Füßen … derselbe Mann auf dem Felsen … es überlief sie kalt. Wie auf Kommando rannten sie zu ihrem Wagen und brausten davon.

Zitternd vor Wut kletterte Knautschke zur Straße herab.

Nun wurde er erst recht dreckig. Er stürzte zu der liegenden Gestalt, wollte sie anfassen, schreckte zurück. Der da lag, war er selbst. Er, Erwin Knautschke. Die Glieder verrenkt, das Gesicht schmerzverzerrt, Blut auf Stirn und Schläfen.

»Nein«, flüsterte er panisch. »Doch nicht so … Bitte nicht!«

Schaudernd griff er nach der Hand des Verletzten – nach seiner eigenen Hand! Schwacher Puls, entsetzlich schwach. Wie blass er aussah! Er kniete sich neben den Körper, bettete den Kopf in seinen Schoß, streichelte die Wange.

»Erwin«, jammerte er. »Mensch, Junge. Was machst du bloß für ein Zeug?«

Der Mann, der sterbende Erwin Knautschke, schlug die Augen auf. Seine Lider flackerten, ein Arm ruderte hilflos durch die Luft. »Was …?«, krächzte er. »Was war das?«

»Nicht sprechen.« Knautschke tätschelte ihm die Wange. »Alles wird gut.«

Der andere starrte ihn an. Immer wieder drifteten seine Pupillen ab. »Du?«, sagte er schließlich mit einem tiefen Atemzug.

Knautschke nickte.

»Sterbe ich?«, flüsterte der andere.

»Nein … ja, vielleicht.«

Ein heftiges Aufbäumen: »Ich will aber nicht sterben!« – der Versuch, sich loszureißen, fortzukommen: »Ich will leben, hörst du, leben! Verdammt, hilf mir, warum hilfst du mir nicht?«

»Mach dir keine Sorgen, ich bin bei dir.«

»Ich will nicht sterben! Nicht hier! Ich habe Angst!«

»Aber, du stirbst nicht … ich meine, es ist nicht vorbei. Du brauchst keine Angst zu haben, Erwin.«

Unter Aufbietung seiner letzten Kräfte krallte der Sterbende beide Hände in Knautschkes Jacke. »Tu was! Hol einen Arzt, bitte! Ich will leben!«

»Der Arzt kommt. Gleich.«

»Ich habe Angst vor dem Tod! Was kommt danach? Ich will nicht allein sein, hörst du? Lass mich nicht allein! Lass … mich … nicht … allein!«

»Es ist gar nicht so übel da oben«, flüsterte Knautschke. »Die Leute sind nett, alle. Es gibt Frauen. Okay, manchmal ist es ein bisschen langweilig, aber du hast keine Schmerzen mehr, keine Ängste, nichts.«

»Ich will nicht sterben«, schluchzte sein wahres Ich.

»Wer will das schon?« Knautschkes Stimme war nur noch ein Hauch. »Bring's hinter dich, Erwin. Einmal nur, dann hast du es geschafft. Man kann es aushalten im Himmelreich, wirklich.«

»Ich … will nicht.« Der Griff des Sterbenden lockerte sich. »Bitte …«

Knautschke schluckte. Rau war seine Kehle, rau und trocken. Er hatte Blut an den Händen. Plötzlich hörte er Stimmen. In einiger Entfernung sah er eine Gruppe Wanderer. Ältere Herrschaften in Regenjacken und Stiefeln. Aus ihren Gesten schloss er, dass sie auf die beiden Knautschkes aufmerksam geworden waren.

»Ihr?«, entfuhr es ihm. »Jetzt schon?« Nun wusste er, wer der flüchtende Mann auf Jossis Film war! Er streichelte dem Verletzten ein letztes Mal über die Stirn, dann richtete er sich auf und sprang über die Leitplanke. Nur weg von hier! Er hastete den Abhang hinunter, suchte nach einem Versteck, einer Fluchtmöglichkeit, vielleicht das Wäldchen dort hinten, aber da war der Bach, das unebene Gelände …

Und plötzlich war da gar nichts mehr. Nicht für ihn jedenfalls.

Denn plötzlich lag er in seinem Bett.

In seinem Schlafzimmer.

Im Himmelreich.

PHILOSOPHIE

»Und? Wie war's auf der Erde?« In dem Blick, den ihm Johannes zuwirft, mischen sich Neugier, Argwohn und Neid. »Hast du Antworten gefunden?«

Ausdruckslos starrt Knautschke ihn an. Von seinen Erlebnissen ist er noch wie erschlagen. Das Höllental, sein eigener Tod, das plötzliche Ende des Aufenthalts ... Bisschen viel für das erste Mal!

»Mann, hast du dreckige Hände«, schüttelt Johannes den Kopf. »Und deine Hose erst, du Schmutzfink!«

Automatisch sieht Knautschke auf seine Hände. Sie glänzen vor Sauberkeit. Die Hose hängt gebügelt und frisch gewaschen über dem Stuhl.

»Kleiner Scherz am Rande«, grinst der Evangelist. »Du hast doch nicht geglaubt, dass du auch nur einen Krümel von da unten mitnehmen könntest?«

»Die haben mich umgebracht«, krächzt Knautschke. »Einfach so, aus dem fahrenden Wagen geschmissen. Ich hatte gleich das Gefühl, dass mit meinem Tod etwas nicht stimmt!«

Wortlos reicht Johannes ihm ein Glas Nektar.

»Bleib mir vom Hals mit dem Zeug!« Knautschke richtet sich auf. »Hast du nicht gehört? Ich bin ermordet worden! Es sollte wie ein Unfall aussehen, und nur weil ich dazwischenging, konnten sie es nicht zu Ende bringen.«

»Tatsächlich?« Der junge Mann wirft ihm einen prüfenden Blick zu. »Nun, vielleicht hast du recht. Wobei es ein grundsätzlicher Fehler von euch Menschen ist, allzu sehr auf den Augenschein zu vertrauen. Es gibt schließlich ...«

»Augenschein? Was heißt hier Augenschein? Du tust, als wäre ich halbblind! Diese Polizisten, Geheimdienstler, oder was sie auch immer waren, haben mich in die offene Tür des

Transporters gestellt, ich habe es genau gesehen. In diesem Moment konnte ich mich schon nicht mehr selbst halten. Dann ein Stoß, und aus war's mit mir! Was ist denn das für ein Abgang, Johannes? Entsorgt zu werden wie ein räudiger Hund! Schäbig nenne ich das, ein absolut schäbiger Tod! Wo bleibt da Gottes Ratschluss, frage ich dich!«

»Darauf kann dir nur der Herr selbst antworten. Hast du denn gesehen, dass du gestoßen wurdest?«

»Fast. Es war ja in der Kurve, und die Seite …«

»Vielleicht bist du versehentlich aus dem Wagen gestürzt.«

»Hör auf!« Knautschke blitzt den Evangelisten wütend an. »Ich weiß, was ich gesehen habe. Es war eindeutig Mord. Ein Mord, der vertuscht werden sollte, und ihr mit eurem Propagandafilm leistet dem auch noch Vorschub!«

»Wenn du die Aufnahmen aus dem Archiv meinst, so haben wir dir bloß den Anblick deines Todeskampfs erspart, mehr nicht. Und das aus gutem Grund.« Besorgt schüttelt Johannes den Kopf. »Es ist nun einmal unbefriedigend, sich mit dem eigenen Ende zu beschäftigen. Welchen Nutzen hast du davon? Keinen, es macht dich bloß madig. Wirf einen Blick in den Spiegel, Erwin, dann weißt du, was ich meine: Du siehst grau aus, hast Ringe unter den Augen. Wo soll das noch hinführen? Zu einem Erkenntnisgewinn jedenfalls nicht. Oder ist die Angelegenheit nun, nach deinem Erdentrip, für dich abgehakt?«

»Nein, natürlich nicht!«

»Siehst du. Das war uns von vornherein klar. Es ist wie mit Herkules und der Hydra: Kaum hast du ein Rätsel gelöst, wachsen drei neue nach. Du weißt nun, vielmehr meinst du zu wissen, wie du ums Leben kamst, und schon gibt es neue Fragen: warum, wozu, wo, wann?«

»Und wer.«

»Selbstverständlich«, seufzt der junge Mann. »Wer. Leute

wie du brauchen wohl immer einen Schuldigen, was? Du bist tot, jedes Sandkorn wiegt Millionen Mal mehr als du, und dennoch willst du den Verantwortlichen stellen. Willst ihm seine Sünden vorhalten und ihn in tiefste Verdammnis stoßen.«

»Genau.«

»So funktioniert die Welt aber nicht, Erwin! Euer Menschendasein vielleicht, das mit den Parkverboten und den Paragrafen aus dem Bürgerlichen Gesetzbuch. Hier im Himmelreich geht es um mehr! Es geht um Großes, um titanische Galaxien, um die Balance von Sein und Nichts, verstehst du? Nein, das verstehst du natürlich nicht, du Privatdetektiv!«

Knautschke verschränkt die Arme vor der Brust. »Ich will zurück auf die Erde. Zwei Besuche habe ich noch.«

»Jetzt nicht.«

»Jetzt. Ich habe ein Recht darauf.«

»Und wir haben ein Recht darauf, von dir etwas mehr Einsicht zu verlangen. Altes Himmelsgesetz: Ein Seliger, der durch Aufenthalte im Irdischen sein Seelenheil zu verlieren droht, darf zu seinem eigenen Schutz im Himmelreich gehalten werden, bis er wieder im Lot ist.«

»Was heißt das?«

»Das heißt, dass wir dir ein paar Nachhilfestunden in Philosophie verschreiben.«

»Lächerlich!«

»Du kannst lachen, so viel du magst. Morgen geht es los. Ohne Philosophie kein zweiter Besuch, merk dir das.«

Knautschke zeigt ihm einen Vogel. Kaum hat Johannes das Zimmer verlassen, springt er aus dem Bett, zieht sich an und schlägt den Weg zum Archiv ein. Der Raum ist menschenleer, einsam dreht der Ventilator seine Runden. Auf dem Tresen ein Zettel: »Bin im Kuppelraum.«

Also zurück zum Sonnendeck, um die zwei Ecken herum, bis zur Tür mit der verblassten Aufschrift. Als Stammgast im Kuppelraum könnte Knautschke den Weg mittlerweile im Schlaf finden. Jossi sitzt alleine vor seinem altersschwachen Computer und spielt.

»Patience?«, rät Knautschke.

»So was Ähnliches«, grinst Jossi. »Eine Variante aus meinen Tagen. Spielkarten hatten wir damals! Da hielt man noch was in der Hand, verstehst du?«

»Jaja, lange ist's her. Pass auf, du wolltest doch wissen, was ich erlebt habe. Auf der Erde.«

Der Alte nickt. Er verschiebt weitere Karten, bis das Spiel zu Ende ist, dann dreht er sich zu Knautschke um. »Bitte, setz dich. Momentan ist nicht viel los hier oben. Wir können reden. Einen Schluck Nektar?«

»Meinetwegen.« Mit Wehmut denkt Knautschke an das Viertel Kaiserstühler zurück, das ihm Tatjana im Eisenstein serviert hat.

»Solltest du noch mehr Besuche dort unten planen, musst du übrigens ein bisschen dezenter vorgehen, Kleiner. Diesen Griesbacher eine ganze Nacht lang in die Toilette zu sperren, war grenzwertig.«

Knautschke lässt die Kinnlade fallen. »Das weißt du? Woher?«

»Nichts leichter als das«, winkt Jossi ab. »Ich habe seine Erinnerungen angezapft. Während er sich unterm Waschbecken zusammenrollte, ging ihm das Gespräch mit dir immer wieder durch den Kopf. Du meine Güte, hat der Kerl geflucht!«

»Und wie lange lag er dort?«

»Keine Ahnung. Ich bezweifle stark, dass er am Sonntag befreit wurde. Das war nicht nett von dir, Knautschke.«

»Der Kerl wollte mich den Bullen ausliefern! Verraten hat er mich!«

»Kein Wunder, bei der Vorgeschichte. Aber nun spann mich nicht länger auf die Folter und erzähl mir, was am nächsten Morgen passierte.«

Knautschke berichtet. Als er mit der Bemerkung schließt, er wisse nun, um wen es sich bei dem Unbekannten auf dem Film gehandelt habe, nämlich um ihn selbst, nickt der Alte.

»Natürlich, das ist die Erklärung. Deshalb konnte ich diese Person auch nicht anzapfen, als ich nach Erinnerungen suchte. Die hüpfte ja längst bei uns im Himmelreich herum.«

»Und ich war mir so sicher, dass dieser Mann der Schlüssel zu all den Rätseln ist! Jetzt muss ich wieder neu anfangen.«

»Vielleicht, ja.« Jossi wiegt den Kopf. »Was willst du tun?«

»Noch mal runter. Es muss doch Untersuchungen gegeben haben, Nachfragen, was weiß ich. Ich will einfach nicht glauben, dass meine Mörder mit ihrer Inszenierung durchkamen!«

Der Alte schweigt. Seine Mundwinkel sind wie immer zu einem Grinsen verzogen, doch er grinst nicht. Er überlegt. Lange. »Du solltest vorsichtig sein«, meint er schließlich. »Sehr vorsichtig.«

»Wie meinst du das?«

»Die Erzählungen dieses Griesbachers machen mich misstrauisch. Wieso schaltet sich bei Mord der Staatsschutz ein? Was ist da in Wahrheit vorgefallen? Man inszeniert einen Unfall, behauptet, du hättest die Todesstrafe gefordert … nein, Kleiner, das gefällt mir nicht.« Er runzelt die Stirn und nippt an seinem Becher Nektar. »Mir gefällt auch nicht, was ich in letzter Zeit so auf der Erde beobachte. In Bruchsal zum Beispiel. Aber nicht nur dort. Weißt du, Knautschke, ich habe ja schon einiges erlebt. Ich sage nur: Reformation. Ihr Jungen könnt euch gar nicht vorstellen, wie es damals abging.«

»Die guten alten Zeiten!« Knautschke verdreht die Augen.

»Spotte nur, Kleiner! Die Reformation, da stand plötzlich die ganze Welt Kopf. Eine Dynamik hatte das! Nie hätte ich mir vorstellen können, dass es jemals wieder in eine andere Richtung laufen würde. Und was kam dann? Die Gegenreformation. Kehrtwende um 180 Grad. Und natürlich der Dreißigjährige Krieg. Das geht manchmal ganz schnell, Kleiner. Deshalb sei wachsam. Da ist was im Busch, ich weiß leider nicht, was.«

»Mich interessiert nur, warum man mich umgebracht hat.«

»Verstehe ich ja. Gib trotzdem Acht. Schaden kann es nicht. Wann gehst du wieder runter?«

»Sobald ich meine Nachhilfestunden in Philosophie abgesessen habe.«

»Ach, kommen sie jetzt mit diesen ollen Kamellen?« Er lacht. »Wenn es sich nicht um den lieben Gott handelte, würde ich sagen, denen geht der Arsch aber ordentlich auf Grundeis!«

Die Philosophiestunde beginnt am nächsten Tag. Knautschke ist überrascht, im bärtigen Theophil einen Mitstreiter zu besitzen. Ausgerechnet Theophil, der doch auf alles eine Antwort parat hat, auch auf die komplizierten Angelegenheiten hier im Himmelreich. Vielleicht braucht er die Nachhilfe als Wiedergutmachung für seine allzu späte Abkehr vom Materialismus. Oder plant er etwa auch einen Erdenbesuch?

»Um Gottes willen, nein«, wehrt der ehemalige Börsenmakler ab. »Zur Erde bringen mich keine drei Engel mehr. Weißt du, ich habe mich immer als Suchender gefühlt. Schon zu Lebzeiten. Suchen war eine meiner Hauptbeschäftigungen. Und gerade, als ich dachte, ich hätte etwas gefunden, etwas Dauerhaftes, verstehst du …«

»Da kam die Geschichte mit dem Pferd«, vollendet Knautschke.

Theophil nickt. Er hat sich in einen albernen Nadelstreifenanzug geworfen, Übergröße natürlich, Theophil ist ja ein

Bär von Mann. Sein verfilzter Wallebart bedeckt die obere Hälfte einer schräggestreiften Krawatte, und im Ohrläppchen blinkt der Silberring.

»Seit wann gibt es hier eine Kleiderordnung?«, knurrt Knautschke.

»Oh, die gibt es nicht, keine Angst. Jeder, wie er mag. Ich dachte bloß, so oft tritt man dem Weltenlenker ja nicht gegenüber, da sollte es schon etwas Besonderes … wobei du natürlich auch korrekt gekleidet bist, keine Frage.«

Die Tür, vor der sie warten, schwingt auf. Johannes hat sie zum Tagungsraum neben der Kantine beordert. Jedenfalls glaubt Knautschke, Tagungsraum verstanden zu haben. Der Saal, der sich vor ihnen öffnet, weckt jedoch eher Assoziationen an einen griechischen Tempel. Hinter einem halbrunden Torbogen führen vier Treppenstufen zu einer Art Vorplatz, der auf beiden Seiten von hohen, mit Statuen geschmückten Wänden überragt wird. In der Mitte reicht der Blick durch weitere Bögen bis zum azurblauen Himmel. Auf der Treppe stehen und liegen verschiedene Gegenstände wie Spielzeug herum: Bücher, Schiefertafeln, Karten, der eine oder andere Globus, Zirkel.

»Genial!«, stöhnt Theophil.

Auch Knautschke ist einen Moment lang beeindruckt. Bis ihm auffällt, dass Tempelwände, Torbögen und Himmel im Hintergrund aus bemalter Leinwand bestehen. Wenigstens der Marmor ist echt; glatt und kühl schmeichelt er ihren nackten Fußsohlen.

»Nur herein mit euch beiden!«

Auf der zweituntersten Treppenstufe sitzt der liebe Gott, ungewohnt leger auf einen Ellbogen gestützt. Passend zum Interieur trägt er einen blauen Umhang, eine Art Toga, die seine linke Schulter freilässt. In der Hand hat er eine Fernbedienung, sucht mit dem Daumen den richtigen Knopf, verengt die Augen – schon schließt sich die Tür wieder. Auf seinen Wink nehmen die Besucher neben ihm Platz. Theophil in seiner Körperfülle braucht eine Weile, bis er die geeignete Sitzhaltung – Beine übereinander geschlagen, Ellbogen auf Marmor – gefunden hat. Dann bedankt er sich überschwänglich für die göttliche Bereitschaft, ihnen seine kostbare Zeit zu opfern.

Der Herr winkt ab. Zeit, was ist das schon?

»Dabei sind wir bestimmt nicht die Einzigen, die in dieser Hinsicht Nachholbedarf haben«, plaudert Theophil munter weiter. »Alle wollen etwas von Dir. Und Du kannst Dich ja schlecht teilen, Herr, nicht wahr?«

»Ach? Das kann ich nicht? Wer sagt das?« Der alte Mann wirkt in der Tat ein wenig beleidigt. »Nun, dann stellen wir diese Behauptung als Frage an den Beginn unseres kleinen Gesprächs: Besitzt der Schöpfer dieser Welt die Fähigkeit, in mehreren Gestalten gleichzeitig zu erscheinen, oder ist er auf eine einzige Erscheinungsform festgelegt? Theophil plädiert offenbar für Letzteres. Was meinst du, Erwin?«

»Ich?« Knautschke hält den blauen Globus an, den er eben in Schwung versetzt hat.

»Ja, du. Heißt hier sonst noch jemand Erwin?«

»Moment mal! Ich dachte, ich bin es, der hier Nachhilfe nötig hat. Und jetzt soll ich so eine Frage beantworten?«

»Mit Fragen fängt jede Philosophie an. Behauptete schon mein Freund Sokrates. Dachtest du, unser Treffen besteht aus euren Fragen und meinen Antworten? Nach dem Kaugummiautomatenschema: oben was reinwerfen, unten was rausbekommen?«

»Ehrlich gesagt: ja.«

»Erwin, Erwin«, fast kummervoll schüttelt der liebe Gott das Haupt, »du musst noch viel lernen.«

»Überleg doch mal«, mischt sich Theophil ein. »Das wäre ja wie früher in der Schule. Der reinste Frontalunterricht!«

»Schleimer!«

Der Bärtige schaut verwirrt. »Wie bitte? Was sagst du?« Knautschkes Beleidigung ist wirklich kaum zu hören gewesen.

»Er hat recht, Erwin«, nickt Gott. »Im Grunde kannst du dir die Antwort selbst geben. Mich braucht ihr dazu gar nicht. Also noch einmal: Ist es überhaupt denkbar, dass jemand in meiner Position nur ein einziges Mal existiert?«

Knautschke streckt die Innenflächen seiner gefalteten Hände nach vorne, bis die Gelenke knacken. Dann zuckt er die Achseln: »Keine Ahnung. Bei Johannes dachte ich mir auch schon, dass der Kerl in Zellteilung lebt. Sonst könnte er kaum für jeden von uns jederzeit da sein. Also wirst Du das wohl erst recht hinbekommen.«

»Sehr gut«, nickt der Herr zufrieden. »Um nicht zu sagen brillant. Wirklich, eine brillante Antwort.« Er klatscht sogar Beifall.

»Mit anderen Worten«, ergänzt Theophil, »Du existierst in diesem Moment nicht nur für uns, sondern auch für andere?«

»Allerdings.«

»Hältst womöglich parallel eine zweite Philosophiestunde?«

»Jede Menge sogar. Gerade eben gab mir eine Frau auf einer weit entfernten Wolke eine ganz ähnliche Antwort wie Erwin.«

»Eine hübsche Frau?«, will Knautschke wissen.

»Je nachdem. Und drüben, bei denen aus den fünfziger Jahren, sitzt einer mit genau der gleichen Krawatte wie du, Theophil.«

Der ehemalige Börsenmakler wird rot. Knautschke lacht sich ins Fäustchen.

»Aber nun zur Sache, ihr beiden. Worüber wollen wir reden? Was brennt euch unter den Nägeln?«

»Der Sinn des Lebens!«, prescht Theophil vor.

»Der Sinn des Lebens? Welches Leben meinst du? Das menschliche? Oder der Sinn des Seins überhaupt?«

»Oh, ich …«

»Beides natürlich«, ruft Knautschke. »Wir haben unsere Zeit schließlich nicht gestohlen!«

Missbilligend runzelt sich die göttliche Stirn. »Was meinst du, Theophil?«

»Ja, beides wäre prima.«

»Ihr wollt also wissen, was der Sinn der menschlichen Existenz ist? Warum ihr auf die Erde geworfen seid, mit all ihrem Leid und dem Kummer, den Krebsgeschwüren und dem Elend?«

Seine Gäste nicken in seltener Einmütigkeit.

»Das ist keine große Geschichte.« Mit energischem Ruck zieht der Herr die Toga unter seiner Achsel zurecht. »Geld scheffeln, darum geht's, Leute. Dickes Konto, schnelles Auto und 'ne Braut mit großen Möpsen. Das ist der Sinn des Lebens. Gut, wenn ihr Frauen wärt, hätte ich euch etwas anderes gesagt, und statt des Autos darf es auch das Eigenheim mit Garten sein. Aber sonst: Money makes the world go round.«

Knautschke und Theophil sehen sich an. »Geld?«, entgegnet der Mann aus der Uckermark schließlich zögernd. »Ist das alles?«

»Was dagegen?«

»Nun, wenn Du das sagst, Herr … Allerdings habe ich noch nie so viel Befriedigung empfunden wie an dem Tag, als ich der Börse den Rücken kehrte.«

»Aha«, stößt Gott hervor, zufrieden über seinen Bart streichend. Und gleich ein zweites Mal: »Aha! Na, dann … Was könnte uns diese Empfindung sagen? Sollte es jenseits der profanen irdischen Genüsse noch etwas anderes geben? Etwas Beständiges, Unvergängliches, Ewiges? Etwas, nach dem der Mensch in seinem tiefsten Inneren strebt? Mit seiner ganzen reinen Seele?«

Theophil lässt die Kinnlade fallen. »Äh … ja, ich glaube schon, dass es das gibt.« Auch Knautschke macht eine Geste, die als Zustimmung interpretiert werden kann.

»Soso!«, donnert der Weltenschöpfer mit ehernem Blick. »Ihr sprecht vom Sinn der Seinhaftigkeit generell! Wenn ihr mich *danach* fragt, sieht die Sache natürlich völlig anders aus. Warum es Himmel und Erde und Planeten gibt, wozu die Galaxien gut sind, was der Allmächtige mit dem Kosmos überhaupt bezweckt und all das.« Ein tiefer Atemzug, eine noch tiefere Stille, dann das nachdenkliche, schicksalsschwere Nicken des Herrn: »Das, liebe Leute, ist eine ganz andere Geschichte.«

»Und?«, hakt Theophil nach. »Warum gibt es nun Himmel und Erde?«

»Tja, warum? Was denkst du?«

»Ich weiß nicht. Vielleicht braucht es das: Gegensätze. Weil das eine ohne das andere nicht denkbar ist.«

»Gegensätze«, brummt der liebe Gott. »Keine schlechte Theorie. Wirklich nicht schlecht.«

»Und was ist dann mit der Hölle?«, fragt Knautschke.

»Hölle? Wie kommst du darauf?«

»Na, wegen der Gegensätze. Oben der Himmel, unten die Hölle. Altes Christengesetz.«

»Wer glaubt denn noch an die Hölle?«, schmunzelt Theophil.

Der liebe Gott schmunzelt nicht. »Es gibt keine Hölle«, sagt er. »Es mag die Vorstellung geben, ja. Aber nicht den Ort selbst.«

»Nein? Und wo sind dann die Verbrecher?« Knautschke beugt sich vor. »Wo treiben sie sich herum, die Hitlers und Stalins dieser Welt? Lehnen die auch am Sonnendeck und süffeln Nektar? Muss ich Angst haben, dass Goebbels gerade an meiner Marlene herumfummelt?«

»Unsinn«, winkt der Herr ärgerlich ab. »Was sind denn das für Albernheiten?«

»Die Albernheiten eines Deiner Geschöpfe. Erkläre es mir! Wo hast Du diese Typen untergebracht?«

»Auch sie sind Bewohner des Himmelreichs. Allerdings auf einer separaten Wolke. Was nicht heißt, dass sie …«

»Auf einer separaten Wolke? Die man ebenso gut Hölle nennen könnte?«

»Hör auf!« Ächzend wechselt der alte Mann die Stellung. Bequem sind sie wirklich nicht, die Marmorstufen. »Was wäre das für eine Welt, die einer Hölle bedürfte? So etwas Halbgares soll ich geschaffen haben? Was bildest du dir ein, Erwin Knautschke?«

Der Angesprochene greift nach dem herumliegenden Zirkel und einem weiteren Globus, der den Nachthimmel darstellt. Ein Stoß, und die Spitze des Zirkels bohrt sich durch die Milchstraße in die Kugel, aus der pfeifend die Luft entweicht.

»Deine Welt ist nicht perfekt, lieber Gott«, meint Knautschke und wirft ihm die schlaffe blaue Hülle vor die Füße.

»Nein?« Die Augen des Alten funkeln vor Zorn. Theophil lockert ängstlich seinen Krawattenknoten.

»Nein«, erwidert Knautschke. »Sie ist nicht perfekt. Es hakt an allen Enden. Nehmen wir nur mal mich, den ollen Knautschke aus Freiburg. Ich wache hier auf, habe Migräne und einen Leichenzettel am Fuß. Anstatt ewige Seligkeit zu genießen, mache ich mir Gedanken um mein Ableben und nörgele rum. Gib zu, ich gehe Dir schon die ganze Zeit auf den Wecker.«

»Absolut nicht, Erwin. Du bist mir ebenso lieb wie die anderen.«

»Aber ich nerve. Ich stelle Fragen, die sonst keiner stellt. Da stimmt doch was nicht.«

»Nun, ich gebe zu, dass mir dein Zustand ein klein wenig Kummer bereitet. Wobei sich das einrenken wird, glaub mir. Der Sache mit dem Identifikationszettel werde ich nachgehen. Es muss am Personal liegen, das Johannes eingestellt hat.« Er breitet beide Arme aus. »Ein bedauerlicher Fehler. Aber eine Ausnahme.«

»Und wenn es ein Fehler im System ist? Wie steht es denn mit unseren Flügeln? Ich dachte, wir seien Engel. Also her mit den Dingern, die anderen haben sie doch auch!«

Kaum zu glauben, aber der liebe Gott wird etwas blass um die Nasenspitze. »Ihr bekommt eure Flügel«, entgegnet er. »Demnächst, garantiert. Es kann sich nur noch um … Wir haben da eine Art Lieferengpass.«

Knautschke bricht in schallendes Gelächter aus. »Ein Lieferengpass! Ja, so sagte es Johannes auch. Lieber Gott, Herr der Heerscharen! Wie kann das sein? Gebietest Du nicht über unerschöpfliche Reserven?«

»Im Prinzip schon. Bloß in diesem Fall … Es ist schwer zu erklären, meine Leute kommen einfach nicht hinterher. Seit wir einen Teil der Produktion ausgelagert haben, übersteigt die Nachfrage das Angebot.«

»Wenn man Dich so reden hört, könnte man meinen, Deine Welt sei nicht unendlich.«

»Natürlich ist sie das.«

»Wie kann es dann zu Engpässen kommen?«

»Du fragst und fragst …« Der liebe Gott zieht das Taschentuch mit dem eingestickten ›Boss‹ aus einer Falte seiner Toga und tupft sich die Stirn ab. »Unendlichkeit ist alles andere als ein trivialer Begriff. Auch für mich. Ich weiß ganz genau, dass die Welt unendlich ist. Schließlich habe ich sie selbst geschaffen. Und deshalb war ich damals einverstanden, sie mit dem … mit einem Bekannten zu teilen.«

»Einem Bekannten?«

»Ja, einem meiner fähigsten Engel. Ich wollte ihn als Verwalter meiner Liegenschaften einsetzen, und deshalb machten wir halbe-halbe. Weil die Hälfte von unendlich – na, was ist das?«

»Keine Ahnung. Immer noch unendlich?«

»Korrekt. Zumindest war ich dieser Meinung. Aber entweder ist Mathematik nicht meine Stärke oder …«

»Oder?«

»Oder dieser Typ hat mich übers Ohr gehauen.«

»Dieser Typ? Du sprichst vom Teufel!« Wieder bricht Knautschke in Lachen aus. »Der Teufel hat Dich übers göttliche Ohr gehauen? Das nenne ich eine Pointe!«

»Sehr witzig«, knurrt der liebe Gott. »Wie du diesen Herrn nennst, spielt keine Rolle. Namen sind Schall und Rauch. Tatsache ist, dass ich ihn in Verdacht habe, mir hin und wieder in meine Schöpfung hineinzupfuschen. Sonst kommt keiner in Frage, alle anderen sind loyal.«

»Also gibt es den Teufel doch«, staunt Theophil. »Dann hat womöglich er den Zettel an deinem Fuß zu verantworten, Erwin.«

»Ach was, den hat irgendein Freiburger Pathologe da angebracht. Johannes sollte sich lieber fragen, warum er ihm durch die Lappen ging, als er mich fürs Himmelreich präparierte. Bei den anderen hat es doch auch geklappt.«

Schweigend starrt der liebe Gott vor sich hin. Theophil, der offenbar schwer an den ungeheuren Erkenntnissen zu knabbern hat, spielt nachdenklich an seinem Ohrring. Schließlich meldet er sich zu Wort: »Darf ich eine andere Frage stellen, Herr?«

»Schieß los.«

»Gibt es eigentlich einen Himmel für Tiere?«

»Einen was?«, entgegnet der Weltenlenker überrascht.

»Oder war das eine blöde Frage?«

»Es gibt keine blöden Fragen.« Schon wieder verschattet Ärger das göttliche Antlitz. »Wie oft soll ich euch das noch sagen? Deine Frage war schlau, sehr schlau sogar. Aber glaub mir, wenn diese Welt einen Tierhimmel braucht, darfst du sicher sein, dass ich einen solchen längst eingerichtet habe.

Auch für Pferde, falls du wegen deines Missgeschicks mit der Butter fragst.«

»Ja, natürlich.«

»Sollte ein eigener Tierhimmel jedoch nicht nötig sein, sehe ich auch keinen Grund, mich damit abzuplagen.«

»Und Dein Papagei?«, fragt Knautschke.

»Mein Papagei? Wie kommst du jetzt auf den?«

»Ich habe ihn gesehen, in Deiner Kajüte. Vielleicht ein ehemaliger Erdenvogel, der hier sein Gnadenbrot genießt?«

»Nein, nein, nein!« Unwirsch fegt der liebe Gott diese Frage beiseite. »Es ist ein besonderer Papagei. Mit eurer Erde hat er nichts zu tun. Er hat die Welt damals ausgebrütet, das Weltei sozusagen. Euch, die Erde, die Sterne, einfach alles. Außer mir natürlich.« Grimmig kneift er die Augen zusammen. »Glaubt ihr mir das? Es könnte stimmen. Ja, vielleicht tut es das. Es könnte aber auch ein Scherz sein, ich bin nämlich heute zum Scherzen aufgelegt. Ansonsten kann das Tier alle Verdi-Opern auswendig, wodurch es sich unentbehrlich gemacht hat.«

Theophil nickt ergriffen.

»Und die Kinder?« Knautschke lässt einfach nicht locker.

»Welche Kinder?«

»Ich frage mich, wo die Kinder bleiben, die gestorben sind. Okay, meinen Schulfreund Mike habe ich getroffen. Aber wo sind die Säuglinge? Die Ungeborenen? Wo sind sie, die vom Leben überhaupt nichts hatten? Auch auf eine eigene Wolke verbannt, eine Art Babystation?«

»Stimmt«, pflichtet Theophil bei. »Das ist mir auch schon aufgefallen. Die Jüngsten, die hier herumlaufen, sind fünf oder sechs Jahre alt.«

Langes Schweigen. Die Stirn Gottes wirft Falten, tief wie Gebirgstäler. Hinter ihm verdüstert sich der Himmel. Von einem plötzlichen Windstoß getroffen, bauscht sich die Leinwand auf.

»Genug für heute«, sagt der liebe Gott mit kalter Stimme. »Wir vertagen uns.«

Knautschke wird vertröstet. Nein, lässt Johannes auf Nachfrage verlauten, noch habe er keine Freigabe für einen zweiten Besuch auf der Erde. Der liebe Gott müsse erst die Ergebnisse der Philosophiestunde auswerten. Eventuell gebe es eine Nachsitzung.

»Davon war nie die Rede!«, erregt sich Knautschke. »Und was kommt nach der Nachsitzung? Eine Nachnachsitzung?«

Ganz gewiss nicht, versichert der Evangelist, schließlich handle es sich um keine Schikane, sondern um eine reine Vorsichtsmaßnahme. Erwin müsse sich seiner ethisch-moralischen Verantwortung auf Erden bewusst sein. Der Unterricht diene seiner mentalen Stabilität. Im Übrigen sei all dies durch das alte Himmelsgesetz abgesichert.

»Und die Erde ist eine Scheibe«, murmelt Knautschke, sobald sich Johannes verabschiedet hat.

Zur Untätigkeit verdammt, verbringt er Stunde um Stunde bei Jossi im Kuppelraum. Warum, weiß er selbst nicht so recht. Auch auf die Frage, was er von dem Kerl halten soll, hat er noch keine Antwort gefunden. Sicher, Jossi hat ihm den Tipp mit dem Himmelsgesetz gegeben und ihm so die Möglichkeit eröffnet, Zeuge seines eigenen Todes zu werden. Aber warum? Aus lauter Menschenfreundlichkeit? Oder steckt Kalkül dahinter? Knautschke hat nicht vergessen, was ihm Theophil über die Gerüchte um Jossis angebliche Verbindungen zum Teufel verraten hat. Und der Teufel ist seit der Unterredung mit dem lieben Gott ein gutes Stück greifbarer geworden. Auch wenn es keine Hölle gibt.

Ein Gedanke brennt sich in Knautschkes Hirn ein: Vielleicht sind Himmelreich und Höllental ja identisch? Auf der Erde liegen sie schließlich auch nur ein paar Kilometer auseinander.

»Na, was sehen wir uns heute an?«, näselt Jossi grinsend. »Freiburg im Herbst?« Sein Kinn erscheint Knautschke noch ausladender als sonst.

»Freiburg im Herbst. Wie gehabt. Sind wir auf Kurs?«

Jossi nickt. »Schlechtes Wetter haben sie dort unten. Auf dem Feldberg liegt bereits Schnee. Da haben wir es besser, was?«

Schweigend nimmt Knautschke auf einem der Liegestühle Platz. Der Blick nach oben, das Justieren des Teleskops – längst Routine für ihn. Er lässt die frisch beschneiten Schwarzwaldgipfel an sich vorbeiziehen und zoomt die B 31 heran, sobald sie in Sicht kommt.

Plötzlich ist er hellwach. In seiner Kurve drängen sich die Menschen!

Er winkt Jossi heran, zeigt auf das Grüppchen. Etwa 15 bis 20 Personen sind es, die hinter der Leitplanke stehen, genau an der Stelle, an der er zu Tode kam. Knautschke kann ihre Zahl nur schätzen, weil die Sicht durch viele Regenschirme verdeckt ist.

»Was machen die da?«, zischt er.

Jossi zuckt die Achseln. »Sieht aus wie eine Gedenkfeier. Schau dir den Stein da an.«

Er hat recht. In der Mitte des Kreises, den die Gruppe bildet, steht eine einzelne Person, auch sie unter einem Regenschirm verborgen. Daneben lässt sich ein großer Stein oder Felsbrocken ausmachen, den es zum Zeitpunkt des Unfalls noch nicht gegeben hat, das könnte Knautschke beschwören. Er zoomt näher heran. Irgendetwas Metallisches ist in den Stein eingelassen, eine Tafel wahrscheinlich. Genaueres lässt sich aufgrund der Vogelperspektive nicht sagen. Ab und zu wird unter dem Dach aus Schirmen eine Schulter oder sonst ein Körperteil sichtbar, erkennen kann Knautschke aber niemanden. Er kann nicht einmal sagen, ob da unten Männer oder Frauen, Alte oder Junge stehen. Lediglich bei der Person im Zentrum scheint es sich um einen Mann zu handeln: den Redner. Er fuchtelt mit den Händen und weist dabei immer wieder auf den Stein. Kurz ist eine Herrenarmbanduhr zu sehen.

»Das dauert!«, gähnt Jossi. »Schon das 20. Jahrhundert war das der überflüssigen Ansprachen, aber ihr übertrefft es noch.«

»Hast du eine Idee, was das für Leute sind?«

»Wie denn? Ich sehe nicht mehr als du.«

»Dass man den Blickwinkel aber auch nicht verändern kann!«, schimpft Knautschke. »So habe ich mir das Himmelreich nicht vorgestellt! Dilettantismus pur!«

Jossi seufzt. »Du hast wirklich nichts kapiert, Erwin.«

Sie warten. Endlich tritt eine Frau unter den Regenschirmen hervor und legt einen Kranz vor dem Gedenkstein nieder. Knautschke hat sie noch nie gesehen. Mehrere Hände regen sich zum Applaus. Dann löst sich die kreisförmige Anordnung auf; die kleine Feier scheint beendet.

»Wir sind schon sehr weit westlich«, merkt Jossi an. »Gleich sehen wir nichts mehr.«

Knautschke verändert die Teleskopstellung und zoomt von der Gruppe weg. Schon wird die Darstellung leicht unscharf. Aber noch scharf genug, um eine Kolonne von Polizeiautos zu erkennen, die mit Blaulicht ins Höllental einfährt. Kurz vor der Kurve halten sie, spucken schwarz gekleidete Männer aus, die das Grüppchen einkesseln.

»Was ist denn jetzt los?«, ruft Knautschke. »Die sprengen die Versammlung!«

So sieht es in der Tat aus. Einzelne Personen werden abgeführt und zu den Einsatzwagen gebracht. Dem Redner reißt man den Regenschirm aus der Hand. Knautschke kann einen letzten Blick auf ihn werfen, versucht sich einzuprägen, was er von ihm zu sehen bekommt, dann verschwimmt das Bild.

»Das war's«, grinst Jossi.

»Schlank, groß, lichtes Haar, Brille«, murmelt Knautschke. »Mitte 40 vielleicht. Trägt einen Schal und einen schicken Mantel. Kennst du ihn?«

Jossi schüttelt den Kopf. »Du?«

»Nie gesehen.«

»Das schreit doch geradezu nach einem weiteren Besuch auf der Erde, richtig?«

»Worauf du einen lassen kannst!« Knautschke springt auf. »Wo ist dieser Johannes-Notrufknopf?«

Der Alte zeigt auf eine Stelle an der Wand. Keine fünf Sekunden später steht der Evangelist neben ihnen, das Klemmbrett wie immer gezückt.

»Probleme, ihr beiden?«

»Ich will zur Erde«, ruft Knautschke. »Und zwar sofort. Wenn es noch philosophischen Nachholbedarf gibt, schreib mir die Lektionen auf, ich nehme sie mit und lerne sie auswendig. Aber runter muss ich! Diesmal in die Zukunft.«

»Das geht nicht«, wehrt Johannes ab. »Absolut unmöglich.«

»Wieso unmöglich? Es dreht sich nur um ein paar Wochen. Das muss doch machbar sein!«

»Nein, glaub mir, nicht eine Minute. Gegenwart ja, Vergangenheit auch, aber nicht die Zukunft.«

»Warum nicht? Sag bloß, dem lieben Gott ist die Zukunft unbekannt!«

Johannes ringt sich ein Lächeln ab. »Natürlich kennt er sie. Jedes Fitzelchen. Aber das ist göttliches Privileg. Die Zukunft liegt wohlverwahrt im Archiv, gleich neben der Vergangenheit. Da darf keiner ran.«

»Siehst du?«, sagt Jossi. »Das wusste ich auch nicht.«

»Soll das heißen, dass ich maximal zur Jetztzeit auf die Erde kann?« Knautschke hat beide Arme in die Seiten gestemmt.

»Richtig.«

»Okay. Welches Datum haben wir heute?«

»Hier oben gibt es kein Datum, Erwin, das weißt du doch.«

»Ja, verdammt, aber unten, auf der Erde! Was für ein Tag ist es dort?

»Einen Moment.« Der smarte Junge zieht einen Stift und konsultiert sein Klemmbrett. »Der vierte Dezember.«

»Gut, dann will ich jetzt dorthin.«

»Überleg es dir, Erwin! In Freiburg regnet es, die Temperaturen liegen knapp über dem Gefrierpunkt.«

»Rede ich chinesisch, oder was?«

»Na, gut.« Seufzend steckt sich Johannes den Stift hinters Ohr. »Momentan sind alle Besucherplätze belegt. Komm in zwei Tagen zu uns ins Labor, dann kannst du starten.«

DIE VERSCHWÖRUNG

Kalt war es im Höllental! Knautschke fror, trotz des Mantels, in dem er steckte und den er als eines seiner ältesten Kleidungsstücke wiedererkannte. Oder als ein Duplikat desselben, so ganz war ihm das Prinzip noch nicht klar. Zu Lebzeiten hatte er sich mit dem Teil schon lange nicht mehr auf die Straße getraut. Aber wegwerfen? Nicht, wenn man Erwin Knautschke hieß.

Apropos Straße: Mitten auf der B 31 hatte ihn Johannes, dieser Scheißkerl, abgesetzt. Mit purer Absicht natürlich. Knautschke wurde angehupt, geblendet und nutzte schließlich eine Lücke im Verkehrsstrom, um sich hinter der Leitplanke in Sicherheit zu bringen.

Er sah sofort, dass der Gedenkstein umgestürzt war. Jemand musste mit schwerem Gerät auf ihn eingeschlagen haben, denn ringsum lagen große Granitsplitter. Am schlimmsten hatte es die Tafel getroffen, sie war regelrecht zertrümmert. Knautschke bückte sich und suchte ein paar Fragmente zusammen, schwarze Metallstücke mit heller Schrift.

»Autsch«, las er verwundert. Dann wurde ihm klar, dass er soeben den Mittelteil seines Nachnamens gefunden hatte. Es dauerte eine Weile, bis er alle Teile beisammen hatte und die Inschrift auf der Tafel entziffern konnte: »Dem Opfer von staatlicher Willkür ERWIN KNAUTSCHKE in ewigem Andenken. Seine Freunde und Weggefährten.« Und darunter stand in kleinerer Schrift: »Gestiftet von Dr. A. Helmling, Freiburg i. Br.«

Knautschke überlegte. Helmling – war das nicht der Name des Anwalts, der seine Verteidigung hätte übernehmen sollen? »Der umstrittene Dr. Helmling«, so hatte die Formulierung in der Badischen Zeitung gelautet. Ein Mann, von dem er noch nie gehört hatte. Wie kam dieser Mensch dazu, sich als sein Freund und Weggefährte zu bezeichnen?

»Helmling, Helmling«, murmelte er immer wieder vor sich hin. Nein, er kannte den Mann nicht. Vermutlich war es der Anwalt gewesen, der vorgestern bei der Denkmaleinweihung die Ansprache gehalten hatte. Dieser schlanke Typ in Schal und Mantel. Aber wer hatte den Stein umgestoßen und die Gedenktafel zertrümmert?

Sein Blick fiel auf den Kiosk in der Ferne. Sollte er es riskieren, noch einmal dort aufzutauchen? Was, wenn der Besitzer sein Foto in der Zeitung gesehen hatte? Andererseits war der Unfall zehn Wochen her, und Knautschke fand, er hatte ein Allerweltsgesicht. Ein Allerweltsknautschgesicht, um exakt zu sein. Auf dem Marsch zum Kiosk vergrub er es tief im Kragen seines Mantels.

»Sie?« Der Besitzer machte große Augen, als er sah, wer da gegen die Scheibe seines Häuschens klopfte. Er war noch dicker eingepackt als Knautschke, und seine Nase triefte. Mit dem Öffnen des Fensters strömte stickige Luft nach draußen, die sogar den Duft frischen Kaffees überlagerte.

»Kennen Sie mich?«, fragte Knautschke vorsichtig, bereit, jederzeit die Flucht zu ergreifen.

»Na, klar! Sie haben sich damals bei mir erkundigt, ob hier oft Unfälle passieren. Und wissen Sie, was? Am Tag darauf hat es einen gekostet! Da unten, in der Kurve. Überlegen Sie mal, samstags sprechen wir noch darüber, und 24 Stunden später passiert es, zack! Meine Bude ist am Sonntagmorgen immer zu, deshalb habe ich nichts mitbekommen. Zufälle gibt's!«

»Wer ist da verunglückt?«

»Ein Gefangener, hieß es. Hat beim Transport so randaliert, dass die Tür aufgeflogen ist und er gleich hinterher. Ein geständiger Mörder, insofern hat es wohl den Richtigen getroffen. Trotzdem, passieren darf das nicht. Seine Begleiter wurden auch gleich strafversetzt.«

Knautschke zeigte zur Kurve hinunter. »Da steht eine Art Gedenkstein, aber kaputt.«

»Ja, der wurde vorgestern aufgestellt. Wissen Sie, Idioten, die gleich mit Verschwörungstheorien zur Hand sind, gibt es immer.«

»Verschwörungstheorien?«

»Na, dass der Typ mit Absicht aus dem Fahrzeug geschmissen wurde. Vom Geheimdienst hingerichtet.« Ein dicker Zeigefinger tippte an eine breite Stirn. »Anstatt froh zu sein, dass es einen Verbrecher weniger auf der Welt gibt …«

Ganz ruhig, sagte eine zarte Stimme in Knautschkes Innerem. Ganz ruhig, Erwin! Wie soll er wissen, dass du unschuldig bist? »Und wer hat die Gedenktafel zerstört?«, fragte er laut.

»Tja«, machte der Dicke bedeutungsschwer.

»Was heißt das?«

»Tja.«

»Kenne ich nicht.«

Der Mann lehnte sich aus dem Kioskfenster, so weit es seine Korpulenz erlaubte. »Täter – Fragezeichen«, flüsterte er. »Der berühmte Mantel des Schweigens, Sie verstehen schon. Die Polizei war hier, um mir klarzumachen, dass ich nichts gesehen hätte. Gar nichts!«

»Aber Sie haben etwas gesehen?«

Der Dicke lachte, dass sein Kopf ins Schlingern geriet. »Wie soll man zwei Dutzend Beamte mit Schlagstöcken übersehen?«

»Ach, Sie meinen, die Polizei selbst hat den Stein in Stücke gehauen?«

»Wie gesagt, ich habe nichts gesehen. Offiziell. Und Sie haben nichts gehört. Klar?«

Knautschke nickte. »Danke für die Auskünfte.«

»Nichts zu danken. Wollen Sie einen Kaffee?«

»Gern. Es ist bloß …« Er steckte automatisch eine Hand in die leere Hosentasche und stutzte.

»Wieder kein Geld dabei?«

»Nein.« Er zog seine Hand aus der Tasche. Moment, da war Geld! Ein paar Euromünzen, das Kleingeld von seinem ersten Besuch! »Das heißt, doch. Ein bisschen was habe ich. Was kostet der Kaffee?«

»Zwei Euro.«

»Bitte.« Sofort durchsuchte er die anderen Taschen. Fand die Telefonkarte und die EC-Karte, auch wenn letztere ihm nichts nützte. Was für eine schöne Überraschung! Sicher, es war dieselbe Hose wie damals; aber wer konnte damit rechnen, dass auch ihr Inhalt nach so viel Rauf und Runter noch derselbe sein würde?

Trotzdem fuhr er von Himmelreich nach Freiburg schwarz. Verplempern wollte er seine Reichtümer auch wieder nicht. Gegen elf Uhr kam er an.

Ausgangs der Bahnhofshalle warteten zwei Blondinen im Nikolauskostüm und verteilten Schokoherzen an die Reisenden. »Frohe Weihnachtszeit«, gurrten sie synchron. Knautschke ließ sich von jeder ein Herz geben und aß es sofort auf. Anschließend schlug er den Weg in die Innenstadt ein. In der ersten freien Telefonzelle suchte er nach der Nummer von Dr. Helmling. Die Kanzlei des Anwalts lag in Herdern, nicht weit vom Gefängnis. Knautschke meldete sich unter falschem Namen.

»Tut mir leid«, flötete die Vorzimmerdame mit allerliebstem französischem Akzent, »der Herr Doktor hat den ganzen Tag über Termine.«

»Ich muss ihn dringend sprechen und bin nur heute in der Stadt.«

»Da muss ich Sie vertrösten. Wie wäre es Anfang nächster Woche?«

»Ich bin nämlich ein Verwandter von Erwin Knautschke.«

Stille am anderen Ende. Stolperte die Französin über das steinharte deutsche Wort »Knautschke«? Oder ging sie die familiäre Situation des Verstorbenen durch? »Einen Moment«, beschied sie schließlich, dann ertönte das Gedudel einer Warteschleife.

»Und das war nicht mal gelogen«, murmelte Knautschke, der Verwandte, vor sich hin. Gut, dass seine Telefonkarte noch fast voll war.

»Hören Sie?«, kam es irgendwann vom anderen Ende. »Dr. Helmling erwartet Sie heute Nachmittag um fünf. Bei ihm zu Hause in Günterstal. Passt Ihnen das?«

»Bei ihm zu Hause? Vielleicht rufe ich ihn doch lieber an.«

»Nein, er bittet Sie, persönlich zu ihm zu kommen. Ich soll Ihnen ausrichten, dass er sich sehr auf das Treffen freut.«

»Na, dann.«

»Schön.«

Sie nannte ihm die Adresse und legte auf. Knautschke atmete tief durch. Nun wurde die Sache heikel. Seinem eigenen Anwalt konnte er schlecht unter die Augen treten, zehn Wochen nach seinem Tod! Er brauchte die Privatnummer Helmlings, um sich am Telefon mit ihm unterhalten zu können. Rasch schlug er das Telefonbuch wieder auf. Aber mehr als die Nummer von Helmlings Kanzlei war dort nicht verzeichnet. Nun, im Notfall konnte er sich um fünf bei der Dame aus Frankreich melden und eine Verhinderung vorschützen. Vielleicht stellte sie ihn dann zu ihrem Chef durch.

Als er aus der Telefonzelle trat, stutzte er. Von der gegenüberliegenden Straßenseite lächelte ihn Graf Burgwald an. Sein Schwiegervater in spe, überlebensgroß. Okay, das mit dem Schwiegervater war ein Witz, das mit der Größe aber auch. Und zwar ein schlechter. Der Kopf des Grafen hatte die Höhe einer Altbauetage, seine Lippen schwangen sich wie eine Hängematte von einem Adelsgrübchen zum anderen. Dabei schmetterten sie eine Botschaft in die vorweihnachtliche Welt hinaus: »Die Zukunft beginnt mit einem Lächeln.

Menschen für mehr Harmonie.« In der rechten oberen Ecke des Plakats, das die Fassade eines Parkhauses zierte, war der gräfliche Namenszug zu erkennen.

Knautschke schüttelte sich. Gut, dass Ariane dieser Anblick erspart blieb. Dass sie in der Karibik weilte, weit weg von deutscher Adventsgemütlichkeit. Sie hatte die Charity-Aktionen ihres Vaters schon immer gehasst. Aber das hier schlug dem berühmten Fass den Boden aus.

War sie überhaupt geflogen? Knautschke überlegte, ob er sich bei ihr melden sollte. Nur so, um ihre Stimme zu hören. Vielleicht hatte sie ihr Ticket verfallen lassen und saß nun zu Hause, alleine, traurig. Ihr erster gemeinsamer Urlaub hätte es werden sollen. Nicht mal das hatten sie geschafft.

Aber was hätte er Ariane sagen können? Er, eine Stimme aus dem Jenseits, ein Toter? Sie hätte sich nur noch einsamer gefühlt.

»Sind Sie auch für mehr Harmonie im Leben?« Ein junger Mann, untersetzt, runde Brille, hielt ihm eine Liste hin. »Dann unterschreiben Sie jetzt. Es geht um unsere Zukunft.«

»Wofür soll ich unterschreiben?«

»Wir ›Menschen für mehr Harmonie‹ fordern einen Richtungswechsel in der Politik«, sagte der junge Mann ernsthaft. Er war kleiner als Knautschke und hatte einen hübschen Kussmund. »Wir brauchen neue Werte. Gemeinschaft statt Egoismus, Schönheit statt Fortschritt um jeden Preis. Die Kanzlerin unterstützt unsere Initiative.«

»Die Kanzlerin, tatsächlich? Und dieser Typ hier?« Knautschke zeigte auf das Plakat.

»Graf Burgwald ist einer unserer Botschafter. Er hat die Bürgerbewegung gegründet. Mit Ihrer Unterschrift verpflichten Sie sich zu nichts. Wir wollen lediglich ein Zeichen setzen: dass die Mehrheit der Bevölkerung ein Umdenken befürwortet. Schutz unserer Werte, von Natur und Kultur.«

»Na, das klingt doch prima«, lachte Knautschke und griff

zum Stift. Wenn die Initiative nun auch noch von Verstorbenen unterstützt wurde, musste sie ein Erfolg werden!

»Danke und schöne Feiertage!«

»Gleichfalls.«

Er ging weiter Richtung Innenstadt. In der Fußgängerzone hingen goldene Schriftzüge über den Straßen: »Frohe Weihnachten«, »Besinnlicher Advent«, dazu ein schlichtes »Glück«, »Zufriedenheit« oder »Wohlwollen«. Knautschke glaubte noch nie so viele Nikoläuse wie an diesem Tag gesehen zu haben. An jeder Ecke standen sie, verteilten kleine Geschenke und Süßigkeiten, brachten Werbematerial unters Volk oder wünschten bloß alles Gute. Wenn es etwas zu essen gab, griff Knautschke zu, ansonsten lehnte er höflich ab. Irgendwann auch nicht mehr höflich.

»Finger weg!«, herrschte er einen besonders renitenten Nikolaus am Bertoldsbrunnen an.

Der machte vor Schreck fast einen Bückling. »Entschuldigung! War nicht so gemeint. Bitte entschuldigen Sie!«

»Hat Sie das Arbeitsamt geschickt?«, fragte Knautschke und zeigte auf das zackige A auf dem roten Ärmel des Mannes.

»Die Agentur für Arbeit, ja. Wissen Sie, ich bin Langzeitarbeitsloser. Aber mit den neuen Förderprogrammen habe ich endlich eine Chance bekommen.«

»Als Weihnachtsmann?«

»Das ist der Einstieg. Wenn ich meine Sache gut mache, rücke ich eins hoch. Zum nächsten Programm.«

»Osterhase, oder was?«

Der Nikolaus ließ die Schultern hängen. »Ich finde das nicht lustig. Wenn Sie mir helfen wollen, nehmen Sie bitte ein Prospekt. Und sollten Sie eine Reise buchen, vergessen Sie nicht, meinen Code anzugeben. Das verbessert meine Chancen. Vielen Dank!«

Achselzuckend steckte Knautschke den Flyer ein. Wellness-Urlaub in Bad Säckingen war nicht gerade sein Ding. Um den armen Kerl nicht zu enttäuschen, würde er das Prospekt erst hinter der nächsten Ecke in den Papierkorb werfen. Er fragte sich, wie alt der Mann wohl war. Hinter dem künstlichen Bart und den angeklebten Brauen hatte man sein Gesicht kaum erkennen können. Die Stimme allerdings hatte recht jugendlich geklungen.

Sein Gesicht ... Er blieb stehen. Fuhr sich durchs Haar, überlegte. Der Strom der Passanten rauschte an ihm vorbei. Dann machte er auf dem Absatz kehrt und ging zum Bertoldsbrunnen zurück. Der Nikolaus lächelte ihn fragend an.

»Sagen Sie«, Knautschke senkte die Stimme, »haben Sie dieses Kostüm von der Arbeitsagentur bekommen?«

»Nein, das musste ich mir selbst besorgen. In einem Kostümladen hinterm Rathaus.«

»Führen die nur Weihnachtsartikel?«

»Ach, woher! Da finden Sie alles, von der Obama-Maske bis zum Froschkostüm. Sie können das Zeug auch leihen.«

Knautschke ließ sich das Geschäft beschreiben und nahm zum Dank zwei weitere Prospekte. »Für meine Eltern«, sagte er.

Der Nikolaus lächelte selig.

Als Knautschke den Kostümladen verließ, trug er rotbraunes, leicht gewelltes Haar, einen gleichfarbigen Vollbart und eine Brille mit null Dioptrien. In dieser Aufmachung konnte er einen Besuch bei Dr. Helmling wagen. Gezahlt hatte er nichts, sondern EC- und Telefonkarte als Pfand für eine Kurzausleihe dagelassen. Das fand der Besitzer lustig.

Und jetzt hatte er Hunger.

Er zählte sein verbliebenes Geld. Acht Euro. Für einen kleinen Snack reichte das. Trinken konnte er an irgendeinem frei zugänglichen Wasserhahn, zum Beispiel in der Stadtbücherei. Auch ein Blick in die Zeitungen sollte nicht schaden. Das eigentliche Problem war die Übernachtung. Vielleicht konnte ihm der Anwalt helfen.

Vor dem Rathaus luden Plakate zu einer großen Bürgerversammlung, bei der die Richtlinien urbaner Politik neu definiert werden sollten. »L(i)ebenswertes Freiburg« – na, das klang doch ebenfalls verdächtig nach Harmoniewelle. Irgendwie fühlte sich Knautschke an das Gebaren im Himmelreich erinnert. Den Namen seines Schwiegervaters suchte er auf den Plakaten vergebens; eingeladen hatte eine überparteiliche Bürgerplattform, hinter der eine Stiftung namens »Neue Aura« stand.

Ein Feinkostgeschäft in der Franziskanerstraße bot kleine Snacks zu unverschämten Preisen an. Auch die Tatsache, dass Mitglieder der »Menschen für mehr Harmonie« Rabatt bekamen, konnte Knautschke nicht versöhnen. Lieber wandte er seine Schritte zum größten Kaufhaus der Innenstadt, das in einer Bausünde aus den 1960er Jahren untergebracht war. Allerdings nicht mehr lange. Bunte Hinweistafeln verkündeten den bevorstehenden Abriss des Hauses, eine Riesenleinwand simulierte die zukünftige Fassade. Knautschke fand das geplante Gebäude mit seinen Erkern und Verzierungen auch nicht überzeugender als den Status quo, aber vielleicht war es wenigstens asbestfrei.

Im Eingang des Kaufhauses kreiste ein lebensgroßer Rauschgoldengel auf einem Drehpodest. Es roch nach Marzipan, nach Orangen und Zimt, mit ein wenig Weihrauch vermischt. Knautschke, der solcher Düfte gründlich entwöhnt war, musste niesen. Aus den Lautsprechern plätscherten Weihnachtslieder. Er nahm die Rolltreppe ins Untergeschoss. Hier waren Schokoladenweihnachtsmänner zu regelrechten Bergen aufgetürmt, zu Pyramiden in Rot-Weiß, eine einzige süße Verlockung. Was Knautschke aber völlig aus der Fassung brachte, war ein Krippenspiel aus Lebkuchen, das auf einer gewaltigen Wolke aus Zuckerwatte durch den Raum schwebte. Pausbäckige Hirten eilten zum Stall, Engel umflatterten die Szene. Immer rundherum ging es mit der Wolke. Er wandte sich ab. Sein Appetit war verflogen.

»Tot«, murmelte er. »Tot, alles tot! Ich bin tot, und ihr werdet es auch bald sein. Ersticken werdet ihr an euren Weihnachtsmännern, stopft sie nur in euch rein!«

»Alles in Ordnung mit Ihnen?«, wurde er gefragt.

»Jaja.« Er ging weiter. Reiß dich zusammen, Erwin! Selbst wenn er jetzt nichts hinunterbekam, brauchte er ein Brötchen als Reserve. Der Tag war noch lang. Er drückte sich an einem Riesenmarzipanstern vorbei zu den Kühlregalen. Über der erstaunlich dünn bestückten Fleischtheke wurde eifrig für vegetarische Ernährung geworben. Ein Ferkel schaute mit traurigen Knopfaugen von einem Poster herab, Kinder streichelten ein riesiges Stoffküken. Hinweistafeln informierten die Verbraucher, wie stark der Fischbestand in den Weltmeeren bereits zurückgegangen war.

»Ihr könnt mich mal!«, fluchte Knautschke und schnappte sich das letzte Schinkensandwich, ohne sich um die empörten Blicke einer Mutter zu kümmern. Auf dem Weg zur Kasse wurde er aufgehalten. Ein Appetithappen mit platinblonder Fönfrisur und Silbertablett reichte ihm ein Glas Saft. Die Modelmaße der jungen Frau wurden durch einen Einteiler in Kornblumenblau hervorgehoben, so ziemlich das Knappste, was derzeit auf dem Markt war. Auch die Gänsehaut auf ihren Unterarmen ließ sich nicht verbergen, schließlich stand das Kühlregal mit den Saftflaschen ganz in der Nähe.

»Möchten Sie Harmony, unseren neuen Balancedrink, probieren?«, fragte sie mit märchenfeetauglichem Strahlen. »Für das perfekte Gleichgewicht von Geist und Körper. Jeden Tag eine kleine Flasche. Garantiert kalorienfrei.«

»Harmony«, nickte Knautschke. »So etwas dachte ich mir schon.« Er zeigte auf die Stellwand in ihrem Rücken, von der sein Schwiegervater herabgrinste und allen Kunden den neuen Balancedrink wärmstens ans Herz legte.

»Oh ja«, säuselte die Blonde. »Graf Burgwalds Bürgerbewegung unterstützt unsere Ziele, und wir unterstützen ihn. Dass wir uns viel zu lange falsch ernährt haben, weiß inzwischen jedes Kind. Harmony ist ein von unabhängigen Instituten entwickelter Drink, der …«

»Sechs Euro?«, unterbrach Knautschke. »So ein Fläschchen soll sechs Euro kosten?«

»Wenn Sie Mitglied der ›Menschen für mehr Harmonie‹ werden, zahlen Sie nur ein Drittel. Wobei Harmony jeden Cent wert ist. Was meinen Sie, wie ich zu meiner Figur komme? Probieren Sie mal einen Schluck!«

Knautschke nahm den Hinweis auf die Figur der jungen Dame zum Anlass, seine Blicke über Busen und Hüfte und den ganzen wohlgeformten Rest schweifen zu lassen. Nein, da gab es in der Tat nichts zu meckern. Und der Drink? Auf den ersten Blick ähnelte er dem Nektarzeug, das sie ein paar Etagen höher servierten. Vorsichtig probierte er. Auch der Geschmack war vergleichbar. Das Glas leerend, sagte er: »Gut. Ich nehme eine Flasche. Für zwei Euro.« Ihm war plötzlich schummrig zumute. Leicht und benebelt zugleich.

»Dann müssten Sie Mitglied der ›Menschen für mehr Harmonie‹ werden.« Sie drehte sich zu Graf Burgwald um und stellte das Tablett so knapp über dem Boden ab, dass Knautschke gar nicht anders konnte, als die Wölbung ihrer freiliegenden Pobacken zu bewundern. Dann stakste sie auf Pfennigabsätzen zu einem seitlich stehenden Tresen und begann, eine Computertastatur zu bearbeiten. »Bitte Ihren Namen und die Adresse. Sie müssen die ausgedruckte Beitrittserklärung nur noch unterschreiben, und schon sind Sie Mitglied.«

Knautschke zögerte. Wenn er ihr seinen richtigen Namen und seine alte Adresse nannte, würde der Begriff »Karteileiche« eine ganz neue Bedeutung erhalten. Also tat er es. Ohne das Tippen zu unterbrechen, fragte sie: »Knautschke? Gab es da nicht zuletzt einen, der sich …?«

»Ein Namensvetter. Sah aber ganz anders aus. Friede seiner Asche.«

Sie schenkte ihm ein putziges kleines Lächeln. »Hier ist schon mal Ihre Flasche. Oder wollen Sie gleich mehrere?«

»Danke, eine reicht für den Anfang.«

Jetzt runzelte sie die Stirn. »Komisch, hier scheint etwas nicht zu stimmen. Unter der angegebenen Adresse findet der Computer keinen Knautschke, Erwin.«

»Wie? Das kann Ihr Gerät? Ich meine, es hat Zugriff auf solche Daten?«

»Aber ja. Sind Sie vielleicht erst kürzlich eingezogen?«

»Genau, das muss es sein.«

»Ach, so. Dann lassen wir das offen. Einen Moment, ich drucke Ihnen das Formular rasch aus.« Sie begann zu niesen.

»Kühl hier, was?«, bekundete Knautschke sein Mitgefühl. »Und dann im Dezember.«

Wieder lächelte sie ihr Feenlächeln. »Ihre Unterschrift. Vielen Dank, Ihr Leben wird von nun an deutlich harmonischer ablaufen. Und an der Kasse bekommen Sie noch ein kleines Begrüßungsgeschenk.«

Das Geschenk bestand in einem Schokoengel mit gefalteten Händen. Und das alles für zwei Euro! Plus die 1,50 Euro, die das Sandwich kostete. Knautschke rieb sich die Augen. Das schummrige Gefühl verstärkte sich. Er hatte Schwierigkeiten, die Summe seiner Ausgaben zu ermitteln. Ganz zu schweigen von der Frage, wie viel Geld ihm nach dem Kauf blieb.

»Schöne Feiertage!«, rief ihm die Kassiererin nach.

»Ebenso«, murmelte er und tappte unsicher davon. Lag es an dem Drink? Ausbalanciert fühlte er sich nicht gerade, eher das Gegenteil. Mal kurz stehen bleiben, Atem schöpfen. Das Licht der vielen Lampen und Kerzen blendete ihn. Er steckte das Sandwich ein und lehnte sich schwer atmend gegen den Tisch mit den Nikoläusen.

Sein Blick fiel auf den Schokoengel, den er in der Hand hielt. Der Engel schaute ihn an, lächelnd. Er schien sogar zu zwinkern! Unter seinem Arm befand sich etwas, das Knautschke zuerst für ein Buch oder eine Schriftrolle gehalten hatte. Aber das war es nicht. Es glich vielmehr einem Klemmbrett!

Knautschke fühlte einen heftigen Stich im Hinterkopf. Dieser Engel … er hatte das Gesicht von Johannes! Der Scheitel, das servile Grinsen, die Pennälermiene – nur die Brille fehlte. Und dann öffnete er auch noch seine Schokoladenlippen.

Er flüsterte: »Hast du einen angenehmen Tod gehabt, Erwin?«

»Nein!«, schrie Knautschke und warf den Engel in hohem Bogen durch das Kaufhaus. Der Kopfschmerz, der ihn so lange verschont hatte, war wieder da, mit all seinen Begleiterscheinungen: den Blitzen, der Kälte, dem Wasser und der Angst, der panischen Angst vor dem Sterben. »Nein!«, brüllte er, hämmerte gegen die Schläfen, trat um sich. Der Tisch mit der Nikolauspyramide begann zu schwanken. Schon purzelten die obersten Figuren. Knautschke heulte los und drosch mit der Flasche auf sie ein. Die Nikoläuse spritzten durch die Luft, zerbrachen, ihre Umhüllung riss auf, hässlich braun quollen die Innereien hervor.

»Haut ab!«, brüllte Knautschke, dem es im Schädel loderte. »Verschwindet! Lasst mich endlich in Ruhe!«

Dann hielt er inne. Schnaufend. Was an Kundschaft im Untergeschoss war, hatte sich in Sicherheit gebracht. Hände waren vors Gesicht geschlagen, Finger zeigten auf ihn. Unter der Decke schaukelte ein breites Banner, darauf ein Wort:

»Liebe«. Im Hintergrund rotierte die Wolke mit dem Krippenspiel.

Nichts wie raus! Knautschke zückte die Flasche wie ein Schwert und rannte los, schnurstracks auf die Rolltreppen zu. Schreiend stoben die Menschen auseinander. Er stürmte ins Erdgeschoss, an dem Rauschgoldengel vorbei und hinaus ins Freie. Drei, vier Schritte, und das Getümmel der Passanten hatte ihn verschluckt.

Dr. Helmling war ein sportlicher Endvierziger mit tiefliegenden Augen und schütterem Blondhaar. Er öffnete persönlich die Tür seines Einfamilienhauses in Günterstal – und stockte.

Knautschke brachte ein verkrampftes Lächeln zustande. Jetzt würde es sich erweisen, ob seine Verkleidung etwas taugte!

»Alles, was recht ist«, sagte der Anwalt und streckte seine Hand aus, »Sie sehen Ihrem Verwandten aber verdammt ähnlich.«

»Das sagen viele«, grinste Knautschke erleichtert. »Dabei sind wir nur Großcousins. Müller mein Name, Anton Müller. Danke, dass Sie ein wenig Zeit für mich entbehren konnten.«

»Für die Familie des armen Knautschke immer.« Helmling ging voraus und lotste seinen Besuch ins Arbeitszimmer. Dabei waren seine langen, dünnen Finger ständig in Bewegung, wie die eines Pianisten kurz vor dem Auftritt. Er öffnete einen Schrank, füllte eine Glasschale mit Erdnüssen und stellte sie auf einen niedrigen Tisch. Ein Spätburgunder aus dem Markgräfler Land gesellte sich hinzu. Knautschke hatte in einem Ledersessel Platz genommen und sah sich um. Bücher, alte Schinken, Fotos, außerdem versteckt in einem Winkel das Plakat eines Rockkonzerts von 1980. Die wilde Phase des Herrn Anwalt vermutlich.

»Darf ich fragen, woher Sie kommen?«, eröffnete Dr. Helmling das Gespräch, nachdem er die Flasche entkorkt und eingeschenkt hatte.

»Aus den neuen Bundesländern. Derzeit Mecklenburg, aber ich bin beruflich ständig unterwegs. Meine und Erwins Großmutter waren Schwestern. Wenn Sie die Geschichte unserer Familie kennen, wissen Sie, dass es in jeder Generation Streit gab.« Knautschke winkte ab. »Der Vater verstößt seine Kinder, Geschwister kämpfen ums Erbe, der eine redet nicht mit dem anderen.«

Der Anwalt nickte. »Das Verhältnis Ihres Großcousins zu seinen Eltern war schwierig. Sehr schwierig.«

»Das ist bei mir nicht anders. Deshalb erfuhr ich erst jetzt von seinem Tod. Den Sommer über war ich in Japan und Korea. Glauben Sie, irgendein Knautschke hätte es für nötig befunden, mich zu informieren?« Er griff nach den Erdnüssen. »Mein persönlicher Kontakt zu Erwin war lose. Ein Anruf zu Weihnachten, hin und wieder eine Mail. Wobei wir zwei uns immer gut verstanden haben.«

»Dann lassen Sie uns auf sein Gedächtnis anstoßen.«

»Auf Erwin!«

Sie tranken. Es war still hier draußen in Günterstal, in der Siedlung am Waldrand. Außer ihnen beiden schien sich niemand im Haus zu befinden. War wohl ein Einzelgänger, der Herr Anwalt.

Helmling schlug die Beine übereinander und ließ den Wein im Glas kreisen. »Ich nehme an, Sie wollen von mir hören, was ich alles über den Fall Ihres Großcousins weiß und wie er zu Tode kam.«

Knautschke senkte die Stimme. »Ich war heute Morgen am Unfallort. Die Tafel, die Sie gestiftet haben, ist zerstört. Von der Polizei, heißt es. Ich vermute, Sie sind der Einzige, der mir sagen kann, was mit Erwin wirklich passiert ist. Denn ein Mörder ist er nicht, dafür lege ich meine Hand ins Feuer.«

Der Anwalt schwieg. Sein hageres Gesicht verzog sich mal zur einen, mal zur anderen Seite. Am Spätburgunder lag es nicht, der war rund und fruchtig. Etwas anderes schien seine Bitterkeit verursacht zu haben, etwas viel tiefer Gründendes.

»Es ist ein Skandal«, sagte er schließlich und erhob sich. »Ein schlimmer, umfassender Skandal, der bis in höchste Kreise reicht. Ich weiß gar nicht, wo ich anfangen soll. Vielleicht mit der Aktion von vorgestern. Es waren keine Polizisten, die unsere Versammlung gesprengt und den Gedenkstein zerstört haben, sondern Spezialkräfte des Verfassungsschutzes. Die Zerstörung erfolgte natürlich erst, nachdem man uns fortgebracht hatte. Augenzeugen gibt es nicht.«

»Aber warum?«

»Abschreckung. Vertuschung. Jede Erinnerung an Ihren Großcousin soll beseitigt werden.«

»Was hat er denn so Schlimmes begangen?«, fragte Knautschke kauend.

Der Anwalt begann, auf und ab zu schreiten. Von Zeit zu Zeit blieb er hinter seinem Schreibtischstuhl oder einem Sessel stehen und klopfte mit der flachen Hand auf die Rückenlehne. Dann wieder rückte er eines der gerahmten Fotos zurecht oder schaute stirnrunzelnd aus dem Fenster. »Sie müssen mir versprechen, Herr Müller, dass Sie von dem, was ich Ihnen berichte, keinen Gebrauch machen. Ich weiß über einige Dinge Bescheid, die für die Öffentlichkeit interessant wären, hochinteressant sogar. Bloß belegen kann ich sie nicht. Es handelt sich um private Informationen, die ich Ihnen als einem engen Verwandten von Herrn Knautschke zukommen lasse.«

»Natürlich.«

»Womit wollen wir beginnen? Mit dem angeblichen Mord? Sagen Sie mir, was Sie wissen, dann kommen wir schneller zur Sache.«

»Ich weiß nur, was in den Zeitungen stand. Erwin soll eine junge Frau erwürgt haben.«

»Eine junge Frau mit schwarzen Haaren, in ihrer Wohnung. Richtig. Alles andere unterliegt bis heute der Geheimhaltung: der Name des Opfers, das Motiv, Tatort und Tatzeit. Sogar mich, seinen Verteidiger, hat man im Unklaren gelassen. Höchste Sicherheitsstufe, hieß es. Und bevor es zum Prozess kommen konnte, ist Knautschke ja verunglückt. Ich sage Ihnen, Herr Müller, die ganze Geschichte riecht derart nach Justizskandal, dass einem übel wird.« Helmling holte tief Luft. »Nun war ich in all den Wochen nicht untätig. Ich bin keiner, der klein beigibt, wenn er Gegenwind spürt. Also habe ich selbst Nachforschungen betrieben. Was extrem schwierig war. Sogar gefährlich. Reifen zerstochen, anonyme Drohungen per Telefon, man kennt das.«

»Drohungen? Gegen Sie? Weil es Ihnen um die Wahrheit geht?«

»Weshalb sonst? Lästiger als diese Einschüchterungsversuche war allerdings die Blockadepolitik. Auf allen Ebenen! Der Verfassungsschutz hat die Ermittlungen an sich gerissen, jeder Antrag läuft über das Innenministerium. Egal. Was für Sie interessant sein dürfte, sind zwei Dinge. Erstens ist es mir nicht gelungen, die Identität des Opfers zu lüften. Ich kann nur annehmen, dass es sich um eine prominente Persönlichkeit handelt, deren Ruf oder deren Familie man um jeden Preis schützen möchte. Vielleicht eine Geheimnisträgerin, vielleicht die Erbin eines Großindustriellen – keine Ahnung.«

»Schade.«

»Dafür konnte ich Hinweise zusammentragen, die darauf hindeuten, dass Ihr Großcousin die Tat nicht begangen hat.«

Knautschke setzte sich auf. »Ist das wahr?«

»Noch einmal: Hinweise, keine Belege. An die Öffentlichkeit kann ich damit nicht gehen, für eine Rehabilitierung reicht es nicht. Als Gesamtbild machen diese Hinweise aber durchaus Sinn. Ich konnte zum Beispiel mit einem der Polizisten sprechen, die als Erste am Tatort waren. Bevor der Geheimdienst alles an sich riss. Dieser Mann behauptet, Knautschke sei im Bad der Toten eingesperrt gewesen. Verstehen Sie? Der Schlüssel steckte außen. Darüber steht in den Pressemeldungen kein Wort.«

»Aber das heißt doch, dass er als Mörder nicht in Frage kommt!«, rief Knautschke erregt.

»Wenn mir der Mann die Wahrheit erzählt hat. Verwenden kann ich seine Aussage nicht, denn natürlich würde er im Ernstfall alles bestreiten. Der ist ja nicht blöd.«

»Wie kamen Sie dann an diese Information?«

»Wie wohl?«, erwiderte Dr. Helmling spöttisch und rieb Daumen und Zeigefinger aneinander. »Der Kerl hat Familie und will bauen. Der braucht jeden Cent. Und genau deshalb ist seine Aussage, die Aussage eines Bestochenen, wertlos.«

»Das gibt's doch nicht! Aber warten Sie! Er war bestimmt mit einem Kollegen vor Ort. Haben Sie den interviewt?«

»Keine Chance. Dieser Kollege war es nämlich, der den Staatsschutz informierte. Anscheinend kannte er das Opfer.«

Knautschke ballte die Fäuste. »Mit anderen Worten, mein Großcousin war bloß der Sündenbock.«

»Exakt. Er hatte das Pech, zum falschen Zeitpunkt in der Wohnung der jungen Frau zu sein. Welche Beziehung er zu ihr hatte, kann ich nicht sagen.«

»Ich auch nicht«, murmelte Knautschke, mit den Gedanken woanders.

»Bitte?«

»Nichts. Ich frage mich, warum ich … warum Erwin dann gestanden hat.«

Achselzuckend setzte Dr. Helmling seine Wanderung fort. »Wer weiß, was sie ihm dafür versprochen haben. Hafterleichterung? Vielleicht ist die ganze Meldung getürkt. Die beiden Male, dass ich mit ihm sprechen konnte – das war jeweils vor seinem Geständnis –, habe ich kaum etwas erfahren. Er sagte, er könne sich an nichts erinnern. Kurz vor dem Erscheinen der Beamten sei er im Bad aufgewacht. Fragen nach der Identität des Opfers waren natürlich streng verboten. Ach ja, er zeigte mir eine Beule am Hinterkopf.«

»Aber wer hat die Leiche gefunden? Jemand muss doch die Polizei gerufen haben!«

»Ein Nachbar vermutlich. Ich habe mich im Wohnheim des Opfers erkundigt, aber niemand konnte mir weiterhelfen. Wahrscheinlich ist der- oder diejenige zur Verschwiegenheit verpflichtet.«

»Sie kennen die Wohnung der Frau? Dann muss es doch ein Leichtes sein …«

»Leider nein, Herr Müller. Es handelt sich um ein Wohnheim in Littenweiler, in dem über 100 Studenten leben. Der Hausmeister verweigert jedes Gespräch; den haben sie instruiert. Im Zimmer des Opfers wohnt jetzt ein Südamerikaner, der von nichts weiß. Und all die anderen Studenten auf dem Stock konnten mir auch nicht weiterhelfen. Gemietet wurde das Zimmer von einer Frau namens Else Schmid, so stand es zumindest an der Tür. Eine Studentin dieses Namens gibt es aber nicht in Freiburg, und sie kann auch nicht das Mordopfer gewesen sein. Laut Aussage der Bewohner hatte sie nämlich keine schwarzen Haare. Außerdem wohnte sie erst ein paar Tage dort, so dass keiner sie näher kannte.«

»Else Schmid?«, wiederholte Knautschke langsam.

»Sagt Ihnen der Name etwas?«

»Nein«, log er. Irgendwo klingelte es in seiner Erinnerung. Leise, aber vernehmlich. Es klingelte … und dabei blieb es. Kein Eismann vor dem Haus. Kein Gesicht, zu dem der Name Else Schmid passte. Er räusperte sich. »Also noch mal: Eine Unbekannte mietet unter dem Namen Schmid ein Zimmer, in dem wenige Tage später eine andere Frau erwürgt wird. Dann liegt nur ein Schluss nahe: Die Mieterin hat den Mord begangen!«

»Vielleicht.«

»Und nicht das Opfer soll vor der Öffentlichkeit geschützt werden, sondern die Täterin. Weil sie eine prominente Person ist. Das macht doch viel mehr Sinn!«

»Ja, möglich. Bloß: Solange wir weder die eine noch die andere Frau kennen, bleibt das Spekulation.«

Nachdenklich nippte Knautschke an seinem Getränk. So viel Wein auf nüchternen Magen, da fiel die Wirkung kaum anders aus als bei diesem Harmony-Gesöff am Mittag. Das eine Sandwich zwischendurch war einfach zu wenig gewesen. Gierig griff er nach den gesalzenen Erdnüssen.

»Haben Sie Hunger?«, erkundigte sich Helmling. »Soll ich ihnen ein Brot schmieren?«

»Nein, danke. Erdnüsse regen die Gehirntätigkeit an, heißt es doch.«

»Tatsächlich? Na, dann.« Der Anwalt fand ein zweites Päckchen im Schrank und füllte die Schale neu. »Gut, kommen wir nun zum tragischen Tod Ihres Großcousins. Sie waren an der Unfallstelle, sagten Sie?«

Knautschke nickte. »Im Höllental. Schlimmer Name.«

»In diesem Fall, ja. Fragt sich nur, wer hier der Teufel ist und wer die arme Seele. Die offizielle Version des Unfallhergangs lautet: Ihr Großcousin fing auf der Gefällstrecke plötzlich an, um sich zu schlagen und zu treten. Mehrmals warf er sich gegen die Tür, bis diese aufsprang oder von ihm selbst geöffnet wurde. Er fiel auf die Straße und zog sich beim Sturz so schwere Verletzungen zu, dass er auf dem Weg ins Krankenhaus starb.«

»Das ist Unsinn!«, rief Knautschke. »Ich meine, das kann nicht stimmen. Die Tür eines Gefangenentransporters springt doch nicht einfach so auf!«

»Knautschke soll nachgeholfen haben. In offensichtlich selbstmörderischer Absicht, wie es heißt.«

»Ja, natürlich! Erst das Geständnis, dann der Suizid. So etwas hätte Erwin nie getan! Niemals, glauben Sie mir!« Knautschke schlug mit der Faust auf die Lehne seines Sessels. Er musste aufpassen, dass er sich nicht verplapperte. Auch wenn der Anwalt auf seiner Seite war, konnte er ihm ja schlecht erklären, dass er den Mord beobachtet hatte.

»Sie scheinen Ihren Großcousin gut zu kennen.« Das schmale Lächeln, das Helmlings Satz untermalte, war schwer zu deuten. »Obwohl Sie nur flüchtigen Kontakt zu ihm hatten.«

»Ich kenne unsere Familie, das reicht. Dr. Helmling, Sie wissen doch genauso gut wie ich, dass es ganz anders war.«

»Weiß ich das?« Der Anwalt ging zum Fenster und spitzte die Lippen wie einer, der sich eins pfeift. »Noch am Abend des Unfalls sprach ich mit den Notärzten, die Ihren Großcousin vor Ort versorgten. Der eine konnte mir nichts Relevantes berichten, der andere aber erinnerte sich an einige untypische Verletzungen. Kopfwunden, die viel eher durch Schläge mit einem harten Gegenstand verursacht worden sein dürften als durch den Sturz aus einem Fahrzeug.«

»Sehen Sie!«

»Pech nur, dass dieser Arzt am Tag nach unserem vertraulichen Gespräch selbst einen Unfall hatte und seitdem auf der Intensivstation liegt.«

Konsterniert schwieg Knautschke. Er erinnerte sich an den Unfall auf der Sundgauallee, an Jossis Film und seine Bemerkung über den Notarzt. Wie das Leben so spielt, hatte Jossi gesagt. Von wegen! Nicht das Leben spielte so mit den Menschen, sondern der Mensch selbst!

»Es kann natürlich Zufall gewesen sein«, fuhr Dr. Helmling fort. »Muss aber nicht. Ich könnte mir denken, dass der Arzt einigen Kollegen seine Beobachtungen mitteilte und man ihn deshalb zum Schweigen bringen wollte. Ansonsten bin ich derselben Meinung wie Sie: Der angebliche Unfall auf der B 31 war für die betroffenen Kreise die eleganteste Möglichkeit, Knautschke loszuwerden und die Aufklärung des Mordes ein für allemal zu unterbinden.«

»Aber worum geht es wirklich? Wer sind diese betroffenen Kreise?«

»Da kann ich nur raten. Unsere Politiker werden in irgendeiner Weise involviert sein. Die Wirtschaft, die Industrie – eben jene oberen Zehntausend, die unser Leben bestimmen. Ich meine, schauen Sie sich nur um, gehen Sie in die Stadt, dann wissen Sie, wohin der Hase läuft. Alles macht auf Harmonie und Versöhnung, das ist der Trend unserer Zeit, da passt der Mord unter jungen Frauen, die womöglich aus der gesellschaftlichen Elite stammen, nicht ins Bild. Also vertuscht man das Ganze. Sucht sich einen Sündenbock, schiebt ihm alles in die Schuhe. Das hat übrigens Methode. Man munkelt, dass es einen rapiden Anstieg der erzwungenen Geständnisse von Tatverdächtigen gibt. Das ist die andere Seite der totalen Harmonie.«

»Ja«, nickte Knautschke nachdenklich, »das fiel mir auch schon auf. Das Weihnachtsgesäusel ist dieses Jahr noch grässlicher als sonst.«

»Maßgabe der Regierung. Es geht bloß um den schönen Schein, die harmonische Fassade. Gleichzeitig winkt man ein fragwürdiges Gesetz nach dem anderen durch. Und wenn einer darauf hinweist, wird er zum Nestbeschmutzer abgestempelt. Ich meine, dieses Land hat größere Probleme denn je. Die Schere zwischen Arm und Reich klafft immer mehr auseinander, wir haben ein massives Bildungsdefizit, es gibt kaum noch eine Durchlässigkeit der gesellschaftlichen Schichten …« Zum ersten Mal seit seiner großen Wanderung setzte sich Dr. Helmling. »Wissen Sie, ich könnte mir gut vorstellen, dass Ihr Großcousin in dieser Hinsicht in ein Fettnäpfchen getreten ist. Und zwar in ein sehr tiefes. Vielleicht hat er irgendeine Sauerei der Regierung aufgedeckt, so dass sich, sobald er unter Mordverdacht stand, zwei Fliegen mit einer Klappe schlagen ließen.«

»Ich weiß nicht ... Erwin hat sich nie um Politik geschert. Soweit ich informiert bin, meine ich.«

»Aber ein Nörgler war er.«

»Das schon.«

»Sehen Sie? Ich sage Ihnen, mein Lieber, da steckt mehr dahinter.« Der Anwalt beugte sich vor, stützte die Ellbogen auf die Knie und legte die Fingerspitzen zusammen. Er sah aus wie jemand, der etwas Wichtiges mitzuteilen hat, aber noch zögert, ob er seinen Gesprächspartner als vertrauenswürdig einstufen soll. »Können wir offen reden? Wie ist Ihre politische Einstellung, Herr Müller?«

Knautschke nahm einen Schluck Wein. Das Wort »politisch« hatte ihn schon immer zum Weghören veranlasst. Ohnehin war er gerade mit einem anderen Gedanken beschäftigt. »Ist Ihnen bei Ihren Recherchen einmal der Name Graf Burgwald begegnet?«

»Warum fragen Sie?«

»Weil er Erwins letzter Auftraggeber war. Mitte Juli hat er ihn als Personenschützer angefordert.«

»Ach, und woher wissen Sie das?« Dr. Helmlings Misstrauen war mit Händen zu greifen.

»Das hat mir Griesbacher erzählt, sein Partner.«

»Wann?«

»Heute Morgen. Wir haben telefoniert.«

»Ach so«, nickte Helmling. Und dann noch einmal: »Ach so. Verstehe. Ja, ich weiß es auch von Griesbacher. Irgendwie hängt der Graf tatsächlich in der Sache drin. Einen Moment.« Er zog ein Handy aus der Tasche, das anscheinend vibriert hatte, und betrachtete das Display. »Wenn ich nur kurz diese SMS beantworten dürfte?«

Knautschke nickte und nutzte die Gelegenheit zum Leeren der Erdnussschale. Einen verdammt leckeren Spätburgunder trank der Anwalt, das musste man ihm lassen. Und fand nebenbei noch die Gelegenheit, auf die Schere zwischen Arm und Reich hinzuweisen und auf all die anderen Ungerechtigkeiten dieser Welt. Schade, dass er diesen Dr. Helmling nicht früher kennengelernt hatte, im wahren Leben und vor seinem Mord.

»Danke, das war's schon«, murmelte der Anwalt. »Wie gesagt, Graf Burgwald mischt da irgendwie mit, der alte Strippenzieher. Was wissen Sie über ihn?«

»Er hat mir einen neuen Balancedrink empfohlen«, grinste Knautschke. »Wobei mir die Geschmacksrichtung bekannt vorkam. Und wenn ich wählen dürfte, würde ich das hier vorziehen.« Nicht ohne Wehmut deutete er auf die Rotweinflasche.

»Soll ich noch eine aufmachen?«

»Wegen mir nicht«, wehrte Knautschke ab. Die Flasche war ja erst zur Hälfte geleert.

»Rausholen kann ich sie schon mal.« Der Anwalt stand auf, ging zum Schrank und öffnete ihn. Irgendetwas an seinen Bewegungen hatte sich geändert, Knautschke fiel es sofort auf. Aber was? Die Lockerheit?

Helmling fuhr herum. In seiner Rechten hielt er keinen Rotwein, sondern eine Pistole. Schweiß stand auf seiner Stirn. »Hände hinter den Kopf!«, schrie er. »Und dann ganz ruhig sitzen bleiben! Wenn du dich auch nur ein bisschen rührst, schieße ich dich über den Haufen!«

Knautschke tat, wie ihm geheißen. »Moment mal«, stotterte er. »Was soll denn …«

»Schnauze! Kein Wort!«

Also schwieg er. Eine Minute, zwei. Dr. Helmling zitterte und schwitzte. Seine Waffe aber war unverwandt auf Knautschkes Stirn gerichtet. Endlich hörte man ein Geräusch von der Haustür her. Gleich danach stürmten zwei junge Leute ins Zimmer, ebenfalls bewaffnet, und packten Knautschke bei den Armen.

»Das Aas hat mich ausgehorcht«, zischte der Anwalt. »Nehmen wir ihn mit!«

Als der Wagen in die Schwarzwaldstraße einbog, musste Knautschke schmunzeln. Trotz seiner auf dem Rücken gefesselten Hände und trotz der Pistole an seiner Schläfe. Die Waffe, die einen Himmelreichbewohner schreckte, musste erst noch erfunden werden!

»Jemand zu sehen?«, zischte der Anwalt und spähte durch die Heckscheibe. Der Fahrer verneinte. Er war ein Glatzkopf von vielleicht 20 Jahren, seine Freundin mit der Punkfrisur, die neben ihm saß, wirkte noch jünger. Dr. Helmling höchstpersönlich hatte die Bewachung Knautschkes auf der Rückbank übernommen. Er war nervös und redete ohne Unterlass. »Ich kann mir nicht vorstellen, dass sie auf eine Verfolgung verzichten. Die werden ihn doch nicht ohne Begleitschutz zu mir geschickt haben.«

»Ich sehe niemanden«, sagte der Junge.

»Halt mal an! Da, an der Tankstelle.« Sie warteten. Drei, vier Autos rauschten vorbei. »Und? Was meint ihr?«

»Nichts Verdächtiges in Sicht.«

»Was heißt das schon? Fahr zu!«

Und weiter ging es durch die Schwarzwaldstraße Richtung Osten. Knautschke warf seiner ehemaligen Wohnung einen melancholischen Blick zu. Hinter den Fenstern war es dunkel. Die Wohnung eines toten Verbrechers.

»Warum haben …?«, begann er, wurde aber sofort unterbrochen.

»Ruhe!«, befahl der Anwalt und drückte ihm die Pistole gegen die Schläfe.

An einer Ampel mussten sie halten. Helmling brach sich

fast den Hals beim Versuch, einen Verfolger in der Schlange hinter ihnen auszumachen. Ein unterdrücktes »Chef!« von vorne ließ ihn herumschnellen.

»Was ist?«, fragte er.

»Da!« Ein Nikolaus kam durch die Dunkelheit auf sie zu und klopfte an die Scheibe der Beifahrertür. In der Hand hielt er einen Stapel Zettel.

»Was soll ich tun?«, piepste die Punkerin.

»Mach auf«, flüsterte Helmling. »Wenn er dich anfasst, leg ich ihn um.«

Sie ließ die Scheibe herab.

»Frohe Weihnachten!«, dröhnte es von draußen. »Und denkt daran: Die Liebe ist das Größte auf der Welt.« Der Nikolaus reichte einen Zettel ins Innere des Wagens, winkte zum Abschied und schlurfte ein Fahrzeug weiter.

»Mein Gott, ich hab mir fast in die Hose gemacht«, stöhnte das Mädchen. Auf dem Papier war zu lesen: »Glück und Harmonie braucht unser Land dringender als je zuvor.« Der Rest des Zettels bestand aus Werbung für Harmony, den Balancedrink, und die gemeinnützige Stiftung »Neue Aura«.

»Weg hier!«, befahl der Anwalt, seine schweißnasse Hand an der Hose abtrocknend.

Sie verließen die Stadt. Wie Nadeln bohrten sich die Lichter der entgegenkommenden Autos in Knautschkes Augen. Der Glatzköpfige fuhr nicht schnell, aber auch nicht verdächtig langsam, immer wieder schaute man kollektiv zurück, argwöhnte, fürchtete, beruhigte sich gegenseitig. Einmal, es war schon in der Nähe von Himmelreich, ließ Helmling auf freier Strecke anhalten. Auch da konnte kein Verfolger ausgemacht werden.

»Erzähl mir nicht, du wärst allein gekommen!«, fluchte er, Knautschke wütend anfunkelnd. Der schwieg, wie aufgetragen.

Als sie die Kurve im Höllental erreichten, herrschte zum

ersten Mal längeres Schweigen. Im Kiosk brannte Licht, kurz war der Schatten des Dicken zu sehen. Immer höher schraubte sich der Wagen, am Hirschsprung vorbei, durch den Höllsteig. Knautschke fragte sich, wo die Reise wohl enden würde. Er musste an Ariane denken, die jetzt in der Domrep am Strand lag und sich hoffentlich mit einem kakaobraunen Einheimischen tröstete.

»Willst du ihm immer noch nicht die Augen verbinden, Chef?«, fragte der Glatzkopf.

Helmling lachte böse. »Hast du Angst, er könnte etwas ausplaudern? Dazu wird er in diesem Leben keine Gelegenheit mehr haben, das verspreche ich dir.«

Das Mädchen schaute besorgt zu ihrem Partner hinüber, sagte aber nichts.

Sie erreichten Hinterzarten. In Titisee bog der Junge rechts ab und folgte der B 500, der Schwarzwaldhöhenstraße. Die Dunkelheit nahm zu. Auf beiden Seiten der Straße ragte der Wald empor, das düstere Feldbergmassiv vor ihnen war nur zu erahnen. Hinter Bärental ging es nach links, in Richtung Schluchsee. Aber noch vor Altglashütten riss der Fahrer das Steuer herum und schwenkte fast ohne zu bremsen in einen schmalen Waldweg ein.

»Licht aus!«, befahl der Anwalt.

Einige Minuten verharrten sie stumm im Dunkeln. Nur ihre unruhigen Atemzüge waren zu hören. Von der Straße aus strichen immer wieder Lichtkegel durch den Wald, aber keines der Autos hielt, keines verringerte die Geschwindigkeit.

»Vielleicht hat er einen Peilsender am Körper?«, mutmaßte das Mädchen.

»Hast du?«, fragte Helmling sofort. »Los, gib's zu, wir kriegen es ja doch raus.«

Knautschke schüttelte den Kopf.

»Wenn wir dich nachher durchsuchen und einen Sender finden, erschieße ich dich auf der Stelle, klar?«

Knautschke grinste nur.

Jetzt ging es eine ganze Weile auf schlechten Wegen und mit Standlicht durch den Wald. Knautschke vermochte nicht zu sagen, welche Strecke sie zurückgelegt hatten, als sich vor ihnen plötzlich eine Lichtung öffnete, auf der die Umrisse eines Hauses auszumachen waren. Der Wagen hielt, Knautschke wurde ins Freie gezerrt. Die eiskalte, klare Luft verschlug ihm den Atem. Stumm bewegte sich das Grüppchen auf das Gebäude zu. Es war ein großes, verfallenes Schwarzwaldhaus mit ausgebleichten Holzwänden und durchhängendem Dach. Der Junge sperrte die Tür auf und ging voran. Drinnen war es stockfinster. Es roch modrig und nach altem Heu. Eine Taschenlampe glomm auf. Knautschke blinzelte. Von hinten bekam er einen Stoß.

»Los, weiter!« Das war der Anwalt.

Von einem langen Flur gingen mehrere Türen ab. Sie hingen schief in den Angeln, waren zersplittert oder verfault. Eine davon stieß der Glatzkopf auf. Der Raum dahinter stand voller Gerümpel, auf dem Boden lag Stroh. Das Pärchen kniete sich nieder, wischte das Stroh beiseite, bis eine Falltür zum Vorschein kam. Auch sie musste aufgesperrt werden. Als sie nach oben klappte, gähnte ein tiefes, pechschwarzes Loch.

»Hier rein«, sagte der Junge und leuchtete mit der Taschenlampe.

Treppenstufen führten in die Tiefe. Knautschke zögerte. Auch als Seliger verspürte man kein Vertrauen zu solchen Löchern.

»Los!«, zischte Helmling und gab ihm einen erneuten Stoß.

Knautschke stieg die Stufen hinab, bis er merkte, dass er das Ende der Treppe erreicht hatte. Die anderen drei folgten. Das Licht der Taschenlampe fiel in einen feuchten Kellerraum, von dem eine weitere Tür abging. Nachdem die Falltür von innen verriegelt war, ging es durch diese Tür in einen Schacht, der sanft in die Tiefe führte. Zunächst war er sehr schmal, verbreiterte sich dann, wechselte auch dauernd die Richtung – nur enden tat er nicht. Einmal glaubte Knautschke schon, sie seien am Ziel, doch der Raum, der sich vor ihnen auftat, war eine Höhle, ein natürlicher Lufteinschluss im Fels. Seine gefesselten Handgelenke schmerzten.

Endlich stoppte der Glatzkopf, der vorausging, vor einer massiven Stahltür. Statt eines Griffs hatte sie einen runden Knauf, rechterhand war eine Tastatur an der Wand angebracht. Helmling tippte eine Zahlenkombination ein und öffnete die Tür. Licht strömte durch den dunklen Schacht, bohrte sich schmerzhaft in Knautschkes Pupillen. Der Anwalt zerrte ihn am Arm über die Schwelle.

Nur mit Mühe gewöhnte er sich an die Helligkeit. Vor ihm lag ein ovaler Raum, der sich zur Mitte hin absenkte. Meter um Meter fiel das Gestein in die Tiefe, und ganz unten leuchtete Wasser empor wie ein riesiges blaues Auge. Ein Kratersee mitten im Berg, ein verborgener Einschluss. Die alten Sagen rund um den Schluchsee fielen ihm ein: dass es eine geheime Quelle gebe, aus der er sich speise, dass sie von Zwergen und Drachen bewacht werde und niemals versiege, solange keiner von ihr trinke. Knautschke glaubte nicht an solche Legenden, aber hier, an diesem ungewöhnlichen Ort, war sogar er bereit, ihnen einen wahren Kern zuzubilligen.

»Setz dich!« Dr. Helmling drückte ihn auf einen Schemel.

Außer ihnen befanden sich nur zwei Männer in dem Raum. Doch es dauerte nicht lange, da war die Gruppe auf 14 Personen angewachsen, darunter vier Frauen. Sie eilten aus angrenzenden Zimmern herbei, staunten, stellten erregte Fragen. Die meisten von ihnen waren jung und alternativ gekleidet. An der Wand hingen große Transparente mit der Aufschrift »Breisgau-Freyheit«. Einige Tische waren mit Computern und anderen technischen Geräten vollgestellt, es gab auch Walkie-Talkies und ein Telefon.

Helmling, nun deutlich gefasster als während der Fahrt, berichtete in knappen Worten, was vorgefallen war. Dass er dem Gefangenen wegen dessen schlagender Ähnlichkeit mit dem verstorbenen Knautschke – hier nickten einige der Zuhörer – auf den Leim gegangen sei. Sogar die Geschichte mit den zerstrittenen Großeltern habe ja gestimmt. Im Verlauf der Unterhaltung sei er zwar von einem seltsamen Gefühl beschlichen worden, habe dem jedoch keine Bedeutung zugemessen.

»Aber dann«, rief der Anwalt, »hat unser Freund einen Fehler gemacht. Einen wahren Bock hat er geschossen! Er behauptete nämlich, heute Morgen mit Griesbacher gesprochen zu haben. Mit Knautschkes Partner, stellt euch das mal vor!«

»Nein!«, rief einer und fasste sich an den Kopf.

»Gott, wie dämlich!«, ein anderer.

Knautschke schaute verdutzt.

»Gregor Griesbacher«, sagte Helmling händereibend – seine Pistole hatte er weggelegt –, »ist seit zwei Wochen tot, mein Bester. Haben sie dir das nicht gesagt?«

»Tot?«, brachte Knautschke hervor.

»Aufgehängt hat er sich. Konnte den Verlust der Detektei wohl nicht ertragen.« Helmling schüttelte den Kopf. »Was für ein dummer, dummer Fehler. Gott sei Dank, kann ich nur sagen. Ich war drauf und dran, dir noch ganz andere Dinge zu verraten.«

»Er hat uns dann gleich alarmiert«, ergänzte der kahlgeschorene Jüngling.

»Und für wen arbeitest du nun?«, wollte seine Freundin von Knautschke wissen.

»Für mich ganz allein.«

»Für den Staatsschutz, ist doch klar!«, rief der Anwalt.

»Wahrscheinlich haben sie die halbe Republik abgesucht, bis sie einen hatten, der dem armen Knautschke wie aus dem Gesicht geschnitten gleicht.«

»Von den Haaren mal abgesehen«, warf eine Frau ein.

»Von Haaren und Bart, ja. Und dann haben sie versäumt, ihn gescheit zu briefen. Also, Herr Müller oder wie du auch heißt: Wie lautet dein Auftrag? Solltest du mich nur aushorchen oder ging es um mehr? Wisst ihr, ich hatte zunächst Schiss, dass draußen eine komplette Spezialeinheit wartet, um uns hochgehen zu lassen, aber da war niemand. Uns ist auch keiner gefolgt. Los, raus mit der Sprache: Worum ging es?«

Knautschke sah von einem zum anderen. Nun hatte er sich schon wieder Feinde gemacht. Dabei stand diese seltsame Gruppe ursprünglich auf seiner Seite. Aus Gründen, die ihm unbekannt waren. Irgendwie hatte er kein Glück mit seinen Erdenaufenthalten.

»Die Sache ist ganz harmlos«, sagte er. »Ich wollte bloß Ihre Meinung zum Fall Knautschke erfahren. Einzelheiten über die Tat und das Opfer. Aber nicht für den Verfassungsschutz oder sonst jemanden, sondern ausschließlich für mich. Das mit Griesbacher war gelogen, ja. Ein Verwandter von Erwin bin ich trotzdem, da können Sie sich auf den Kopf stellen.«

Betroffene Stille. Knautschke sah, dass die meisten geneigt waren, ihm zu glauben. Die Familienähnlichkeit war einfach zu offensichtlich!

»Du lügst!«, schrie Helmling und trat dicht an ihn heran. »Dass Knautschke vor dem Mord für Burgwald gearbeitet hat, war eine Information, die nie an die Öffentlichkeit gelangte. Wie willst du an die gekommen sein?«

»Griesbacher hat es mir gesteckt. Nicht heute, sondern vor einigen Wochen. Ich wollte nicht zugeben, dass ich schon seit Längerem in der Sache tätig bin.«

»Warum nicht?«

»Weil Sie dann vielleicht kein Vertrauen zu mir gefasst hätten. Die Nummer mit dem besorgten Cousin, der im Ausland war, gefiel mir besser.«

»Wissen Sie, was das ist?«, blaffte Helmling. »Eine scheiß Ausrede ist das! Windelweich, Herr Müller! Ihnen glaube ich nie wieder. Los, filzt ihn.«

Knautschke, dessen Hände noch immer auf dem Rücken gefesselt waren, ließ sich bereitwillig vom Schemel zerren und durchsuchen. Was sollten sie schon groß finden?

»Drei Flyer Wellness-Urlaub in Bad Säckingen«, verkündete einer. »Ein paar Münzen. Ansonsten nichts. Kein Geldbeutel, kein Ausweis – nichts.«

»Bist du sicher?«

»Die Taschen sind leer.«

»Na, seht ihr?«, triumphierte der Anwalt. »Er will seine Identität um jeden Preis verheimlichen. Wenn er wirklich ein Verwandter Knautschkes wäre, hätte er das nicht nötig.«

»Moment«, wandte der Gefangene ein, als er sah, wie einige nickten, »ich kann das erklären.«

Während er noch nach einer Begründung suchte, rief der zweite Mann, der ihn durchsuchte: »Da ist was! Ein kleiner Zettel oder so was.« Er zog Knautschkes Identifikationszettel hervor und reichte ihn herum. Blutverschmiert, wie er war, sorgte er für helle Aufregung. Auch wenn niemand ahnte, dass das unscheinbare Ding als Ticket zwischen den Welten fungierte.

»Das musst du uns erklären«, sagte Dr. Helmling heiser. »Soll das ein makabrer Scherz sein, oder ist der Zettel etwa echt?«

Knautschke atmete tief durch – um Zeit zu gewinnen. »Ja … Den habe ich von Griesbacher.«

Stille. Alle sahen sich an. »Das glaube ich nicht«, sagte schließlich einer. »Wie soll ausgerechnet Griesbacher an so einen Zettel kommen? Es ist verdammt einfach, alles auf einen Toten zu schieben.«

»Keine Ahnung, wo er den her hat«, flunkerte Knautschke weiter. »Ich bat ihn um ein Andenken meines Großcousins, da kam er mit dem Zettel an.«

»Quatsch!«, rief die junge Punkerin. »Der Kerl ist ein Spion, und der Zettel soll uns verwirren.«

»So sehe ich das auch«, nickte Helmling. »Alles Taktik. Wir sollen glauben, dass Knautschke obduziert wurde, um Fremdverschulden auszuschließen. Demnächst führen sie uns wahrscheinlich noch an sein blumengeschmücktes Grab. Aber ihr habt ja gehört, was mir der eine Arzt erzählt hat. Da wird gelogen, dass sich die Balken biegen.«

»Vielleicht ist Knautschke ja gar nicht tot!«, rief eine andere Frau. Sie hatte hennarot gefärbtes Haar und trug ein Wollkleid.

»Schön wär's. Leider zu schön, um wahr zu sein.«

»Aber denkt doch mal an das, was uns Tatjana erzählte! Dass Knautschke vor seinem Unfall bei ihr übernachtet hat. Er kann unmöglich in dem Gefangenentransporter gesessen haben!«

Knautschke riss die Augen auf. Tatjana gehörte auch zu dieser Gruppe?

Helmling ging zu der Frau hin und legte ihr den Arm um die Schulter. »Es tut mir leid, Rebecca, aber ich fürchte, mit dem Tod Knautschkes musst du dich abfinden. Egal, was Tatjana erzählt.«

»Er sah so gut aus«, schluchzte sie. »Ehrlich, er war mein Held.«

Die Punkerin verdrehte die Augen. Knautschke wurde rot. Er stand nicht auf Frauen in Wollkleidern. Andererseits war er in seiner Lage um jede Verbündete dankbar. Warum hatte er sich nicht im Vorfeld bei Johannes erkundigt, was ihm auf der Erde alles zustoßen konnte? Dass er Schmerz fühlte, wusste er inzwischen. Er fühlte ja auch Kälte und Berührungen. Genau wie die Lebenden. Also würde er auch

Misshandlungen spüren, Schläge, Stiche oder sonstige Foltermethoden, mit denen man in diesen Kreisen Spione womöglich abstrafte. Und wenn sie ihm eine Kugel ins Herz jagten? Würde er wahrscheinlich umfallen wie gewöhnliche Sterbliche auch und bis zum Ablauf der 24-Stunden-Frist wie tot liegen bleiben.

Das ging nicht. Er musste etwas unternehmen.

»Ich denke, wir sollten zu einer Entscheidung kommen«, sagte Dr. Helmling. »Wenn der Kerl nicht endlich den Mund aufmacht, müssen wir ihn loswerden.«

»In den Schluchsee mit ihm«, schlug der Glatzkopf vor. »Warum hätten wir die Quelle sonst entdeckt?«

»Wer ist dafür?« Die Mehrheit der Hände wurde gereckt. »Da sehen Sie es, Herr Müller. Sie haben die Wahl: entweder ein volles Geständnis ohne jede Abstriche – oder Fischfutter.«

Knautschke rang sich ein kleines Lachen ab. »Ein Geständnis, ja? So freiwillig wie das meines Großcousins?«

»Er ist nicht Ihr Großcousin. Also?«

Knautschke sah sich um. Verdammt, was waren das für harte Gesichter! Erhob da keiner Einspruch? »Okay«, sagte er. »Es klingt jetzt komisch, worum ich Sie bitte, aber tun Sie es einfach. Drücken Sie mir einmal fest auf den Bauchnabel, dann erzähle ich Ihnen alles.«

Der Anwalt lachte höhnisch. »Was soll denn der Zirkus?«

»Ich sagte ja, dass es komisch klingt. Es ist eine Art Ritual für mich.«

»Vielleicht hat er einen Sprengstoffgürtel um den Bauch?«, rief einer von hinten.

»Reg dich ab, Mann«, kam sofort die Antwort, »wir haben ihn doch durchsucht.«

»Machen Sie keine Faxen, sondern reden Sie einfach«, forderte Dr. Helmling.

»Dann lieber Fischfutter.«

Wieder sahen sich alle an. Ratlos. Bis die Punkerin mit den Schultern zuckte und auf Knautschke zuging. »Durchs Hemd oder auf die nackte Haut?«, fragte sie.

»Wie Sie wünschen.«

Sie zog ihm das Hemd aus der Hose und drückte auf seinen Bauchnabel. Im nächsten Moment stach ihr Finger ins Leere.

»So geht das aber nicht, Erwin!«

Knautschke, die Hände hinter dem Kopf verschränkt, räkelt sich auf seinem Bett und grinst den Sprecher zufrieden an. Der Sprecher, das ist natürlich Johannes, und seine vorwurfsvolle Miene hat er auch mal wieder aufgesetzt. »Das war eine knappe Kiste, was?«, seufzt Knautschke wohlig. »Mit dem Bauchnabeltrick haben die nicht gerechnet.«

»Noch einmal, Erwin: So geht das nicht. Auf keinen Fall. Du hast uns versprochen, nicht in den Lauf der Geschichte einzugreifen.«

»Habe ich das?«

»Allerdings.« Johannes pfeffert sein Klemmbrett auf Knautschkes Nachttisch. »Und nun steht da unten ein gutes Dutzend Leute und glaubt, ein Gespenst gesehen zu haben!«

»Sollen sie. Die wollten mich umbringen, diese Idioten!«

»Wofür ich durchaus Verständnis habe. Du gehst sofort zurück und biegst das wieder hin.«

»Du spinnst wohl? Nie im Leben!«

»Im Leben vielleicht nicht, aber in deinem jetzigen Zustand.« Schau an, wie sich der Junge aufplustern kann, wenn es darauf ankommt! Sein Gesicht, von einer leichten Röte überzogen: Es scheint zu glühen in seinem Inneren. »Erwin, darüber diskutiere ich nicht mit dir. Du hast die Pflicht, den Leuten eine akzeptable Version von Geschichte zu bieten!«

»Ach, du meinst, indem ich mich im Schluchsee ersaufen lasse?«

»Das hättest du dir vorher überlegen sollen. Außerdem kannst du nicht mehr sterben.«

»Ertrinken ist immer scheiße. Auch wenn man nicht dabei stirbt.«

»Zum letzten Mal, Erwin: Runter mit dir! Das ist ein Befehl. Zwinge den Herrn nicht, von seiner Allgewalt Gebrauch zu machen.« Und dann, als Knautschke nur mit den Achseln zuckt, eine Änderung des Tonfalls. Johannes nimmt auf der Bettkante Platz, legt die gefalteten Hände um ein Knie und sagt: »Überleg doch mal. Wo kannst du Einzelheiten über deinen Tod erfahren? Nur auf der Erde, richtig?«

»Aber nicht so.«

Ein leichtes Lächeln spielt um die Lippen des Evangelisten. »Nun, ich gehe davon aus, dass du nichts gegen einen dritten Besuch einzuwenden hättest.«

»Wollt ihr mich daran hindern?«

»Wie könnten wir? Allerdings brauchst du dazu etwas. Deinen Zettel.«

»Ach, du Schande!« Knautschke schlägt sich gegen die Stirn. »Den hat Helmling. Oder …?« Rasch springt er auf und durchsucht seine Hose, die über einem Stuhl hängt. Nichts. »Er ist weg!«, schimpft er. »Dieser verdammte …!«

»Tja.« Größeres Bedauern, als es sich auf der Miene des jungen Mannes abzeichnet, ist kaum vorstellbar. »So ein Pech aber auch.«

»Und jetzt? Es wird doch wohl eine Möglichkeit geben!«

»Bedaure, Erwin. Den Zettel musst du dir schon wiederholen. Ohne Zettel kein Besuch.«

»Aber ich bin doch auch ohne ihn hier gelandet!«

»Der Bauchnabeltrick funktioniert immer. Und solange die 24 Stunden noch nicht abgelaufen sind, darfst du jederzeit zurückkehren. Bloß mit dem dritten Besuch wird es nicht klappen.« Johannes wechselt die Beinstellung und umklammert das andere Knie. »Also, mein Lieber, können wir?«

»Moment, nichts überstürzen. Immer mit der Ruhe.« Knautschke beginnt, wie Helmling im Zimmer auf und ab zu gehen, hält inne, setzt die Wanderung fort. »Wenn ich schon zurück muss, dann nur unter der Bedingung, dass mir dort unten nichts passiert.«

»Du selbst hast dich in diese Lage gebracht. Warum musstest du auch Dr. Helmling aufsuchen? Und dann noch in Verkleidung – so was Verrücktes!«

»Okay.« Knautschke baut sich vor dem Evangelisten auf. »Ich habe eine Idee. Aber ihr müsst mir helfen, du und der liebe Gott.«

»Wir müssen gar nichts«, entgegnet Johannes und legt den Kopf schräg. »*Du* musst, mein Lieber. Und zwar dalli, wenn du mir die Formulierung gestattest!«

»Was kann ich dafür, dass dieser Helmling und seine Leute so aggressiv sind? Gott hat Schuld, es sind seine Geschöpfe. Also hilf mir, Johannes! Es kostet dich bloß ein Telefonat.«

Der junge Mann seufzt. Schwer hebt sich sein Brustkorb, sackt schwer in sich zusammen. Diese Nervensäge namens Erwin Knautschke! »Ein Telefonat«, sagt er schließlich. »Meinetwegen. Und wen soll ich anrufen?«

»Tatjana.«

»Leck mich«, stammelte die junge Frau mit der Punkfrisur, während sie ihren Zeigefinger langsam von Knautschkes Nabel löste. »Was war denn das?«

14 Personen machten große Augen, schüttelten den Kopf, klappten die Münder auf und zu. Für einen Moment, einen winzigen Moment lang, hatten sie geglaubt, durch den Gefangenen hindurchsehen zu können. Auf die Wand hinter seinem Rücken!

»Dankeschön«, sagte Knautschke. »Das war's auch schon.« Irritiert klappte das Mädchen seinen Finger ein.

»Und was jetzt?« Der Anwalt hatte als Erster seine Sprache wiedergefunden. »Willst du, dass wir dir auch noch die Fußsohlen kraulen?«

»Einen klitzekleinen Augenblick, Dr. Helmling. Es wird sich alles klären.«

»Ich versteh das nicht«, murmelte das Mädchen. »Der sieht ganz normal aus, der Bauchnabel.«

Kaum hatte sie gesprochen, läutete es.

Alle sahen sich an. Dann eilte einer der beiden Männer, die sich beim Eintreffen Knautschkes im Raum befunden hatten, zu den Tischen und griff nach dem Telefonhörer. »Es ist Tatjana«, teilte er den anderen mit. »Was gibt's?« Er lauschte stirnrunzelnd. »Woher weißt du …? Moment, sag das noch mal, ich stelle dich laut.«

»Hallo, Andreas?«, drang Tatjanas Stimme verzerrt durch den Raum. »Ihr habt einen Gefangenen bei euch, ja? Tut ihm nichts, hört ihr! Ich komme, so schnell ich kann, und erkläre euch, wer er ist.«

»Wie bitte … was?«, stammelte Helmling. »Wer hat dir …?«

»Versprich mir einfach, dass ihr ihm kein Haar krümmt. Ich beeile mich. Bis gleich!«

Tatjanas Anruf hinterließ ratlose Mienen. Die Punkerin beugte sich zu Knautschkes Nabel herab und verschlang ihn fast mit ihren Augen. Dr. Helmling beriet sich flüsternd mit einigen seiner Leute, über synchrones Kopfkratzen und Achselzucken kam man aber nicht hinaus.

»Okay, warten wir halt«, brummte der Anwalt. »Lasst uns in der Zwischenzeit was essen. Und schlagt sofort Alarm, falls ihr seht, dass Tatjana nicht alleine kommt.«

Sie kam alleine. Infrarotkameras überwachten jeden ihrer Schritte vom verfallenen Schwarzwaldhof bis zum Versammlungsraum. Mittlerweile waren fast zwei Stunden vergangen. Die Gruppe hatte an einem langen Tisch eine kalte Mahlzeit zu sich genommen, Knautschke auf seinem Schemel ein Nickerchen gemacht.

Als Tatjana den Raum betrat, war er hellwach. Sie stürzte auf ihn zu, schlug in freudiger Bestürzung die Hand vor den Mund, dann umarmte sie ihn. Ihr Lippenstift hinterließ eine breite Spur auf Knautschkes Backe.

»Habt ihr ihn wirklich nicht erkannt?«, rief sie lachend. »Das ist Erwin. Erwin Knautschke! Er lebt!«

Diese Nachricht sorgte für ein mittleres Erdbeben. Alles sprang auf und eilte herbei, um das Wunder aus der Nähe zu sehen. Tatjana riss Knautschke die Perücke vom Kopf, was mit lauten Ohs und Ahs quittiert wurde. Dr. Helmling machte das fassungsloseste Gesicht von allen. Die Hennarote im Wollkleid hielt sich den Handrücken gegen die Stirn und brach stumm zusammen.

»Wie konntet ihr nur so blind sein?«, fragte Tatjana. Ihr R rollte wie eine Woge von einem Ende des Raumes zum anderen. »Und du, Erwin, warum hast du nichts gesagt?«

»Vielleicht löst du mir erst mal die Fesseln«, entgegnete Knautschke.

»Einen Moment«, erhob Helmling Einspruch. »Wir sollten vorsichtig sein.« Aber keiner hörte auf ihn.

Nachdem sich die erste Aufregung gelegt hatte und die Frau im Wollkleid wieder zu sich gekommen war, stand Knautschke Rede und Antwort. Entschuldigte sich wortreich für die Irreführung, bat aber gleichzeitig um Verständnis; schließlich habe er nicht wissen können, ob Dr. Helmling sein Verbündeter oder bloß eine Marionette der Behörden sei. Auch die Geschichte mit der Gedenktafel hätte eine geschickte Inszenierung sein können. Ihm, Knautschke, gehe es einzig und allein darum, die rätselhaften Umstände seines Todes – seines angeblichen Todes! – aufzuklären, und zwar bis ins letzte Detail.

»Ich wusste es«, sagte Tatjana glücklich und streichelte Knautschkes Wangen. »Du konntest nicht der Mann in dem Transporter gewesen sein. Du warst ja bei mir!«

»Aber wer war es dann?«, rief die Frau im Wollkleid schrill. Sie sah aus, als hätte sie Tatjana am liebsten aus dem Raum geprügelt.

»Irgendein armes Schwein aus der JVA, nehme ich an.« Knautschke rieb sich die von den Fesseln schmerzenden Handgelenke. »Könnte ich übrigens meinen Identifikationszettel wieder haben? Irgendwie hänge ich an dem Ding.«

Widerspruchslos reichte ihm Helmling den Zettel. »Wo haben Sie den her?«, wollte er wissen. »Aus der Pathologie?«

»Vom Fuß des Toten«, nickte Knautschke. »Der Typ sah mir übrigens verdammt ähnlich.«

»Aber warum haben Sie keine Anstalten gemacht, den Mummenschanz zu beenden?« Der Anwalt schaute immer noch zerknirscht drein. »Spätestens auf dem Weg hierher hätten Sie uns doch sagen müssen, wer Sie sind. Wir hätten Sie erschießen können!«

»Nun, ich fand die Situation sehr spannend«, grinste Knautschke. »Wer wie ich dem Tod so knapp von der Schippe gesprungen ist, den schreckt nichts mehr. Mich interessierte, wohin Sie mich bringen würden. Und für den Fall der Fälle hatte ich ja vorgesorgt. Ein guter Freund war instruiert, sich zu gegebener Zeit bei Tatjana zu melden.«

»Er sagte mir, ihr hättet Erwin gefangen«, erläuterte die Russin. »Ein gewisser Johnny, der dich von früher kennt.«

»Von früher, genau«, grinste Knautschke.

»Und was sollte das mit dem Bauchnabel?«, fragte die Punkerin argwöhnisch.

»Zeitgewinn. Hat nichts weiter zu bedeuten.«

Und so schwindelte sich Knautschke durch die nächste halbe Stunde. Was ihm nicht besonders schwer fiel, schließlich musste er nur seine Erlebnisse ein wenig ausschmücken und anpassen. Nein, mit dem Mord an der Unbekannten habe er nichts zu tun, wisse auch nicht, um wen es sich handle und warum man ausgerechnet ihn zum Sündenbock gemacht habe. Was die Ereignisse des betreffenden Tages angehe, könne er sich leider an nichts erinnern. Er sei mit heftigen Kopfschmerzen in diesem Badezimmer aufgewacht. Davor: Blackout. Totaler Gedächtnisverlust.

»Die müssen mich niedergeschlagen haben«, meinte er. »Oder unter Drogen gesetzt.«

Allseitiges Nicken. Drogen, das sehe ihnen ähnlich. Ihre Methoden!

»Wobei ich nicht weiß, wer ›sie‹ sind«, ergänzte er.

»Sie?«, rief Helmling verächtlich. »Alle natürlich! Die Regierung, die Geheimdienste, die Industrie – einfach alle, die in diesem Land etwas zu sagen haben. Ein Komplott der Eliten, darum geht es! Ein Politikwechsel, von langer Hand geplant. Die Probleme nehmen zu, da muss man das Volk halt ruhigstellen, indem man ihm Harmonie und Seligkeit vorgaukelt. Das Paradies auf Erden, die totale Indoktrination! Und Sie sollten eines der ersten Opfer sein!«

»Was Gott sei Dank nicht gelungen ist«, sagte Tatjana. »Wie kamst du eigentlich frei, Erwin?«

»Ein Wärter der JVA hat mich rausgeschleust. Keine Ahnung, warum. Er wusste, dass ich beim Transport nach Freiburg einen Unfall erleiden sollte. Da bin ich natürlich schnellstens hierher und habe mich im Höllental auf die Lauer gelegt. Übrigens, Tatjana, du hättest mir ruhig verraten können, dass du meinen Anwalt kennst und zu seiner Gruppe gehörst.«

»Auch wir haben unsere kleinen Geheimnisse«, lächelte sie.

»Und worum geht es euch? Was soll der ganze Aufwand mit dem Versteck und der Breisgau-Freyheit?«

»Das ist kein Spiel, Herr Knautschke«, antwortete Helmling grimmig. »Wie ich schon sagte: Wir haben es mit einem

Komplott zu tun. Die Regierung steht mit dem Rücken zur Wand und hat deshalb Gegenmaßnahmen ergriffen. Nicht bloß einzelne, punktuelle, sondern umfassende. Das gesamte Land soll ideologisch umgekrempelt werden. Keine Streitigkeiten mehr, keine Auseinandersetzungen, sondern nur noch ewige, alles einnebelnde Harmonie. Wer nicht mitzieht, wird ausgegrenzt: als Nestbeschmutzer, Nörgler, Volksfeind. Selbst die Opposition knickt schon ein.« Er stand auf, um seinen Beinen, wie zuvor in seinem Günterstaler Arbeitszimmer, etwas Auslauf zu gönnen. »Es fing an mit diesem unsäglichen Aufschwungbeschleunigungsgesetz, Sie erinnern sich? Allein der Name! Man bedient die eigene Klientel und verbrämt das Ganze so, dass es klingt wie eine blumige Weltverbesserungsmaßnahme. Wenn Sozialleistungen gekürzt werden sollen, erfindet man schnell ein Zukunftsförderungsgesetz. Hinter der Kulturaufwertungsinitiative verbirgt sich das Gegenteil, nämlich das Einsparen von Subventionen, und der Bund zur Verschönerung der Innenstädte dient nur den großen Warenhausketten. Seit Anfang des Jahres sind x Stiftungen gegründet worden, eine Charity-Veranstaltung jagt die nächste. Und wem nützt das? Natürlich nur der Oberschicht und ihren Lobbyisten, während sich das gemeine Volk von den bombastisch klingenden Namen einlullen lässt.«

»Aber das war doch schon immer so«, warf Knautschke ein.

»Natürlich war es das. Allerdings gab es noch nie einen derartigen Frontalangriff von allen Seiten. Das Ganze ist ideologisch streng durchgeplant. Eine Kampagne, wie gesagt. Sie haben doch selbst erlebt, wie einem die Positivismen auf der Straße eingehämmert werden. Glück, Seligkeit, Friede, Zuversicht – man erstickt ja schier daran.«

»Harmony, der Balancedrink.«

»Richtig. Trinken Sie das Zeug niemals, es macht Sie ganz kirre. Es gibt auch Deos, die so ähnlich heißen, Vitalriegel,

Raumdüfte, einfach alles. Völlig neu sind die staatlichen Förderprogramme zur Komposition von Entspannungsmusik. Bei Fußballspielen lassen sie ganze Wolken von Deeskalationsaromen auf die Fans herab. Und jetzt, in der Weihnachtszeit, verstärken sie ihre Anstrengungen noch.«

»Vergiss die Vorratsdatenspeicherung nicht!«, rief einer. »Sie sammeln alles über uns, einfach alles!«

Knautschke suchte Blickkontakt mit Tatjana. »Ist das wahr?«

»Du solltest mal die neue Gaststättenverordnung sehen«, seufzte sie. »Demnächst dürfen wir nur noch Nichtraucher und Vegetarier bewirten. Pro Gast und Abend ein alkoholisches Getränk, stell dir das mal vor!«

Knautschke schluckte. »Dagegen muss man etwas tun.«

»Sicher muss man«, nickte Helmling. »Aber das ist leichter gesagt als getan. Wir sammeln Unterstützer, wo es geht. Im Ernstfall können wir mit 300 bis 400 Anhängern rechnen. Das reicht natürlich nicht. Vorerst haben wir uns deshalb in den Untergrund zurückgezogen.«

»Und was wäre der Ernstfall?«

»Wenn uns so etwas zustößt wie Ihnen, Herr Knautschke.«

Nach diesen Worten herrschte Stille. Knautschke erinnerte sich an eine Bemerkung aus dem Himmelreich: Mir gefällt nicht, was da unten passiert, hatte Jossi gesagt. Und wie stand es mit Gott selbst? Konnte ihm gefallen, in welche Richtung dieses Land abdriftete?

»Insofern«, griff der Anwalt den Faden wieder auf, »freuen wir uns natürlich außerordentlich, dass Sie am Leben sind, Herr Knautschke. Und da man uns nicht auf die Spur gekommen ist, werde ich in meine Kanzlei zurückkehren können. Uns bleibt also noch ein wenig Zeit, Vorbereitungen zu treffen.«

»Und du, Erwin?«, fragte Tatjana. »Was willst du jetzt tun?«

»Weiterforschen. Herausfinden, was passiert ist.« Knautschke lächelte und setzte sich die Perücke wieder auf. »Natürlich in Verkleidung.«

Eine Stunde später legte man sich schlafen. Knautschkes Auferstehung war mit ein paar Flaschen Wein gefeiert worden, und im Rausch der Glückseligkeit ließ sich Dr. Helmling sogar herab, sich bei seinem Mandanten für die rüde Behandlung zu entschuldigen. Knautschke winkte großzügig ab.

Die Frau im Wollkleid wurde gelb vor Wut, als sie ihren Helden zusammen mit Tatjana in einer der Schlafkammern verschwinden sah. Wie hätte sie sich erst verfärbt, wenn sie Zeuge des langen Kusses geworden wäre, den sich Knautschke von der Bedienung aus dem Eisenstein auf den Mund drücken ließ? Nach einer gefühlten Ewigkeit ließ sie von ihm ab. Er sank auf die Matratze zurück. Tatjana kniete über ihm.

»Ich habe dich gerettet«, hauchte sie. Ihre Augen schimmerten silbern. »Was bekomme ich dafür?«

»Harmonie in alle Ewigkeit.«

»Das reicht nicht.« Mit einer einzigen Bewegung streifte sie ihr Kleid von den Schultern.

»Sei mir nicht böse, Tatjana«, brummte Knautschke, »aber ich bin verdammt müde.«

»Müde? Das liegt an diesem verdammten Balancedrink!«, schimpfte sie. »Seit der auf dem Markt ist, kriegt ihr Männer keinen mehr hoch. Trink den nie wieder, hörst du? Nie wieder!«

Er nickte schlaftrunken. Wie viel Zeit blieb ihm noch? Sollte er den Wecker stellen?

»Tatjana?«

»Was?«

»Falls ich morgen überraschend weg muss oder so …«

»Ja?«

»Mach dir keine Gedanken. Ich komme schon zurecht.«

»Ach, du alter Grapscher«, seufzte sie.

Dritter Teil

LIEBE

NEKTARUNVERTRÄGLICHKEIT

»Schöne Zeit gehabt, Knautschke?« Jossi steht im Kuppelraum neben der runden Bodenöffnung und säubert die Glasausstülpung mit einem langen Schrubber. Knautschke hat es sich auf einer der Liegen bequem gemacht und sieht ihm zu, während er an einem Riegel Ambrosia knabbert. Ansonsten ist der Raum leer.

»Geht so.«

»Geht so? Ich dachte, kurz vor Weihnachten ist es immer besonders kuschelig da unten.«

»Weihnachten ist auch nicht mehr das, was es einmal war.«

»Da hast du recht.«

Es quietscht leise, wenn der feuchte Schrubber über die Glasfläche fährt. Jossi arbeitet langsam und konzentriert, die Anstrengung steht ihm ins grinsende Gesicht geschrieben. Über ihm, in der Kuppel, schimmert es blau: der Widerschein des Atlantiks.

»Hast du Neues über dein Ableben erfahren?«, fragt er nach einer Weile.

»Hm«, nickt Knautschke, den Mund voller Ambrosia.

»Klingt ja spannend.«

»Hm.«

Jossi seufzt und tunkt den Schrubber in den Spülwassereimer. Schleppt beides ein paar Meter weiter, um dort mit seiner Tätigkeit fortzufahren.

»Jossi?«

»Was?«

»Lebst du eigentlich gerne hier oben?«

Überrascht sieht der Alte auf. »Wie bitte? Was für eine Frage! Habe ich eine Wahl?«

»Nein, natürlich nicht.« Knautschke erhebt sich, wischt

ein paar Krümel Ambrosia von seinem Hemd und wirft die Silberhülle des Riegels in einen Papierkorb. »Trotzdem. Wenn du die Leute hier oben fragst – übrigens auch, wenn du sie nicht fragst –, schwärmen sie unisono vom paradiesischen Leben im Himmelreich. Der Einzige, der sich in dieser Hinsicht zurückhält, der immer schön distanziert bleibt, bist du. Manchmal denke ich, du wärst lieber woanders.«

Jossi, auf den Schrubber gestützt, schweigt lange. Kratzt sich am Ohr, verzieht die Mundwinkel. Es arbeitet in ihm, man sieht es deutlich. »Was soll ich dazu sagen?«, schnarrt er schließlich ungehalten. »Keine Ahnung, wie ich auf andere wirke.«

»Es war bloß so ein Eindruck.«

»Papperlapapp!« Der Alte wischt den Einwand mit einer Handbewegung weg. »Hör zu, Kleiner. Weißt du, was ein Abdecker ist?«

»Einer, der tote Tiere einbuddelt.«

»Kann man so sagen. Zu meiner Zeit war er allerdings auch für Menschen zuständig. Da gab es eine Kaste, die kein Anrecht auf eine ordentliche Beerdigung hatte. Fahrendes Volk, verstehst du? Gaukler, Quacksalber, Zahnbrecher, Bettler, Bärenführer, Schauspieler. Wenn die irgendwann einmal tot umfielen, kam der Abdecker und verscharrte sie am nächsten Kreuzweg. Kein Priester, keine Blumen, kein Grabstein. Diese Menschen, Knautschke, wurden von der Erde getilgt, als hätten sie nie gelebt. Niemals! Und es gab Millionen von ihnen.«

»Aber heute doch nicht mehr!«

»Sicher?«

Knautschke zuckt mit den Achseln. Da Jossi nicht fortfährt, sagt er: »Du meinst, solange es auf Erden so zugeht, ist das Himmelreich immer noch der bessere Platz.«

»Der Chef hat sie aufgenommen, die Gaukler und Bettler und all die anderen. Das rechne ich ihm hoch an.«

»Verstehe.«

»Ob das deine Frage beantwortet, weiß ich nicht. Du gehörst zu einer neuen Generation, die andere Vorstellungen von einem erfüllten Leben hat.«

»Ja, vielleicht.« Ein kurzes Räuspern. »Jossi, ich brauche deine Hilfe.«

»Schon wieder?« Unwillig versenkt der Alte den Schrubber in der Bodenöffnung.

Knautschke legt ihm eine Hand auf den Arm. »Ich weiß nun, wie ich umgekommen bin, aber noch nicht, warum. Angeblich soll ich einen Mord begangen haben. Ich bin mir sicher, dass ich es nicht war. Du kannst mir helfen, den wahren Täter zu überführen. Dazu muss ich wissen, was an diesem Abend in Littenweiler wirklich passiert ist.«

»Du nervst, Knautschke.«

»Es ist bestimmt das letzte Mal, Jossi. Sobald ich weiß ...«

»Nein, ist es nicht!«, ruft der andere heftig. »Ich kenne euch jungen Hüpfer. Nach dem letzten Mal kommt das allerletzte Mal, dann das allerallerletzte und so weiter! Ihr gebt euch niemals mit etwas zufrieden. Da verrate ich dir die Sache mit dem Erdenbesuch, aber du kriegst den Hals ja nicht voll! Warum gehst du nicht einfach noch einmal runter und schaust selbst nach dem Rechten?«

»Das tue ich ja, keine Sorge. Aber es ist mein letzter Versuch, da darf nichts schief gehen. Es wäre sehr wichtig zu wissen, um wen es sich bei dem Opfer handelte und wann genau der Mord begangen wurde.«

»Was heißt das, wann genau? Kennst du etwa das Datum nicht?«

»Ich habe vergessen, Dr. Helmling danach zu fragen. Der Regierungsball in Himmelreich fand am 14. Juli statt, und kurz danach muss es zu dem Mord gekommen sein.«

»Kurz danach ist zu ungenau, Kleiner. Ich brauche exakte Angaben.« Jossi schnappt sich Eimer und Schrubber und verlässt flügelschlagend den Kuppelraum. Knautschke folgt ihm auf dem Fuß.

»He, Jossi, warte doch!«

»Nein!«

»Nun stell dich nicht so an! Es geht bloß um eine Zeitspanne von zwei, drei Tagen. Sagen wir, vom 14. bis zum 16. Juli. Wenn du Helmlings Erinnerungen anzapfst, wird er dir das genaue Datum schon verraten.«

»Und wessen Erinnerungen könnten dir in der Mordsache weiterhelfen?«, fragt Jossi über die Schulter. »Du sagst ja selbst, dass du den Mörder nicht kennst.«

»Versuch es mal bei einer Frau, die sich Else Schmid nennt. Sie hat das Wohnheimzimmer in Littenweiler angemietet. Wie sie in Wahrheit heißt, weiß ich leider nicht.« Knautschke hat alle Mühe, mit Jossi Schritt zu halten.

»Vergiss es.«

»Oder du nimmst dir die Polizisten vor, die als Erste den Tatort in Augenschein nehmen konnten. Auch deren Namen kenne ich nicht, aber Dr. Helmling hat mit einem von ihnen gesprochen. Einem jüngeren Mann.«

»Herrgott!« Abrupt bleibt Jossi stehen. »Wie stellst du dir das vor, Knautschke? Wie soll ich diese Typen so ganz ohne Namen und ohne nähere Angaben ausfindig machen? Ich brauche Fakten, verstehst du? Klare Anweisungen.«

»Aber den Sani und den von der Wandergruppe hast du auch gefunden!«

»Da wusste ich Datum und Uhrzeit, schon vergessen?«

»Bekommst du alles von Dr. Helmling.«

»Nein!« Jossi dreht sich um und eilt weiter den Flur entlang. »Ein für allemal, Knautschke: nein! Ich habe jede Menge Arbeit am Hals, und im Gegensatz zu Johannes bin ich bloß eine arme Seele, die sich nicht teilen kann. Du glaubst doch nicht, dass du hier ein Recht auf Sonderbehandlung hast! Jetzt sind erst mal die anderen dran.«

»Welche anderen?«, ruft Knautschke empört. »Im Archiv treibt sich nie jemand rum und im Kuppelraum auch nur alle Schaltjahre.«

»Denkst du!« Sie haben eine Tür erreicht, die zu einer Abstellkammer führt. Jossi verstaut sein Arbeitsgerät darin. Dann zieht er seinen Nektar-Flachmann aus der Tasche und bietet ihn Knautschke an. Der schüttelt trotzig den Kopf. »Wie du meinst, Sturhals«, knurrt Jossi. »Aber vergiss nicht: Ich kann auch stur sein.«

»Du hilfst mir also nicht?«

»Hilf dir selbst, dann hilft dir Gott.«

Wortlos dreht sich Knautschke um und lässt ihn stehen.

Er ist schon ein gutes Stück entfernt, als ihm Jossi nachruft: »Warum gehst du nicht einfach zur Wolke mit den Juli-Toten und erkundigst dich dort nach dem Opfer?«

Im ersten Moment hat Knautschke dies für einen erfolgversprechenden Hinweis gehalten. Natürlich, die Ermordete muss Mitte Juli im Himmelreich eingetroffen sein, um nun auf einer der Nachbarwolken zu – wie heißt es? – zu lustwandeln, richtig. Er begibt sich also dorthin. Doch kaum hat er seine Frage gestellt, kennt er die Antwort bereits.

»Ein Mordopfer?« Stirnrunzeln. Energisches Kopfschütteln. »So etwas gibt es bei uns nicht. Hier haben alle einen wunderbaren Tod erlebt. Da kannst du fragen, wen du willst.«

»Danke.« Knautschke verzichtet auf weitere Nachforschungen. Verbringt stattdessen einige Stunden auf der Wolke, um nach schwarzhaarigen jungen Frauen, die ihm möglicherweise bekannt vorkommen, Ausschau zu halten. Ohne Ergebnis kehrt er in sein Zimmer zurück. Am nächsten Tag startet er einen weiteren Versuch, erkundigt sich dabei nach einer gewissen Else Schmid, hat aber wieder keinen Erfolg. Die Ermordete ist nicht nur wie vom Erdboden verschwunden – sondern wie aus dem Himmelreich!

In gedrückter Stimmung vergehen die nächsten Tage. Weder Theophil noch Marlene gelingt es, Knautschke aufzuheitern. Allein durch eine Überdosis Nektar ließe sich der Sturz in die totale Depression vermeiden. Stundenlang liegt er nun auf seinem Bett, starrt zur Decke und gräbt in seinen Erinnerungen. Johannes besucht ihn regelmäßig, redet ihm gut zu, kann aber auch nichts ausrichten.

»Ihr seid schuld«, sagt Knautschke bitter. »Du und der liebe Gott. Wegen euch beiden komme ich nicht zur Ruhe. Wenn ich wüsste, was mir auf Erden zugestoßen ist, wäre ich nicht die ganze Zeit am Grübeln.«

»Ganz im Gegenteil«, erwidert der Evangelist. »Du grübelst nur, weil du etwas weißt. Oder zu wissen meinst. Und je mehr du erfährst, desto mehr kommst du ins Grübeln. Schau dich nur an! Alle anderen sind glücklich mit ihrem Tod, haben ihren Frieden gefunden. Du bist der Einzige, der sich nicht damit abfinden kann.«

»Und warum nicht? Warum bin ich so anders?«

»Es liegt an dem Zettel. Er macht dich so madig. Wenigstens wissen wir mittlerweile, wer vergessen hat, ihn dir beim Übergang ins Himmelreich vom Zeh zu streifen. Einer unserer Saisonarbeiter, ohne die wir nicht mehr auskommen, Gott sei's geklagt.«

»Ich hoffe, er hat seine gerechte Strafe bekommen?«

»Allerdings«, seufzt Johannes. »Der liebe Gott hat ihm eine Gehaltserhöhung versprochen. Das ist seine Art, Nachlässigkeiten abzustrafen. Wenn es nach mir ginge … aber lassen wir das. Du solltest mir den Zettel geben. Glaub mir, es wird dir guttun.«

Knautschke schüttelt den Kopf. »Erst nach meinem dritten Erdenbesuch.«

»Hast du immer noch nicht genug?«

»Wieso sollte ich? Die wichtigsten Fragen sind weiterhin offen: Warum wurde ich getötet? Wer ist die junge Frau gewesen? Wer hat sie in Wirklichkeit umgebracht? Außerdem interessiert mich, was aus Helmlings Untergrundbewegung wird.«

»Helmling?« Johannes verzieht sein Gesicht zu einer angewiderten Grimasse. »Der und seine Verschwörungstheorien! Wusstest du, dass man ihn schon vor 20 Jahren aus dem Anwaltsverein geschmissen hat, wegen seiner radikalen Ansichten?«

»Nö.«

»Helmling ist gefährlich. Du nimmst hoffentlich nicht für bare Münze, was dir der Mann erzählt hat?«

»Na, hör mal, ich habe doch mit eigenen Augen …«

»Was, Erwin? Was hast du gesehen?«

»Alles! Die Plakate, die Banner … Ganz Freiburg ertrinkt in Nikoläusen! Es stinkt nach Glückseligkeit!«

»Bald ist Weihnachten, schon vergessen?«

»So schlimm war es noch nie.«

»Schlimm? Was ist an Nikoläusen schlimm?«

»Dass sie Werbung verteilen. Dass sie dir den Kopf volldröhnen mit lächerlichen Schlagworten. Dass ein ganzes Land in Harmonie macht, inklusive Balancedrinks und Fandrogen und Beschäftigungsprogrammen für Arbeitslose.«

Johannes verschränkt die Arme vor der Brust. »Und?«

»Was und?«

»Als unvoreingenommener Zuhörer würde ich sagen, dass es sich dabei um lauter positive Dinge handelt. Wenn Arbeitslose eine Beschäftigung finden, ist das doch begrüßenswert.«

»Oder Augenwischerei. Das Ablenken von den eigentlichen Problemen. So funktioniert Politik!«

»Ja, vielleicht. In den Untergrund braucht man deshalb nicht gleich zu gehen.«

»Tatjana sagt, sie dürfen jedem Gast nur noch ein Glas Wein ausschenken.«

»Das wurde auch Zeit.«

»Du hast wirklich keine Ahnung!«, wendet sich Knautschke ärgerlich ab. Aber gleich dreht er sich wieder um. »Was sagtest du eben? ›Als unvoreingenommener Zuhörer‹? Manchmal frage ich mich, ob du das bist.«

»Ich verstehe nicht.«

»Dort unten verkaufen sie Engel mit deinem Gesicht, Johannes!«

»Unsinn.«

»Ich habe es gesehen! Ein Schokoengel in Silberpapier, er hatte deine Frisur und dein Klemmbrett unterm Arm.«

»War das, als du deinen Anfall hattest?«

»Ja.«

»Dann hat dir deine Fantasie einen Streich gespielt. Eine gewisse Ähnlichkeit will ich gar nicht leugnen, ich bin nun mal so etwas wie der idealtypische Engel.« Fast entschuldigend hebt er die Arme. »Der Herr hat mich geschaffen.«

»Ja, und er hat auch den Kaiserstuhl geschaffen, die Trauben und die Sonne, die sie wachsen lässt. Er hat den Menschen die Fähigkeit geschenkt, Wein zu keltern – und warum? Dass nach einem Glas Schluss ist? Ich sage dir eins, Johannes: Mein nächster Besuch auf Erden wird in der Vergangenheit stattfinden, lange vor diesen bescheuerten Gesetzen, und dann werde ich mich so richtig vollllaufen lassen.«

»Tu das«, lächelt der junge Mann. »Und bete zum Herrn, dass er dich vor dem ewigen Kater bewahrt.«

Am nächsten Tag findet Knautschke eine Nachricht von Jossi an seiner Tür: »14 Uhr MEZ im Archiv. Hab vielleicht was für dich.« Er knüllt den Wisch zusammen und wirft ihn in den Papierkorb. Was soll dieses blöde »vielleicht«? Entweder hat Jossi was, oder er hat nichts. Will sich wohl bitten lassen, der Alte: Mensch, Jossi, könntest du nicht … drück doch mal ein Auge zu … es wäre so arg wichtig für mich.

Mit verächtlichem Schnauben schlägt Knautschke den Weg zur Kantine ein, um sich nach einer Alternative zu dem vermaledeiten Nektar zu erkundigen. Seit vorgestern hat er keinen Schluck mehr zu sich genommen, und irgendetwas Flüssiges muss es hier oben doch geben. Auf dem Flur kommt ihm ein Mann entgegen: dunkelblonde Locken, korpulent, das Hemd wie immer über der Hose. Sein verstorbener Partner.

»Erwin! Endlich finde ich dich.« Griesbacher breitet die Arme aus und drückt Knautschke an seine Brust. Zu Lebzeiten roch Gregor immer ein wenig nach Schweiß oder nach einem kräftigen Deo, das den Schweiß übertünchen sollte. Jetzt, im Himmelreich, riecht er überhaupt nicht. Genau das findet Knautschke eklig.

»Mensch, alter Junge, so sieht man sich wieder!« Griesbachers Freude wirkt forciert. »Du, ich wollte dich schon die ganze Zeit besuchen, aber als Toter hat man ja so viele Leute kennenzulernen. Ist doch super hier oben, nicht?«

Knautschke mustert seinen Kompagnon schweigend. Bei ihrem zufälligen Treffen im September ist ihm Griesbacher etwas schlanker vorgekommen. Entweder hat er sich damals getäuscht, oder der Kerl hat in der Zwischenzeit wieder zugelegt. Seine Hautfarbe gefällt ihm nicht, sie tendiert zum Graufleckigen.

»Zeigst du mir, wie es auf eurer Wolke so zugeht?«, fährt Griesbacher fort. »Und wir müssen quatschen, Erwin. Über die alten Zeiten und so.« Er stutzt. »Was ist los? Du sagst ja gar nichts.«

Knautschke sieht ihm scharf in die Augen. Jetzt noch einen kurzen Moment warten, um die Spannung zu erhöhen … und dann Frontalangriff: »Du elender Idiot! Warum hast du dich aufgehängt? Was sollte dieser Mist, Gregor?«

Griesbacher weicht zurück. »Wie bitte? Was soll ich getan haben?«

»Verdammt, denk nach! Was glaubst du, weshalb du hier

bist? Ein gesunder, junger Mann wie du! Du hättest noch so oft nach Florida reisen können, mit welcher Mieze auch immer, aber nein, stattdessen hast du es vorgezogen, dich umzubringen. Warum, Gregor? Sag nicht, wegen mir!«

»Wovon redest du?«, stammelt Knautschkes Partner. »Ich verstehe kein Wort.«

»Dann streng dich an! Wo hast du das Seil befestigt? In der Detektei, malerisch im Vorderraum? Oder hinten, in der Küche? Kannst du dich nicht mehr erinnern?«

»Welches Seil, Erwin? Glaub mir, ich hatte einen wunderbaren Tod. Ich bin ganz sanft …«

»Halt's Maul! Wirklich, ich kann es nicht mehr hören.«

»Meine Frau hat mir die Augen zugedrückt und …«

»Deine Frau, ja? Mit der du nur noch über deinen Anwalt korrespondierst?« Er winkt ab. »Vergiss es, Gregor. Alle hier glauben, denselben Standardkitschtod gestorben zu sein, egal ob sie im Häcksler gelandet sind oder in einem Bottich Schwefelsäure. Nur ich nicht, ich glaube es nicht – nein, ich *weiß*, dass es nicht so war. Fällt dir dazu wenigstens etwas ein?«

»Wozu?«

»Zu meinem Tod. Höllental, der Sturz aus dem Gefangenentransporter. Es stand sogar in der Zeitung. Na?«

Griesbacher schüttelt den Kopf. Ein paar seiner Locken kleben an der verschwitzten Stirn. »Das ist mir neu. Ich dachte, du wärst krank gewesen. Nichts Schlimmes, bloß …«

»Bloß tödlich? Dann ist ja gut. Pass mal auf, Gregor.« Er hakt seinen Partner unter und geht mit ihm Richtung Kantine. »Ich spendiere dir jetzt einen Nektar, und dann erzählst du mir, was du über meine letzten Tage in der Detektei weißt. Vor allem über diese Geschichte mit dem alten Burgwald.«

Aber Griesbachers Erinnerungsvermögen ist beeinträchtigt, da hilft kein Nektar. Vielleicht hat er auch nie mehr gewusst, als er jetzt berichtet: »Graf Burgwald?«, sagt er zögernd, nachdem er hinter einem der kleinen Kantinentische Platz genommen hat. »Nun, er wollte an diesem Regierungsball teilnehmen und brauchte einen Personenschützer. Da rief er uns an, aus lauter Gefälligkeit. Du hast den Auftrag übernommen, und soviel ich weiß, gab es keine Probleme. Erst am nächsten Tag, als sie dich verhafteten.«

»Am nächsten Tag? Bist du sicher?«

Griesbacher überlegt. »Ich meine, ja. Wann war der Ball? Freitags oder samstags?«

»Es war ein Samstag. Der 14. Juli.«

»Jedenfalls standen sie am Sonntagabend vor meiner Tür.«

»Bei dir zu Hause?«

»Ja. Da war die Detektei schon komplett auf den Kopf gestellt. Sie kamen, um mich davon in Kenntnis zu setzen und um mich auszuquetschen. Über dich.«

»Über mich, genau!« Knautschke lässt die flache Hand auf den Tisch knallen. »Schließlich stand ich unter Mordverdacht. Und dann, Gregor? Dann kam der Transport, der angebliche Unfall, Erwin Knautschke war tot, du hast die Detektei abgewickelt und irgendwann auch dich selbst. So ist es gewesen, Gregor, so und nicht anders!«

»Wirklich, ich weiß nichts von einem Unfall.« Eine Papierserviette wird zum Opfer von Griesbachers nervösen Händen. »Du warst doch unschuldig, Erwin! Als wir uns im Büro trafen, hast du es mir selbst gesagt. Also ließen sie die Anklage fallen. Dass wir beide kurz danach den Weg ins Himmelreich fanden, hat damit nichts zu tun.«

»Schon gut.« Knautschke fährt sich mit der Hand über die Augen. »Du kannst nichts dafür, Gregor. Diese Gehirnwäsche ist gründlich. Es gibt nur eine Lösung: Ich muss auf die Erde zurück.«

»Auf die Erde?« Griesbacher lächelt schief. »O ja, meine Gedanken sind auch oft dort. Trinken wir noch einen?«

Aber Knautschke verzichtet. Er beschließt, das Archiv nun

doch aufzusuchen. Immerhin weiß er jetzt, dass für den Mord nur die Nacht vom 14. auf den 15. Juli in Frage kommt. Am 15., einem Sonntag, ist er verhaftet worden. Damit müsste Jossi etwas anfangen können.

Er verabschiedet sich von Griesbacher, nachdem er ihm hoch und heilig versprochen hat, ihn demnächst auf seiner Wolke zu besuchen. Dort gebe es auch ein herrliches Sonnendeck, schwärmt sein Kompagnon, und eine Sauna und ein Schwimmbad und alles, was das Herz eines Seligen begehrt.

Weiber auch?, will Knautschke wissen.

Ja, selbstverständlich. Griesbacher schaut irritiert. Warum?

Schon gut.

Kopfschüttelnd verlässt Knautschke die Kantine. Der Griesbacher, den er gekannt hat, war ein Mann von eher zweifelhaftem Charakter. Dem weich gespülten Exemplar jedoch, das sich hier oben herumtreibt, traut er erst recht nicht über den Weg.

Er ist so in Gedanken vertieft, dass er die Seligen, die ihm auf dem Flur begegnen, kaum wahrnimmt. Als er einen von ihnen versehentlich anrempelt, entschuldigt er sich murmelnd. Den Schmerbauch aber, der sich mit verlegenem Lächeln in ein Zimmer verdrücken will, erkennt er sehr wohl. Auf diesen Wicht hat er nur gewartet!

»Schön hier geblieben, Freundchen!«, ruft er und krallt ihn sich, bevor er die Tür schließen kann. Er gibt dem Kerl einen Stoß, dass er durchs ganze Zimmer stolpert. Beziehungsweise schwabbelt. Am Bett kommt die wabernde Masse schließlich zum Stillstand. Nach Luft schnappend dreht sich der Mann um.

»Was um alles in der Welt …? Herrjemine, du hast mich vielleicht erschreckt!«

Mit grimmiger Miene wirft Knautschke die Tür ins Schloss

und nähert sich dem Dicken. Der will zurückweichen, doch da steht ja das Bett.

»Guter Mann, was habe ich dir getan?«

Knautschke kommt näher.

»Warum sagst du nichts? Was ist denn los?« Jetzt bleibt nur noch das Bett als Fluchtweg. Der Schmerbauch klettert über die Kissen und drückt sich mit dem Rücken gegen die Wand. Vielleicht gibt sie ja nach, die Wand, vielleicht erbarmt sie sich und bietet ihm eine Rückzugsmöglichkeit. Als er noch Priester im Münsterland war, damals auf der Erde, da hat ihn spätabends beim Feuerwehrfest mal ein Halbwüchsiger mit einem abgeschlagenen Flaschenhals bedroht, so ähnlich fühlt er sich jetzt. Aber der Junge war randvoll mit Apfelkorn, während dieser Selige hier …

»Du geiler Hurenbock!«, brüllt Knautschke den Dicken an.

»Wie bitte?« Verstellung liegt dem Manne fern. Das Wort »Hurenbock«, selbst wenn er es vernommen hätte, gehört tatsächlich nicht zu seinem Vokabular.

»Verlogener Pfaffe! Macht ihr das immer so?«

»Äh … was bitte?«

»Selige bespringen! Mit Toten schlafen! Ich habe dich erwischt, schon vergessen? Als du es drüben im Labor mit Marlene getrieben hast.«

»Marlene?« Der Münsteraner Priester lächelt verlegen. »Wer war das noch mal? Diese … diese Kleine?«

»Sag bloß, du erinnerst dich nicht!« Knautschke stößt bereits mit den Schienbeinen gegen das Bett des Mannes. »Lüg mich nicht an!«

»Ich lüge nicht! Du weißt doch, dass es unmöglich ist, im Himmelreich zu lügen. Ich muss nur … Weißt du, ich kann mir Namen so schlecht merken. Gesichter schon eher. Eine hat stark gelispelt. War sie das, deine Marlene?«

»Du verdammter Lustgreis!«, schäumt Knautschke. Ein

Schritt, und er steht ebenfalls auf dem Bett, Aug in Aug mit dem vor Angst schwitzenden Geistlichen. Unter der Matratze ächzen die Latten. »Habt ihr hier eine Wette laufen, du und deine Amtsbrüder? Wer von euch die meisten Mädel ins Bett kriegt?«

»Sie haben es alle gerne getan«, presst der Dicke hervor. »Alle! Frag sie.«

»Das weiß ich! Wer schlägt jemandem im Himmelreich schon eine Bitte aus? Zumal einem Seelsorger?« Seine Hände krallen sich in das schwarze Hemd des Priesters. »Weißt du, was du bist? Ein ekliges kleines Würstchen bist du. Aber eins musst du mir verraten: Wie schaffst du es in deinem Zustand, mit so vielen Frauen zu schlafen? Raus mit der Sprache!«

Der Priester schlottert am ganzen Leib. »Wie … wieso in meinem Zustand?«, bricht es schließlich aus ihm heraus. »Gegenüber Lebzeiten habe ich schon etwas abgenommen.«

»Das meine ich nicht!«

»So … sondern?«

»Das da meine ich!« Knautschkes Kinn zeigt zur Hose des Priesters. »Seit ich hier bin, habe ich keinen mehr hochgekriegt. Habe nicht mal im Ansatz Verlangen gespürt, und das, obwohl meine Nachbarin schon am ersten Tag einen Striptease hingelegt hat. Total tote Hose! Und ich habe das Gefühl, dass es hier allen so geht. Nur du hüpfst fröhlich von einer zur anderen mit deiner Wampe! Wie ist das möglich?«

»Keine Ahnung«, stammelt der Dicke. Kreidebleich schielt er auf Knautschkes Fäuste, die sich immer fester um sein Hemd schließen. »Ich würde sagen, die Leute … die sind halt verschieden.«

»Verschieden? Liegt es nicht eher daran, dass du keinen Nektar trinkst? Oder hast du Zugang zu einer Art Himmelsviagra?«

»Viagra? Um Gottes willen, nein, wo denkst du hin? So etwas gibt es hier nicht.«

»Also der Nektar.«

»Der Nektar … ja, das stimmt, ich darf keinen zu mir nehmen. Nur manchmal. Sehr selten.«

»Du darfst nicht?«, faucht Knautschke. »Was soll das heißen? Alle anderen werden regelrecht gezwungen. Trink deinen Nektar, vergiss deinen Nektar nicht …! Wer hat es dir verboten?«

»Ein Kollege«, flüstert der Priester.

»Ein Geistlicher?«

Er nickt. »Er hat mich besucht, als ich hier ankam, und meinte, ich hätte eine partielle Nektarunverträglichkeit. Leider.«

Für einen Moment lockert Knautschke seinen Klammergriff. »Eine was?«

»Nektarunverträglichkeit. So lautet der Fachbegriff. Ich darf das Zeug höchstens einmal die Woche trinken. Was ich sehr bedaure.«

»Das ist doch erstunken und erlogen!« Gleich nimmt er den Dicken wieder härter ran.

»Nein, ist es nicht!«, ruft der in höchster Not. »Diese Krankheit tritt sogar ziemlich häufig auf. Vor allem unter Geistlichen. Unheilbar.«

»Verstehe«, brüllt Knautschke und stemmt den Priester in die Höhe, dass die Latten knirschen. »Unsereins schüttet sich mit diesem Tranquilizer zu, aber ihr springt von Zimmer zu Zimmer, wenn euch abends der Schwanz platzt! Und nie wird sich eine Selige verweigern, schließlich will man ja keinen Pfarrer vor den Kopf stoßen. Geschickt eingefädelt, das muss ich sagen!«

»Das … siehst du … falsch«, kommt es gepresst von oben. Knautschke kocht vor Wut. Die Latten knirschen bedrohlich. Am liebsten würde er den Kerl zerquetschen, wie man einen fetten Engerling zerquetscht. Aber tu mal einem Toten was an!

»Nektarunverträglichkeit«, zischt er. »Ich könnte euch Harmony empfehlen, den Balancedrink. Damit eure Hormone wieder ins Gleichgewicht kommen.«

»Lass mich runter«, wimmert der Priester. »Bitte!«

»Was geht hier vor?«, donnert es von der Tür her. Es ist bloß ein kleiner Donner, aber Johannes, der Sprecher, zieht eine ungewöhnlich finstere Miene.

Knautschke lässt sein Opfer los, dass es auf die Matratze plumpst, und weil es so schwer ist, gibt auch der Lattenrost seinen Widerstand auf. Mit einem hässlichen Krachen sausen Knautschke, der Priester und die gesamte Bettauflage auf den Boden.

»Was ist hier los?«, will Johannes wissen. »Hast du den Mann etwa bedroht, Erwin?«

»Wenn du von dem Würstchen da redest, kann ich dir nur eins sagen: Schmeiß ihn raus, den Saukerl! Und seine saubere Korona gleich mit. Die treiben es im großen Stil mit deinen Schäfchen, Junge! Faseln was von Nektarunverträglichkeit, und dann ran an die Buletten!«

»Ach, das.« Johannes nickt. »Ja, da liegt in der Tat ein Attest vor.«

»Ein Attest? Schon klar. Was den Spitzensportlern ihr Belastungsasthma, ist der Geistlichkeit ihre Nektarunverträglichkeit.« Wütend entsteigt Knautschke den Trümmern der priesterlichen Bettstatt. »Weißt du, was, Johannes? Ab jetzt vertrage ich dieses Gesöff auch nicht mehr. Das Attest stelle ich mir selbst aus. Und dann: juchheirassa!«

Türenknallend verlässt er das Zimmer.

Als er kurze Zeit später im Archiv eintrifft, ist sein Zorn noch nicht verraucht. Jossi sitzt im Nebenraum vor dem Bildschirm und wechselt die Batterien der Fernbedienung. Wortlos pflanzt sich Knautschke neben ihn in einen Stuhl.

Und nun?

Würde man behaupten, Jossi ignoriere den Neuankömmling und seine schlechte Laune, wäre das eine glatte Untertreibung. Während Knautschke in seinem Stuhl brütet, ist der Alte nur für seine Batterien da. Kaum sind sie ausgetauscht, legt er die Fernbedienung beiseite, steht auf und geht in den Vorraum. Knautschke sieht ihm verdattert nach.

»Jossi?« Keine Antwort. »Ja, was ist denn nun? Ich dachte, du hättest was für mich.«

Ein Kopf erscheint im Durchgang. »Sieh an, da sitzt ja einer. Hab gar nicht gehört, dass du gegrüßt hast, Kleiner.«

»Fängst du jetzt auch schon so an?«, stöhnt Knautschke. »Hier spinnen doch alle! Auf unserer Wolke finden regelrechte Orgien statt, und du kommst mir mit Umgangsformen. Ich könnte kotzen!«

»Orgien?«, grinst der Alte. »Das wüsste ich aber.«

»Also, hast du nun einen Film für mich oder nicht? Ich kann dir mittlerweile auch das exakte Datum nennen, um das es mir geht.«

»Erst einen Schluck Nektar«, ordnet Jossi an. »Vorschrift, du weißt ja.«

»Bedaure. Seit heute leide ich unter partieller Nektarunverträglichkeit. Hab mich bei einem Priester angesteckt.«

»Unter was?«

»Nektarunverträglichkeit. Nie gehört?«

Jossi schaut ihn prüfend an. »Dann zieh Leine. Archivbenutzung nur nach Einnahme einer Mindestmenge Nektar. Altes Himmelsgesetz.«

Knautschke überlegt, ob er Jossis Reich mal eben kurz und klein schlagen soll. Aber wenn ein Johannes schon ins Zimmer gestürmt kommt, sobald einer seiner Schutzbefohlenen am Schlafittchen gepackt wird, marschieren bei echten Gewaltausbrüchen wahrscheinlich sämtliche Himmelsheerscharen auf.

»Schieb schon rüber«, brummt er. Jossi wirft ihm den

Flachmann zu. »Aber dafür will ich auch etwas sehen. Etwas Gescheites, hörst du?«

»Allmählich wirst du unverschämt, Kleiner.« Während Knautschke so tut, als trinke er, greift Jossi nach der Fernbedienung und schaltet den Bildschirm ein. Ganz von der Technik des 21. Jahrhunderts eingenommen, entgeht ihm, dass der Inhalt seines Flachmanns im Topf der Yucca-Palme versickert. Vorne bittet die wohlbekannte freundliche Dame um das Einlegen der DVD, wünscht gute Unterhaltung und entschwindet. Jossi wartet, bis der Film startet, dann drückt er auf die Pausentaste. »Deine Angaben, Knautschke, waren wirklich mies. Da habe ich ganz schön schuften müssen. Von einer Else Schmid keine Spur. Frag mich nicht, wie, aber am Ende ist es mir gelungen, diesen Polizisten aufzutreiben.«

»Welchen?«

»Den jungen. Einen Heiko Irgendwas. Ende 20, zwei kleine Kinder, falls es dich interessiert. Wir steigen ein am, Moment«, er schaut auf einen Zettel, »am Sonntag, dem 15. Juli, um 8.30 Uhr. Ort des Geschehens: der vierte Stock eines Studentenwohnheims in Littenweiler. Los geht's.«

Knautschke stützt beide Unterarme auf die Knie und fixiert den Bildschirm. Zu sehen ist: ein langer Flur im Gegenlicht; ein Mann, uniformiert; eine Frau, dunkelhaarig und kleingewachsen. Die Frau zeigt nach vorne, flüstert: »Hier ist es.« Trotz der wenigen Worte kann sie ihren Akzent nicht verbergen. Der Polizist schickt sie weg, winkt seinem Kollegen, zieht die Waffe.

Die Tür eines Wohnheimzimmers ist nur angelehnt. Geräuschlos wird sie aufgestoßen. Tiefe Atemzüge sind zu hören. Beide Polizisten treten mit erhobener Waffe ein. Der Blick fällt auf eine winzige Diele, auf ein fast kahles Zimmer und einen leblosen Körper darin. Eine Frau mit tiefschwarzer Pagenfrisur, flach auf einer Matratze ausgestreckt. Der ältere Polizist beugt sich über sie, fühlt ihr den Puls, betrachtet lange, sehr lange sogar, ihr Gesicht.

Und der andere? Der, aus dessen Perspektive man dem Geschehen folgt? Immer wieder lenkt er den Blick zu einer Tür in der Diele. »Bruno«, hört man ihn flüstern. »Bruno, da ist jemand!« Und tatsächlich, jetzt sind deutlich Geräusche zu vernehmen, ein schwaches Rumpeln zunächst, dann dumpfe Töne, wie das Lallen eines Menschen.

Bruno springt auf, bringt erneut die Dienstpistole in Anschlag.

»Der Schlüssel«, wispert der andere und zeigt auf das Türschloss.

Sein Kollege nickt. Räuspert sich, tritt nahe an die Tür heran und ruft: »Hier ist die Polizei. Wer sind Sie? Bitte sprechen Sie laut und deutlich.«

Keine Antwort. Es sei denn, man akzeptiert das unkoordinierte Lallen als Reaktion.

»Wer ist da drin? Bitte nennen Sie uns Ihren Namen!«

Immer noch nichts.

»Ist der besoffen, oder was?«, zischt der junge Polizist.

»Wir gehen rein«, bedeutet ihm der andere. Und fügt laut an: »Hallo? Wir öffnen jetzt die Tür. Leisten Sie keinen Widerstand! Unsere Waffen sind auf Sie gerichtet. Hören Sie? Keine Dummheiten!«

Mit einer raschen Bewegung der linken Hand dreht er den Schlüssel. Drückt die Klinke nieder und stößt die Tür auf. Beide Polizisten zielen ins Innere des Raumes.

Bruno lässt als Erster die Waffe sinken. Der kleine Raum gibt sich als fensterloses Bad zu erkennen, und dort, in der Dunkelheit, hockt ein Mann mit flackernden Lidern in der Duschwanne. Es ist der einzige Sitzplatz in dieser Nasszelle außer dem Klo.

Knautschke, der Betrachter, schüttelt fassungslos den Kopf. Er hat es ja gewusst, er war darauf vorbereitet. Und doch schnürt ihm diese Erfahrung die Kehle zu: sich selbst zu sehen, in einer Situation, die man offenbar durchlebt hat, auch wenn man nichts mehr davon weiß.

»Schau dir das an«, krächzt er. »Schau dir das nur an, Jossi!«

Die Antwort besteht aus einem zustimmenden Brummen. Und dann: »Heiko hatte recht.«

»Recht, wieso?«

»Wenn du mich fragst: Du siehst wirklich total besoffen aus.«

Dem ist nichts hinzuzufügen. Das Gesicht des Mannes in der Dusche wirkt noch verknautschter als sonst, schwer hängen die Tränensäcke unter verquollenen Augen. Von selbst kommt der Kerl gar nicht hoch, da müssen ihm die beiden Polizisten helfen. Was sie auch tun, nachdem sie ihm Handschellen angelegt haben.

»Handschellen?«, hört man Heiko fragen. »Warum denn das?«

»Verdammt, hier geht es um Mord, Junge.«

»Aber der Mann war doch eingesperrt!«

»Das heißt noch lange nicht, dass er unschuldig ist.«

Schweigend verlässt der junge Polizist die Nasszelle. Er geht langsam einmal um die Tote herum, betrachtet sie von allen Seiten, ohne ihr so nahe zu kommen wie sein Kollege. Die Frau liegt auf dem Bauch, Kopf nach links, das Gesicht komplett von ihrer schwarzen Haarpracht verdeckt. Auf ihrem Hals sind dunkle Würgemale zu sehen. Sie trägt ein grünes, ärmelloses T-Shirt. Aus dem hellblauen Laken, das jemand über sie gebreitet hat, ragen ihre nackten Füße.

»Nun dreh sie halt mal um!«, platzt es aus Knautschke heraus. »Los, Junge, zeig uns ihr Gesicht!«

Jossi wirft ihm einen spöttischen Blick zu.

Nichts dergleichen geschieht. Der Polizist hält Abstand, vielleicht ist es seine erste Leiche. Knautschke beißt sich auf die Unterlippe. Irgendwann wendet sich Heiko ab und ruft nach seinem Kollegen. Der, auf der Schwelle zum Bad stehend, ein Handy am Ohr, macht eine verneinende Geste. Was und mit wem er spricht, ist nicht zu verstehen.

»Hast du die Kripo angefordert?«, will Heiko nach Ende des Telefonats wissen.

»Auch.« Der andere tritt nahe an ihn heran. »Hör mal zu, mein Junge. Wir bekommen gleich Verstärkung, damit wir uns um diesen Typen hier kümmern können. Ansonsten halten wir uns raus, und zwar komplett. Das ist ein Fall für den Staatsschutz.«

»Wieso denn das?«

»Ich habe meine Gründe. Für mich sieht das nicht nach einem normalen Mord aus, sondern nach einer politisch motivierten Tat. Lass die Kollegen nur machen. Die wissen, wie man sich in solchen Situationen verhält.«

»Kennst du die Tote? Hat es mit ihr zu tun?«

»Ja, möglich. Am besten, du stellst jetzt keine Fragen mehr.«

»Aber wir müssen doch einen Bericht anfertigen. Wie soll ich denn …?«

»Keine Fragen, Junge. Okay?«

Knautschke schlägt sich mit der flachen Hand aufs Knie. »Verdammt noch mal, dass kann doch nicht wahr sein! Lässt sich der Kerl so einfach abspeisen?«

»Quatsch nicht dauernd dazwischen!«, herrscht ihn Jossi an. »Sonst bestehe ich auf einer Zusatzportion Nektar.«

Grimmig, aber schweigend verfolgt Knautschke das Ende des Films. Auch dort fällt kaum noch ein Wort. Eine Befragung des Verhafteten durch den jungen Polizisten wird von Bruno sofort unterbunden. Heiko schmollt, das ist unverkennbar. Seine Blicke schweifen durch das Zimmer, in dem so ziemlich alles fehlt, was eine Behausung wohnlich macht: Bilder, Blumen, Bücher, irgendetwas Persönliches. Es gibt keinen Tisch, keinen Stuhl, keine Vorhänge, die Matratze ersetzt das Bett. Ein billiger Schrank enthält vermutlich die Kleider der Toten. In einem Regal stehen Aktenordner mit kryptischen Beschriftungen, zwischen Papierstapeln sind ein Notebook und ein Drucker zu sehen. Insgesamt eine Wohnung, die erst vor wenigen Tagen bezogen worden ist, Dr. Helmling hat es ja gesagt.

»Mann, Mann, Mann«, stöhnt Knautschke. Gerade hat er sich vorgestellt, bei der Toten handle es sich um Ariane. Die trägt auch gern grüne Oberteile, weil die so gut zu ihren roten Haaren passen. Wer kann bloß ein Interesse daran gehabt haben, diese junge Frau zu erwürgen? Und was soll an der Tat politisch motiviert sein?

Jossi stellt den Film ab. »Das war's, Kleiner. Jetzt kommen irgendwelche Großkopferten von der Kripo oder vom Geheimdienst, und damit sind unsere Streifenpolizisten erst mal weg vom Fenster. Ende der Vorstellung. Zufrieden?«

Knautschke funkelt ihn an. »Frag nicht so blöd! Wie kann ich zufrieden sein, wenn der gesamte Film nichts taugt? Ein leeres Zimmer, ein verdecktes Gesicht und ein Polizist, der sofort den Staatsschutz alarmiert! Das ist doch zum Mäusemelken! Mit jedem gelösten Rätsel kommen drei neue dazu.«

»Gut erkannt«, grinst Jossi. »Ich sehe, deine Philosophienachhilfe hat sich ausgezahlt.«

»Wetten, dass der Film manipuliert ist? Genau wie der andere. Wahrscheinlich war das Gesicht der Frau sehr wohl zu erkennen. Bis Johannes kam und daran herumgemauschelt hat. Damit der Depp von Knautschke weiter im Dunkeln tappt.«

Keine Antwort. Nachdenklich befühlt Jossi ein Blatt der Yucca-Palme, das plötzlich ganz braun geworden ist.

»Na, was ist? Gib schon zu, ich weiß es doch. Unsere beiden Obermuftis haben sich das Material vorher genau angeschaut, richtig?«

»Ach, Kleiner«, seufzt Jossi und erhebt sich schwerfällig. »Natürlich wollten sie den Film vorher sehen. Du glaubst doch nicht, dass du hier überhaupt noch einmal irgendetwas ohne vorherige Prüfung in die Hand bekommst. Das ist vorbei, Knautschke, und du selbst hast es zu verantworten. Wenn man ans Ziel kommen will, muss man behutsam vorgehen und nicht dauernd alle Aufmerksamkeit auf sich ziehen. Glaub mir, ich spreche aus Erfahrung.«

»Auf deine Ratschläge kann ich verzichten!«

»Wie du meinst.« Achselzuckend geht Jossi zum DVD-Player.

»Nein, warte. Spiel das Ding noch einmal ab, bitte. Mir ist da etwas aufgefallen.«

»Wenn du deinen Zustand in der Dusche meinst, den fand ich auch bemerkenswert.«

»Schau dir mal die Tote an. Wie sie daliegt.« Als die entsprechende Stelle erreicht ist, zeigt Knautschke auf den Monitor. »Hier, das Laken. Als wenn es jemand ganz säuberlich und sorgfältig über sie gebreitet hätte.«

»Die Füße gucken raus.«

»Weil es ein wenig kurz ist. Aber sonst: schön gerade, kaum Falten. Das ist doch komisch! Wäre sie unter dem Laken erdrosselt worden, müsste alles zerwühlt sein. Offenbar war sie schon tot, als sie zugedeckt wurde. Überleg mal, Jossi, wer macht denn so etwas? Der Mörder?«

»Keine Ahnung. Wie soll ich wissen, was in solchen Menschen vorgeht?«

»Vielleicht war nach der Tat noch ein Dritter in der Wohnung. Die Tür stand ja offen, jeder konnte rein.« Knautschke ballt eine Hand zur Faust. »Ich muss unbedingt wissen, was dieser Saftsack von Johannes verändert hat.«

»Frag ihn doch«, grinst Jossi und zwinkert zielsicher an ihm vorbei.

Nach einer Überrumpelungssekunde fährt Knautschke

herum. Wo die beiden zusätzlichen Stühle plötzlich herkommen, ist nicht das Problem. Das Problem ist vielmehr, dass dieses Stuhlpaar von Gott dem Herrn und seinem besten Mann besetzt ist. Der Allmächtige hat die Beine übereinander geschlagen und die Arme vor der Brust verschränkt. Johannes stützt sich mit den Ellbogen auf die Lehne des vor ihm stehenden Stuhls.

»Nur zu«, meint der Evangelist. »Stell deine Fragen, Erwin. Dass du keine Antworten erwarten kannst, weißt du ja selbst. Und den Saftsack will ich überhört haben.«

»Wo kommt ihr so plötzlich her?«, stottert Knautschke.

»Oh, diese Frage beantworten Wir dir sogar – falls du die Regel mit den Großbuchstaben beachtest. Nicht Wir sind zu euch gekommen, sondern ihr zu Uns. Der Herr hat dieses Zimmer kurzerhand in seine Privatgemächer verlegt; ihr werdet es nachher durch die Labortür verlassen.«

Jossi nimmt die DVD aus dem Player und legt sie in ihre Hülle zurück. Einer seiner Flügel hängt schief in der Halterung. Knautschke ist immer noch so überrascht, dass er ganz vergessen hat, was er fragen wollte.

»Wo und wie Wir in die Erinnerungen dieses Mannes eingegriffen haben«, hilft ihm Johannes auf die Sprünge, »brauchen Wir dir nicht zu sagen. Hier geht das Allgemeinwohl vor. Es ist nicht zu verantworten, dass dein inneres Gleichgewicht noch mehr aus den Fugen gerät. Ich habe dem Herrn von deinen Handgreiflichkeiten gegenüber Pater Friedbert berichtet. Er ist nicht amused, das kann ich dir versichern.«

»Ihr nehmt diesen Lustmolch auch noch in Schutz?«

»Pater Friedbert bereut«, erklärt der liebe Gott, seine Fliege zurechtrückend. »Und du weißt ja, ein verlorenes Schaf, das zurückkehrt, ist mir lieber als hundert …«

»Genau das hat mich schon immer an Dir gestört!«, giftet Knautschke. »Sogar mein Religionslehrer kam bei dieser Bibelstelle in Erklärungsnot.«

»Dann sollten wir sie zum Gegenstand unserer nächsten philosophischen Runde machen. War's das, mein Lieber? Möchtest du noch einen Kaffee, bevor du in dein Zimmer zurückkehrst?«

»Ich will zur Erde.«

Der Herr runzelt die Stirn. »Schon wieder?«

»Mein dritter Besuch. Einen habe ich noch.«

»Denk daran, es ist dein letzter. Danach ist Schluss, ein für allemal.«

Knautschke nickt entschlossen. »Samstag, 14. Juli, acht Uhr morgens. Ich möchte am Bahnhof Himmelreich abgesetzt werden. Rechtzeitig zum großen Regierungsball.«

»Jetzt will er's wissen«, meckert Jossi fröhlich.

Johannes blickt seinen Chef fragend an. Der nickt.

»Also gut.« Der Evangelist erhebt sich. »Dann hole ich mal die Geräte. Du weißt ja: keine Eingriffe in das Leben der Menschen, klare Anweisungen, falls du zurück möchtest, und mach uns auch sonst keine Schande. Nach 24 Stunden bist du wieder hier. So weit alles klar?«

»Ich bin bereit«, erklärt Knautschke.

DER BALL

Die Bundeskanzlerin kam per Hubschrauber.

Erst kreiste die Maschine über den Köpfen der Schaulustigen, dann sah man sie über einem Waldstück, in dem sie versank wie in einem See. Einige Minuten später eilte die Regierungschefin in einem ihrer gestärkten Hosenanzüge mit den eckigen Schulterpolstern an der Menge vorbei, faltig lächelnd, huldvoll winkend. Ihre Entourage folgte auf dem Fuß, jeder Blick der Leibwächter war der Beginn einer Kampfhandlung.

Knautschke stand hinter der Absperrung und glotzte. Seinen Platz hatte er sich mühsam erarbeitet. Von links bohrte sich die spitze Schulter einer Frau in seine Rippen, rechts leistete ein kräftiger Tourist aus Holland Widerstand. Vor ihm hingen ein paar einheimische Jugendliche über dem Gatter und wollten partout nicht weichen.

»Habt ihr keine Hausaufgaben?«, hatte er sie gefragt.

»Wenn die Kanzlerin kommt?«, gaben sie zurück.

Und es kam ja nicht nur sie, es kamen auch der Außenminister, die Minister des Inneren und der Wirtschaft, der schneidige Landesverteidiger und die aufgekratzte Arbeitsministerin mitsamt ihren Damen und Herren und Staatssekretären. Der eine schüttelte Hände, der andere verteilte Autogramme. Einen blonden Bub herzte und tätschelte man. Zwischendurch wurden Pröbchen verteilt: After Shave und Gesichtslotion, eine Werbeaktion der Stiftung »Neue Aura«, der auch das Konferenzzentrum Himmelreich gehörte.

Und dann kam Graf Burgwald. Er gab sich zurückhaltend: hier eine Kusshand, dort ein Wangenkneifen. Leute, die Arbeit ruft! Aber die Leute ließen ihn nicht gehen. Ohne ein Bad in der Menge kam Burgwald nicht davon. Man wusste eben, was man an dem Grafen hatte, hier im Breisgau. Seine

Security-Abteilung bestand aus einer einzigen Person. Sie trug einen schwarzen Anzug, Krawatte und Sonnenbrille. In einer Backe gründelte ein Kaugummi.

»Erwin«, murmelte Knautschke und machte sich hinter der Absperrung so klein wie möglich.

Ja, da ging es, sein Ebenbild, vielmehr tigerte, bärte es hinter dem Grafen her. Irgendetwas störte Knautschke am Gebaren dieses Typen, es lag etwas Falsches, Aufgesetztes darin, das über den Anzug und die Krawatte hinausging. Der schien von seiner Arbeit ja verdammt eingenommen zu sein!

Da es Knautschke nicht gelang, sich hinter den Teenagern zu verbergen, setzte er alle Hoffnung auf seine Verkleidung. Als er heute Morgen am Bahnhof Himmelreich eingetroffen war, hatte er zwar leichte Sommersachen getragen, aber nach wie vor die Brille, das gewellte Toupet und den Vollbart als Erinnerung an seinen letzten Besuch auf Erden. In seiner Tasche klimperten ein paar Euro, das Restgeld von Dezember. Er hatte einen Blick in den Rückspiegel eines Autos geworfen und sich selbst kaum wiedererkannt. Also würde auch er, der andere nämlich, ihn – das heißt sich – nicht wiedererkennen. Zumindest nicht mit einer fetten Sonnenbrille auf der Nase.

In diesem Moment richtete der lebende Knautschke seinen Blick beziehungsweise das, was hinter den Brillengläsern davon zu erahnen war, auf den toten Knautschke. Fuhr sogar mit einer Hand zur Brille, als wolle er diesen Blick jeglichen Hindernisses berauben. Der Beobachtete hielt die Luft an, fühlte sich ertappt, entlarvt … Aber dann schnalzte Graf Burgwald mit den Fingern, der Leibwächter gehorchte, und die Gefahr war vorüber.

Knautschke atmete auf. Das war knapp! Gut möglich, dass man die Gesichter von Freunden besser kannte als sein eigenes. Man begegnete sich selbst ja eher selten. Trotzdem, er hatte Glück gehabt. Denn ganz so blöd, wie dieser

Knautschke in seinem affigen Anzug aussah, war er auch wieder nicht. Das wusste Knautschke nur zu gut.

Mühsam entwand er sich der Schulterzange seiner Nachbarn und bahnte sich einen Weg ins Freie. Während er dies tat, trafen weitere illustre Gäste ein, Banker und Wirtschaftsbosse, auch sie umringt von kahlgeschorenen Personenschützern. In welcher Funktion Graf Burgwald hier auftrat, ob nun als Politikberater, Vorstandschef oder Stiftungsrat, war also offen. Vermutlich als alle zusammen.

Über dem Breisgau lachte die Sonne. Bilderbuchwolken zierten einen strahlend blauen Himmel, im Westen erhob sich der Schwarzwald als tiefgrüne Wand. Knautschke schwitzte unter seiner Perücke. Immer auf der Hut vor Bekannten, entschloss er sich zu einer Erkundung des Konferenzzentrums. Das Gebäude war erst im Frühjahr fertiggestellt worden, unter abenteuerlichen finanziellen Umständen, die mehreren Politikern den Kopf gekostet hatten. Wie ein Krake thronte es auf einem Hügel außerhalb des Dorfes, denkbar deplatziert, aber mit dem Segen der Bundesregierung. Sie hatte das überdimensionierte Projekt im letzten Moment durch eine Bürgschaft gerettet. Als Dankeschön lud die Verwalterin des Konferenzzentrums, die Stiftung »Neue Aura«, das gesamte Kabinett zum Ball nach Himmelreich.

All dies erfuhr Knautschke aus Zeitungsartikeln und Prospekten, die im Foyer des Gebäudes auslagen. Das Meiste davon stand allerdings zwischen den Zeilen. Junge Damen mit Zahnpastalächeln verteilten Kräuterbonbons und Erfrischungsgetränke, wegen der Hitze und überhaupt. Eine von ihnen ähnelte dem Harmony-Model vom Dezember, und als Knautschke sie sich in dem waghalsigen Einteiler von damals vorstellte, wurde ihm ganz anders.

Kein Zweifel, seine Nektarabstinenz machte sich bereits bemerkbar.

Als er sich eben überlegte, wie er die Blonde dazu überreden könnte, ihm ein Bonbon in den Mund zu stecken, hörte er seinen Namen. Er sah auf. Wer hatte ihn trotz seiner Verkleidung …?

Es war Ariane, natürlich. Mit wehenden Haaren kam sie auf ihn zu und warf sich ihm in die Arme. »Ich bin so froh, dass du da bist«, flüsterte sie.

Mein Gott, wie gut sie roch. Sie war erhitzt, von der Sonne oder vom Rennen, ihr Nacken fühlte sich feucht an. Knautschke genoss es, sich von ihren Haarspitzen in der Nase kitzeln zu lassen. Verdammt, er hatte völlig vergessen, wie sehr er das Mädchen mochte. Und das hier sollte ihre letzte, die endgültig letzte Begegnung sein?

»He, kleines Monster«, murmelte er. »Schau mich an.«

Sie schüttelte den Kopf. Verbarg ihr Gesicht an seiner Schulter. Diese Geste des Schutzsuchens kannte er gar nicht von ihr. Ariane war ein ganzes Stück kleiner als er, aber zäh und willensstark. Ihr Vater konnte ein Lied davon singen. Die roten Haare waren mütterliches Erbe, das einzige übrigens, Gott sei Dank, denn das Leben der Gräfin Burgwald spielte sich seit Jahren zwischen Sternzeichen, Wunderheilern und Schamanen ab. Was jedem, der dies öffentlich zu machen wagte, eine Unterlassungsklage und saftige Geldstrafen durch die gräflichen Anwälte einbrachte.

Endlich blickte Ariane auf. »Wie siehst denn du aus? Seit wann verkleidest du dich, Knautschke?«

»Nur zum Spaß. Griesbacher hat mir das Zeug geliehen, und da dachte ich, probier es mal aus. Dämlich, was?«

»Und was machst du hier? Solltest du nicht bei meinem Vater sein?«

»Doch, gleich. Muss mich nur noch umziehen. Ohne Krawatte tut er es nicht, du weißt ja.«

Sie nickte. »Vielleicht nicht mehr lange«, sagte sie leise.

»Wie meinst du das?«

Sie sah ihn an. Mit einem Blick, wie er ihn noch nie an ihr

bemerkt hatte. Oder – er seufzte innerlich – den er vergessen hatte, nach all den Tagen im Himmelreich. Dieser Blick aus grünen Augen bohrte sich in die seinen wie ein Enterhaken. Unwillkürlich näherte er sich ihrem Gesicht. Sie zog ihn ganz zu sich heran und drückte ihm einen Kuss auf die Lippen.

Aber was für einen!

Im Hintergrund hörte er die Damen kichern. Ob wegen ihnen, wusste er nicht. Es war ihm auch egal. Er wusste nur, dass er für diesen Kuss das gesamte Himmelreich in Brand setzen könnte, um für immer hier zu bleiben, auf diesem Dreckloch von Erde, wo es Diamanten in Form von Küssen gab.

»Ariane«, stotterte er, kaum dass sich ihre Lippen einen Zentimeter voneinander gelöst hatten. »Was … was machst du mit mir?«

Sie antwortete nicht. Oder doch, auf ihre Weise: mit einer Fortsetzung des Kusses. Ihre Hände lagen auf seinem Rücken, ihr Unterleib presste sich gegen seinen. Sie trug ein ärmelloses Top, das die Sommersprossen auf ihren Schultern so recht zur Geltung kommen ließ, und eine ihrer engen Jeans, bei denen sich Knautschke immer fragte, wie man sie ohne Hilfsmittel anzog.

Es mussten Stunden vergangen sein, bis sie ihn losließ. Vielleicht auch nur Minuten, die sich wie Stunden anfühlten. Sein Herz raste. Er fuhr sich durch die falschen Haare, sah sie an, atmete schwer. »Lach mich nicht aus«, stotterte er, »aber am liebsten würde ich jetzt mit dir … Und wenn es auf der Damentoilette ist. Wir haben so lange nicht mehr miteinander geschlafen, Ariane. Wirklich, es kommt mir ewig vor!«

Sie lachte nicht. Sie sah ihn ernsthaft an und sagte: »Heute Abend. Bis dahin musst du es aushalten. Ich habe hier jede Menge zu tun. Aber zwischendrin sollten wir uns treffen. Nimm dir eine halbe Stunde frei, ja?«

»Was machst du eigentlich in Himmelreich? Recherchieren?«

»Ich habe dir doch erzählt, dass ich da an einer heißen Sache dran bin.« Sie senkte die Stimme. »Und wenn mein Informant hält, was er verspricht, ist sie so heiß, dass sich eine ganze Menge Leute die Finger daran verbrennen werden.«

»Dein Informant? Triffst du ihn hier?«

»In fünf Minuten. Deshalb muss ich los, Knautschke.« Jetzt lächelte sie. »Tut mir leid wegen der Damentoilette. Wir holen es nach, versprochen. Aber nur, wenn du diesen scheußlichen Bart ausziehst.«

»Für dich ziehe ich noch ganz andere Sachen aus. Wann sollen wir uns treffen?«

»Um drei im Café Höllental. Das ist beim Bahnhof. Sei pünktlich, Knautschke.«

Sie gab ihm einen Abschiedskuss und eilte davon. Rot glühte ihre Mähne durch das Foyer.

»Noch nie in der Geschichte der Bundesrepublik waren die Konjunkturaussichten so gut wie heute«, diktierte der Kanzleramtssprecher in die Mikrofone der Journalisten. »Die Stimmung in der Wirtschaft ist geradezu euphorisch. Schon jetzt können die großen Unternehmen volle Auftragsbücher vorweisen, und wenn der Export boomt, zieht der Mittelstand unweigerlich nach.«

»Am Arbeitsmarkt schlägt sich dieser Boom aber noch nicht nieder«, wurde eingewendet.

»Von der Erholung der Märkte wird auch er profitieren. Wir rechnen bis zum Jahresende mit einem Rückgang der Arbeitslosenzahlen um ein Fünftel. Dazu müssen allerdings auch diverse staatliche Maßnahmen greifen. So braucht jeder Arbeitssuchende ein maßgeschneidertes, individuelles Anforderungsprofil. Und das ist ohne eine minutiöse Erfassung seiner Daten gar nicht möglich. Das Innenministerium wird dazu einen neuen Gesetzesentwurf vorlegen.«

»Fürchten Sie nicht den Vorwurf unzulässiger Datensammlung?«

»Auf entsprechende Attacken der Opposition sind wir vorbereitet. Aber auch hier gilt, wie immer im Leben: Der Erfolg heiligt die Mittel. Glauben Sie mir, ein Familienvater, der seit Jahren kein geregeltes Einkommen mehr hatte, ist froh, wenn er durch die Preisgabe einiger persönlicher Daten wieder in Lohn und Brot kommt.«

»Auch in der Bevölkerung wird sich Widerstand regen.«

»Die überwältigende Mehrheit der Bevölkerung wird unsere Maßnahmen begrüßen. Schließlich handelt es sich um ein ganzes Bündel von Gesetzen, die aufeinander abgestimmt sind. Die Einführung eines Freiwilligen Sozialen Pflichtjahrs etwa wird schon lange von vielen Initiativen gefordert. Überhaupt will die Bundesregierung näher am Menschen sein, näher an den Bedürfnissen des kleinen Mannes. Aus diesem Grund wird die Neuausrichtung unserer Politik von einer Sympathieoffensive unter dem Motto ›Mehr Harmonie‹ flankiert.«

»Eine Imagekampagne zur Durchsetzung von …«

»Sympathieoffensive, mein Herr. Die Kanzlerin bevorzugt den Begriff Sympathieoffensive. Daran sollte sich auch die Presse orientieren.«

Knautschke hatte genug gehört. Er wusste ja, worauf das Ganze hinauslaufen würde. Auf fröhliche Banner zur Vorweihnachtszeit, auf Deos und vegetarische Ernährung und auf Blondinen in knappen Einteilern. Zum ersten Mal war er froh, dass er all diesen Kladderadatsch nicht mehr miterleben musste.

Die Pressekonferenz des Kanzleramtssprechers fand im Innenhof statt. Knautschke hatte Brille, Perücke und Bart in einem Schließfach deponiert und musste mehr als zuvor auf der Hut sein. Der Zeitplan, den man den Journalisten ausgehändigt hatte, half ihm dabei. Bis zum frühen Abend konferierten Politiker, Banker und Industrielle hinter verschlossenen Türen in einem streng bewachten Seitenflügel. Erst danach wollten die Spitzen der Regierung persönlich vor die Kameras treten, um die Ergebnisse ihrer Beratungen zu verkünden. Und da auch Graf Burgwald zu den Verhandlungsführern gehörte, konnte sich Knautschke bis dahin relativ sicher fühlen.

»Das ist doch der totale Quatsch, was die vorhaben«, sagte er zu dem Journalisten, der ihm einen Blick auf den Zeitplan gestattet hatte. »Reine Augenwischerei! Mehr Harmonie, wenn ich das schon höre!«

»Natürlich ist das Quatsch«, entgegnete der Mann. »Aber von mir werden Sie kein kritisches Wort lesen. Graf Burgwald ist nicht nur die treibende Kraft hinter der Kampagne, sondern auch Anteilseigner meiner Zeitung. Comprende?«

»Erdenwurm«, murmelte Knautschke verächtlich. »In der Hölle sollst du schmoren!«

Auf dem Weg zum Foyer kam er an einer Galerie überlebensgroßer Fotografien vorbei, die Mitglieder der Regierung und ausgewählte Topmanager auf dem Weg in einer bessere Zukunft zeigten. »Mit dem Herzen für unser Land«, stand über den Fotos. Oder: »Glück ist machbar«. Oder: »Näher am Menschen«. Knautschke blickte starr geradeaus.

Schade, dass Ariane ihn so schnell verlassen hatte. Sie konnte ja nicht ahnen, dass sich ihre gemeinsame Zeit dem Ende zuneigte. Diese Nacht noch, dann war Schluss. Endgültig.

Bis man sich irgendwann im Himmelreich wiedersah.

Knautschke stand vor dem Haupteingang des Konferenzzentrums und kniff die Augen zusammen. Einerseits wegen der Sonne, die ihn blendete, andererseits … Ja, auch wegen Ariane. Verdammt, sie entsprach eigentlich gar nicht seinem Typ, jung und drahtig, wie sie war. Schon immer hatte er auf die reiferen Frauen gestanden, die mit ordentlich Holz vor der Hütte und Erfahrung im Bett. So wie die vollschlanke Brünette dort mit der Zeitschrift in der Hand.

Knautschke traf fast der Schlag, als er die Frau erkannte.

»Marlene!«, entfuhr es ihm. Wie war denn das möglich? Mein Gott, sie trug sogar dasselbe gepunktete Kleid wie oben im Himmelreich, beim Quickie mit Pater Friedbert!

Hatte sie ihn gehört? Jedenfalls sah sie auf und bemerkte seinen fassungslosen Blick. Legte den Kopf schief. Warf die Stirn in Falten. Kannte sie ihn? Nein, nein, undenkbar, nicht zu Lebzeiten, es durfte einfach nicht sein!

Aber woher rührte dann das feine Lächeln, das um ihre tiefrot geschminkten Lippen spielte? Sie rollte die Zeitschrift ein, steckte sie in ihre Handtasche und kam auf ihn zu.

»Herr Knautschke?«, fragte sie mit hochgezogener Braue. »Erwin Knautschke?«

»Marlene!« Zu mehr war er nicht fähig. Nicht in diesem Moment.

»Sie kennen meinen Namen?« Nun war die Verblüffung auf ihrer Seite. »Obwohl ich doch … Nun, ich sehe, Sie verstehen Ihr Geschäft.« Sie nickte. Die Überraschung wich echter Anerkennung. »Umso besser, Herr Knautschke. Wir waren ja erst für heute Abend verabredet, aber wenn wir uns schon einmal über den Weg laufen … Wie sieht es aus, wollen wir unsere kleine Unterhaltung etwas vorverlegen? Ich hätte Zeit.«

Verzweifelt schnappte Knautschke nach Luft. Hatten sie sich nicht geduzt, er und seine Nachbarin? Und was wollte sie hier? Von Essen nach Südbaden war es eine halbe Weltreise. Oder unternahm sie wie er gerade einen Ausflug zur Erde? Aber davon hatte sie nie gesprochen! Und einen Identifikationszettel besaß sie auch nicht.

»Naja«, stammelte er. »Dann … warum nicht?«

»Sehr gut. Bringen wir es hinter uns.« Sie spitzte die Lippen. »Hinter dem Haus gibt es eine Art Gartenlabyrinth mit ein paar Bänken. Dort sind wir ungestört. Kommen Sie?«

Sie ging voran. Knautschke folgte herzklopfend. Eine Verabredung hatten sie beide? Nicht einmal daran konnte er sich erinnern. Und jetzt hielt sie ihn für den lebenden Erwin Knautschke, den Privatermittler aus Freiburg. Er musste ihr gesagt haben, dass er heute in Himmelreich sein würde. Aber warum diese Geheimnistuerei?

Immerhin, nun wusste er, warum er Marlene bei ihrer ersten Begegnung über den Wolken so bekannt vorgekommen war. Weil es sich nicht um ihre erste Begegnung handelte, deshalb. Du meine Güte, wenn die Frau, die vor ihm über den Rasen tippelte, wüsste, dass er ihr schon einmal den Rücken gekrault hatte …

Beziehungsweise kraulen würde. Dann nämlich, wenn sie genauso tot war wie er.

Marlene blieb in einem Laubengang stehen und zeigte auf eine Bank. »Einverstanden?«

Er nickte. Es war sehr still hier, nur die Vögel sangen in den Bäumen. Wenn sich jemand näherte, würden sie es rechtzeitig am Knirschen des Kieses merken.

»Also, Herr Knautschke«, begann Marlene und schlug die Beine übereinander. Ihr Lachen war eine Mischung aus Unsicherheit und Koketterie. »Wie ich am Telefon schon sagte: Ich habe Ihnen ein Angebot zu machen. Ein … nun ja, ein unmoralisches Angebot.«

»Aha«, kiekste er. »Und wie unmoralisch?«

»Noch unmoralischer, als Sie jetzt denken.« Sie beugte sich vor und sah ihm tief in die Augen. »Ich habe mich über Sie erkundigt, Herr Knautschke. Sie sind ein ganz verwegener Bursche. Es gibt so gut wie keinen Auftrag, den Sie nicht annehmen. Meine Freundin Annelie hat es mir erzählt.«

»Welche Annelie?«

»Schon vergessen? Die Frau des Karlsruher Verfassungsrichters, der fremdging. Und Sie haben ihn erpresst. Von den anderen Gesetzesübertretungen, die Sie begangen haben, ganz zu schweigen.«

Knautschke wurde rot. »Erpresst? Nie und nimmer! Ich habe ihm lediglich ins Gewissen geredet, dem Windhund. Er sah sofort ein, dass seine Frau eine Entschädigung verdiente.«

»Von der Sie dann ein hübsches Sümmchen abbekamen, richtig?« Jetzt war Marlenes Lächeln an Süffisanz kaum zu überbieten. »Überhaupt haben Sie beide alles geteilt, wie ich von Annelie weiß. Unter guten Freundinnen gibt es eben keine Geheimnisse.«

Knautschke schwieg. Annelie, die einsame Frau Verfassungsrichter. Ja, sie hatten ihren gemeinsamen Erfolg begossen, und das endete dann so, wie es nicht hätte enden sollen. Andererseits war er damals noch nicht mit Ariane zusammen gewesen. Oder fast nicht.

»Wie auch immer«, trällerte Marlene, die nun deutlich Oberwasser hatte, »was Sie mit Annelie getrieben haben, interessiert mich nicht. Wenn Sie Ihren Spaß hatten, freut mich das – für Sie beide. Es zeigt mir aber, dass Sie für meinen Auftrag der richtige Mann sind.« Wieder beugte sie sich vor. »Ich suche jemanden, für den Skrupel ein Fremdwort ist.«

»Skrupel *ist* ein Fremdwort«, murmelte Knautschke.

Sie lächelte nachsichtig. »Also, hören Sie zu. Ich bin mit einem Mann verheiratet, der ein Vierteljahrhundert älter ist als ich. Ersparen Sie mir bitte, Ihnen Einzelheiten zu nennen. Er schnarcht und hat auch sonst alle schlechten Angewohnheiten, die man sich ausmalen kann. Vor allem aber hat er Geld.«

»Und?«, machte Knautschke, da sie eine Pause einlegte.

»Da fragen Sie noch? Sehen Sie mich an! Ich bin jung, ich habe das Leben noch vor mir. Soll ich Däumchen drehen, bis er von selbst das Zeitliche segnet? Herr Knautschke, mein Mann ist zäh. In seiner Familie werden sie alle mindestens 80. So lange kann ich nicht warten!«

»Soll das heißen …?« Er starrte sie an.

»Ja, das soll es, allerdings.« Sie war jetzt ernst geworden, Hilflosigkeit verschattete ihren Blick. »Diese Hochzeit war der größte Fehler meines ganzen Lebens. Alle drängten mich: so eine gute Partie, das ist deine Chance, Marlene … – bis ich es selbst glaubte. Aber er behandelt mich wie Dreck. Glauben Sie mir, meine Ehe ist die Hölle.« In ihren Augen glänzte es. Sie legte eine Hand auf Knautschkes Unterarm und flüsterte: »Er schlägt mich. Jeden Tag.«

»Moment!«, rief Knautschke und zog seinen Arm zurück. »Ich glaube Ihnen alles, was Sie sagen. Unbesehen. Aber bitte reden Sie Klartext. Sie wollen also«, er senkte die Stimme, »Sie wollen Ihren Mann loswerden, ist das richtig? Und ich soll Ihnen dabei helfen?«

Sie nickte und schlug die Augen nieder. Dann öffnete sie ihre Handtasche, zog ein Papiertaschentuch hervor und tupfte sich die Nase ab.

»Das mache ich nicht«, zischte er. »Ich bin doch kein Mörder!«

»Dann gehe ich ins Wasser«, hauchte sie. »Ich meine es ernst, Herr Knautschke. So kann und will ich nicht weiterleben.«

»Reden Sie keinen Unsinn!«

»Unsinn?«, fuhr sie auf. »Sie haben ja keine Ahnung, wie ich mich fühle! Dass ich keine Handschellen trage, ist alles. An einen Gatten gefesselt, dem die Impotenz zu den Ohren herauskommt, der nur ans Geld denkt, mich aber bei jeder Gelegenheit vorzeigt wie einen Sportwagen! Nein, davon habt ihr Männer ja keine Vorstellung.« Wieder schnellten ihre Hände vor, diesmal beide, und griffen nach denen Knautschkes. »Bitte … tun Sie es für mich.«

Knautschke schluckte. Er hatte Marlene nackt gesehen, im Negligé und als Unterlage für einen fetten Priester, aber niemals war sie ihm so nahe gewesen wie jetzt. Niemals so präsent vorgekommen, so materiell, so begehrlich vorhanden. Ganz vorne, wo sich ihr Kleid über die Rundungen ihres Busens spannte, waren die weißen Punkte deutlich größer als an anderen Stellen.

»Bringen Sie ihn selbst um die Ecke«, sagte er und entzog ihr zum zweiten Mal seine Hände.

»Ich würde es ja tun«, jammerte sie, »aber mich würde man doch sofort verdächtigen. Schließlich profitiere ich von seinem Tod. Nein, ein Fremder muss es tun, einer, der in keiner Verbindung zu meinem Mann steht. In zwei Monaten fahre ich für einige Wochen in die USA, alleine. Während dieser Zeit muss es geschehen. Ich lasse Ihnen freie Hand, Herr Knautschke, wie und wo Sie es tun, ist mir völlig gleich.« Sie lächelte unter Tränen. »Als untröstliche Witwe werde ich meinen Urlaub zwar abbrechen müssen, aber danach habe ich ja ausreichend Gelegenheiten, ihn nachzuholen.«

»In die USA reisen Sie? Im September?«

Sie nickte.

Knautschke schwieg. Hatte ihm Marlene nicht erzählt, dass sie im Urlaub gestorben sei, an irgendeiner Krankheit, die sie nicht weiter interessierte? Aber hier und jetzt hatte sie es auf ihren Mann abgesehen, und zwar mit seiner Hilfe. Das passte doch alles nicht zusammen!

»Wir haben noch gar nicht über Ihr Honorar gesprochen«, fuhr sie fort. Sie zog einen prall gefüllten Umschlag aus ihrer Handtasche und reichte ihn Knautschke. »Es sind 500-Euro-Scheine darin, genau 100 Stück. Dieses Geld bekommen Sie hier und jetzt, wenn Sie mir Ihre Hilfe versprechen. Nach erfolgter Tat überweise ich Ihnen noch einmal 450.000 Euro.«

»500.000 Euro? Eine halbe Million für einen Mord?«

»Mein Mann hat einen van Gogh im Safe, der ist zehnmal so viel wert.«

Knautschke lugte ins Innere des Umschlags. Tatsächlich, da stapelten sie sich, die kostbaren Scheinchen. Seine Hand begann zu zittern. »Nein, verdammt!«, rief er und warf ihr den Umschlag in den Schoß. »Ich bin kein Mörder! Ich war es nicht und ich werde es nie sein.«

»Erwin, bitte«, flehte sie. »Ich weiß mir keinen Rat mehr. Du musst mir helfen! Ist es zu wenig Geld? Was soll ich dir sonst bieten? Willst du … Ich habe mit Annelie darüber gesprochen. Sie hat mir erzählt, was du gern magst. Dass du auf Frauen unseres Alters stehst.« Sie begann, ihr gepunktetes Kleid aufzuknöpfen. »Du kannst mich haben, Erwin. Jederzeit. Auch jetzt gleich, wenn du magst. Sag es einfach.«

Aber Knautschke sagte nichts. Wie paralysiert saß er da und sah Marlenes Finger von Knopf zu Knopf wandern. Wenn sie weitermachte, würde seine Hose platzen.

»Halt!«, röchelte er. »Hör auf. Ich … ich bitte dich, hör auf!« Hektisch atmend presste er beide Hände gegen den Unterleib. »Tu das nicht. Wir … bitte, lass das.«

Eine Träne fiel von Marlenes Kinn auf ihren halb entblößten Busen. »Gefalle ich dir nicht?«

»Nein«, jaulte er. »Das heißt, doch. Sehr sogar. Ich finde dich wirklich attraktiv, Marlene. Alles an dir. Besonders die Tätowierung, dieses kleine Kreuz. Trotzdem. Es geht nicht. Ich kann nicht.«

»Komisch, gerade habe ich den Eindruck, du könntest sehr wohl.« Sie starrte ihn an. »Aber woher kennst du mein Tattoo?«

»Recherche«, stöhnte er. »Man muss ja wissen, mit wem man es zu tun hat. Zum letzten Mal, Marlene: Mach dein Kleid zu!«

»Wenn du meinst.« Die Tränen wurden weggewischt, die Knöpfe wieder geschlossen. Knautschke atmete auf. »Nenne mir deinen Preis«, sagte Marlene.

»Es gibt keinen Preis«, antwortete er und wandte sich ab.

Aber dann kam er ins Grübeln. Was passierte eigentlich, wenn er bei seinem Nein bliebe? Marlene würde sich nach einem anderen Handlanger umsehen, wild entschlossen, wie sie war. Und sie würde ihn finden. In diesem Land ließ es sich für deutlich weniger als eine halbe Million morden. Vielleicht war sie ja hartnäckig und versuchte es im Laufe des Tages ein zweites Mal bei ihm. Mit etwas Pech lief sie dann dem lebenden Erwin Knautschke über den Weg – und ob der so standhaft bliebe wie sein toter Doppelgänger, war zu bezweifeln. Knautschke versuchte sich vorzustellen, wie er zu Lebzeiten auf eine hüllenlose Marlene reagiert hätte.

»Du verdammter Hurensohn!«, dachte er zähneknirschend. Natürlich würde der sonnenbebrillte, Kaugummi kauende Knautschke einwilligen! Würde sich das Geld schnappen und die Frau gleich mit! Er konnte sich nicht helfen, dieser Typ wurde ihm immer unsympathischer.

»Sagten Sie was?«, erkundigte sich Marlene hoffnungsfroh.

»Ich überlege«, murmelte er, und das stimmte. Wenn er Ja sagte – was würde dann geschehen, nur mal theoretisch? Im Grunde genommen: nichts. Überhaupt nichts! Marlene wäre glücklich, der echte Knautschke ahnungslos, und er selbst würde sich morgen aus dem Staub machen. Für immer. Und Marlenes Mann? Nun, der erwischte es am besten. Er würde nämlich mit dem Leben davon kommen. Sie leider nicht, da wartete ja ihre Krankheit, aber das ließ sich nun mal nicht verhindern. Egal, wie seine Entscheidung ausfiel.

Mit anderen Worten: Wenn er jetzt zum Schein einwilligte, tat er sogar ein gutes Werk. Er rettete ein Leben!

»Ich mache es«, sagte er heiser. »Zeig mir deinen Mann.«

Sie fiel ihm um den Hals. »Oh, wie ich dich liebe, Erwin!«

Wieder musste er beide Hände gegen den Hosenlatz pressen.

Dem ersten Eindruck nach war Marlenes Gatte tatsächlich ein Widerling, und ein alter dazu. Als Pharmalobbyist saß er am Tisch des Gesundheitsministers, und wenn ihn die wartenden Journalisten bedrängten, schüttelte er sie ab wie Schmeißfliegen. Fast bedauerte es Knautschke, dass der Kerl ungeschoren davon kommen sollte. Aber am Lauf der Welt ließ sich halt nichts ändern, das hatten ihm der liebe Gott und Johannes oft genug eingebläut. Er verabschiedete sich von Marlene, nachdem sie ihm versprochen hatte, sich vom Konferenzzentrum fernzuhalten. Die Gefahr, dass sie den lebenden Knautschke traf, war zu groß. Küsschen werfend trippelte sie davon.

Der pralle Umschlag in seiner Hand fühlte sich gut an.

Er ging hoch in den ersten Stock und bestellte sich an der Bar einen Schoppen Kaiserstühler.

»Bitte den teuersten, den Sie dahaben«, sagte er und wedelte mit einem 500-Euro-Schein. »Können Sie wechseln?«

Der Barkeeper gab ihm heraus, ohne mit der Wimper zu zucken.

Eine Weile stand Knautschke am Fenster und ließ seine Blicke schweifen. Bis zum Treffen mit Ariane blieb noch etwas Zeit. Wenn seine Freundin wüsste, dass er soeben einen Auftrag als Killer entgegengenommen hatte! Er würde es ihr nie erklären können, dazu waren die Zusammenhänge viel zu kompliziert.

Plötzlich entdeckte er unten einen Menschen, den er kannte: Griesbacher. Der auch hier? Wenn ihn nicht alles täuschte, hatte sein Partner nie einen Besuch in Himmelreich erwähnt. Dass er sich nach seinem Freitod nicht mehr daran erinnerte – gut, das ließ sich erklären. Aber auch bei der Begegnung in der Detektei, als Knautschke ihn nach seinem letzten Auftrag gefragt hatte, war keine Rede davon gewesen. Was wollte Griesbacher also hier?

Die Erklärung kam rascher als erwartet. Sie kam in Gestalt

von Knautschke selbst, dem Leibwächter, der über das Gras flanierte, sich dabei reckte und streckte, als bräuchte er dringend eine Pause vom anstrengenden Security-Dasein. Griesbacher wurde seiner gewahr, winkte kurz, man begrüßte sich, tauschte sich aus. Na, wie läuft's? Frag nicht. – So in der Art, dachte sich Knautschke, der Beobachter, oben am Fenster. Griesbacher kam ihm deutlich wohlgenährter und ausgeglichener vor als bei ihren späteren Begegnungen. Da hatte der Kerl in den nächsten Wochen also noch eine Diät vor sich, ohne es zu wissen.

Und das war es dann auch schon. Ein kurzer Händedruck, schon trollte sich Griesbacher wieder. Hatte wohl nur kurz nach dem Rechten sehen wollen, das war nicht ungewöhnlich.

Knautschke unten schlenderte noch ein wenig zwischen den Besuchern herum, schäkerte mit einer jungen Frau in der Uniform des Konferenzzentrums und kniff sie zum Abschied in den Po. Im Gehen. Knautschke oben war entsetzt. Hatte er sich zu Lebzeiten tatsächlich derart danebenbenommen? Oder sah er jetzt, als Verstorbener, solche Dinge mit anderen Augen als früher? Ja, vielleicht hatte das Himmelreich mit seiner ewigen Harmonie bereits auf ihn abgefärbt.

Sicher war er sich dessen aber nicht.

Er zuckte zusammen, als jemand neben ihm sagte: »Man könnte glauben, Sie hätten einen Zwillingsbruder.«

»Ich?«, gab er zurück. »Wieso?«

»Die Ähnlichkeit ist wirklich verblüffend«, meinte der Mann, dem der Anzug um die Schultern spannte. Er zeigte nach unten, auf den lebenden Knautschke, der eben aus dem Sichtfeld verschwand.

»Sie werden lachen, es *ist* mein Zwillingsbruder.«

»Ach so? Na, dann.«

»Eben.«

Der Mann ging. Knautschke tastete nach der Perücke in seiner Hosentasche. Da war nichts. Richtig, er hatte sie ja in den Safe geschlossen. Vielleicht sollte er sie doch wieder aufsetzen, zusammen mit dem Bart und der Brille? Man wusste nie, wer einem noch über den Weg lief. Er sah auf die Uhr. Nein, das lohnte sich nicht. In einer halben Stunde würde er Ariane treffen. Ohne Verkleidung.

Seine Freundin kam zu spät. Erst um viertel nach drei wurde ihr rötlicher Haarschopf auf der Schwelle des Café Höllental sichtbar. Sie ließ sich in einen Stuhl plumpsen und starrte Knautschke aus leeren Augen an.

»Kleines Monster«, sagte er zärtlich. »Was ist los? War es so anstrengend?«

Sie schüttelte den Kopf.

Er strich ihr über den Arm, über die Schulter. Sie senkte den Blick, und irgendwann kippte ihr Kopf zur Seite. Blieb einfach auf Knautschkes Hand liegen. »Ich kann nicht mehr«, flüsterte sie mit geschlossenen Augen.

Knautschke wagte nicht, seine Hand von ihrer Schulter zu nehmen. »He, was hast du? Ariane, mach mir keinen Kummer! Willst du, dass mein Gesicht noch verknautschter wird, als es eh schon ist?«

Ein kurzes Lächeln huschte über ihre Lippen. Schon war es wieder fort, verschlungen von der gefräßigen Zeit. Sie hob den Kopf, griff nach Knautschkes Hand, drückte sie und sagte: »Lass uns abhauen. Irgendwohin, ganz egal! Nach Australien, Südamerika. Ich habe ihn so satt, diesen ganzen deutschen Mist!«

»Abhauen? Aber warum denn?«

»Nur wir zwei, Knautschke. Ich brauche dich und sonst keinen.« Da war er wieder, dieser Blick, dass es ihm kalt den Rücken hinunterlief.

»Nur wir zwei?«, sagte er leise. »Du willst mit einem Mann durchbrennen, der fast doppelt so alt ist wie du?«

»Sei ruhig! Es sind 15 Jahre, nicht mehr. Und rechnen konnte ich schon, bevor wir zusammen waren.« Sie führte seine Hand zum Mund und küsste sie. »Ich will, dass du zu mir hältst, Knautschke. Versprich mir das! Du kannst tun und lassen, was du magst, aber halt zu mir! Wirst du das tun?«

Der heilige Ernst, der aus ihren Worten sprach, verschlug ihm die Sprache. Noch nie hatte sie Ähnliches zu ihm gesagt. Er hatte immer gedacht, er sei für sie eher ein Mann zum … ja, zu was eigentlich? Zum Ausprobieren, zum Lernen vielleicht. Einer, an den man sich lehnen konnte, bis man selbst stark genug war. Und er hatte sich geschmeichelt gefühlt, dass er für ein so junges Ding noch eine Attraktivität darstellte, trotz seines Hundegesichts und seiner ungehobelten Manieren. Aber eine feste Beziehung, das Versprechen, zueinanderzuhalten …?

Er dachte an Arianes Vater, den Machtmenschen, und an ihre Mutter, die selbstverliebte Esoschnepfe. Dieses Mädchen war wahrscheinlich einsamer, als er jemals geahnt hatte.

»Natürlich halte ich zu dir«, sagte er. »Solange ich denken kann. Was dachtest du denn, Monster mit den roten Haaren?«

Sie starrte ihn unverwandt an, seine Hand in ihren Händen. Auf ihrer blassen Haut tanzten die Sommersprossen. Langsam, ganz langsam füllten sich ihre Augen mit Tränen. Als sie überliefen, ließ sie ihn los, beugte sich vor und umarmte ihn.

Er hätte am liebsten mitgeheult. Morgen früh um acht war alles vorbei. Einfach alles! Und er würde sein Wort nicht halten können. Belogen hatte er sie.

»Kleines Monster«, flüsterte er immer wieder und tätschelte ihren Rücken. »Wir kriegen das schon hin, glaub mir. Alles wird gut.« Verdammt, er redete schon wie einer aus dem Himmelreich!

Immerhin half es. Nach kurzer Zeit hob Ariane den

Kopf und sagte mit tränenüberströmtem Gesicht, aber fester Stimme: »Die planen einen kalten Umsturz, Knautschke. Eine Revolution von oben.«

»Wer, die?«

»Na, die Regierung. Alle, die heute in Himmelreich versammelt sind. Unsere Eliten. Sie bereiten gerade eine konzertierte Aktion vor. Und mein Vater zieht im Hintergrund die Fäden.«

»Das musst du mir erklären.«

Sie wischte sich das Gesicht mit einer Serviette trocken und bestellte einen Kaffee. »Ursprünglich wollte ich bloß einen Artikel über einen neuentwickelten Sportdrink schreiben, der hier in Freiburg hergestellt wird. Aber dann merkte ich, dass mehr dahintersteckt, dass Bereiche involviert sind, die mit Ernährung oder Fitness überhaupt nichts zu tun haben. Die Entwicklung des Getränks wird zum Beispiel von einer Stiftung gefördert, die sich ›Neue Aura‹ nennt und ihre Finger überall drin hat. Dank finanzstarker Großspender. Einer davon: mein Vater.«

»Moment mal«, unterbrach Knautschke. »Von welchem Getränk sprichst du? Doch nicht von Harmony, dem Balancedrink?«

»So soll er heißen, ja«, rief Ariane verblüfft. Zwei Männer, die eben am Nachbartisch Platz nahmen, schauten auf. »Woher weißt du das? Von Balancedrink habe ich allerdings noch nie etwas gehört. Das klingt ja dämlich!«

»Ich glaube, dein Vater erwähnte das Zeug mal.«

»Das sieht ihm ähnlich. Auf so was fährt mein Daddy natürlich ab. Hauptsache, man kann ordentlich Kohle damit machen und der Bevölkerung eine neue Wohltat vorgaukeln!« Mit gesenkter Stimme fuhr sie fort. »Jedenfalls ist geplant, das Getränk in den nächsten Monaten mit aller Macht zu hypen, unter dem Label der Volksgesundheit. Aber das ist nur ein winziger Teil der Kampagne. In allen Lebensbereichen – allen, hörst du? – sollen neue Produkte entstehen und mit Schlagworten wie Harmonie und Glückseligkeit verbunden werden. Ohne Schlagworte ließen sich diese Produkte nämlich nicht verkaufen, und ohne Produkte blieben die Schlagworte abstrakt. Parallel dazu will man sämtliche Problembereiche ausblenden: Arbeitslosigkeit, Sozialabbau, Armut ... Verstehst du, sie werden einfach für tabu erklärt!«

»Wie soll das gehen? Die Existenz von vier Millionen Arbeitslosen kann man doch nicht leugnen!«

»Nein, aber man kann sie als Arbeitsanwärter bezeichnen oder als Deutschlands Zukunftspool, als die Elite von morgen!«

»Das ist absurd.«

»Nein, das ist euphemistisch. Und dann schickt man diese Arbeitsanwärter zum Rinnsteinfegen oder Turmuhrputzen, steckt sie in nette Uniformen, verpflichtet sie vertraglich zu einem 24-Stunden-Dauerlächeln, sonst fliegen sie raus, und schon ist alle Welt überzeugt, dass sich hier die Elite von morgen auf eine goldene Zukunft vorbereitet!« Mit einer raschen Bewegung strich sie sich eine Strähne aus der Stirn. »Das Entscheidende an der Kampagne ist die Verbindung von sinnlicher Erfahrung mit überhöhten Sprüchen. Parteislogans, Lügen oder blumige Appelle – alles alte Hüte. Da glaubt keiner dran. Aber stell dir vor, du liest auf einem Plakat: ›Pack an für ein besseres Heute!‹, und daneben packt einer *wirklich* an, der dir auch noch fröhlich erzählt, dass er der Regierung für diese Maßnahme so unendlich dankbar ist – dann *siehst* du plötzlich, wie wahr der Spruch ist. Und wenn der Mann vielleicht auch noch gut *riecht*, wenn er dir warm die Hand drückt und Lautsprecher softes Zeug dazu dudeln, dann hast du das totale sinnliche Erlebnis.«

»Fehlt nur noch das Schmecken«, brummte Knautschke.

»Dafür gibt es Harmony.«

»Woher weißt du das alles?«

Ariane seufzte. »Bei meiner Recherche stieß ich immer wieder auf diese Stiftung namens ›Neue Aura‹. Dass mein Vater dort eine zentrale Rolle spielt, wusste ich. Aber erst nach und nach wurde mir klar, dass in der Stiftung die wichtigsten Fäden der Kampagne zusammenlaufen. Hier wird koordiniert, werden Pläne entwickelt und die Geldflüsse gesteuert. Denn ohne verdammt viel Geld bräuchte man gar nicht erst anzufangen.«

»Mit Geld kennt er sich aus, dein Vater.«

»Nicht nur damit.«

»Und warum das Ganze? Ich meine, was hat man davon, die Leute gedanklich so umzukrempeln?«

»Ist die Frage ernst gemeint?« Sie trank einen Schluck Kaffee. Ihre Lippen glänzten. »Es geht um Macht, Knautschke, um Einfluss, um noch mehr Geld! Wenn alle stromlinienförmig auf Harmonie geeicht sind, gibt es keine Kritik mehr, keine Opposition, kein Genörgel, keine Alternativen. Das ist die Diktatur der Harmonie! Dann kann man alles durchsetzen, einfach alles. Und genau da wollen sie hin.«

»Vielen Leuten gefällt das: wenn keiner mehr motzt, nichts infrage gestellt wird. Meine Eltern zum Beispiel, die wollen bloß ihre Ruhe.«

»Eben, das ist es ja! Aber es geht noch weiter. Mein Informant hat einige Andeutungen gemacht, was als nächstes kommt, sozusagen die Stufe zwei der Kampagne. Die Polizei soll in Zukunft bei Verbrechen eine hundertprozentige Aufklärungsquote vorweisen können. Das ist doch pervers, wie soll das funktionieren?«

Knautschke starrte sie an. »Durch erzwungene Geständnisse«, sagte er langsam. »Die man als freiwillige verkauft.«

»Ja, denkbar. Im Gespräch ist weiterhin eine Initiative ›Der gläserne Bürger‹. Deren Mitglieder verpflichten sich, sämtliche Daten, auch die privatesten, offenzulegen. Wer mitmacht, genießt Steuervorteile, wer sich weigert, hat ein Problem.«

»Ariane, darüber musst du schreiben. Die Öffentlichkeit hat ein Recht darauf, all das zu erfahren.«

»Ach, du meinst, meine Redaktion würde das drucken? Die Enthüllungsstory einer freien Mitarbeiterin, die noch die Journalistenschule besucht? Vergiss es. Außerdem: Die Öffentlichkeit weiß längst Bescheid, an Informationen mangelt es nicht. Das Meiste von dem, was die Regierung vorhat, ist bekannt. Die Charmeoffensive, die Konzentration auf das Positive, das Ausblenden von Problemen – die Zeitungen sind voll davon. Was verschwiegen wird, ist die generalstabsmäßige Planung und das Finanzimperium, das hinter der Kampagne steht.«

»Eben das müsstest du …«

»Muss ich?« Sie schüttelte den Kopf. »Je mehr ich mich mit der Materie beschäftige, desto überzeugter bin ich, dass die Öffentlichkeit an Aufklärung gar nicht interessiert ist. Die Leute wollen keine Informationen. Sie könnten ja etwas erfahren, gegen das sie Widerstand leisten müssten! Viel zu aufwändig. Nein, Knautschke, ich fürchte, die Sehnsucht nach Harmonie ist schon so tief in uns drin, dass mein Artikel zu spät kommt. Außerdem bin ich müde. Verstehst du? Ich habe einfach keine Lust mehr.«

Knautschke schwieg. Die Kampagne, die Welle, oder für welches Wort man sich auch immer entschied, sie war nicht aufzuhalten. Er hatte es ja erlebt, im Dezember: das Himmelreich auf Erden. Mitmachen oder ausgegrenzt werden. Harmonie oder Untergrund.

»Hast du schon mal von einem Anwalt namens Helmling gehört?«

»Nein.«

»Von einer Gruppe, die sich ›Breisgau-Freyheit‹ nennt?«

»Auch nicht. Wer soll das sein?«

»Vielleicht gründen sie sich erst noch. Diesen Leuten könntest du dein Material zur Verfügung stellen. Sie werden wissen, was man damit anfängt.«

»Wenn du meinst.«

»Was willst du sonst tun, Ariane?«

»Abhauen. Mit dir, Knautschke. Lass uns Schafe züchten oder Olivenbäume pflanzen. Irgendwo, nur wir zwei.«

Er wich ihrem Blick aus. Wenn er ihr Marlenes Geld gäbe, die halbe Million, könnte sie neu anfangen. Am Mittelmeer, in Australien, wo auch immer. Vielleicht würde sie im kommenden Dezember gar nicht in der Domrep sein, sondern ganz woanders. Ließ sich von gut gebauten Farmern in die Kunst der Schafzucht einweisen. Erntete Oliven, lernte Griechisch. Hoffentlich war es so, hoffentlich würde es so sein. Dann könnte er ihr von oben zusehen, er musste nur die richtige Wolke erwischen.

»Komm heute Abend zu mir, sobald du kannst«, sagte sie. »Nicht in die Dreikönigstraße, sondern nach Littenweiler, das ist sicherer.«

»Wohin?«

»In das Wohnheim nach Littenweiler. Ich habe dir doch erzählt, dass ich dort ein Zimmer angemietet habe.«

Er fuhr auf. »Du hast was?«

»Nun tu nicht so, Knautschke«, gab sie irritiert zurück. »Bist du immer noch beleidigt, weil ich dir den Grund dafür nicht genannt habe? Jetzt kennst du ihn: Ich wollte meine Recherchen in Ruhe betreiben, anonym. Wenn ich als Tochter des Grafen Burgwald auftrete, macht doch keiner den Mund auf.«

»Moment«, sagte er, um Beherrschung bemüht. »Soll das heißen, dass du … dass du Else Schmid bist?«

»Dir gefiel der Name, schon vergessen? Und dann hast du rumgestänkert, weil ich dir nicht verraten wollte, wozu ich die Wohnung brauche.«

»Entschuldigung«, murmelte Knautschke verwirrt. »Gestänkert habe ich? Das tut mir leid. Ist sie schon eingerichtet, deine Wohnung?«

»Nein, womit denn? Computer und Drucker sind drin, ein bisschen was zum Übernachten, fertig. Hab sie ja erst vor einer Woche gemietet.«

Durch Knautschkes Kopf jagten die Gedanken. Dass er Arianes Notebook auf dem Film nicht erkannt hatte! Ihre Matratze, ihre Schrift auf den Aktenordnern! Aber wie hätte er damit rechnen sollen? Es war absurd. Arianes Wohnung: der Tatort! Und er, Knautschke, der angebliche Mörder. Wie war er nach Littenweiler gekommen? Und wer war die Tote?

»Hast du«, begann er zögernd, »hast du mir eigentlich die Adresse der Wohnung genannt, als wir darüber sprachen?«

»Ja, natürlich.«

»Verstehe. Und gibt es dort … wie soll ich es formulieren? Kann es sein, dass du eine Art Untermieterin hast?«

»Eine Untermieterin?«, fragte sie überrascht. »Wie soll das gehen, in dem kleinen Zimmer?«

»Vielleicht jemand, der es in deiner Abwesenheit benutzt. Eine junge Frau möglicherweise.«

Sie schüttelte den Kopf. »Unsinn. Von wem redest du?«

»Wer außer dir hat einen Schlüssel zu deiner Wohnung?«

»Keine Ahnung. Der Hausmeister wahrscheinlich.«

»Sonst niemand?«

»Nein. He, Knautschke, was sind das für Fragen?«

»Dumme Fragen, ich weiß.« Er versuchte zu lächeln. »Ich hatte letzte Nacht einen seltsamen Traum, in dem … egal, nicht so wichtig. Lass uns lieber darüber reden, was wir jetzt tun.«

Sie sah auf die Uhr. »Du musst zurück zu meinem Vater, nehme ich an.«

»Und am liebsten würde ich ihm einen Denkzettel verpassen.«

»Willst du ihn zum Duell fordern?«, lachte sie.

»Ich könnte ihm mit der Entführung seiner Tochter drohen. Wenn er die Kampagne nicht sofort stoppt, mache ich ihr fünf Kinder, die alle meinen Namen tragen werden. Dann erlöscht die jahrtausendealte Linie derer von Burgwald.«

»Das würde ihm sicher mehr zusetzen als der Raub seiner Tochter.« Wieder ergriff sie seine Hand. »Mein Vater ist ein wichtiger Teil der Kampagne, aber nicht einmal er könnte sie aufhalten. Niemand kann es, Knautschke. Also lass uns verschwinden.«

»Ach, Monsterlein«, seufzte er.

»Heute Abend in Littenweiler. Ich warte auf dich.«

»Warte.« Ihm war ein Gedanke gekommen. Noch hatte er ein paar Trümpfe in der Hinterhand: Er war tot, er wusste, wie alles enden würde, und er hatte einen Doppelgänger als Schatten Graf Burgwalds. Vielleicht ließ sich damit etwas anfangen. »Du hast nicht zufällig ein paar Schlaftabletten bei dir, Ariane?«

»Doch, warum?«

»Kann ich die haben? Ich erkläre es dir heute Abend.«

Stirnrunzelnd reichte sie ihm ein Päckchen Medikamente. Er öffnete es. Drei Tabletten waren noch darin.

»Du willst doch keine Dummheiten anstellen, Knautschke?«

Er lachte. »Mit drei Schlaftabletten kann man sich nicht umbringen, Ariane. Selbst wenn man es versuchte.«

Neben Arianes Wagen, den sie in einer stillen Seitenstraße geparkt hatte, verabschiedeten sie sich. Es war die längste Umarmung, die Knautschke je genossen hatte. Die längste und engste. Ihm wurde schwindlig. Sein Blut staute sich an einer Stelle, um die es Wochen und Monate einen Bogen gemacht hatte. Bis er auf den Gedanken gekommen war, diesen verdammten Nektar abzusetzen.

»Ariane«, flüsterte er und knabberte an ihrem Ohr. »Wie um alles in der Welt soll ich es aushalten bis heute Abend? Sag mir das!«

»Du tust ja, als hätten wir uns ewig nicht gesehen«, grinste sie.

»Haben wir auch nicht.«

»Triebtäter!« Schwupps, griff sie ihm zwischen die Beine.

Er schrie auf, aber nicht vor Schmerz. Knickte ein und schnappte nach Luft. »Mach das nie wieder«, japste er. »Bitte fass mich nicht an! Nicht vor heute Abend, meine ich.«

Halb erschreckt, halb belustigt trat sie einen Schritt zurück und stemmte die Hände in die Hüften. Im nächsten Moment merkte sie, dass sie nicht mehr alleine waren. Die beiden Männer vom Nachbartisch standen neben ihnen.

»Frau Burgwald?«, sagte der eine und zückte einen Ausweis. »Ich muss Sie bitten mitzukommen.«

Entsetzt starrte sie ihn an.

Knautschke wollte ihr zu Hilfe kommen, wurde aber von dem zweiten Mann aufgehalten. »Ihre Papiere, bitte.«

»Wer sind Sie?«

»Mitarbeiter einer staatlichen Behörde. Das Ganze ist bloß eine Routineüberprüfung. Darf ich Ihren Personalausweis sehen?«

Ariane suchte Knautschkes Blick. Verzweifelt hob sie die Schultern. Er überlegte fieberhaft. Schon wieder so eine beschissene Situation, in der man ihm an den Kragen wollte!

»Natürlich«, sagte er. »Einen Moment, wo habe ich das Zeug denn?« Er griff in seine Hosentasche, die voller Geldscheine war. Den Umschlag hatte er im Schließfach des Konferenzzentrums deponiert, nicht ohne zuvor ein paar tausend Euro abzuzweigen. Die zog er nun heraus und warf sie zwischen die beiden Männer auf den Boden. »Hier, für Sie. Wenn es nicht reicht, melden Sie sich.«

Verdattert glotzten die zwei auf das Geld zu ihren Füßen. Als die ersten Scheine vom Wind erfasst wurden, bückten sie sich, und zwar hübsch gleichzeitig. Sie hatten kaum zugegriffen, da bekam der eine Knautschkes Fuß in die Hüfte. Den Fuß eines Toten; trotzdem schlug er der Länge nach auf die Erde. Der andere schnellte hoch und sah gerade noch, wie Knautschkes Faust gegen seine Brust krachte. Dann taumelte er auch schon rückwärts. Bevor er wieder bei Atem war, musste er Treffer Nummer zwei einstecken und kippte röchelnd um. Sofort stand Knautschke über ihm, fand die Waffe an seinem Gürtel und riss sie aus dem Halfter.

»Keine Bewegung!«, herrschte er die beiden an. Ariane schlug eine Hand vor den Mund. Auch der zweite Mann wurde entwaffnet. Sie blickte sich um. Niemand zu sehen.

»Den Kofferraum auf«, zischte Knautschke. »Schnell, Ariane!«

Sie gehorchte. Blind, ohne zu verstehen. Wollte er die zwei in ihrem Wagen verstauen? Ariane fuhr einen uralten Audi 100 mit einem separaten, flachen Kofferraum. Sie schloss ihn auf und klappte den Deckel nach oben. Knautschke dirigierte die beiden Prügelknaben hinter den Wagen, bis ihre Kniekehlen die Stoßstangen berührten. Dann kippte er sie nacheinander in den Kofferraum.

Das gab ein Geschrei!

Typ eins krakeelte, weil Typ zwei auf ihn drauffiel, Typ zwei, weil ihm Typ eins das Knie in irgendwelche Weichteile gerammt hatte. Und beide krakeelten sie im Chor, weil sie Angst hatten zu ersticken.

»Wir sehn uns im Himmelreich!«, rief Knautschke und schlug den Kofferraumdeckel zu.

»Aber die kriegen wirklich keine Luft da drin«, sorgte sich Ariane.

»Ach was. Komm, lass uns abhauen.«

Immer noch war es ruhig in dem Gässchen. Wer nicht am Konferenzzentrum Maulaffen feilhielt, suchte im Haus Schutz vor der Julisonne. Knautschke sprang auf den Beifahrersitz und trieb Ariane zur Eile an. Unterwegs legte er eine der beiden Pistolen ins Handschuhfach, die andere steckte er ein. »Ich muss zurück zu deinem Vater«, sagte er. »Lass mich am Ortsausgang raus. Und du stellst den Wagen irgendwo im Wald ab. Ich gebe dir Geld für eine neue Karre.«

»Einfach abstellen? Knautschke, die überleben das nicht! Die müssen raus aus dem Kofferraum!«

»Dann halte unterwegs auf einer Brücke und lass sie in die Dreisam springen. Du hast ja eine Waffe. Schaffst du das?«

Sie nickte unglücklich.

»Wenn nicht, warte auf mich. Ich bin gegen Mitternacht bei dir, Monsterlein. Alles klar? Komm, lass mich hier aussteigen.«

Noch eine letzte Umarmung. »Pass auf dich auf, Knautschke«, flüsterte sie mit Tränen in den Augen.

»Und du erst. Bis nachher bei Else Schmid.«

Sie jagte davon.

Knautschke sah ihr lange nach. Dann schüttelte er sich und ging zum Konferenzzentrum zurück. Hoffentlich blieb Ariane ungeschoren. Um sich selbst sorgte er sich nicht. Er hatte zwar keinen exakten Plan, was die kommenden Stunden betraf. Dafür aber Geld wie Heu, eine Waffe, Schlaftabletten und jede Menge Wissensvorsprung. Von seinem berstenden Selbstbewusstsein nach dem Sieg gegen die beiden Staatsschützer ganz zu schweigen. Keine schlechte Bilanz für einen Toten.

Nur Zeit hatte er nicht mehr allzu viel. Unweigerlich nahte der Abschied. Er zwang sich, jeden Gedanken an Ariane zu verdrängen.

Um an Graf Burgwald heranzukommen, musste er erst dessen Leibwächter beseitigen. Also sich selbst, den lebenden Knautschke. Er stieg ins Untergeschoss hinab, holte Bart, Perücke und Brille aus dem Schließfach und legte alles in der Herrentoilette an. Dann streifte er durch das Konferenzzentrum. Im Innenhof ließ gerade der Entwicklungsminister Luftballons mit Smileys steigen. Aufsichtsräte einer Großbank herzten Kinder und grinsten zähnebleckend in die Kamera. Auf einem großen Monitor neben der Rezeption erschien plötzlich Graf Burgwald zusammen mit anderen Schlipsträgern, um ein kurzes Statement für die Presse zu geben. In welchem Raum das Interview stattfand, konnte Knautschke nicht erkennen, obwohl die Kamera auch die Totale zeigte. Dafür sah er deutlich, dass nur zwei Gorillas an der Tür wachten, und sein Doppelgänger war nicht unter ihnen.

Seine Chance! Wo trieb sich Knautschke herum? Wo hätte er sich zu Lebzeiten in einem solchen Moment aufgehalten? Na?

»Klare Sache«, murmelte er grimmig. »Auf der Toilette oder an der Bar!«

Sofort rannte er nach oben und hatte Glück: Kaugummi kauend ließ sich Knautschke, der Leibwächter, gerade an einem Tisch nieder. Streckte die Beine von sich, zückte sein Handy. Hoffentlich rief er jetzt nicht Ariane an! Aber die jagte über die B 31 und hatte wahrscheinlich Besseres zu tun, als zu turteln. Und tatsächlich, unverrichteter Dinge steckte er das Telefon wieder ein.

Knautschke an der Bar atmete auf. Er rief die Bedienung heran und bestellte einen Wodka Cola. Es war nicht gerade sein Lieblingsdrink, aber hin und wieder hatte er sich einen genehmigt. Damals. Während ihm das durch den Kopf schoss, rannte er schon hinunter zur Rezeption und kam mit Papier und einem Stift zurück. Der Ausflug hatte keine Minute gedauert. Der andere Knautschke saß noch immer am Tisch und glotzte den Mädchen hinterher.

»Einen Wodka Cola, der Herr.«

»Danke.«

Ohne nachzudenken, schrieb er: »Knautschke, ich brauche dich. In einer Viertelstunde bei der Bank im Gartenlabyrinth. Bis dahin Prost! Burgwald.« Jetzt noch den geeigneten Moment abwarten, in dem keiner herschaute, und Arianes Tabletten im Wodka auflösen. Das war's!

Er winkte eine andere Bedienung zu sich und bat sie, dem Herrn mit der Sonnenbrille Getränk und Botschaft auszuhändigen. Vom Grafen Burgwald. Und das hier ist für Sie. Aber nein: *Ich* habe zu danken!

»Das habe ich wirklich«, dachte er auf dem Weg in den Garten. Sofern es klappte mit dem Brief. Ein wenig, aber bitte: nur ein ganz klein wenig hoffte er, Knautschke würde nicht auf den Trick hereinfallen. Der Typ müsste schon verdammt blöd sein, wenn er … War er es? Er fürchtete: ja.

Genau 15 Minuten waren vergangen, als er Schritte auf dem Kies hörte. Er linste zwischen den Buchsbaumzweigen durch, die ihm als Versteck dienten. Da kam er! Er selbst, pünktlich wie die Maurer. Und besoffen wie die … Nein! Nicht besoffen. Allerdings kaum noch Herr seiner Sinne. Es waren zwar nur drei mittelstarke Schlaftabletten, aber im Verbund mit dem Alkohol entfalteten sie die Wirkung eines Vorschlaghammers. Immer wieder stolpernd hangelte sich der Kerl an den Hecken entlang. Blieb stehen, griff sich an den Kopf, zwinkerte, entschuldigte sich lautstark. Seine Sonnenbrille musste er unterwegs verloren haben.

»Mann, oh Mann!«, stöhnte er inbrünstig, als er die Bank erreicht hatte. Plumps, saß er da. Besser gesagt: Er hing. Sein Kopf pendelte von einer Seite zur anderen. Irgendwann bekam er Übergewicht, kippte nach rechts, fing sich, klappte den Mund auf und zu wie ein verendender Fisch. Dann gähnte er herzzerreißend.

Der Mann hinter der Buchsbaumhecke wartete. Eigentlich hatte er Knautschke mit einem trockenen Hieb über den Schädel empfangen wollen. Seine Hand umklammerte noch immer die Pistole. Aber er konnte es nicht. Er konnte diesem Kerl, der genauso aussah wie er selbst – der er ja war! –, nicht weh tun. Es ging einfach nicht! Den Schlag fürchtete er am eigenen Leib zu spüren.

Nun, es war auch nicht nötig. Der Leibwächter hatte das Gesicht in den Händen vergraben und die Ellbogen auf die Oberschenkel gestützt, aber sogar in dieser Haltung schwankte er wie ein Rohr im Wind. Einmal rutschte sein Arm ab, und er konnte sich nur mit Mühe halten. Irgendwann hatte er genug. Er streckte sich der Länge nach auf der Bank aus und rührte sich nicht mehr.

Knautschke ließ noch ein paar Minuten verstreichen. Dann erst trat er zu der Bank und beugte sich über den Schlafenden. Sicher, es war seltsam, sich selbst da liegen zu sehen. Dennoch empfand er kein Mitleid mit sich selbst. Seine Zeit war vorbei, er hatte sein Leben gelebt, und nur der Typ auf der Bank wusste es noch nicht. Entschlossen packte er ihn unter der Schulter, um ihn hoch zu hieven.

Der Leibwächter erwachte. Wenigstens schlug er die Augen auf. Zu mehr reichte es nicht, die Arme hingen schlaff am Körper herab. Verdammt, war der Kerl schwer! Aufs Gramm genauso schwer wie der, der ihn von der Bank beförderte.

»Was'n hier los?«, grinste der lebende Knautschke. »Sag mal … kennen wir uns?«

Der tote Knautschke schwieg. Keuchend schleppte er seine Last ins Gebüsch. Der Typ wehrte sich nicht, er half aber auch kein bisschen mit. Lallte bloß unverständliches Zeug.

»He, Alter … wir kennen uns doch, oder?« Und dann seufzte er lang und tief, denn er spürte weichen Boden unter sich. Er stank nach Alkohol.

Knautschke stellte sicher, dass der Mann von Spaziergängern nicht ohne weiteres entdeckt werden konnte. Er wartete, bis er fest schlief, dann zog er ihm Anzug, Hemd und Schuhe aus. Das Hemd war natürlich verschwitzt und roch entsprechend. Dass es sich um einen vertrauten Geruch handelte, machte die Sache nicht besser, fand Knautschke.

Widerwillig streifte er die Kleidungsstücke über; der Liegende bekam dafür seine eigenen. Knautschkes Handy nahm er an sich. Das Namensschild, das zum Eintritt in den abgesperrten Trakt des Konferenzzentrums berechtigte, war auf den Boden gefallen. Er hob es auf und steckte es an den Anzug. Fast hätte er vergessen, sich seiner Verkleidung zu entledigen! Perücke und Bart wanderten in die Hosentasche, die Brille dazu. Die erbeutete Pistole klemmte er sich hinter den Hosenbund.

Als er zur Rezeption zurückkehrte, lief auf dem Monitor ein Werbespot der Stiftung ›Neue Aura‹. Das Interview mit Burgwald und Konsorten schien beendet. Er fragte an der Theke nach dem Aufenthaltsort des Grafen, erntete aber nur bedauerndes Kopfschütteln.

»Selbst wenn ich es wüsste, dürfte ich es Ihnen nicht verraten.«

»Ich bin sein Leibwächter. Er braucht mich.«

»In dringenden Fällen können Sie ihn ausrufen lassen.«

Knautschke zögerte, dann nickte er. Wie sollte er seinen Schwiegervater sonst finden? Er konnte ja schlecht das ganze Haus nach ihm absuchen.

Es dauerte nicht lange, da öffnete sich eine Fahrstuhltür, und Graf Burgwald kam ihm entgegen. Ein mittelgroßer Mann in den Sechzigern, das gelockte Haar fast völlig ergraut, dafür mit pechschwarzen Augenbrauen. Das Dröhnende, das er schon immer an sich gehabt hatte, wurde in diesem Moment durch seine Aufgebrachtheit noch verstärkt.

»Spinnst du, Knautschke? Lässt mich hier ausrufen wie einen kleinen Jungen! Was sind das für Manieren?«

»Entschuldigung, Herr Graf, ich habe total vergessen, wohin Sie mich nach meiner Pause bestellt hatten. Es wird nicht wieder vorkommen.«

»Das will ich hoffen«, knurrte Burgwald. »Wie stehe ich

denn da vor der Kanzlerin? Eben fragt sie mich nach meiner Meinung, da heißt es, ich solle zu meinem Angestellten kommen.«

»Tut mir leid.«

»Ja, mir auch. Komm jetzt.« Er zog den zerknirschten Detektiv zum Aufzug, fuhr mit ihm in den dritten Stock und geleitete ihn durch Flure mit Teppichboden. Musik rieselte sanft aus Lautsprechern. An mehreren Ecken standen Leibwächter und musterten sie, ohne mit der Wimper zu zucken. Burgwalds Handy klingelte. Er blieb stehen und nahm das Gespräch entgegen.

»Gut«, sagte er. »Danke, ich weiß Bescheid.« Und dann, das Handy wieder wegsteckend: »Das war's. Sie brauchen mich erst später wieder. Gehen wir in mein Zimmer.« Damit setzte er seinen Marsch fort.

»Ist das jetzt wegen mir?«, erkundigte sich Knautschke. »Weil ich Sie aus der Runde rausgeholt habe?«

»Nein, wir waren ohnehin durch. Jetzt haben wir ein Viertelstündchen Pause, und das trifft sich gut. Ich muss nämlich etwas mit dir besprechen.« Er warf ihm einen knappen Blick zu. »Unter vier Augen.«

Knautschke folgte ihm zögernd. Unter vier Augen? Er und sein Schwiegervater? Das mochte alles Mögliche bedeuten, nur nichts Gutes.

»So, hier sind wir hoffentlich ungestört.« Graf Burgwald öffnete die Tür zu einem Raum, der wie ein Hotelzimmer eingerichtet war. Ein Bett, ein kleiner Schreibtisch, zwei Stühle. Und ein Lehnsessel, den sich der Graf sicherte. Er nahm Platz, holte einen Kamm hervor und bearbeitete seine silbergrauen Locken. An der Frisur änderte seine Tätigkeit nichts, nur der Kamm war voller Schuppen.

»Setz dich«, sagte er und zeigte auf einen Stuhl. »Eins kann ich dir sagen, Knautschke, das ist der anstrengendste Tag meines Lebens. Aber auch der wichtigste.«

»Kein Wunder, wenn die komplette Bundesregierung aufmarschiert.«

»Politiker«, winkte er ab. Fast spie er das Wort aus. »Die braucht unsereins bloß als Handlanger. Als ausführende Organe. Nach Himmelreich sind ganz andere Personen gekommen, wichtigere. Entscheider, verstehst du? Aber lass uns nicht von mir reden.« Er kniff die Augen zusammen. »Sondern von dir.«

Knautschke schwieg.

»Knautschke, Knautschke, Knautschke«, seufzte sein Schwiegervater und rieb sich die Augen. »Du bist jung und musst noch viel lernen. Also spitz die Ohren und hör mir gut zu.«

Knautschke spitzte die Ohren und hörte gut zu.

Graf Burgwald schlug die Beine übereinander, stützte den Ellbogen leicht auf die Lehne seines Sessels und legte den Kopf schräg, um seinen Schwiegersohn zu fixieren. Unterhalb seines linken Auges zuckte es kaum wahrnehmbar. Wenn all diese Vorbereitung dem nun folgenden Satz galten, dann musste es sich um eine Aussage von historischer Tragweite handeln, fand Knautschke. Er kam sich vor wie das Mäuschen, das in den Sichtkreis der Eule geraten ist. Ohne Fluchtweg, mit dem Rücken zur Wand.

»Aber ich habe eine Pistole«, dachte die Maus.

»Knautschke«, sagte Graf Burgwald und verengte seine Augen noch ein bisschen mehr. »Lass die Finger von meiner Tochter.«

Stille.

Ja, was da plötzlich herrschte, war Stille. Aber nicht die übliche, nicht die profane Abwesenheit von Lärm, sondern jene berühmte Stille, in der die sprichwörtliche Stecknadel mit ihrem Auftritt kokettiert. Knautschke, aufrecht auf der Stuhlkante sitzend, hatte mit Vielem gerechnet. Damit allerdings nicht. Er war fast ein wenig enttäuscht. Von einem gräflichen Strippenzieher an der Seite der Kanzlerin hätte man mehr erwarten dürfen. Mindestens einen Satz wie »Die Enteignungen im Osten müssen rückgängig gemacht werden«. Oder: »Wir wissen doch alle, dass die Monarchie unterm Strich die optimale Regierungsform ist, Knautschke«. Stattdessen ging es bloß um Ariane, das eigene Töchterlein, das zum Ärger des Vaters Gefallen an einem hundegesichtigen Privatermittler gefunden hatte. Der alles Mögliche war, aber nicht mehr jung.

»Warum?«, sagte er heiser.

Jetzt waren sie nur noch Schlitze, die Augen des Herrn Grafen! »Das«, rief Burgwald und sprang auf, »das, mein Lieber, ist genau die Frage, die ich hören wollte! Ich wusste, dass du ein cleverer Bursche bist. Viel cleverer, als du aussiehst! *Warum* sollst du die Finger von Ariane lassen? Die naheliegende Antwort: weil du sie nicht verdient hast. Aber das meine ich nicht. Es wäre die falsche, die grottenfalsche Antwort! Und deshalb ist es gut, dass du nachfragst. Warum also? Ich sage es dir, Knautschke: weil *sie* dich nicht verdient hat. Das ist der Punkt.«

Er öffnete einen kleinen Kühlschrank und entnahm ihm eine Mineralwasserflasche. Während er sich ein Glas einschenkte, hatte Knautschke die Gelegenheit, das Gehörte zu verdauen. Das wurde ja immer besser! Was war in den Grafen gefahren?

»Ich verstehe nicht«, meinte er. »Wie kommen Sie auf den Gedanken, Ihre Tochter könnte jemanden wie mich nicht verdient haben?«

»Jemanden wie dich?«, rief Burgwald. »Nun stell dein Licht mal nicht unter den Scheffel! Knautschke, ich weiß genau, was ich an dir habe. Im Guten wie im Schlechten. Du bist zuverlässig, du fackelst nicht lange, bei dir weiß man, woran man ist. Loyal bist du auch. Natürlich kenne ich deine Grenzen, das ist das Wichtigste. Und du hast Grenzen, Knautschke, ganz klar. Aber wer hat die nicht?« Für einen kurzen Moment sah es so aus, als wolle er seine Frage mit ›Ich‹ beantworten. Bis ihm einfiel, dass sie wohl doch rhetorisch gemeint war. »Nein, Junge, mit dir kann man arbeiten. Das Problem ist meine Tochter. Du hast etwas Besseres verdient, glaub mir. Apropos, da kommt mir ein Gedanke.« Er wandte sich wieder dem Kühlschrank zu und beförderte eine kleine Plastikflasche ohne Aufschrift zutage. Mit dem Inhalt füllte er ein Glas und reichte es Knautschke. »Hier, probier mal. Ein neuer Wellnessdrink, der demnächst auf den Markt kommt. Wir testen noch, was die endgültige Geschmacksrichtung angeht, aber ich finde ihn schon sehr gelungen.«

Knautschke nahm einen Schluck. Sofort stiegen die Bilder vom Dezember in ihm auf: das Mädchen im Einteiler, die weihnachtlich geschmückte Fußgängerzone, das Plakat mit dem Grafen. Er wartete auf eine Kopfschmerzattacke, doch sie blieb aus.

»Ja«, sagte er, »nicht schlecht. Harmonisch irgendwie.«

»Das ist es, Junge. Harmonisch!«

»Ein bisschen mehr Maracujageschmack könnte nicht schaden.«

»Maracuja?« Graf Burgwald sah ihn verblüfft an. »Gib mal her.« Er nippte ebenfalls, leckte sich mit der Zunge über die Lippen, schmeckte ab. »Genau«, sagte er schließlich. »Maracuja. Warum sind wir da nicht früher drauf gekommen? Ich gebe das sofort weiter. Wenn es unsere Designer akzeptieren, wirst du am Gewinn beteiligt.« Kopfschüttelnd setzte er sich wieder. »Maracuja … Manchmal ist es so einfach!«

»Wieso soll ich etwas Besseres verdient haben als Ihre Tochter, Herr Graf?«

»Was? Ach so, davon redest du. Hör zu: Ariane ist nicht ehrlich. Sie hat alle möglichen Qualitäten, aber nicht diejenigen, die mir gefallen. Sicher, sie ist intelligent und kann schreiben, aber wie setzt sie diese Intelligenz ein? Ich habe das Gefühl, dass alles, was sie tut, gegen mich gerichtet ist.

Warum hat sie das Volontariat beim Anzeiger nicht angetreten? Die hätten sie mit offenen Armen genommen!«

»Weil der Anzeiger zu Ihrer Unternehmensgruppe gehört.«

»Eben! Jetzt schreibt sie für dieses Käseblatt, das einen auf Enthüllungsjournalismus macht. Gegen das ich im Übrigen noch einen Prozess am Laufen habe, und das weiß sie. Was glaubst du, warum ihre Mutter kein Bein mehr auf den Boden kriegt? Sie verkraftet nicht, dass ihre eigene Tochter so gegen die Eltern opponiert.«

»Entschuldigung, aber ist es nicht eher umgekehrt? Auf dem Esotrip ist Ihre Frau doch schon seit Jahren.«

»Nein«, entgegnete Graf Burgwald scharf. »Ist sie nicht. Oder woher willst du das wissen, Knautschke? Ich habe dir gesagt, dass ich deine Grenzen kenne. Hier ist so eine Grenze: Du bist manipulierbar. Ariane erzählt dir irgendeinen Quatsch, und du glaubst ihn unbesehen.«

»Tut mir leid.«

»Schon gut. Deshalb reden wir ja darüber.« Er lachte freudlos. »Wir zwei, unter Männern. Wie gesagt, Ariane ist nicht ehrlich. Nicht zu dir, nicht zu mir und schon gar nicht zu sich. Es klingt hart, aber ich habe mit ihr gebrochen. Sie ist nicht mehr meine Tochter.«

»Nur weil sie …?«

»Stopp! Sag nicht ›nur‹, Knautschke. Du hast keine Ahnung, was da gerade läuft. Ariane ist drauf und dran, mich zu vernichten. Oder sagen wir: Sie versucht es. Bloßstellen will sie ihren Vater, auf Teufel komm raus. Und natürlich in aller Öffentlichkeit, mit Hilfe von Zeitungsartikeln.«

»Das wissen Sie?«, stieß Knautschke hervor.

»Hat sie dir davon erzählt?«

»Nein, sie … sie sprach nur allgemein von ihren Recherchen und dass sie einiges an brisantem Material zusammengetragen hätte.«

»Da siehst du es! Versteht man das unter einer ehrlichen Beziehung?« Er legte eine Hand in den Nacken und ließ den Kopf kreisen. »Natürlich hat sie dir verschwiegen, dass sie bei ihren Recherchen permanent Gesetze übertreten hat. Sie ist unter falschem Namen aufgetreten, sogar in Verkleidung, mit einer Perücke, stell dir das mal vor!«

Knautschke schwieg.

Das Kopfkreisen hörte auf. »In diesem Moment, mein Junge, wird sie gerade von zwei Leuten aus dem Innenministerium angesprochen, die man zu ihrer Beobachtung abgestellt hat. Auf meine Veranlassung übrigens. Es ist das Letzte, was ein Vater für seine Tochter tun kann: sie stoppen, bevor sie sich jegliche Zukunft verbaut.«

Knautschke schluckte. »Was heißt das? Wird sie verhaftet?«

»Sie wird eingehend belehrt, das vor allem. Und natürlich muss sie mit einer Anklage rechnen.« Er ließ die flache Hand auf die Lehne fahren. »Verdammt, Junge, hättest du nicht besser auf sie aufpassen können?«

»Ich?«, stotterte Knautschke. »Das … das sagt sich so leicht.«

»Ich weiß. Mir ist es ja auch nicht gelungen. Und ich mache mir deswegen Vorwürfe, das kannst du mir glauben. Aber wie soll man an das Gör rankommen?« Er schüttelte sich, als müsse er all den Ariane-Ballast abwerfen. »Wie auch immer, sie wird Lehrgeld bezahlen. Und du, Knautschke, solltest dich entscheiden.«

»Entscheiden?«

»Zwischen ihr und mir. Schau nicht so, das klingt jetzt dramatischer, als es ist. Ich meine, du willst doch auch in Zukunft noch meinen Leibwächter spielen wollen, oder? Dabei habe ich eigentlich etwas anderes mit dir vor. In meinem Unternehmen werden sich neue Betätigungsfelder auftun, ich brauche jede Menge Leute. Leute, die anpacken können, und das kannst du; Leute, die loyal sind. Wie sieht es aus, Knautschke?«

»Was meinen Sie damit, Herr Graf? An welchen Job hätten Sie gedacht?«

»Das werden wir sehen. Personalabteilung, Sicherheitsabteilung, etwas in der Art vielleicht. So einen wie dich könnte ich mir auch gut im Vertrieb vorstellen. Du musst jetzt nicht Ja und Amen sagen, Junge, es wird sich noch viel tun in den nächsten Monaten. Aber wenn du prinzipiell deine Bereitschaft erklärst, mit von der Partie zu sein, plane ich dich ein.« Er lachte. »Du bist clever, Knautschke, du hast Ideen, denk an den Maracujageschmack. So einen wie dich können wir gebrauchen.«

»Naja«, meinte Knautschke achselzuckend, »im Prinzip schon … also prinzipiell würde ich da nicht Nein sagen.«

»Sehr gut.« Der Graf stand auf und streckte Knautschke die Hand hin. »Und du vergisst Ariane, klar?«

Es war eine kräftige, warme Hand, die Knautschke drückte. Wie sich seine eigene Hand wohl anfühlte? Ob man ihr anmerkte, was sie als Nächstes tun würde? Während sein Schwiegervater das Glas Wasser austrank, zog er die Pistole aus dem Hosenbund und verbarg sie unter dem Jackettaufschlag. In eine Ecke des Zimmers starrend, ließ er Burgwalds Anweisungen über sich ergehen: wann er für den Beginn des Balls zur Verfügung stehen müsse, was er bis dahin zu erledigen habe, was bei wem besonders zu beachten sei.

»Und einen Kaugummi will ich nie wieder sehen, verstanden? Bis nachher.« Arianes Vater wandte sich zum Gehen.

»Graf Burgwald?« Wie festgewachsen blieb Knautschke auf seinem Stuhl sitzen.

»Ja?«

»Wir müssen doch alle sterben.«

Überrascht zog Burgwald eine Braue nach oben. »Ich denke schon. Und?«

»Irgendwann kommt dieser Tag. Vielleicht erst in einigen Jahren, vielleicht aber schon sehr bald. Und da frage ich mich …«

»Was fragst du dich?«, unterbrach der Graf mit einem Blick zur Uhr.

»Ich frage mich, ob es da der richtige Weg für einen Vater ist, mit seiner Tochter so ganz zu brechen. Einem von beiden könnte ja etwas zustoßen, und dann ist es zu spät für eine Versöhnung.« Er sah Burgwald nicht an, als er das sagte.

Der brach in Lachen aus. »Mann, Knautschke, jetzt wirst du auch noch sentimental! Ariane bekommt eine ernsthafte Ermahnung, aber ihr wird schon nichts zustoßen.«

»Ihr nicht«, murmelte Knautschke unhörbar.

»Es ist wirklich ein feiner Zug von dir, dass du dich so für sie ins Zeug legst, aber glaub mir, sie ist es nicht wert. Ich kenne sie besser als du. Übrigens«, er verließ seinen Standort an der Tür und beugte sich verschwörerisch zu seinem Leibwächter hinab, »ich habe mich schon oft gefragt, ob sie wirklich meine Tochter ist. Schau sie dir doch an. Noch nie hatte ein Burgwald rote Haare, in 500 Jahren nicht! Und wie sie sich mir gegenüber verhält! Meine Frau streitet natürlich alles ab, aber manchmal denke ich, es wäre besser, wenn Ariane nicht mein eigen Fleisch und Blut wäre.« Er gab Knautschke einen Schulterklaps. »Aber mach du dir nicht die Sorgen anderer Leute.« Damit wandte er sich wieder zur Tür.

Knautschke hob die Waffe und entsicherte sie. Nicht schießen!, hörte er Johannes' Stimme durch seinen Kopf gellen. Du darfst nicht in den Lauf der Geschichte eingreifen! Du darfst es einfach nicht!

»Tue ich das?«, antwortete er stumm, den Rücken seines Schwiegervaters vor sich. »Ich habe den Grafen bei meinen Besuchen auf Erden nie zu Gesicht bekommen. Nur als Riesenfratze auf einem Plakat. Vielleicht war er ja schon tot, erschossen von seinem Leibwächter am Rande des Regierungsballs in Himmelreich. Vielleicht war das der eigentliche Mord, für den ich büßen musste, und die Frau in Arianes Zimmer nur ein Ablenkungsmanöver. Um Ariane auch noch anzuklagen.«

All dies fuhr ihm in einem einzigen höllenheißen Gedankenblitz durch den Kopf, während sein Finger langsam den Auslöser drückte.

Aber das nächste Geräusch, das erklang, war kein Schuss, sondern ein Klopfen an der Tür. Burgwald, unwirsch, riss sie sofort auf.

»Herr Minister?«, stotterte eine junge Frau. »Ich suche Sie schon überall!«

Knautschke verbarg die Pistole unter der Jacke. Diese Frau … es war die Platinblonde, die ihm eine Flasche Harmony angedreht hatte. Diesmal war sie es wirklich!

»Zu viel der Ehre«, knurrte der Graf. »Zum Kabinettsmitglied habe ich es noch nicht gebracht.«

»Sie sind nicht der Verteidigungsminister?«

»Junge Frau, wie lautet denn Ihr Name?« Damit drängte Burgwald sie sanft zur Tür hinaus. Seine Hand schwebte nur Zentimeter über ihrer Pobacke.

Knautschke aber blieb im Zimmer zurück und steckte langsam, ganz langsam die Pistole wieder ein.

Beim Ball traf er die Blonde wieder. Er versuchte ein Gespräch mit ihr anzuknüpfen, doch sie strafte ihn mit Missachtung. Gab sich wohl nicht mit Menschen unterhalb des Ministerrangs ab. Stolz und langbeinig stakste sie davon.

»Wart's nur ab«, grummelte Knautschke. »Im Dezember wirst du froh sein, wenn ich dir ein paar Minuten meiner Aufmerksamkeit schenke.« Er überlegte, ob er ihr diesen Satz als Prophezeiung mit auf den Weg geben sollte, ließ es aber.

Der Ball selbst bedeutete reichlich Arbeit für ihn und seine Kollegen. Die Regierung mischt sich unters Volk, lautete das

Motto der Veranstaltung, und Knautschke & Co. hatten dafür zu sorgen, dass diese Vermischung in geregelten Bahnen verlief. Ein Foto mit dem Herrn Umweltminister? Wenn Sie bitte Ihre Handtasche ablegen würden. Ein Autogramm der Kanzlerin? Hinten anstellen! Ein Tänzchen mit dem Ministerpräsidenten? Nur nach vorheriger Leibesvisitation.

Graf Burgwald gehörte zu den begehrtesten Promis an diesem Abend. Er sah gut aus, war ein begnadeter Tänzer und pflegte seine Singleattitüde. Seine Frau, das wusste man, lebte in ihrer eigenen Welt, und sofern man es nicht wusste, wusste man doch, dass sie als zu beachtende Größe nicht existierte. Der Graf war gewissermaßen Freiwild. Und so klebten sie an ihm, während er sich über die Tanzfläche drehte, die Blonden und Brünetten, die Jungen und Mittelalten, die Schlanken und Wohlgenährten. Regelrechte Zickenkriege entbrannten um den nächsten Walzer mit dem Grafen. Mehrmals musste Knautschke schlichtend eingreifen, während er gleichzeitig die Tänzer im Auge behielt. Als die Platinblonde angetrippelt kam, schickte er sie weg. Derart spitze Pfennigabsätze seien eine Gefahr für die gräflichen Zehen. Beleidigt schmiss sie sich Marlenes Mann an den Hals.

In der einzigen Tanzpause, die sich Burgwald gönnte, winkte er Knautschke zu sich.

»Hast du etwas von Ariane gehört?«, raunte er seinem Leibwächter zu, während er sich den Schweiß von der Stirn wischte. »Wenn sie sich bei dir meldet, gib mir sofort Bescheid. Sofort, klar? Sie ist durchgebrannt.«

»Durchgebrannt? Was heißt das?«

»Sie hat sich dem Zugriff der beiden Beamten entzogen. Mit Gewalt, verstehst du? Dabei soll ihr jemand geholfen haben, der dir verdammt ähnlich sieht.«

»Mir? Aber ich war doch die ganze Zeit bei Ihnen, Herr Graf.«

»Ich weiß ja, dass du es nicht warst. Angeblich hat dieser

Mann eine geschlagene Stunde mit Ariane Kaffee getrunken. Das Ganze ist wahrscheinlich eine Erfindung dieser zwei Deppen, um ihr Unvermögen zu verschleiern.« Burgwald goss sich ein Wasser ein. »Ich wollte es dir nur sagen. Falls Ariane Kontakt zu dir aufnimmt, finde heraus, wo sie steckt. Um den Rest kümmere ich mich.«

Knautschke nickte. Kaum schwang sein Chef wieder das Tanzbein, holte er sein Handy hervor. Tatsächlich, eine SMS von Ariane: »Die 2 sind abgehauen. Kofferraum während der Fahrt aufgedrückt und raus. Komm bald! M.« Erleichtert steckte er das Handy weg. Wahrscheinlich hatte sie den Kofferraum auf freier Strecke selbst geöffnet und sich davongemacht, sobald die beiden herausgekrabbelt waren.

»Keine Angst, Monsterlein«, murmelte er. »Ich komme bald.«

Schon nahm ihn seine Arbeit wieder in Anspruch. Alles, was sich auch nur im Entferntesten für weiblich hielt, gierte nach einem Tanz mit dem Grafen. Marlene kam als eine der Letzten in den Genuss dieses Privilegs. »Nicht böse sein, Erwin«, wisperte sie Knautschke ins Ohr. »Ich weiß, dass man uns nicht zusammen sehen soll. Aber ich wollte dir unbedingt nahe sein.«

»Achten Sie auf die Füße Ihres Tanzpartners«, ratterte er herunter. »Den Anweisungen von Graf Burgwald ist Folge zu leisten, und bitte immer lächeln. Falls Sie spitze oder harte Gegenstände mit sich führen, legen Sie diese vorher ab.«

»Mit größtem Vergnügen«, antwortete sie in normaler Lautstärke. Und dann, wieder flüsternd: »Magst du nicht auf mein Zimmer kommen? Unabhängig von unserer geschäftlichen Vereinbarung? Ich würde dir gerne meine Tätowierung zeigen.«

»Bist du wahnsinnig?«, zischte er. Sein Puls schlug bis zum Hals. Nur ja kein Verlangen aufkommen lassen! »An deinen Gatten denkst du wohl gar nicht?«

»Oh, der hat sein eigenes Zimmer, der alte Schnarchsack. Im Übrigen lässt er auch nichts anbrennen, wie du siehst.« Sie wies zur Tanzfläche. Gerade warf sich die Platinblonde dem Essener Pharmalobbyisten an die Brust, dass es quietschte.

»Vergiss es!«, schimpfte Knautschke. »Wir kommen noch in Teufels Küche.«

»Schade.«

Endlich erschien Burgwald und führte sie davon. Knautschke atmete auf. Nein, in Teufels Küche würden sie nicht kommen. Dafür in die Himmelreichskantine, und zwar eher, als Marlene es sich vorstellen konnte. Er erinnerte sich an ihre erste Begegnung, das kurze Gespräch am Fenster. Und wie er sie dann in ihrem hauchdünnen Negligé gesehen hatte, das ihren Busen umfloss. Das kleine Kreuz an ihrer Hüfte, der Rücken, den er ihr kraulte … wenn er nur daran dachte, wurde ihm schwindlig. Sein Gaumen fühlte sich wie ausgetrocknet an. Über den Wolken, von Nektar und Ambrosia sediert, mit einer attraktiven, aber toten Frau zu schäkern, war eine Sache. Eine ganz andere war es, dieser Frau nun leibhaftig gegenüberzutreten: sie in der Blüte ihrer Jahre und man selbst – nun ja, nicht ganz so lebendig, aber auch nicht völlig aus der Welt.

»Mann, oh Mann«, stöhnte er, wie kurz zuvor sein anderes Ich, und stierte geradeaus.

»Was ist denn mit dir los?«, erkundigte sich ein Kollege. »Alles klar, Knautschke?«

Er nickte. »Schon vorbei. Bloß eine partielle Nektarunverträglichkeit.« Er ließ den Mann stehen, bevor der nachhaken konnte. Noch einmal das Handy kontrollieren: keine Nachricht von Ariane. Besser so; man wusste ja nie, wie weit die Überwachung ging.

Ein Ministerialbeamter kam vorbei und fragte im Ton des Verschwörers nach einer Zigarette. »Ich weiß, dass es verboten ist, aber manchmal geht es nicht ohne.«

»Schämen Sie sich«, herrschte ihn Knautschke probehalber an. »Sie sollten ein Vorbild sein! Unsere Zukunft ist rauchfrei!«

Geknickt schlich der Mann davon. Knautschke schüttelte nur den Kopf.

Dann stand Graf Burgwald neben ihm und sah auf die Uhr. »So, mein Junge. Letzter Tagesordnungspunkt: die Schlussworte der Kanzlerin, drüben im kleinen Saal. Der Pressemob wird wieder zahlreich sein. Kommst du?«

Als die erlesene Gruppe von Spitzenpolitikern und Managern mit Knautschke als Schlusslicht den Saal betrat, hatten die Journalisten bereits Kameras und Mikrofone in Anschlag gebracht. Die Kanzlerin, noch im Abendkleid und umringt von einigen erhitzten Ministern, nahm hinter einem Stehpult Aufstellung. Auch Graf Burgwald stand ganz in ihrer Nähe. Knautschke fuhr seine Ellbogen aus und ließ ihn nicht aus den Augen.

»Die Regierung tanzt«, verkündete die Kanzlerin und sonnte sich in allfälliger Heiterkeit. »Beziehungsweise sie tanzte. Ab jetzt wird wieder Politik gemacht, meine Damen und Herren.« Aber, so führte sie weiter aus, zum Regieren bedürfe es guter Laune, und die habe man sich geholt, hier in Himmelreich, dem Ort mit dem bedeutungsvollen Namen, denn ja, man habe durchaus den Anspruch, ein wenig vom Paradies auf Erden zu verwirklichen, auch wenn das jetzt pathetisch klinge. Jeder Tanz sei schließlich Ausdruck von Lebensfreude, von Harmonie, und Harmonie sei es, was dieses Land am dringendsten brauche. »Wir haben«, rief sie, »heute eine ganze Menge neue Gesetze auf den Weg gebracht, Initiativen angestoßen, Pflöcke auf dem Weg in eine bessere Zukunft eingeschlagen. Die inhaltliche Erweiterung des Aufschwungbeschleunigungsgesetzes gehört dazu, aber auch die Neuordnung polizeilicher Befugnisse unter dem Titel Sicherheitsbeschleunigungsgesetz sowie ein allgemeines Maßnahmenbündel zur Steigerung der Glückseligkeit. Darunter fällt, um nur ein naheliegendes Beispiel zu nennen, die staatliche Förderung von Tanzkursen.«

Und so ging es weiter, hoffnungsfroh und zukunftssatt, die neue Politik schillerte, das Kabinett strahlte um die Wette, die Kanzlerin war der Engel der Verkündigung. Gleichsam noch euphorisiert vom Ball, stellte sie eine Vielzahl bürgernaher Projekte in Aussicht, forderte zur Beteiligung auf, versprach eine Hebung der allgemeinen Zufriedenheit im zweistelligen Prozentbereich. Demnächst werde als absolute Weltpremiere ein hypermoderner Gesundheitstrunk auf den Markt kommen, der die Deutschen zur gesündesten Nation der Erde mache. »Und natürlich brauchen wir für all diese Maßnahmen einen verlässlichen Partner, der sich das Umdenken auf die Fahnen geschrieben hat, der diese neue Aura lebt. Es ist die gleichnamige Stiftung, die uns nicht nur den Aufenthalt im schönen Himmelreich ermöglicht hat, sondern die uns auch sonst in jeglicher Hinsicht flankierend unterstützt.« Unter dem Applaus der Anwesenden winkte sie Graf Burgwald zu sich. Der, bescheiden jegliche Beifallskundgebung abwehrend, zierte sich, um sich zuletzt doch zum Mikrofon führen zu lassen. Auch Knautschke drängte sich durch den Wall seiner Leibwächterkollegen nach vorne. Sein Herz schlug bis zum Hals.

Allerdings tat es das nicht wegen Burgwald.

Nein, für seine Nervosität gab es eine ganz andere Ursache. Er hatte nicht weit weg vom Rednerpult gestanden und so die Gelegenheit gehabt, die Kanzlerin bei ihrer Ansprache zu beobachten. Aus der Nähe kam sie ihm viel attraktiver vor als im Fernsehen oder auf Fotos. Weiblicher, geradezu begehrenswert. Ihr schulterfreies, tailliertes Kleid betonte bei aller Schlichtheit aufs Sinnfälligste eine Figur, die der Marlenes in nichts nachstand. Da behaupte noch jemand, die Kanzlerin besitze keinen Sexappeal!

Knautschke schluckte. Mühsam, denn schon wieder fühlte sich sein Gaumen so ausgetrocknet an. Verdammt, er musste sich konzentrieren! Durfte jetzt nicht aus der Rolle fallen, vielleicht ergab sich ja noch eine Gelegenheit, mit seinem Schwiegervater abzurechnen. Er schob einen Minister zur Seite, um Burgwald möglichst nahe zu sein. Der aber richtete vom Rednerpult aus gedrechselte Dankesworte an die Öffentlichkeit, während die Kanzlerin einen Schritt zurück gemacht hatte und nun direkt vor Knautschke stand.

Er spürte, wie seine Hände zu zittern begannen. Die Kanzlerin der Bundesrepublik Deutschland … einen halben Meter vor ihm!

Und was für eine schöne Frau sie war! Er achtete nicht mehr auf Graf Burgwald, der von den vielen Denkanstößen sprach, die seine Stiftung noch geben wolle; er sah nur den Hinterkopf der Kanzlerin wie gemeißelt vor sich, den zart geschwungenen Nacken, ihre blassedle Haut. Wie gerade sie sich hielt! Wie elegant sich ihr Oberkörper verjüngte, um über den Beckenknochen wieder an Kraft und Breite zu gewinnen! Und erst ihre Beine, diese festen, gesunden Waden, die unter dem Saum ihres Kleides hervorragten und Füßchen von erstaunlicher Zierlichkeit erahnen ließen! Wenn man das nur anfassen dürfte … Wenn man es streicheln, kneten, liebkosen, küssen dürfte …!

Knautschke röchelte leise. Wie lange hatte er keinen Nektar getrunken? Tage? Jahre? Eine Ewigkeit lang? Von ferne meldete sich seine Migräne.

Und dann begann er ganz vorsichtig, ganz behutsam das Kleid der Kanzlerin aufzuknöpfen.

Erst der oberste Knopf. Seine Finger waren ein Lufthauch, kaum zu spüren. Das Wasser lief ihm im Mund zusammen. Der zweite Knopf. Warm tröpfelte Graf Burgwalds Ansprache auf ihn herab. Der dritte Knopf. Er fühlte wohlige Schauer auf dem eigenen Körper.

Und zum Schluss Knopf Nummer vier. Wenn er jetzt losließ, würde sich das Kleid wie von selbst entblättern und die Kanzlerin in ihrer ganzen natürlichen Schönheit zeigen.

Er ließ los.

Und begann zu schreien. Die Kanzlerin … Was war das? Zwischen ihren Schulterblättern verlief ein langer Wulst aus Haut und Fleisch! Ein perforierter Wulst.

Knautschke schrie. Aber noch bevor sein Schrei verhallt war, hatte er das Konferenzzentrum Himmelreich verlassen.

DER ENTSCHLUSS

Mann, oh Mann!

Diesmal tut es richtig weh. Knautschke kommt nicht bequem in seinem Bett zu liegen, sondern stürzt mit voller Wucht auf die Dielen der göttlichen Kajüte. Göttlich, ja – aber Arm und Schulter schmerzen höllisch. Im selben Moment kracht es neben ihm, und ein Mann poltert zusammen mit dem großen Lehnstuhl des Herrn zu Boden. Im Hintergrund kreischt der Papagei.

Eine Tür wird aufgerissen. Auf der Schwelle steht der liebe Gott, eine Zahnbürste in der Hand, Schaum in den Mundwinkeln. Entgeistert blickt er auf die beiden Eindringlinge hinab. Draußen lacht die Sonne über grüner See.

Ein hübsches Standbild ist das! Dreimal eingefrorene Mienen, stumme Blicke: hier Knautschke, da Gott und dort unten – Johannes.

Tatsächlich, es ist der Evangelist, der da reichlich belämmert unter dem Stuhl kauert. Aber man muss schon genau hinschauen, um hinter der derangierten Fassade Jesu Lieblingsjünger zu erkennen. Über der Stirn hat es sich ausgescheitelt, die Designerbrille baumelt von einem Ohr. Kein Klemmbrett weit und breit. Stattdessen Damenschuhe und Lippenstift. Seine schmale Brust ragt aus einem taillierten, im Rücken aufgeknöpften Abendkleid.

»Du!« Trotz seiner Schmerzen springt Knautschke auf. »Du also warst das! Du hast die Kanzlerin gespielt! Ich fasse es nicht! Du elender, hinterfotziger …«

»Einen Moment«, unterbricht der Herr und legt die Zahnbürste zur Seite. Mit dem Handrücken wischt er sich die Schaumreste von den Lippen. »Noch bin ich hier der Chef. Was fällt euch beiden ein, auf diese Art und Weise in meine Privaträume einzudringen?«

»Entschuldigung«, murmelt Johannes. »Ich werde Dir alles erklären. Äh ... kann mir vielleicht jemand mit dem Stuhl helfen? Das Ding ist sauschwer.«

Gemeinsam befreien sie den jungen Mann aus seinem Gefängnis: Gott schiebt ihm den Lehnstuhl aus dem Kreuz, Knautschke reißt ihn am Arm nach oben, dass er aufjault. Mit schmerzverzerrtem Gesicht wird das Kleid zurechtgerückt.

»Sehr hübsch, wirklich!«, höhnt Knautschke. »Wusste gar nicht, dass du auf Frauenkleider stehst! Warum rasierst du dir nicht die Brusthaare?«

»Du bist auf dem Holzweg, Erwin«, murmelt Johannes. »Total auf dem Holzweg.«

»Was ist passiert?«, fragt der Herr mit strenger Miene. »Hat man nicht einmal mehr beim Zähneputzen seine Ruhe?«

»Er ist schuld.« Der Evangelist zeigt auf Knautschke. »Ich konnte gerade noch rechtzeitig die Notbremse ziehen. Stell dir vor, der alte Fummler fängt plötzlich an, mein Kleid aufzuknöpfen!«

»Ich hätte es ganz bestimmt nicht getan«, wütet Knautschke, »wenn ich gewusst hätte, was da zum Vorschein kommt. Ein Mann! Ich könnte kotzen!«

»Hast du was gegen Homosexuelle?«

»Nein, aber gegen dich, du Intrigant.« Hoppla, der Intrigant geht durch!

»Hörst Du das, Herr? Der Kerl beleidigt mich. Er beleidigt mich immer wieder.«

»Schluss mit dem Geplänkel!« Den Gesichtsausdruck Gottes unwirsch zu nennen, wäre eine glatte Untertreibung. Man meint geradezu, seinen Pfefferminzatem riechen zu können. Aber im Himmelreich riecht ja nichts. »Und du, Erwin: Wie kommst du dazu, an Johannes herumzufummeln?«

»An der Kanzlerin, bitteschön.«

»Dann eben an der Kanzlerin!«

»Also, streng genommen«, Knautschke hebt abwehrend beide Hände, »streng genommen kann ich gar nichts dafür. Du weißt doch, die Hormone. Der Fortpflanzungstrieb, Männlichkeit pur. Ich verhalte mich bloß so, wie mich der liebe Gott geschaffen hat.«

»Schweig!«, brüllt der alte Mann, dass seine Nasenflügel beben. Das muss man sich einmal vorstellen: Des Allmächtigen Nasenflügel beginnen zu zittern, weil ihm ein Sterblicher blöd kommt! »Überspann den Bogen nicht, Knautschke! Du weißt ganz genau, dass dein Leben hinter dir liegt, inklusive Triebleben und Hormonfirlefanz. Außerdem gibt es im Himmelreich Nektar gratis. Gegen zu viel Männlichkeit. Warum hast du nicht …?«

»Bedaure. Nektarunverträglichkeit. Das alte Priesterleiden.«

»Man unterbricht den Weltenlenker nicht«, zischt Johannes. »Niemals, Erwin!«

»Doch, das tut man, du Besserwisser.« Knautschke gerät jetzt richtig in Fahrt. »Man tut es, wenn man den Verdacht hat, dass er nur ablenken will. Ablenken von der Tatsache, dass du in die Haut der Kanzlerin geschlüpft bist. Was, verdammt, wird hier gespielt? Wie lange tourst du schon als Politikerin durch die Lande? Und vor allem: warum das Ganze? Ihr habt doch etwas vor, ihr beiden!«

Der liebe Gott und sein bester Mann wechseln Blicke. Blicke wie Falschgeld, so empfindet es Knautschke. Sie warnen einander: Überleg, was du sagst! Der Kerl weiß schon zu viel.

»Nun«, beginnt der Herr, »ich könnte mir vorstellen, dass du in dem allgemeinen Durcheinander dort unten zeitweise den Überblick verloren hast. Wenn Johannes …«

»O nein, o nein! So kommst Du mir nicht davon! Vielleicht haben sich meine Hormone verselbständigt, okay, aber zum Depp bin ich dadurch nicht geworden. Ich ahne, was hier gespielt wird! Hinter dem Politikwechsel steckt niemand anderes als ihr beiden. Ihr habt Euch in die Regierung eingeschlichen und krempelt das Land jetzt nach Gutdünken um.«

»Habe ich es nötig, mich irgendwo einzuschleichen?«, protestiert der liebe Gott, doch sein Widerspruch klingt lahm.

»Dann eben er! Johannes der Kanzlerinnenflüsterer, was? Warum diese Show? Könnt ihr uns Menschen nicht einmal in Ruhe lassen?«

Der Herr lässt die Schultern hängen. Die rechte, die linke, schön synchron. In diesem Augenblick wirkt er wie ein steinalter, verwitterter Mann. Dabei hat er doch schon alles Mögliche mitgemacht, hat zwei Weltkriege durchgestanden, Dürren und Erdbeben, die Christenverfolgung, die Dinosaurier, hat Himmel und Erde erschaffen und das Licht angeknipst, hat das Ding mit der Seele erfunden, das Abendmahl, Nächstenliebe und linke Backe, ist totgesagt worden und trotzdem noch da, wird mit Satelliten gejagt und in Schwarzen Löchern gesucht – aber in diesem Moment, Leute, sagt ehrlich, wer hätte ihn jemals so fertig und kaputt erlebt?

Vielleicht hat er Zahnweh, fährt es Knautschke durch den Kopf.

Gebeugt schlurft der liebe Gott um den Tisch herum. »Johannes, mein Lieber«, sagt er heiser, »würdest du bitte …?«

Der Evangelist stellt den Lehnstuhl auf die Füße und rückt ihn seinem Chef zurecht. Dann greift er sich mit schmerzverzerrter Miene an den Arm.

»Setz dich, Erwin«, sagt der alte Mann.

»Ich stehe lieber.«

»Einen Kaffee? Zur Beruhigung?«

»Nein!«

»Dann lasse ich dir einen Nektar holen.«

»Keinen Nektar. Eine Erklärung will ich!«

Seufzend lehnt sich der liebe Gott zurück. Plötzlich kommt ihm etwas in den Sinn: Er befeuchtet einen Finger und reibt den rechten Mundwinkel aus. Klebt da noch Zahnpasta? Nein, war wohl eine Täuschung.

»Knautschke«, sagt er müde, »wir mussten etwas tun. Verstehst du, es war unsere Pflicht einzugreifen! Seit Jahren – ach, was sage ich! Seit Generationen wird diese Welt immer materialistischer. Früher, da zählten wir noch etwas, da lag in jedem Haus eine Bibel, die Leute beteten fleißig und freuten sich aufs Himmelreich. Aber heute? Es geht nur noch ums Geld. Das neue Auto, die dicke Rendite – was zählen da die echten Werte? Werte wie Glaube, Hoffnung, Liebe?«

»Moment mal! Hast Du mir und Theophil nicht selbst erklärt, dass der Sinn des Lebens im Geldscheffeln besteht? Damals, in unserer Philosophiestunde?«

»Aber doch nur, um euch zu provozieren!«, ruft der Herr mit verzweifelter Miene. »Um etwas Verschüttetes zu bergen! Bei Theophil hat es ja auch funktioniert, der Mann ist lernwillig. Von dir hätte ich mir Ähnliches gewünscht. Stattdessen grapschst du nach jedem Frauenpo, der vorbeiwackelt.« Er winkt ab. »Aber zurück zu deiner Frage, Erwin. Du lässt ja doch nicht locker. Dass sich die Menschheit auf dem Weg in eine Sackgasse befindet, ist weder zu bestreiten noch zu verheimlichen. Johannes bekam mehr und mehr Anfragen von Himmelsbewohnern: was da unten los sei, ob jetzt neue Regeln für den Sinn des Lebens gälten und so weiter.«

»Es gab schon Selige, die sich nach Hedgefonds und Termingeschäften erkundigten«, sagt Johannes. »Und jeder Knabe, der im Kuppelraum einen Blick auf die Erde wirft, will seine eigene Playstation.«

»Mir kommen die Tränen.«

»Dein Sarkasmus ist unangebracht, Erwin. Schließlich trage ich die Verantwortung für all den Kram hier.« Matt klingt

Gottes Stimme, doch nun erhellt ein schwaches Lächeln seine Züge. »Mein Papagei hat diese Welt nicht ausgebrütet, damit ihr sie in Trümmer legt. Wir mussten handeln, bevor es zu spät war. Du erinnerst dich an die große Finanzkrise von 2008? Für uns das Signal, endlich einzuschreiten.«

»Das Maß war voll«, nickt Johannes, der mittlerweile ebenfalls Platz genommen hat und seine blauen Flecken zählt.

»Richtig. Eine geistig-moralische Wende musste her. Mit dem derzeitigen Politikpersonal war das nicht zu machen. Also entschieden wir uns dafür, die Regierung gewissermaßen zu … wie soll ich es nennen?«

»Zu okkupieren.«

»Danke, Johannes.« Nachdenklich zupft der liebe Gott ein überstehendes Barthaar aus. »Wir sind auf einem guten Weg, würde ich sagen. Harmonie, Zukunft, Gemeinschaft, das sind zeitgemäße, verlässliche Werte, die euren Planeten wieder ins Geleis bringen sollten. Gewissermaßen die moderne Version von Glaube, Hoffnung und Liebe.«

»Es gibt bereits erste Evaluationen, die äußerst positiv ausfallen«, ergänzt Johannes. Woher hat der Kerl nur so fix sein Klemmbrett? »Wir registrieren zum Beispiel einen signifikanten Rückgang bei der Kriminalitätsrate. Die Leute essen weniger Fleisch, und sogar beim Alkoholkonsum deutet sich eine leichte Entspannung an.« Er räuspert sich. »Vielleicht könnten wir die Erläuterungen abkürzen, Herr. Dort unten warten sie schließlich auf den Fortgang der Ereignisse.«

»Das ist doch Mist!«, bricht es aus Knautschke heraus. »Totaler Bockmist!«

Tadelnd hebt sich ein allgewaltiger Zeigefinger. »Wortwahl, Erwin, Wortwahl!«

»Ich sage, wie es ist! Euch geht es doch nur um Kontrolle und Bauchpinselei, ihr wollt bewundert und angebetet werden. Und weil das immer weniger Menschen tun, versucht ihr es jetzt mit Gehirnwäsche. Mich könnt ihr nicht mehr täuschen! Wahrscheinlich habt ihr die Finanzkrise selbst heraufbeschworen, nur um einen Vorwand zu bekommen.«

»Absurd«, spöttelt Johannes.

»Von wegen absurd. Einen wie dich könnte ich mir als Aktienfuzzi bei Lehman Brothers sehr gut vorstellen.«

»Also, jetzt wirst du geschmacklos.«

»Schon gut.« Beruhigend tätschelt der liebe Gott Johannes' Arm. »Erwin ist die globale Dimension unserer Strategie nicht bewusst. Sie kann ihm nicht bewusst sein.«

»Global?«, prustet Knautschke los. »Nimm es mir nicht übel, Herr, aber auf diese Weise macht ihr euch lächerlich, Du und Johannes! Im Ausland lachen sie sich halb tot über das Harmoniegesäusel unserer Regierung.«

»Ganz im Gegenteil«, erwidert der alte Mann, und Johannes grinst dazu. »Ganz im Gegenteil. Das Ausland ist längst auf den Weg gebracht. Deutschland gehört zu den letzten Bausteinen unseres Mosaiks.«

»Wie bitte?«

»Glaubst du, die Amerikaner hätten die Wende geschafft, wenn wir ihnen keine Lichtgestalt als Präsidenten offeriert hätten? Es war ein enormer Aufwand, aber er hat sich gelohnt. Yes, I can, Erwin!«

»Meine erste Rolle als Schwarzer«, nickt Johannes stolz.

»Die Franzosen haben wir längst eingetütet, ebenso die Briten. Von unserem Stammland Italien nicht zu reden.«

Knautschke setzt sich langsam. »Ihr seid überall ... ich meine, die Regierungen dort ...?«

Johannes zückt sein Klemmbrett. »Momentan fehlen uns noch die Spanier, da arbeiten wir dran, sowie ein paar renitente Nester im Osten und in den skandinavischen Ländern.« Er lächelt maliziös. »Und im Breisgau natürlich.«

»Okay«, sagt Knautschke widerstrebend; er weiß ja, dass die beiden ihn nicht anlügen können. »Okay, das betrifft die westliche Welt. Christliche Regierungen. Aber der Rest?

Die islamischen Länder zum Beispiel. Und China, was ist mit China?«

»Mit China?« Geradezu amüsiert fährt sich der liebe Gott über seinen Bart. »Du wirst es nicht glauben, aber die Chinesen sind unsere ältesten Verbündeten. Mit ihnen fing alles an, ohne sie stünden wir nicht dort, wo wir heute stehen. Wann war das noch, Johannes? In den Achtzigerjahren? Ja, da muss es gewesen sein.«

»Ein wunderbares Land, wenn ich das anfügen darf, Herr. Jede Parole wird sofort von ganz oben nach ganz unten weitergegeben. Nichts gegen Demokratien, aber in China kommt man einfach schneller zu Potte.«

»Wobei es auch Rückschläge gab«, räumt der Herr ein, »das will ich um des himmlischen Friedens willen nicht leugnen. Aber der Erfolg insgesamt gibt uns recht. Als wir in Peking Fuß gefasst hatten, konnten wir uns auf die übrigen Nationen konzentrieren.«

»Aber die Chinesen glauben doch gar nicht an Dich!«, wendet Knautschke zunehmend hilflos ein.

»Oh, in dieser Hinsicht bin ich ganz uneitel. Mit dem Kollegen Buddha und dem von der Islamfraktion arbeiten wir schon seit Jahrhunderten sehr erfolgreich zusammen. Wir bilden so eine Art Interessengemeinschaft, wenn du verstehst, was ich meine. Auf jeder Wolke gibt es deshalb ein paar Moslems als Gasthörer, Hindus, Naturvölker, und wie da alle heißen. Wenn du mal ins Nirwana oder bei den Huris vorbeischnuppern möchtest, kein Problem.«

»Iran«, hakt Johannes auf seiner Liste ab, »Saudi-Arabien, Indien – alles auf unserer Seite.«

»Um Nordkorea sollten wir uns noch einmal kümmern, mein Lieber. Irgendetwas läuft da aus dem Ruder. Bitte erinnere mich daran.«

»Selbstverständlich.« Johannes kritzelt eine Bemerkung an den Rand seiner Blätter.

Knautschke ist ganz kleinlaut geworden. Die neuen Erkenntnisse sorgen für einen Wirbel in seinem Kopf, der ihn keinen klaren Gedanken fassen lässt. Dann wäre die Politik der Regierung also Gottes Wille … wie früher, zu Luthers Zeiten, als jeder König auch gesalbt war … oder hat er da etwas falsch in Erinnerung? Vielleicht kann Jossi ihm das erklären? Der hat schließlich den Aufruf zum Pfaffenschlachten im Archiv hängen.

»Und Graf Burgwald?« Jetzt ist ihm doch blitzartig ein Gedanke gekommen. »Steckt in dem auch einer von euren Leuten drin?«

»Aber nein«, lächelt der liebe Gott. »Du kennst ihn doch. Der Graf war schon immer so, den brauchten wir nicht umzupolen. Ein nützlicher Idiot halt.«

»Wobei ›Idiot‹ in diesem Fall positiv gemeint ist«, beeilt sich Johannes anzufügen. »Ein Kosename, keine Beleidigung.« Im Hintergrund hört man den Papagei meckern.

»Trotzdem.« Knautschke hat noch nicht kapituliert. »Ich verstehe nicht, warum ihr diesen Aufwand betreibt. Nur damit ein paar Leute mehr an euch glauben?«

»Nein.« Der liebe Gott legt die Fingerspitzen zusammen. »Ein klares Nein, Erwin. Du vergisst den Klimawandel. Ihm muss Einhalt geboten werden, und da die Menschheit dazu alleine offensichtlich nicht in der Lage ist, kommen wir ihr zu Hilfe. Das ist der eigentliche, der konkrete Grund, der uns veranlasst hat, eine Wende einzuleiten.«

»Verstehe ich nicht. Was juckt es euch, wenn es auf der Erde ein bisschen wärmer wird?«

»Eine Menge. Ich bin kein Physiker, aber Eingriffe in die Wolkenbildung können wir uns nur bis zu einem gewissen Grad leisten. Wenn die Temperatur unkontrollierbar ansteigt, wird hier oben die Wohnfläche knapp.«

»Ewiger Sommer«, stöhnt Johannes. »Blauer Himmel überall, ich mag es mir nicht ausmalen.«

»Oder zu viele Wolken. Dauerregen, alles grau in grau. Das wäre genauso schlimm. Verstehst du nun, Erwin? Wir *mussten* etwas unternehmen.«

Erschlagen sitzt Knautschke in seinem Stuhl. Früher, als er noch lebte, dachte er immer, den Welträtseln komme man nur durch allerhöchste Abstraktion auf die Schliche – und nun reduziert sich das ganze Problem auf die Anzahl von Wolken. Da hat es der Teufel – falls es ihn gibt! – in seiner Hölle besser. Wenn bei dem die Temperatur steigt, lacht er bloß.

»Und jetzt?«, fragt er mutlos. »Ich meine, wie geht es weiter?«

»Marsch runter mit dir, Knautschke!« Johannes klatscht fröhlich in die Hände. »Du bringst deinen Aufenthalt auf der Erde mit Anstand hinter dich. Es sind ja nur noch ein paar Stunden. Wir müssen sehen, wie wir dich einigermaßen heil aus dem Trubel herausbekommen.«

»Denn eines steht fest«, mahnt der Herr, »fester als die Erde und der Himmel: Du kannst den Lauf der Geschichte nicht ändern. Also, ab mit euch beiden!«

Knautschke nickt automatisch. Sieht stumm mit an, wie Johannes seinen Laptop zückt und die Koordinaten eingibt. Der junge Mann hat bereits die Hand zur entscheidenden Eingabe erhoben, als ihm Knautschke in den Arm fällt.

»Halt!«, ruft er. »Einen Moment. Ich kann am Lauf der Geschichte nichts ändern? Genau genommen tue ich das in einem fort. Ich habe mich selbst k.o. gesetzt, ich habe die beiden vom Verfassungsschutz überwältigt, und für einen Skandal habe ich mit meiner Fummelei bestimmt auch gesorgt! Was sagt ihr dazu?«

Der liebe Gott schüttelt den Kopf. »Es bleibt dabei, Erwin: Du kannst nichts ändern. Am Ende wird sich alles so erfüllen wie vorgesehen. Wie es sich in der Vergangenheit bereits erfüllt hat. Freundlicherweise hast du ja selbst dafür gesorgt, dass niemand den Leibwächter des Grafen Burgwald vermisst. Und was dein ungehöriges Verhalten der Kanzlerin gegenüber betrifft: Ist dir nie der Gedanke gekommen, dass genau dies der Grund für deine Verhaftung sein könnte?«

»Und der Mord an der jungen Frau nur der Vorwand«, ergänzt Johannes spitzbübisch. »Falls es Mord war.«

Knautschke macht große Augen. »Das bisschen Gefummel? Davon stand aber nichts in der Zeitung!«

»Natürlich nicht. Die Harmoniekampagne wäre ja komplett diskreditiert, wenn es bereits bei ihrer Verkündung zu einem sexuellen Übergriff käme! Davon wird nie etwas an die Öffentlichkeit dringen.«

»Ach so.« Knautschke will etwas einwenden, schluckt es hinunter, aber dann bricht es doch aus ihm heraus: »Moment! Ich *habe* den Lauf der Geschichte verändert. Und ob mir das gelungen ist! Vielleicht ist euch entgangen, dass ich Marlenes Mordauftrag angenommen habe. Zum Schein natürlich. Und jetzt kommt alles anders als geplant. Marlenes Mann wird überleben, während sie selbst ...« Er bricht ab. Mitten im Satz ist ihm die Brüchigkeit seiner Argumentation klar geworden.

»Ach, Erwin«, seufzt der Herr mitleidig. »Du hast es immer noch nicht kapiert. Dabei ist es ganz einfach: Du kannst nichts ändern, Punkt. Natürlich bleibt Marlenes Mann ungeschoren. Genau so war es vorgesehen. Er sitzt immer noch in seiner Villa in Essen und lässt sich ab und zu eine Edelnutte kommen. Was er allerdings nicht weiß, ist ...«

»Dass ihm Griesbachers Abschiedsbrief zum Verhängnis wird«, vervollständigt Johannes mit so viel Genugtuung in der Stimme, dass sie ihm schier aus den Ohren trieft.

»Bitte, mein Lieber, unterbrich mich nicht. Du weißt, wie sehr ich das hasse.«

»Entschuldige, Herr.«

»Wieso Griesbacher?«, stottert Knautschke. »Was hat sein Abschiedsbrief damit zu tun?«

»Du hast ihn doch gesehen«, antwortet der liebe Gott mit unterdrücktem Gähnen. »Unten in Himmelreich. Marlenes Mann wusste über ihren mörderischen Plan natürlich längst Bescheid, der ist ja nicht blöd. Über dich übrigens auch. Und so nahm er im Vorfeld des Regierungsballs Kontakt zu Griesbacher auf, um ihn seinerseits mit dem Mord an Marlene zu beauftragen. Als du am nächsten Morgen verhaftet wurdest, konnte er sich beruhigt zurücklehnen, und Marlene fiel bald darauf in Miami einem Anschlag zum Opfer.«

»Griesbacher hatte den Mörder angeheuert«, ergänzt Johannes. »Was man ihm natürlich nicht nachweisen konnte.«

»Griesbacher«, stöhnt Knautschke und greift sich mit beiden Händen an den Kopf. »Deshalb also kam er nach Himmelreich. Und deshalb lag dieser Florida-Reiseführer auf seinem Schreibtisch.«

»Exakt«, nickt der Herr. »Später bekam er Gewissensbisse und sah keinen anderen Ausweg mehr als den Strick. In seinem Abschiedsbrief hat er alles feinsäuberlich notiert. Insofern«, er zwinkert Johannes zu, »stand einer Aufnahme dieses reuigen Sünders im Himmelreich nichts im Wege.« Der Evangelist kichert.

»Marlene meint, sie sei an einer Krankheit gestorben«, murmelt Knautschke.

»Selbstverständlich. Griesbacher auch. Und wenn du ihnen etwas anderes erzählst, werden sie es dir nicht glauben.«

»Nur bei mir hat es nicht geklappt.«

»Was mich sehr, sehr ärgert«, brummt der liebe Gott. »Vielleicht werde ich doch alt, auch wenn das per se undenkbar ist. Wie auch immer, Erwin, die Zeit drängt. Oder tun wir mal so, als würde sie drängen. Ihr werdet erwartet.«

»Ab nach Himmelreich!«, ruft Johannes gut gelaunt.

Knautschke nickt ergeben.

In Himmelreich war der Teufel los.

Zumindest hätte man das vermuten können. Aber erstens gab es diesen Teufel wahrscheinlich gar nicht, und zweitens hatte Johannes bereits Gegenmaßnahmen ergriffen. Er – beziehungsweise sie, die Kanzlerin – warf sich geistesgegenwärtig so zwischen zwei schrankbreite Leibwächter, dass ihr kleines Missgeschick mit dem Abendkleid überhaupt nicht bemerkt wurde. Nicht einmal von den Leibwächtern, die sofort ihre Arme ausfuhren und derart einen menschlichen Schutzschild, gleichsam eine Zweimannwagenburg, um die wichtigste Politikerin des Landes errichteten. Von ihr selbst sah man nur noch ein paar blondierte Haarspitzen aus dem eindrucksvollen Schultermassiv ragen.

Aber der Schrei! Irgendjemand musste doch den Schrei ausgestoßen haben.

Vorne reckten die Journalisten ihre Hälse. Sogar Graf Burgwald, den doch nichts erschüttern konnte, hatte seine Ansprache unterbrochen und sah sich verwundert um. Alles, was in Knautschkes Nähe stand, starrte ihn an. Da half es auch nicht, dass er sich ganz klein machte, dass er regelrecht in sich zusammensank. Man glotzte, musterte, urteilte: Der war's. Der hat so geschrien. Ist dem nicht gut? Mein Gott, wie blass der Kerl aussieht! Und wie zerknautscht!

»Wo ist das Loch, in dem ich versinken kann?«, dachte Knautschke und schrumpfte noch ein Stückchen. Mit zitternder Hand tastete er nach der Pistole.

»Achtung, der fällt gleich um!«

Sogleich wurde er von mehreren Seiten gestützt. Überrascht blickte er von einem Helfer zum anderen, und als er in deren Mienen mehr Besorgnis als Argwohn las, disponierte er um.

»Mann, ist mir schlecht«, murmelte er und griff sich an den Hals. »Luft … Ich bekomme keine Luft!« Dann kippte er zur Seite.

Helfende Hände führten ihn zum Saal hinaus. Er hörte, wie

Graf Burgwald am Rednerpult einen Kalauer auf seine Kosten machte – »Sind das nicht umwerfende Argumente?« –, aber das war ihm egal. Er wollte nur noch raus. Raus aus dem Saal, aus dem Konferenzzentrum, raus aus Himmelreich.

»Es geht schon«, sagte er im Flur, gestützt von zwei Kollegen.

»Wirklich? Sie sehen noch ziemlich mitgenommen aus.«

»Ich muss nur etwas Nektar trinken, dann geht es schon wieder.«

»Nektar?«

»Wasser.«

»Sollen wir mitkommen?«

Er schüttelte den Kopf. Bedankte sich, schlurfte davon, zustandsgemäß: nicht zu flott, nicht zu wacklig. Rekonvaleszent eben. Wie einer geht, der genau weiß, dass er, obwohl in der Blüte seines Lebens stehend, nur noch wenige Schritte auf Erden machen wird. Oder einer, der … Egal. Sucht es euch aus. Erwin Knautschke hat hier nichts mehr verloren. Die Welt dreht sich wie eh und je, am Lauf der Geschichte ändert niemand etwas.

Er ging tatsächlich zur Toilette und erfrischte sich. Dann zum Aufzug, den Pfeil nach unten drücken, warten. Der Lift kam, die zurückweichenden Türen gaben den Blick auf einen Mann frei. Einen Pressemenschen offenbar, mit breiter Umhängetasche aus Leder und einer Baskenmütze auf dem schütteren Haar.

Aber die schwarzen, flinken Äuglein … und vor allem dieses Kinn! Dieses Trumm von einem Kinn!

»Jossi?«, machte Knautschke entgeistert.

Der andere sah ihn verständnislos an. »Wie meinen?«

»Das bist doch du, Jossi! Verdammt, was machst du hier unten? Ich wusste gar nicht, dass du auch …«

Der Mann schüttelte den Kopf. »Sie müssen mich verwechseln, tut mir leid.«

»Sie sind nicht Jossi, Melanchthons Onkel?«

»Wessen Onkel? Seien Sie mir nicht böse, aber ich muss los. Die Pressekonferenz hat eh schon begonnen.«

»Und was ist das?«, rief Knautschke und zeigte auf die Tasche. Dort klebte das Signet der »Breisgau-Freyheit«.

»Was dagegen?«, knurrte der Mann. »Noch darf man seine Meinung äußern in diesem Land. Verstehen Sie: noch!« Damit eilte er den Flur hinunter.

Knautschke starrte ihm lange nach. Bis er ausgestarrt hatte, war der Fahrstuhl schon wieder in Gang gekommen. Er nahm die Treppe bis ins Untergeschoss, räumte das Schließfach aus und verließ das Gebäude. Vor dem Ausgang schwenkte eine Hostess des Konferenzzentrums ein buntes Päckchen.

»Eine Gratisprobe unseres neuen Deos, der Herr?«

»Dort, wo ich herkomme, braucht man kein Deo.«

»Es trägt auch zum allgemeinen Wohlbefinden bei. Testen Sie es aus!«

»Danke, nein.«

Längst war es dunkel geworden. Er würde den nächsten Zug Richtung Freiburg nehmen und in Littenweiler aussteigen. Vielleicht gelang es ihm in der verbleibenden Zeit herauszufinden, wer die geheimnisvolle Dunkelhaarige in Arianes Wohnung war. Und natürlich: wer ihr Mörder war.

Aber wollte er das überhaupt? Was, wenn es sich bei der Frau ebenfalls um eine Mitarbeiterin des Staatsschutzes handelte? Wenn sie Ariane bedrohte und diese, in Notwehr, mit dem Rücken zur Wand …? Er mochte es sich gar nicht ausmalen.

Ein Schild als willkommene Ablenkung: »Zum VIP-Parking« stand da. Er überlegte kurz, dann rannte er los, bis er den umzäunten, bewachten Parkplatz erreicht hatte. Nach Burgwalds Auto brauchte er nicht lange zu suchen. Raumgreifend stand der Geländewagen unter den Limousinen und Sportkarossen. Nicht direkt am Zaun, aber auch nicht allzu weit entfernt davon. Knautschke suchte sich einen geeigneten Platz im Dunkeln, zog die Pistole und zielte.

Der erste Schuss traf den rechten Vorderreifen. Wie ein Peitschenknall durchschnitt er die Stille des Sommerabends. Der zweite ging am Hinterreifen vorbei, ebenso der dritte. Also zielte Knautschke ab jetzt auf die Windschutzscheibe. Mit einem traurigen Seufzer sackte das Sicherheitsglas in sich zusammen. Irgendwann gab die Waffe nur noch ein mechanisches Klacken von sich. Da rannte er los.

Unterwegs warf er das Ding aus dem Zugfenster. Bart, Perücke und Brille hinterher.

Als er am Wohnheim in Littenweiler eintraf, war Mitternacht vorüber. Nicht einmal in der Dunkelheit konnte der Bau seine Hässlichkeit verleugnen. Er drückte auf die Klingel neben dem Namensschild »Else Schmid«. Gleich darauf ertönte der Summer.

Eine blasse Ariane empfing ihn an der Wohnungstür im vierten Stock. »Du glaubst nicht, was ich mir für Sorgen gemacht habe«, flüsterte sie und flog ihm um den Hals.

Er sagte nichts. Genoss die Umarmung, bis ihm fast schwindlig wurde, dann fasste er sie unter den Achseln und hielt sie ein Stück weit von sich.

»O Gott«, lachte sie entsetzt, als sie die Gier in seinem Blick sah. »Ist es so schlimm?«

»Schlimmer«, ächzte er. Marlene, die Kanzlerin, die Platinblonde aus dem Kaufhaus – alle Frauen, die ihm jemals begegnet waren, flossen in diesem Augenblick in Arianes Gestalt zusammen. Mit all ihren unverwechselbaren Details, die einen Mann daran erinnerten, dass er von Natur aus gefälligst für Nachkommen zu sorgen hatte. Ob er wollte oder nicht. Hauptsache, er konnte. Das Jackett wurde Knautschke noch auf der Schwelle los, einen Schritt weiter zog ihm Ariane das Hemd über den Kopf. Im letzten Augenblick schaffte er es, der Tür einen Hackentritt zu geben, da riss sie ihm auch schon die Hose mit aller Kraft nach unten. Wen interessierte in diesem Moment ein Gürtel?

Endlos zog sich der Weg zur Matratze. Sie stolperten, fielen übereinander. Knautschke stöhnte. Nie hätte er geglaubt, dass sein Körper einmal zu eng für all seine Gefühle sein könnte. Arianes Brüste leuchteten aus ihrem T-Shirt hervor, als sie sich über ihn beugte. Nur kurz lag er unter ihr. Es gab so viel zu erkunden, so viel auszuprobieren. Selbst Nacktheit ließ sich noch einmal steigern. Der Abdruck der Raufasertapete war noch lange auf Arianes Rücken zu sehen. Mehr als einmal musste sie ihm den Mund zuhalten. Er dachte an die Wolke, an seine Wolke und fühlte sich, als ob er jetzt noch eine Etage höher schwebte und von weit oben auf das von den Seligen bevölkerte Sonnendeck herabschaute. Mitleidig natürlich.

»Noch mal«, forderte Ariane und griff nach seinen Ohren wie nach den Henkeln eines Topfes.

Waren die 24 Stunden nicht längst um? In den Armen dieses Mädchens musste Ewigkeit neu definiert werden. Ein Fall für die Philosophiestunde beim lieben Gott. Er zählte Arianes Sommersprossen. Jede einzelne! Auf ihren Schultern gab er irgendwann auf. Bestimmt waren während des Zählens neue nachgewachsen. Genießerisch ließ er sich auf die Matratze fallen, Gesicht nach oben. Katzen würden jetzt schnurren. Also schnurrte er. Ariane legte ihren Kopf auf seinen Bauch.

Und dann küsste sie ihn mit Verve auf den Bauchnabel.

»Nein!«, fuhr er auf. »Da nicht!«

»Warum denn nicht?«

»Da bin ich empfindlich. Bitte ganz vorsichtig!«

Verwundert küsste sie weiter. An anderen Stellen. So ein Knautschke bestand ja nicht nur aus Nabel, Gott sei Dank. Komisch fand sie es trotzdem.

Irgendwann war es vorbei, und sie lagen zu zweit auf der schmalen Matratze, all ihre Glieder ineinander verschränkt, und nur ihre Blicke gingen in verschiedene Zimmerecken. Durch die Fensteröffnung fiel kühle Luft. Lange war es still in dem kleinen Raum.

»Ich muss noch packen«, sagte Ariane schließlich. »Meinst du, ich könnte in der Dreikönigstraße vorbeischauen, um meine Sachen zu holen?«

»Lieber nicht.«

»Zu gefährlich?«

»Deine Wohnung dort wird unter Garantie überwacht. Dein Vater erzählte mir voller Stolz, dass er zwei vom Verfassungsschutz auf dich angesetzt hat.« Als sie nichts sagte, fuhr er fort: »Außerdem schlug er mir vor, für ihn zu arbeiten.«

»Und? Hast du eingewilligt?«

»Der Vorschlag war an die Bedingung geknüpft, dich aufzugeben.«

Wieder schwieg sie lange. Schließlich hörte er sie sagen: »Warum tust du es nicht? Für Daddy arbeiten, meine ich. Du wärst auf der sicheren Seite, in jeder Hinsicht.«

»Red keinen Mist, kleines Monster. Habe ich dir heute Mittag etwas versprochen oder nicht?«

»Hast du.« Sie atmete schwer. »Wohin fahren wir? Und wann?«

»Entscheide du.«

Sie überlegte, machte Vorschläge: über die Grenze, ins Elsass. Dann gleich am Flughafen Mulhouse einen Langstreckenflug buchen. One way. Oder erst noch ein Stück mit der Bahn. Nach Paris, nach Spanien. Wenn sie nur durch die Passkontrollen kamen!

Knautschke hörte kaum noch zu. Seine Stimmung war komplett umgeschlagen. Erst wurde Ariane von ihrem Vater verraten und nun von ihm. Ein paar Stunden noch würde sie sich in der trügerischen Sicherheit wiegen, mit ihm zusammen fliehen zu können. Oder bleiben oder was auch immer. Hauptsache mit ihm. Er war 15 Jahre älter, hatte ein Hundegesicht, aber diese Frau setzte ihr ganzes Leben auf ihn. Er hätte heulen können.

»Um Geld mach dir mal keine Gedanken«, sprach er in ihre Überlegungen hinein. Die 50.000 Euro von Marlene waren das Einzige, was er ihr mitgeben konnte. Wenn er wenigstens einen Anhaltspunkt hätte, wie es mit Ariane weiterging! Wenn er sicher sein könnte, dass ihr die Flucht gelänge!

Er schreckte hoch. »Wie viel Uhr ist es eigentlich?«

Sie sah auf den Wecker, der im Regal stand. »Halb zwei. Warum?«

Warum, warum … auch das konnte er ihr nicht erklären. Bis zum Tod der jungen Frau blieb noch etwas Zeit, aber irgendwann musste sie ja eintreffen, wer immer sie war. Und ihr Mörder natürlich auch! Ariane durfte nicht länger in der Wohnung bleiben, es war zu gefährlich. Aber wie sollte er sie davon überzeugen, ohne ihn zu fliehen? Begleiten konnte er sie nicht, wollte er Zeuge der Tat werden, die man ihm angehängt hatte. Was also tun? Er wusste keinen Rat. Sein Puls beschleunigte sich. Der Schweiß auf seiner Haut fühlte sich kalt an.

»He, Knautschke, was ist los?«

»Ich gehe mich mal abduschen«, murmelte er und stand auf. Er musste sich konzentrieren. Was war wichtiger: Arianes Sicherheit oder das Wissen um sein eigenes Schicksal? Ihm blieben noch gut sechs Stunden. Danach gab es keine Möglichkeit mehr für ihn, auf die Erde zurückzukehren. Er hatte nur diese eine, letzte Chance. Wer um alles in der Welt war die Tote? Verschwieg ihm Ariane etwas? Gab es da jemanden, von dem er nichts wissen sollte?

Da stand er in dem winzigen Bad, das er aus den Erinnerungen des Polizisten kannte, und starrte dumpf brütend vor sich hin. Eine Dusche, eine Toilette, ein Waschbecken und ein Hängeschränkchen, alles auf engstem Raum. Aber da lag etwas. Ein Gegenstand, der von seinem Blick schier aufgesogen wurde. Ganz langsam lösten sich seine Lippen voneinander. Er musste schlucken.

Seine Gedanken spielten verrückt.

Endlich griff er nach dem Ding, drehte es in der Hand hin und her, schüttelte den Kopf. Tief durchatmen, nach draußen eilen, es Ariane vor die Nase halten.

»Ist das deine?«, krächzte er. »Benutzt du die?«

»Ja«, wunderte sie sich. »Ich habe dir doch erzählt, dass ich bei meinen Recherchen manchmal eine Perücke trage.«

»Eine schwarze Perücke!«

»Ja, eine schwarze Perücke.«

»Du hast mir nicht gesagt, dass sie schwarz ist.«

»Kann sein. Ist das so wichtig?«

Er kniete sich neben sie. Presste sie so fest an sich, wie er konnte, und schloss die Augen. Die schwarze Perücke mit dem Pagenschnitt baumelte in seiner Hand.

»Das ändert alles«, flüsterte er schließlich. »Alles!«

Und dann sah er sie an, wie man etwas ansieht, das man nie vergessen, immer besitzen möchte. Es war derselbe Blick, den sie ihm im Café Höllental geschenkt hatte. Nur dass Knautschke tot war und Ariane lebendig. Er tot, sie lebendig.

Genau das erzählte er ihr jetzt.

Es dauerte lange, bis er fertig war, obwohl er sich auf das Wesentliche beschränkte. Er verzichtete auf eine Beschreibung des Sonnendecks, erwähnte weder Jossi noch Theophil noch den Philosophieunterricht. Dafür erklärte er ihr, wer hinter der Regierungskampagne steckte.

»Nette Geschichte«, lächelte sie am Ende. Es war ein unsicheres Lächeln. »Warum denkst du dir so was aus?«

»Ich wusste, dass du mir nicht glaubst. Niemand würde das. Aber ich beweise es dir.«

Sie lachte unsicher. »Und wie?«

»Wir müssen warten.« Er legte sein Gesicht in beide Hände und überlegte. Ging verschiedene Varianten durch, brachte Ereignisse in die richtige Reihenfolge. Schließlich hob er den Kopf wieder. »Was mich interessieren würde: Hast du dem … ich meine, hast du mir einen Schlüssel für diese Wohnung gegeben?«

»Nein.«

»Sicher?«

»Mensch, Knautschke!«

»Andere Frage: Hast du Briefmarken hier? Und vielleicht Packpapier?«

Sie nickte.

»Gut.« In der Diele lag noch Marlenes Umschlag, der anstelle der Waffe im Gürtel gesteckt hatte und mitsamt der Hose auf dem Boden gelandet war. Knautschke holte ihn und legte einen Zettel bei: das Geld sei eine Spende zur Unterstützung der »Breisgau-Freyheit«. Dann klebte er den Umschlag zu und adressierte ihn an Tatjana.

»Die aus dem Eisenstein?«, wollte Ariane wissen.

»Genau. Und jetzt gib mir bitte deine Pistole.«

»Meine?«

»Du weißt schon, welche.« Er wickelte die Geheimdienstwaffe in ein Küchenhandtuch und steckte sie in einen Umschlag, den er aus einer Doppellage Packpapier gefaltet hatte. Der Adressat dieser Sendung war Dr. Helmling in Günterstal.

»Das muss ich nicht kapieren, oder?«, fragte Ariane.

»Ich werde es dir erklären. Aber erst mal frankieren.« Er verteilte sämtliche Briefmarken, die es gab, so auf die Sendungen, dass sie auf jeden Fall befördert würden. Dann erkundigte er sich nach dem nächsten Briefkasten.

»Direkt vorm Haus steht einer. Willst du jetzt …?«

»Es muss sein.« Er zog sich an, eilte hinunter und warf

beide Umschläge ein. Vor dem Wohnheim war alles ruhig. Noch.

»Und jetzt?«, empfing ihn Ariane. Auch sie hatte ihr grünes T-Shirt wieder übergezogen.

»Warten«, antwortete er und löschte das Licht. Er fühlte ihre Lippen auf seinen.

Eine geschlagene Stunde lang saßen sie still im Dunkeln. Eine Stunde Leben. Ereignislos, aber Leben. Ariane lehnte den Kopf an Knautschkes Schulter und döste ein. Als es läutete, fuhren beide zusammen.

»Wer ist das?«, flüsterte sie.

»Frag ihn selbst. Mir wirst du nicht glauben.«

Sie tappte zur Sprechanlage und griff nach dem Hörer. »Hallo?« Er folgte ihr. Das Weiß ihrer Augen, das hell durch die Dunkelheit schimmerte, wurde größer und größer. »Knautschke«, wisperte sie entsetzt, eine Hand über der Sprechmuschel. »Er sagt, er sei du. Und er hat deine Stimme!«

»Lass ihn rein.«

Während sie den Türöffner betätigte, knipste er das Licht im Bad an und schraubte den Duschkopf ab. Er war relativ schwer und lag gut in der Hand.

»Ich verstehe das nicht. Was hast du vor?«

»Stell dich in den Zimmereingang und warte einfach ab. Wenn du ihn siehst, versuch bitte nicht zu schreien. Was hier passiert, geht niemanden etwas an.«

Sie nickte zaghaft. Knautschke fuhr ihr zärtlich übers Haar. Dann machte er auch in ihrem Zimmer wieder Licht, nur in der Diele ließ er es aus. Er öffnete die Wohnungstür weit und verbarg sich hinter ihr. Den Duschkopf hielt er in der rechten Hand.

Es dauerte eine Weile, bis sie von draußen Geräusche hörten. Zuerst Schritte: kein zackiger Gang, sondern ein Schlurfen, dass das Linoleum quietschte. Dann das Gebrabbel eines offensichtlich betrunkenen Mannes: »Mutti, liebe Mutti, mach mir nix kaputti.«

Ariane schlug eine Hand vors Gesicht. Kein Zweifel, es war die Stimme des lebenden Knautschke. Angstvoll starrte sie auf die offene Tür. Knautschke sah, wie sie die Schultern zusammenzog und sich ihre Augen weiteten. Jetzt musste der andere auf der Schwelle stehen. Er konnte seinen schweren Atem hören.

»He, Monsterchen«, lallte der Neuankömmling. »Sorry wegen der steten Spö … späten Störung, aber du musst mich trösten.« Er stutzte. »Was'n los?«

Ariane hielt sich mit beiden Händen den Mund zu. Knautschke, hinter der Tür, wartete. Er wartete, bis sein Ebenbild einen, zwei Schritte in die Diele gemacht hatte. Dann schob er die Tür leise beiseite.

»Du glaubst nich, was mir passiert is«, sagte der andere gerade. Das waren seine letzten Worte. Er bekam den Duschkopf mit solcher Wucht gegen den Hinterkopf, dass es ihn der Länge nach hinschlug. Ariane begann zu wimmern. Der Mann zu ihren Füßen stöhnte, fasste sich mit zittriger Hand an den Kopf und versuchte sich aufzurichten. Ein zweiter Schlag streckte ihn endgültig zu Boden.

Knautschke schloss die Augen und lehnte sich mit dem Rücken an die Wand. Sein Herz hämmerte gegen den Brustkorb. Für diese beiden Schläge hasste er sich. Aber er hasste auch sich, nämlich den anderen, der besoffen zu Ariane gekommen war, um sich bemitleiden zu lassen. Verdammt, er musste ein anderer Mensch werden! Ein besserer Mensch. Vielleicht gelang es ihm im Himmelreich.

Aber erst Ariane beruhigen. Sie wich vor ihm zurück. Fassungslos, verzweifelt. »Wer ist das?«, heulte sie auf. »Und wer bist du?«

»Ich bin Knautschke. Der da auch. Wir sind ein und derselbe. Aber wenn ich mich jetzt so sehe, tut es mir leid, dass ich nicht netter zu dir war, Ariane.« Er lächelte schwach. »Mein kleines Monster.«

Sie biss sich auf die Lippen. Wich ihm aus, als er an ihr vorbeiging und sich auf die Matratze setzte. Der Wecker tickte leise. Es war kurz vor vier.

»Ich habe dir heute versprochen, dass wir zusammenbleiben«, sagte er und wischte sich den Schweiß von der Stirn. »Bis vorhin glaubte ich, das Versprechen nicht halten zu können. Aber vielleicht gibt es doch eine Möglichkeit. Wir zwei, Ariane. Du und ich.«

Sie sah ihn an. Und dann, nach einer unendlichen langen Zeit, kam sie auf ihn zu, setzte sich neben ihn und lehnte den Kopf an seine Schulter.

Von nun an war es einfach. Sicher, er musste ihr seine Geschichte gleich noch einmal erzählen. Die vom Himmelreich. Was er auf Jossis Filmen gesehen hatte. Was im Laufe des Morgens noch passieren würde. Sie hörte zu, ohne ein Wort zu sagen, mit geschlossenen Augen. Nur einmal unterbrach sie ihn und fragte nach den Würgemalen am Hals der Toten.

»Naja«, sagte er. »Es ist nun mal das Einfachste. Die Pistole liegt unten im Briefkasten. Und mit einem Duschkopf kannst du keinen totschlagen. Ohnmächtig auch nur, wenn er sowieso schon halb sediert ist.«

Sie nickte.

Und er erzählte weiter. Von den vielen netten Leuten dort oben, denen man sich, falls sie einem mit ihrer Nettigkeit auf die Nerven gingen, jederzeit entziehen könne, vom Sonnendeck und vom Kuppelraum. »Wenn es dir langweilig wird, gehen wir ins Archiv. Oder du philosophierst ein bisschen. Angeblich gibt es auch eine Sauna. Deinen Vater bist du jedenfalls erst mal los.« Er überlegte. »Was auf die Dauer stört, sind die Fragen nach deinem Tod und wie angenehm der wohl war. Überhaupt diese ganze Harmoniescheiße. Aber denk an deinen Vater und die Kanzlerin. Wenn es auf der Erde schon so zugeht, kann man sich auch gleich für das Original entscheiden.«

Draußen färbte sich der Himmel rosa. Sie stellten sich gemeinsam ans Fenster und schauten den Wolken nach. »Unsere kommt erst heute Mittag«, sagte Knautschke. »Beziehungsweise meine. Aber vielleicht kann ich dafür sorgen, dass du ein Zimmer neben mir bekommst. Also zwischen mir und Marlene.«

»Du sprichst ziemlich häufig von Marlene.«

»Ist ja auch eine gute Freundin. Aber wer mit Pfaffen ins Bett geht, hat bei mir keine Chance.«

Als sie alles besprochen hatten, schleppten sie den ohnmächtigen Knautschke ins Bad und lehnten ihn gegen die Wand der Dusche. Eigentlich sah er gar nicht so unzufrieden aus. Vielleicht ahnte er, was ihn erwartete. Nicht die Verhaftung und der Unfall, sondern das danach. Knautschke schraubte den Duschkopf wieder auf. Dann nickte er dem anderen zu, schloss die Tür ab und ließ den Schlüssel stecken.

Der Wecker zeigte sieben Uhr.

»Sollen wir?«

In Arianes Augen glänzten die Tränen. Aber sie nickte.

»Und du hast es dir auch gut überlegt?«

»Ich will nicht alleine zurückbleiben. Wenn du tatsächlich um acht fort bist ...«

»Bin ich.«

»Dann gibt es nichts mehr zu überlegen.«

»Gut.« Noch einmal ein Blick durchs Zimmer. Alles sah so aus wie auf dem Film. Die Aktenordner, das Notebook, der Drucker. Neben der Matratze lag griffbereit das blaue Laken. Ariane trug ihr grünes, ärmelloses T-Shirt. Knautschke stellte sich vor sie und zog ihr die schwarze Perücke über. Gott, wie zerbrechlich sie aussah! Mit zwei Fingern fuhr er ihr über die Wange, strich ihr eine Strähne aus dem Gesicht.

»Die hängt da immer«, sagte sie mit brüchiger Stimme. »War ziemlich billig, das Ding.«

Er nickte. Dann holte er tief Luft.

»Warte«, rief sie. »Bist du sicher, dass wir uns auch nicht verfehlen? Ich meine, das Himmelreich ist bestimmt riesengroß, wie treffen wir uns da, falls ich auf einer ganz anderen Wolke lande?«

»Wird schon klappen«, winkte er ab, aber so leicht ließ sie sich natürlich nicht beruhigen. Er überlegte. Und da kam ihm der rettende Gedanke. Gar nicht dumm, Erwin Knautschke! Für dein Alter und so. »Das hier ist unsere Lebensversicherung«, grinste er und zog den Identifikationszettel aus der Tasche. Ganz zerknittert war das arme Ding schon. »Unsere Lebens- oder Todesversicherung, wie du magst. Mit dem habe ich den Jungs da oben schon manches Schnippchen geschlagen.« Er kniete nieder und stellte ihren rechten Fuß so neben seinen, dass sich ihre großen Zehen seitlich berührten. Dann löste er das Mullband und knotete es, nicht ohne Mühe, um beide Zehen.

Still betrachteten sie eine Weile ihre Füße.

Zuletzt gab sie ihm einen Kuss, schloss die Augen und sagte nur ein Wort: »Jetzt.« Er legte beide Hände um ihren Hals und drückte zu.

Jetzt.

Gut, dass sie schon tot war, als ihm die Tränen kamen. Er mochte es nicht, wenn man ihn heulen sah. Es ging ja auch schnell vorüber. Behutsam legte er ihren Körper auf die Matratze, Bauch nach unten, Gesicht nach links, und bedeckte ihn mit dem Laken. Immer darauf bedacht, dass sich ihre Zehen nicht voneinander lösten.

Sie war so schön, seine Ariane.

Dann setzte er sich zu ihren Füßen nieder und sah auf den Wecker. Halb acht.

Er wartete.

»Wenn ich nicht der liebe Gott wäre«, hört er den lieben Gott sagen, »wäre ich jetzt gerührt.«

»Darf ich das für Dich übernehmen, Herr?« Natürlich kann auch Johannes sein loses Maul nicht halten.

»Wo ist sie?«, krächzt Knautschke.

Die beiden Herren sehen sich an. Der liebe Gott, in der einen Hand eine Nagelfeile, die Fliege etwas schief unter dem Kinn, und Johannes, auf seinem Stift kauend. »Von wem redest du?«

»Von Ariane, verdammt!«

»Ach ja, deine Freundin«, grinst der Allmächtige. »Wie konnte ich sie nur vergessen? Wirklich ein nettes Mädchen, Erwin. Gute Wahl, würde ich sagen. Ariane!«

Die Tür zur Kajüte öffnet sich, und Ariane kommt herein. In einer Hand hält sie den Papagei mit dem grün schillernden Gefieder. Mit der anderen umarmt sie Knautschke.

»Gott sei Dank«, stöhnt der, bevor ihn ihr Kuss zum Schweigen bringt.

»Ja, Gott sei Dank«, nickt der liebe Gott und bringt den Vogel zurück in seinen Käfig. »Diesen Satz kann man gar nicht oft genug wiederholen. Möchte jemand einen Kaffee? Nein? Dann möchte ich aber noch einmal unterstreichen, dass niemand den Lauf der Geschichte verändern kann. Quod erat demonstrandum. Nicht einmal ein Erwin Knautschke. Womit wir das Thema für unsere nächste Philosophiestunde bereits formuliert hätten.«

»Marlene hat keine Einwände, dass Ariane bei dir wohnt«, erklärt Johannes den beiden, sobald sie wieder ansprechbar sind. »Sie freut sich mit euch, soll ich ausrichten.«

»Danke«, strahlt Ariane. »Wie war das mit dem Kaffee? Vielleicht nehme ich doch einen.«

»Auf keinen Fall«, geht Knautschke dazwischen. »Damit eins klar ist: Wir zwei leiden unter permanenter, allumfassender Kaffee- und Nektarunverträglichkeit. Keine Chance, Herr!«

»Schade, aber du wirst schon wissen, warum.« Ariane legt Knautschke beide Hände auf die Schultern. »Dann hätte ich für den Anfang nur noch eine Frage.«

»Ja?«

»Hattest du auch einen angenehmen Tod, Knautschke?«

Er erstarrt. Dieser unschuldige Blick … ihr Hals, so ganz ohne Würgemale … Weiß sie etwa nicht, wie sie gestorben ist? »Aber Ariane«, flüstert er. »Ich habe dich doch … Erinnerst du dich nicht?«

Im Hintergrund lächelt Johannes. Selbst um die Lippen seines Chefs spielt die Ahnung eines göttlichen Schmunzelns.

Und Ariane?

Sie zwinkert Knautschke zu. Zweimal. Dann küsst sie ihn wieder.

ENDE

Marcus Imbsweiler
Butenschön
978-3-8392-1106-9

»Kollers vierter Fall voller Ironie, schräger Komik und dennoch ganz leichtfüßig geschrieben.«

Prof. Albert Butenschön, der fast hundertjährige Chemiker und Molekularbiologe aus Heidelberg, gilt als einer der wichtigsten deutschen Nachkriegswissenschaftler. Warum wird auf das Büro der Historikerin Evelyn Deininger, die an einer Promotion über sein Leben und Werk arbeitet, ein Brandanschlag verübt? Hat Butenschön etwas zu verbergen? Oder stecken rabiate Studenten dahinter? Bei seinen Ermittlungen gerät Max Koller nicht nur zwischen die Fronten universitärer Scharmützel, sondern erfährt auch einiges über das Verhältnis von Politik, Wissenschaft und Moral …

GMEINER

Wir machen's spannend